敘事傳播

故事／人文觀點

臧國仁　蔡琰　著

五南圖書出版公司 印行

目　錄

表目錄

圖目錄

附錄目錄

前言：旌旗未卷頭先白[1]

-- 我撰寫此書實有大志，誠盼讀者洞察正在橫跨多個不同學術領域【按：指社會建構論】且在社會文化各個角落與全世界皆正展開中的精彩對話。對許多對話參與者而言，這些討論有其重大寓意，幾等於發生在16、17世紀歐洲文化思想與社會實踐的劇烈變化，導致我們從『黑暗時代』跨越到了『啟蒙時代』。就我而言，目前的對話不僅動搖了我們一向認為真實與良善的基礎，【卻】也提供了前所未見的創意思維與行動機會……（Gergen, 1999: vi；添加語句出自本書）。

—

2016年7月22日整天燠熱，氣溫升高至37度，不愧是全年最熱的夏曆「大暑」節氣。第一作者一早來到研究室裡再次書寫「結論」一章，午後時分總算完成初稿。

走在回家路上汗流浹背，回想這三、四年來的寫寫停停，如今終得寫就全書九個篇章，內心頓感澎湃不已。

—

-- 當我們初起人生時就像闖入已在舞臺演出的一齣戲，其開放式劇情決定了我們扮演的角色以及故事結局如何進行。舞臺上的其他演員早已對劇情有些瞭解，因而讓新手【如我】得以加入（Bruner, 1990: 34；添加語句出自本書）。[2]

---

1 語出宋・辛棄疾詞，原指戰爭未勝髮卻花白，此處譬喻本書作者著書未成而髮亦已白矣。

2 Bruner（1990）此本經典著作原在辯駁心理學領域如何自從加入了認知科學後就「誤入歧途」，僅重視實證主義的「因果論」而忽略「意義」實則受制於社會文化。

　　本書撰寫源起久矣，兩位作者早在90年代末期完成〈新聞敘事結構〉（蔡琰、臧國仁，1999）專文時即已開始醞釀，惜多時以來因對「敘事」研究所思有限且此領域發展迅速令人「眼花繚亂」，以致遲遲未有具體進展。

　　新世紀開啟之際，兩位作者皆獲國科會（今之科技部）「新聞美學」專題計畫，隨即分從兩人各感興趣之「時間」與「情感」面向切入討論「美學」對新聞報導之可能影響。因緣巧合地閱讀了荷蘭學者Schroots（1996; Schroots & Birren, 2002）專著後，卻也方才領悟「敘事」總也涉及「情感」與「時間」兩軸：一方面，故事內容常與生命歷程之高、低潮有關，每次述說均多由此開展進而回顧「當年之勇」或是「幸好……」等人生重大成就或傷痛（此即「情感軸線」）。另者則這些高、低潮之述說也與「時間軸線」緊密相關，乃因其起伏總常簡化成「在某年某月……」、「……當年之我若……就……」、「記得那時候……」之表述。

　　Schroots（1996）進而以此建立了由其自創之「人生分支模式」（branching model of life），並以此為「生命故事」（敘事）之主要分析途徑，進而探索講述者之生命歷程如何走過當年、變化關鍵為何、人生如何曲折蜿蜒、主要歷練為何、「得」與「失」間如何互為犄角等（本段改寫自蔡琰、臧國仁，2011：29）。兩位作者因而有所體悟並自2005年改從「美學」轉而探索「敘事」，先以「老人敘事」（narrative gerontology）為題在《傳播研究簡訊》（臧國仁、蔡琰，2005a）發表短文一篇，長度僅及五頁，卻是開啟敘事研究之「起手式」。

　　其後十年間另曾分以「時間敘事」（臧國仁、蔡琰，2005b）、「創意／創新與敘事」（蔡琰、臧國仁，2007）、「新聞敘事」（臧國仁、蔡琰，2010a）、「旅行敘事」（臧國仁、蔡琰，2011）、「圖文敘事」（蔡

Bruner認為，「意義」來自與他人互動，屬公共與社區性質而非自我或主觀（見p. 33）。其觀點對本書啟示甚大，如第一章所示，「傳播」並非僅是「訊息傳遞」之過程，實則涉及了不同敘事者彼此透過講述故事而相互影響，係以符號（含文字與語言）之互動傳遞了社會文化中難以覺察的意涵。

琰、臧國仁，2012）、「新聞訪問敘事」（臧國仁、蔡琰，2012）、「想像敘事」（蔡琰、臧國仁，2014a, 2010a）等子題寫就專文並向各傳播學刊投稿倖皆獲刊，逐步累積並建構了如本書各章所述之「敘事傳播」概念基本圖像。因而本書基本架構就建立在以上諸篇業已送經學術審查之論文，但在撰寫本書過程中又曾增添文獻並大幅度改（重）寫，不一而足。

首篇以「敘事傳播」為名之專文則於2013年刊出（臧國仁、蔡琰，2013），自此信心大增決定以此為題由第一作者向科技部提出為期三年（2013-6）之「專書寫作計畫」，並於2012年倖蒙通過；此即本書漫長而又曲折之籌備歷程，並非一蹴而就也。

至於本書之撰寫亦頗曲折。早在2012年間第二作者（蔡琰）即已在教授休假期間完成初稿，但因自忖創意不多而逕擱置，復經兩位作者多次討論後，始決定在原有章節架構下重新起稿。也源於科技部「專書寫作計畫」每年均需繳交期中報告，也就依此時限逐步往前推進，終能在2016年中完成原訂計畫而以十二章結案。

其後再次大幅度修改內文，除合併原稿一、二章、刪除「時間敘事」與「旅行敘事」兩章外，另將「數位敘事」章節前移，盼能藉由章節調整而聚焦以免章節過多而致龐雜。全書最後以九章定稿，從「理論重整」（第一至三章）到「紀實敘事」（第四、五章），復從「情感創意與敘事」（第六至八章）到「結論與反思」（第九章），共計二十萬字左右（參見第一章第三節之「章節介紹」）；書寫雖力求簡潔以利閱讀，但格式仍仿一般學術論文詳細引註。

此時回顧來時路，頓覺書寫九個章節就像生了九個個性迥異的「孩子」，每章內容雖都立基於過去曾經發表過的學術論文（部分章節則係新寫），但各章內容各異、長短不一，寫作過程中持續改寫、擴張、增添，每每寫就一章就得稍事休息方能鼓起餘勇另起爐灶重新下筆。有的章節由第一作者起筆而另些章節卻係第二作者開頭，但彼此不斷相互修改以致最後已難區分初稿究係出自何人，最後僅能因第一作者負責向國科會（今之科技部）結案而係列於前，實則兩人貢獻程度無分軒輊。

本書每章內容雖都緊扣「敘事」概念，但因各章子題不同且觸及廣泛，九個篇章書寫下來所閱相關文獻早已難以計數，而曾接觸之相關概念

亦已不知凡幾（惟有關時空情境與敘事之關聯則因刪減兩章而未納入），此或都歸之於前述敘事領域近期發展迅速令人常有「眼花撩亂」之故。[3]

如此寫寫停停，其間僅能效法前引Gergen（1999）所持「使命感」，期盼此書成書後得讓傳播研究領域無須繼續倚賴傳統「效果論」為唯一學習典範。研究者或皆能透過本書而樂於與不同理論模式對話，進而展開「前所未見的創意思維與行動機會」（Gergen, 1999: vi），則心願足矣。

如2015年10月底第五章〈訪問與新聞訪問之敘事訪談結構與特色〉完成初稿後，曾在回家路上盤算如何撰寫次章，此時適逢學校舉辦2015年「包種茶節」因而山下、山上校園皆曾熱鬧非凡，傳院大樓卻因位於山邊而能隔離於喧囂之外。在寧靜的研究室裡心有所感，於是寫下了以下日誌（參見〈前言〉之首所引）：

> 撰寫此書的緣由，實與上引社會建構主義知名學者Gergen（1999）在其專書緒言〈我們如何往前繼續〉所述有關。
>
> 如其所陳，當其專書出版之刻約正是全球盛大慶祝『千禧年』最高潮之刻，但他卻始終掛念著上世紀90年代出現的『百家爭鳴』思潮要如何繼續，因而才認為這些『百家爭鳴』現象之重要性幾可比擬為歐洲文明從『黑暗時代』走向『啟蒙時代』的轉捩點。
>
> 而如今十數年又已緩緩走過，那些社會思潮的衝擊與爭辯卻猶未平息，科技的發展仍舊逼著人們不斷思索新的理論模式，此點尤以傳播研究為然。
>
> 21世紀出現的諸種新溝通工具如網際網路、社群媒體、通訊軟體，皆已造成了上世紀50、60年代發展的傳播理論陷於漸無用武之地，當年資訊匱乏時期所歸納演繹的理論內涵大多褪色，但是新理論尚在何處？

---

3 如Herman（2013a）全書共四百餘頁（含索引），單單參考書目即達四十二頁，而附註亦多達五十一頁，可見其倚賴相關文獻之多與廣，與本書所處情境並無二致。

　　總之，面對這個既黯淡卻又光明的時代，傳播研究者要如何除舊布新地提出與前不同理論，以能協助未來學子在傳播學術思潮中歷久彌新而不致淘汰，此即本書撰述的主要背景所在。

三

　　本書得以完成最要感謝政治大學傳播學院「老人傳播研究群」（已於2014年更名為「人老傳播研究群」，見http://agin.comm.nccu.edu.tw/about.php）成員持續之討論與共議。曾有成員自嘲「研究群」成立多年來像在搞「五年一貫」升學計畫，原因是許多大學部成員進入研究群時尚屬懵懂，每週定時聚會跟著老師與研究生學長姐們交換想法頻發意見，耳濡目染後始能領略讀書與做研究有趣而能漸有成長。許多大學部成員因而決定報考研究所，一旦錄取則又繼續在「研究群」裡每週見面、討論，一待就是四、五年者眾，正像是教育部這些年推動之「修讀學、碩士五年一貫學程」計畫宗旨一般。

　　根據稍早統計（蔡琰、臧國仁，2011），「研究群」成立最初十年間（2001-2011）以大學生身分進入研究群者共29人、碩士生13人、博士生4人，另有「博士後研究員」1人曾於2009年短暫加入。而在研究群擔任助理期間由大學部考入碩士班者18人，碩士生升入博士生7人，含3人由大學部考入碩士班後又進入國內外大學博士班就讀且已陸續取得學位執教。

　　這些助理同學初期多來自政大傳播學院所轄三系（新聞、廣播電視、廣告），進入研究所後則各自發展學術興趣，主修科目分屬「戲劇」、「劇場管理」、「劇本寫作」（臺北藝術大學）、「公共行政」（政治大學）、「財務管理」（中山、政治大學）、「傳播管理」（中山大學）、「口語傳播」（世新大學）、「媒體傳達設計」（實踐大學）以及政大傳院原屬之新聞、廣電、廣告各所，顯示定期討論對其各自知識能力之增長確有助益，長期浸淫後多能不吝於共享知識，年年重回研究群而不以為苦，甚至不捨離開。

　　至於「研究群」每週討論所為何事？為何可以一週復一週地不斷「聽報告」、「交換想法」、「延伸討論」？簡單地說，就是以各年度「科技

部專題研究」提供之經費進行「有興趣的研究」。兩位作者藉著每年所提專題研究計畫不斷累積所思，並也邀請成員大膽分享，無須顧及身分也無須擔心所言是否成熟，重點反在「盍各言爾志」且平等地交換想法，長久之後自能成長茁壯。

有些成員（如各協同主持人）也有自己的專題研究計畫，因而透過成員間的相互提問，「研究群」成為他處難以覓得之學術討論平臺，每週持續不斷的「聽報告」、「交換想法」、「延伸討論」也就成了每位成員（包括老師與同學）自我成就的最佳機會。大學生固能在此耳濡目染而得以通過考試進入研究所，碩、博士研究生何嘗不是經由這段歷程而完成畢業論文？而本書兩位作者亦無例外，完成此書更是受惠於成員們的無私交換想法。[4]

總的來說，本書得以完成當也應特別感謝科技部（即原國科會）以及各年度匿名審查委員之持續支持，讓作者得因經費無虞而悠遊於學術研究多年未改其志。政治大學傳播學院「頂尖大學計畫」曾經提供部分研究助理經費，對本書之推進頗有助益，十分感謝。五南圖書出版公司陳念祖副總編輯應允接受投稿，延續過去近十年來的合作關係，至為感激。

四

-- 在教書生涯的最後階段，好像是迴光返照那樣，蓄積了更多的創造力，同時也鍛鍊了百毒不侵的勇氣。正是藉由這樣的轉折，我決心更進一步去直視千迴百轉的漂流生命〔陳芳明，殘酷與唯美的辯證史（http://www.chinatimes.com/newspapers/20160329000830-260115），《中國時報》D4，2016年03月29日〕。

回想當年第一作者在1970年代初期就讀政大新聞系期間，係於大四階段首次接觸「大眾傳播理論」，授課者徐佳士老師[5]以其業師W. Schramm

---

4 本書部分章節曾蒙人老傳播研究群成員蔣與弘、黃心宇、黃曉琪閱讀，專此致謝。
5 根據網路資料（https://tw.answers.yahoo.com/question/index?qid=2007030600001

提出之理論模式解釋了何謂「傳播」，在當時尚是青澀之年留下了深刻印象。

　　兩位作者就讀博士班期間均曾受教於美國德州大學奧斯丁校區Dr. James W. Tankard, Jr.，而曾持續探究傳播理論模式之演變，尤其心儀E. Rogers於70年代前後發展之「創新傳布模式」（見Rogers & Shoemaker, 1971），對於這些理論的優劣強弱自能了然於心。如今兩位作者擔任教席也都各逾二十五年，且皆接近此「教學生涯最後階段」，閱讀上引陳芳明教授之言頗能會心一笑。

　　也如陳教授所寫，本書當是作者們在此階段蓄積多時的心力所寫，透過九章文字的累積期能「進一步去直視千迴百轉的漂流生命」，謹以此記。

五

　　本書完成三校即將付梓之刻，正值小女信芝與雲林尹府崇儒君締結良緣設宴同歡，謹以此書敬獻並祝福兩位新人永結同心，共譜幸福樂章。

5KK06043），徐佳士教授曾在其大作《大眾傳播八講》序言提及，該書師法W. Schramm著作，內容兼顧理論與書寫因而流暢易讀，徐氏教授因而自承也望其書能多讓一些駐足之研究者在大眾傳播學門停留深究。曾任政大新聞系系主任的徐佳士教授是W. Schramm的入室弟子，也是將其著作引入臺灣新聞傳播學界的第一人，如此不難想像Schramm大眾傳播理論在臺受到重視之程度。

第一章

緒論：「故事」與「敘事傳播」

-- Sonder：名詞，指能領悟任何過客都跟自己同樣有著生動且複雜的生活，時時被自己的雄心、友人、常規、煩惱以及來自遺傳的一些狂妄填滿。史詩般的故事持續隱藏在自己周遭，像是蟻丘似地深藏地底，透過辛苦打造的通道而與其他成千上萬永遠不知的生命連結，有些僅會偶爾出現，像是在背景啜飲咖啡【之人】，或是高速公路的模糊過往車輛，或是黃昏時分點亮了燈的窗牖（出自The Dictionary of Obscure Sorrows，添加語句出自本書，http://www.dictionaryofobscuresorrows.com/post/23536922667/sonder）。[1]

第一節 概述「故事」

一、「故事」的源起

　　一般來說，「故事」是有關個人、社區（組織）、民族等所作所為（行動）之敘述（Johnstone, 1996）。在有關「個人」部分，故事描述著當事人的願望、行動與行動方式，也與其個性、情感有關。無論基於個性使然、情感的主動追求或被迫為之，紀實與虛構故事總都敘述著主角與配角的行動情節，並也探查了事情的前因後果與來龍去脈。

　　於是，「黃帝戰蚩尤」、「孫中山革命」、「太陽花學運」這些人物與事件透過第一手（如當事人）之「敘／自述」、第二手（如目擊者）之「轉／他述」、再經第三手（如聽聞者）「再述」後，就常是眾人關注對象進而成為故事內容。如新聞報導就多屬新聞記者透過消息來源，轉述現

1　根據網路資料（https://en.wiktionary.org/wiki/sonder，上網時間：2016. 07. 26），sonder一字由John Koenig所創並收錄於其自創之The Dictionary of Obscure Sorrows，而這個字典之用意就在創造一些字詞以表達情緒。可在YouTube觀賞一段根據此字拍攝的影片：Sonder: The Realization That Everyone Has A Story（理解每個人都有一個故事），見https://www.youtube.com/watch?v=AkoML0_FiV4，上網時間：2016. 07. 26）。顯然sonder此字的寓意與本書接近，旨在說明「故事就是人生，人生就是故事」。

場真實情事與相關物件後的紀實敘事（Bird & Dardenne, 1988），而《三國演義》則係羅貫中轉述、再述多篇前人之作而新創、彙編之虛構歷史敘事。[2]

這些故事或新聞報導若再沉澱一些時日，即常轉爲「歷史」（歷史學之「敘事觀」參見陳永國、張萬娟譯，2003／White, 1973）或「民間軼事」（McCormack, 2004），如經歷了一段時日仍繼續流傳，則又可能形成眾人耳熟能詳的「神話」（myth or mythology；許薔薔、許綺玲，1997／Barthes, 1972），進而成爲廣大「社區成員」（如社會大眾或鄉里百姓）間不斷傳布、日常聊天的講述話題，甚至是流行音樂、動漫、小說、電影、廣告、戲劇、教科書、偶像劇、布袋戲等大眾文化創作者之情節取材（見姚媛譯，2002／Berger, 1996；臧國仁、蔡琰，2013）。

以上這些有關一般事件如何透過「敘／自述」、「轉／他述」、「再述」而構成日常生活故事，並接續發展爲一般「虛構素材」或「紀實報導」的經驗現象，就是「敘事傳播」（narrative communication）有意討論之範疇，可初步定義爲「在某些特定時空情境，透過口述及多／跨媒介載具述說故事的歷程」（臧國仁、蔡琰，2014a：110；詳細定義見本書結論），其特色持續穿梭於傳播歷程間的幾個重要元素如「故事」、「論述」、「媒介載具」、「情境」間，並也透過不同類型之媒材（如符號、語言、影像、聲音）從而產生時空意義，兼及記憶、想像與文本如何接續等議題（參見【圖1.1】）。

嚴格來說，【圖1.1】僅是極爲簡略的示意圖，真實情況多變而難如其所示般的以線性方式流動，如故事時有傳承歷史（新聞報導就常「引經據典」評論時事）或早已耳熟能詳的文學典故藉以「借古諷今」暗寓深意，其流動方向就有可能逆向而行。但無論如何，【圖1.1】乃以簡化方式述說故事的可能源起與發展，以便接下來進一步討論與其相關之眾多概念。

2　如維基百科曾謂胡適之言，「《三國演義》不是一個人做的，乃是五百年的演義家共同作品」（見https://zh.wikipedia.org/wiki/%E4%B8%89%E5%9B%BD%E6%BC%94%E4%B9%89）。

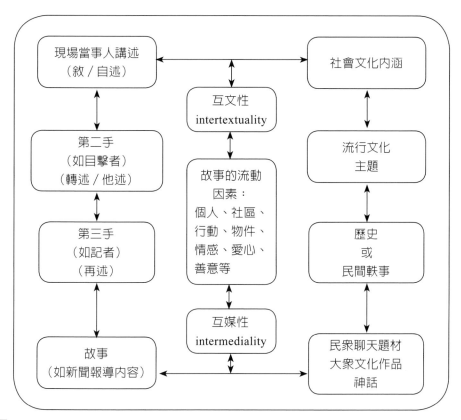

圖1.1　故事的源起與流動*

*「互文」與「互媒」之意涵，將於本書第三章第二節再議。

　　身處21世紀初期，有關故事傳送流動方式早已多元，尤以「互文」（intertextuality；蔡琰、臧國仁，2012）與「互媒」（intermediality；石安伶、李政忠，2014）特質日形重要而引人矚目（仍見【圖1.1】中間），乃因新科技載具（如網際網路及智慧型手機）興起後，任何文本已不復以往僅能採「線性」方式（如報紙新聞述說事件時僅能依上下文行進）講述，而可與其他文本連結（如網路新聞可接上同一主題之相關資料）進而產生「多義性」（the polysemy of meaning；Hall, 1993；張錦華，1991）與「多模態性」（multimodality；Grishakova & Ryan, 2010），足可顯示「敘事傳播」的風貌正一夕數變，內涵也因載具愈趨多樣且講述形式愈發多元而較前複雜許多（Elleström, 2010; Page, 2010）。

二、故事的流動

-- 故事是古老的科學，是人們長久以來解釋自己與世界關係的
經驗累積。……故事可以反映出人類集體渴望與對世界的想
像。……那些流傳千年的神話故事、民間傳說【至今】仍舊發
揮著力量，因為它們所指出的是最根本、最普遍的存在基礎，
那就是『人性』（邱于芸，2014：27-29；添加語句出自本書）。

下節擬先以一個真實故事的流傳歷程來具體說明上圖，其內容屬真卻
非「重大新聞事件」（big or breaking news events; Blauner, 2001），亦非
曾經影響任何國際情勢之顯著「媒介事件」（media events; Dayan & Katz,
1992），雖與生命延續有關卻也無關乎戰爭、恐怖、傷痛。以此為例，僅
因本章有意選取輕鬆一點的小故事（small stories; Georgakopoulou, 2007;
Shuman, 2005: Chap. 4）來解釋本書主題與範疇，繼而說明「敘事傳播」
的起始單純局面，並非故意忽視最具討論價值的重大事件（無論真實事件
與否）。[3]

一般來說，上述「輕鬆一點的小故事」可謂身處21世紀初期經常可見
之故事流動模式，即一段精彩且受人矚目的事件經由新聞媒體（如報紙、
電視新聞臺、雜誌）取材並引為紀實報導後，受到眾人關心進而持續透過
網路流轉。一旦在社群網站（如臉書、Twitter、BBS電子布告欄）經人轉
貼、轉發或轉寄，則這些故事受到眾所矚目幾可謂無日不有。

當然，如今故事流動的方向也常逆轉，可能由任何當事人在上述社群
媒體張貼第一手訊息（自述故事），而後經由俗稱「主流媒體」的傳統大
眾媒介如報紙、電視、廣播接手轉述，同樣可以成為社會關注之紀實報導
從而引發再述議論。

無論訊息流動之方向為何，上述模式如今早已成為一般人耳熟能
詳之訊息傳遞方式，而其所能吸引關注之因則多在所述內容（故事）
是否「打動人心」，兩者互為表裡，使得大眾傳播領域常見之「資訊」

---

3 有關「小故事」與「大敘事」之異，見下章第三節。

（information）與「故事」界線日趨模糊。

然而在早期定義裡（見下章說明），「大眾傳播」幾可謂立基於資訊而非故事，且習視故事爲虛構而資訊（如新聞報導）爲眞。傳播領域奠基之始（1950年代末期），即曾討論一則訊息如何從「來源」（source）產製經「轉譯」（製碼與解碼）後由接收者獲取並產生效果，如H. Lasswell於1948年推出之公式及其後由W. Schramm於1954年修正之模式皆是（McQuail & Windahl, 1981: Chap. 2）。[4]

尤因最早提出「大眾傳播模式」之Shannon & Weaver（1949）均具電信工程師背景，其S（訊息）→R（接收）模式之作用乃在解釋電話訊號之傳遞過程而非人際互動，因而衍生了偏重訊息效果之大眾傳播（包括新聞）研究傳統，且此一以「訊息傳遞」爲核心內涵之傳統至今猶未減退，常被簡稱爲大眾傳播／媒介之「效果論」（見李金銓，1988）。

但自20世紀後期開始，受到敘事學／理論／研究興起之影響，整個社會科學領域都次第展開「向敘事轉」（the narrative turn; 見Riessman, 1993）之典範論辯，大眾傳播學亦不例外，由「效果論」獨占傳播研究鰲頭之局面因而搖動。如自1980年代末期新聞學領域即已開啟了「新聞即說故事」（news as storytelling; Bird & Dardenne, 1988）之討論，雙方（大眾傳播研究與敘事學）之互動與交會已愈形密切（見姚媛譯，2002／Berger, 1996）。舉例來說，文化人類學家Bird & Dardenne（1988: 69）即曾認爲新聞紀實報導之作用並非僅在早期認定之「傳遞【新聞】資訊」，而更在反映與再現「文化符號系統」：「事實、名字、細節（details）幾乎每天發生，但它們適用的架構─符號系統─維持更久」。

由此Bird & Dardenne（1988）遂將新聞領域與歷史、人類學相互比擬，乃因此三者皆須面臨「眞實」（reality）爲何以及如何適當地表述這些「眞實」。他們認爲，新聞之功能除客觀地報導眞相外，更也在結合分散四處且彼此無所連結之社會事件，進而產生如前述「神話」或「民間軼事」般的儀式作用，甚至具有文化、教育、傳播功能而能協助社會大眾判

---

4 資訊（information）、訊息（message）、資料（data）中文意涵接近，本書交換使用。

斷文化價值內涵之好與壞、對與錯、美與醜，而此些相關議題即是敘事研究最常關注之對象。

本書源自兩位作者自上世紀90年代末期開始，共同提出之一系列科技部（以及其前身國科會）研究結案報告以及其後改寫之多篇學術期刊論文（見本書〈前言〉）。雖曾幾經調整與改寫，各報告及論文之主題總是圍繞著「敘事」打轉，進而於2013年整理後正式定名為「敘事傳播」，涉及了「生命故事之自述／他述，旨在抒發情感、激發想像、促進傾聽以建立社區感，進而體驗人生、瞭解生命意義、創造美好生活」（改寫自臧國仁、蔡琰，2013：159）。此一定義之旨顯與大眾傳播研究之傳統「資訊觀」，有著極為不同之觀察視角（知識論）、研究路徑（方法論）與研究目的（主體論），本書作者因而這麼想著（參見本書第九章〈結論〉）：

「大眾傳播」非如前人所述僅有「資訊傳布」功能，過程中也不只含括發訊人、閱聽眾、頻道、訊息、噪音、互動等基本元素，而是另也有著交換生命故事的趣味性滿足，此兩者（傳播之資訊觀vs.敘事觀）顯然代表著迥然不同之後設理論取徑與世界觀爭辯（臧國仁、蔡琰，2013）；結論章節將再回到這個命題。

總之，正如本章開頭所引之「sonder」一字所示，故事是奇妙之物，有「它」自己的生命並用自己的方式「活著」且長長久久。故事通常不「死」，轉個身、換件衣服、透過另條路徑，「它」就再次回到我們身邊。如英國偵探小說裡的「福爾摩斯」（Sherlock Holmes）、東歐（斯拉夫民族）民間傳說中的「吸血鬼」（the vampire）、日本戰國時代的幕府「德川家康」、中國南北朝時代的「花木蘭」，或是現今一般大眾的親情、友情、愛情、背叛或神奇能力故事，自早年起即持續傳誦綿延至今，始終在我們身邊盤旋周轉並透過不同講述方式而一再演變，從我們的上一代流傳到下一代，未來也可能繼續往下傳布。而這些讓大家持續透過各種方式講述也不斷與別人分享的奇妙東西，就是本書所要描述的傳頌生命經驗敘事行為，也是社會生活的敘事傳播核心現象。

我們的寫作、閱讀行為、書寫與講述過去業已迭有討論，如傳播學者曾經分從社會學、心理學、人類學或文化學領域探索社會大眾之心理需求、社會互動、知識增長、人格養成，其結論多認為人們總需持續與他人

互動藉此建構自我（the Self）、認同（identity）、述說生命（胡紹嘉，2008）。而在現代社會，新興科技正也主導著日常生活內涵，每個人都時時刻刻地透過不同載具（如手機）向他人講述自己的故事、轉述聽聞自他人的故事、評論所見所聞，顯然以故事為本之傳播行動早已成為影響社會大眾最為深遠的因子。

敘事學（narratology）或「敘事研究」（narrative research）在過去六十年中曾經一再反覆討論「故事」與「論述」間的關係，並也關切說者、聽者（無論專注或旁聽者）的聽／說本質和內涵。然而敘事是否等同傳播、敘事學者如何看待敘事與傳播、講述故事時之傳播行動是否發生且又發生在何處、是什麼、牽涉哪些相關議題則多未曾引發注意；而本書之旨就在回應上述疑問，藉此說明「敘事傳播」的真諦與意義。

本書作者認為，所有傳播文本之產生皆可視為「說故事」的歷程，而文本產生後或許更精彩的故事才正開始，此即「敘事傳播」有趣之處。如本書第一作者專長新聞（紀實報導）研究而第二作者喜愛戲劇（虛構）敘事，「敘事學」恰好連結了紀實報導與虛構故事這兩種截然不同的傳播形式，並也在此兩種形式內融合了兩位作者研習的傳播本色。

第二節 「敘事傳播」的特色與內涵

-- 沒有威廉泰爾（William Tell）的故事，也許就沒有現在的瑞士。沒有荷馬（Homer）所寫的「特洛依城」的故事，也許就沒有希臘。華德迪士尼（Walt Disney）公司也是一個好例子。該公司懂得編出數以萬計的好故事，並用各種新的方法將這些故事與公司商品緊密結合：讀者、遊樂園的參觀者以及電影等，都是一起創造故事主角，再由此開展出繽紛的想像空間，讓世界更有生命力（吳信如譯，2005：19 / Loebbert, 2003）。

一、概論：「敘事傳播」之媒介現象

　　正如上章所述，故事一再流傳而難以終止。現實生活中總有些人、有些事、有些愛恨情仇，一旦發生就被傳頌、被指責，也被再述；故事，就這麼產生了。

　　以下擬以一個已由眾多媒介載具傳布過的真實故事為例，簡述「敘事傳播」的特質與範圍。這個故事歷經一再轉述後廣為流傳，展示了「敘事傳播」如何相關卻不同於傳統敘事學以及傳統傳播學對故事以及對傳播的關注。以這個故事開始或可協助讀者逐步進入本書主題，乃因本書旨在介紹在媒介與符號的轉換過程中，「敘事傳播」何以重新創造人們的生命意義。[5]

　　作者除關切著其不同於傳統的傳播學或敘事理論範疇外，也有意討論存在於作者與讀者間的故事似真性、時空意義以及記憶、想像與文本的關係。此外，跨媒介的符號轉換以及參與者的能動，另如故事的敘述、再述、轉譯等功能俱是「敘事傳播」的關心內涵。

　　以下用來介紹「敘事傳播」範疇的例子有著人物與情節的簡要、單純，但故事主要用於顯示敘事傳播現象的「複雜」，而取用類似的簡單故事為例當可使後續舉例與分析討論趨向直白。此處所指「複雜」現象，實也暗示了「敘事傳播」之情境與現象（如真實建構或虛擬情節）兼有可測見與不可測見的連動因子。

　　以下實例涉及的小動物生命故事經新聞報導披露後，歷時數年仍在流傳，傳播範圍橫跨非洲、美洲、亞洲。而報導這個故事的媒介載具包括報紙、電視、動畫、童書、紀錄片、網路甚至也拍成了電影，同一故事使用了文字、音樂、影像、繪畫等不同媒材符號系統，代表了任一故事演化為紀實敘事（如新聞報導）後繼之即有可能轉變為網路上之虛構影音創作。

　　在「敘事傳播」的框架下，接下來數章都要接續這個小動物的生命故事從而討論與故事現象有關的一些基本議題，如：

---

5 本書僅以此例說明敘事的傳播／流動現象，其他各章各有其旨而與此「小故事」無關。

　㈠ 傳統敘事學範疇與對經典傳播學的批判；

　㈡ 敘事傳播之講述、再述與傳頌故事的傳播行為；

　㈢ 「人性」與「情感」之敘事傳播角色；

　㈣ 「創意」與「想像」在敘事傳播的地位；

　㈤ 跨媒介傳播與符號轉換。

二、故事[6]

　　這個小動物的生命故事發生在2005年，原初主角是兩隻非洲肯亞的動物：河馬與象龜，其次是有關一位美國小女孩與她出版的河馬與象龜故事；至於「故事三」則指本書發現的敘事傳播現象。

　　由於故事永遠可以分出更多細節和場面，為了方便解說敘事傳播現象，以下暫以「單一方式」來「重述」這個「不是很久以前」的「虛構故事」開場。[7]

　　　　那一天，非洲海岸的河馬家庭，爸爸、媽媽帶著寶寶，正在河口享受水裡飄著的各式水草，早餐多豐富啊！好像六星級飯店的『早餐吧』！

　　　　陽光正好，溫度也怡然，水鳥啾啾地唱歌，魚兒在水草中穿梭。寶寶看著藍天白雲，聽著小鳥和魚蝦的合唱，牠把每一口吃進嘴裡的新鮮水草都嚼呀嚼，悠閒地慢慢品味。

　　　　寶寶一家不知遠方強烈地震引起了大海嘯，正快速衝擊往美麗的非洲海岸。毫無預警地，一道像天一樣高的水牆，沿著海岸一下子沖到寶寶一家所在的河邊。

　　　　嘩啦！寶寶嘴裡的嫩草變成苦苦的泥巴！天昏地暗中比打雷還響的怪聲嚇得寶寶血液凝結，寶寶好害怕，可是還來不及開口

6　此處所引部分曾發表於臧國仁、蔡琰（2014a），賴玉釵（2013c）稍早亦曾使用相同案例解析非虛構繪本敘事。本書作者感謝賴玉釵教授之引介。

7　新聞故事全文詳見本章附錄，此處所寫乃本書作者根據原始情節虛擬而成。

叫媽媽，寶寶全身疼痛地昏死過去了。……（未完、待續）

以上由本書作者未完、待續的虛擬河馬寶寶故事，真實地發生在2004年12月26日印尼蘇門答臘島西北海域兩次海底地震[8]之後，緊鄰的兩次地震規模分別達到芮氏9.0及7.5，使得印度洋沿岸以及七千公里之外的非洲共十二個國家受到影響；此次「南亞大海嘯」造成了多達數十萬人喪生，五百萬人遷離家園。

當嚴重死傷的消息傳來讓聞者皆感悲痛時，東非肯亞海邊出現一隻孤獨待援的小河馬，頓使眾人體會海嘯帶來的災難不只影響了人類生命與建設，連帶著動物也是受害者，於是一呼百諾，大家奮力救起了困在海裡的河馬寶寶。

各國報紙紛紛刊載了這個真實故事，臺灣新聞媒體也於2005年1月翻譯、轉載這則新聞，描寫河馬寶寶在海嘯後失親卻誤將老象龜當親人的故事。該故事的臺灣新聞版本如此寫著：

> 一場百年浩劫的南亞大海嘯，不但人類展現出人飢己飢的精神，動物間也展現跨越物種的愛。肯亞河馬寶寶『歐文』被大海嘯捲入印度洋，又被沖回陸地成為孤兒，被送進肯亞蒙巴薩動物園，竟然認定園內百歲公陸龜『阿達布蘭』為『媽媽』，亦步亦趨地跟著，老龜也展現親情呵護小河馬，為一場無情災難譜出一段另類感人的『親情』插曲。[9]

「歐文」的真實故事登上新聞版面後，隨即引起千里之外住在美國紐約的6歲小女生Isabella Hatkoff興趣，專程前往東非肯亞蒙巴薩動物園探

8　相關資訊可參見http://e-info.org.tw/news/world/special/2004/wosp2004-11.htm （上網時間：2016. 07. 27）。

9　引自【2005-01-07/《聯合晚報》/1版/要聞】新聞圖片（「歐洲圖片新聞社」）說明，標題為〈河馬樂當龜兒子〉。與此故事相關的第二個版本見2006.01.30《自由時報》，編譯魏國金特地先睹為快，寫下「小河馬歐文和牠的麻吉」（作者Isabella Hatkoff）。本書換用烏龜、陸龜、象龜等名詞。

望，並與父親Craig Hatkoff、在非洲照顧歐文的Dr. Paula Kahumbu以及英國BBC攝影記者Peter Greste聯袂出版了一本名為*Owen & Mzee: The true story of a remarkable friendship*之童書，中文書名《小河馬歐文和牠的麻吉》（見張東君譯，2006／Hatkoff, Hatkoff, Kahumbu, & Greste, 2006），而此處之「麻吉」即象龜Mzee譯名。

　　I. Hatkoff與她的童書在美國大受歡迎成為暢銷書後，繼之受到美國國家廣播公司（NBC）電視新聞採訪。[10]肯亞蒙巴薩動物園也架設網站將這個故事傳播各處，提供人們點選閱讀小河馬歐文、老象龜麻吉和動物園許多其他動物的故事。

　　使用者進入網站後不僅有歐文的照片、音樂、歌曲、文字報導、電視新聞、當初在海邊援救的紀錄片，還有許多其他動物的影音檔、歐文的趣味動畫以及動物互動影音遊戲。使用者可自助式地選擇歐文、麻吉與其他動物角色的影音檔，複製後剪貼、排列動物出現順序，然後播放自己編寫的動物故事。[11]

　　以上所述展示了現代紀實新聞（如《聯合晚報》、《自由時報》、NBC News的報導）與虛構故事（如I. Hatkoff的童書或本書作者所撰故事）講述現象的反覆糾葛，將傳統敘事學、傳播學領域推向必須再思的時機。

　　原屬新聞工作者選材並撰寫文本的紀實傳播內容，如今經過「讀者」（如I. Hatkoff或上網觀賞部落客）轉身變身為「作者」（出版童書或由部落客複製並組織自己的故事），另以不同媒介、不同符號系統再述故事重新產製出紀錄片、童書、電影，透過不同媒介載具持續轉述並傳播著同一故事。

　　然後，童書與原初故事再回到NBC電視新聞，出現了另一次的紀實影

10　NBC新聞見：http://www.owenandmzee.com/omweb/flash/mediacenter（此為注六所示網站蒐集之各地新聞，可點選NBC新聞。上網時間：2014. 05. 22）。

11　可點閱：http://www.owenandmzee.com/omweb/網站由動物庇護所設立，動畫由作家的青少年兒子們幫歐文和麻吉配音。除傳播議題外，也可注意到Isabella Hatkoff聽了歐文的故事後，用自己出童書方式轉述了歐文的事蹟給讀者。小河馬歐文自此感動了更多的人，除了捐款照顧歐文，也各自擔任作家或故事講述者，紛紛用音樂、文字、影像、動畫、網路互動的方式，一起來「傳播」這個讓人心有所感的故事。

音報導，更因動物庇護所的創意而演變出互動網站、動畫甚至虛構線上遊戲。這一套統合媒介載具、影音符號、故事、講述、再述的傳播現象，遠遠超越一般對敘事或傳播的定義與理解，我們稱此爲需要解讀的「敘事傳播」現象。

目前有幾個可以開始關切，但還不是全部可去關切的敘事傳播議題如：可流傳的不同故事（無論紀實或虛構）有何共性？以不同符號系統論述同一故事有何共相？流轉於社會的連動故事有何敘事傳播特性？以及故事閱讀與再述的關係爲何等。

以上所引小河馬「歐文」故事是個有關天災、生命力、情感與利他（助人或愛護動物）的傳播現象，引起注意或促成不斷轉述之因多在於其引發了認同（對動物的愛）、涉入（關心人與動物間的情感交流）、移情（同情小河馬的遭遇）等心理現象，亦即閱聽眾對動物生命不但投入了個人詮釋與情感，更也反射出人類自身在面臨災難時對生存、希望、友愛的渴望以及對他人的救濟。

在理解大海嘯的無情並哀嘆因意外喪失的寶貴生命、財產之餘，若透過故事表述則能發現只要活著就有希望，也讓我們認識人間有愛。或許，故事使眾人不但有勇氣面對生命中的苦痛，更有力氣繼續艱難的生命旅程。

其實，所有類似此些有關勇氣、信心、愛與希望的故事傳頌皆出自文化與信仰（見本章第一節圖1.1右上角所示之「社會文化內涵」）。透過各種媒介載具（如報紙、電視、網路、部落格等），故事教導我們勇敢追求生命力量、鼓勵對他人伸出愛心和援手，更也提醒對「善」的價值之肯定。如【圖1.1】所示，所有的故事皆可展現愛與詩性，凸顯了敘事傳播與資訊傳播截然不同之所在。

但即便故事好聽，總仍有些讀者、聽者看書聽故事時打瞌睡了，以致說者不講了、不想講也講不下去了。這是因爲故事內容不好、講者講得不好、聽者不懂抑或不愛聽？沒有聽眾，故事還可傳頌嗎？有沒有其他「不在故事講述現場」的人想聽？有沒有其他後續影響或行爲？

實則「敘事傳播」除了關心前面列舉的有關講述、文本、生命、轉譯等面向外，也更重視傳播行爲如何產生人際互動，乃因敘事傳播是傳播各方（如聽者、講者、旁聽者等）持續往來兼而創造新故事的行爲。換言

之，敘事傳播不能脫離參與傳播的雙方或多方，聽者的特質、互動、中介等議題也都當逐一討論。

三、穿越媒介與故事的現象

每天總有一些事情在周遭發生。有些事情相對而言與我們以及社會關係重大（如新聞紀實報導所及之事），另些或很特殊也很有趣，我們會「被告知」也會想知道，到頭來更想分享給別人知道（如透過臉書或LINE的功能）。人間情事總是逐漸跨越時空與人物並以故事形式傳頌，有人會講，有人會聽；敘事傳播現象從年幼初學人際溝通時即已開始，及長也不會結束甚至長期與生命同在。

因而敘事不僅與傳播活動緊密相關，從個人生活到人際關係、社會互動都與其（故事）講述、交流有關。Randall & McKim（2004: 7）將這種以編織故事講述經驗的行為解釋為是我們與日常存有的整合，值得人們再想一遍傳播行為中的敘事本質或敘事行為中的傳播現象。無論講或不講故事，不同大小事件總不停地在我們周遭發生，有些被視為不重要、沒趣味而遭忽略、遺忘，另些則常覺得需要說出來、寫下來給別人知道並且分享。

但凡那些我們認為重要、有意義或有趣的事，或一些善意、惡意的提醒、宣傳、質問與警告等，都形成了我們所聽、所講的故事內容。即便不想分享周遭諸事或感受，總也有其他人會在某個時機把他或她想要分享的事情透過不同方法講出來，最終也能喚起我們的同理心，甚至因為相予認同而影響了生活方式與態度，更可能改變我們的信仰、習俗及文化。如「太陽花學運」即屬一例，顯示了年輕世代的網路（社群媒體）使用與傳遞故事之方式已與過往不同，甚至可以左右政治選舉的走向。

在敘事傳播定義裡，「自述」與「他述」的故事即是如此這般反覆地攪動著個人生命以及與他人之互動關係，透過人造符號之各類媒材（如語言、影像、聲音）而在不同媒介載具出現，讓人們一再體驗人生、咀嚼情感並尋求智慧。

近日臺灣媒體也有「轉述」與「再述」的實例，如多年前曾有一位女

藝人與其友人涉入酒後傷害計程車司機事件[12]。事情真相可能只有挨揍的司機知道，第一時間他卻在加護病房無法自述事發經過，故事隨後透過女藝人在記者會道來（他述）時卻被人們（新聞記者）發現說謊，而動手襲擊司機重傷的日本人友寄隆輝語文不通沒有出來自述事發經過。另有兩位計程車司機的行車記錄器記錄到當時現場部分情形，錄影帶卻未及時被偵辦此事的檢警單位尋得。

傷害計程車司機的事件顯與女藝人之美色、暴力、謊言有關，甚至鬧出友寄隆輝有「日本黑社會」背景，有違「愛心、援助、善」的人情內涵，完全不同於前述小河馬歐文的素材或版本，但此二例同樣展示了類似故事的傳播特質，也同樣說明了敘事傳播的議題。但無論由當事人說出來的故事（自述）或律師、警察、記者、目擊證人娓娓道來的情節（他述）皆充滿「謎」、「對立與矛盾」、「困阻與難題」、「變化與轉折」，以致事件（故事）發展過程中時時出現了新的「發現」與不同版本「說法」。

以上這些引號皆屬說故事常見之情節演變，因而使得某些紀實故事具有頗為複雜的劇情鋪排特質。一件酒後攻擊他人事件甚至演變成「羅生門」[13]，因不同新聞媒體手相報導而出現了複雜版本。紀實新聞傳播亦因敘事的複雜化而演變成類似虛構連續劇般地不斷地連續、反覆、長篇幅地講述了足足有八天，牽連的載具也有報紙、電視、廣播、雜誌等傳統大眾媒介以及網路鄉民的論壇。

無論酒後傷人或歐文被救之例，似都顯示刻下各種媒介現象宜用「敘

---

12 詳閱2012年2月上旬各媒體有關Makiyo和友寄隆輝新聞或維基百科：http://
   zh.wikipedia.org/wiki/%E8%8C%89%E6%A8%B9%E4%BB%A3%E7%AD%89%E6%A
   F%86%E6%89%93%E8%A8%88%E7%A8%8B%E8%BB%8A%E5%8F%B8%E6%A9%
   9F%E4%BA%8B%E4%BB%B6（上網時間：2014年5月25日）。

13 「羅生門」原指「當事人各執一詞，各自按自己的利益和邏輯來表述證明，同時又都
   無法拿出第三方的公證客觀的證據，最終使得事實真相不為人知，陷入無休止的反覆
   爭論之中」，這個講法源自日本著名導演黑澤明所拍同名電影與日本名作家芥川龍之
   介另一小說《竹林中》小說，參見http://www.twwiki.com/wiki/%E7%BE%85%E7%94
   %9F%E9%96%80。

事傳播」解釋，乃因各例皆持續且長時間地被多家媒體、透過多人、以不同方式述說、評論，而臺灣臉書使用者（臉友）或其他地區網友也都加入觀察與回應行列。

在這些傳播現象中可以發現，社會大眾追求眞相的好奇心、聆聽故事情節發展時的各種想像以及一股股被激發起的社會情緒。此點並非反映所有在媒體出現的事件或人物皆屬重要，而可解釋爲人們對「故事」的需求，尤可看出當事人對故事與媒體的本質與運作方式皆不瞭解，以致版本愈滾愈多而情節愈形混淆。

同理，人們與媒體需求故事之例也可見於臺裔美籍職業籃球明星林書豪（Jeremy Lin）帶來的風潮。他加入美國職業籃球紐約尼克隊（New York Knicks）後持續帶領球隊獲勝，某場得到38分7助攻之佳績而擊敗洛杉磯湖人隊的表現更打破個人紀錄，五天內快速在美國及世界各地新聞媒體崛起並引起所有NBA迷的驚嘆，俱稱其背後現象爲「林來瘋」（Linsanity；見姜穎、陳子軒，2014）。

這點也可歸其因爲社會大眾（無論籃球迷與否，也無論身居臺灣或美國）喜歡追求「故事」也想認識「英雄主角」，尤其關心他們的「特色與超凡能力」以及「後來」都怎麼了；此即人們對故事情節發展及主角行爲的關心與預期，透過不同媒介載具之文本內容追求故事情節發展與英雄角色之行動。

待人們具備了「新情節使故事不斷發展」的敘事傳播素養後，當能理解類似事情何以在報紙、電視、電影重複播出還有高收視率，即便有時愈看愈生氣、愈緊張、愈興奮（姜穎、陳子軒，2014：173）：「鋪天蓋地的『林書豪』媒體報導湧現，『臺灣之光』、『哈佛小子』、『豪小子』與『豪神』諸多稱謂，凸顯出聚集於林書豪身上各種特殊元素的交織與對臺灣社會造成的擾動，充斥著狂喜、驕傲、與有榮焉之感，然而這份喜悅與認同的背後卻隱藏著一份難以言明，但真實存在的集體國族焦慮」，顯然故事的源起與流動除了【圖1.1】外，恐尚有更大的框架足資討論。

實則「敘事傳播」的特質也正考驗著社會互動如何透過傳播媒介之「再述」或「轉述」本質而得以觀察社會，也關注著同一故事如何由不同的人在不同時空用不同方法轉述，而各類媒體又如何透過不同人在音樂、

電視、書本、紀錄片等符號系統轉述了什麼故事。此外，政治、經濟、媒體機構等是否在此傳播現象「伸進其手」扮演我們不知道的「角色」？

這些都是傳播、敘事，更是敘事傳播的問題：當大家都在講、都在用不同管道發言時，本書試從人文角度討論傳播現象裡的「故事怎麼了？」，顯然有異於傳統敘事或傳播領域關切之「後來怎麼了？」。

此即強調，「敘事傳播」專注於分析傳播事件在一再轉述間是否模糊了焦點？時間、空間、人物、事件在一再更換說故事的符號間保留了什麼？傳播這個議題除了媒介載具（如書籍、電視、電影、網路、手機）或政策法規、科技外，是否還有其他未曾加入的角色？是否還有「尚未講過的故事」？

今日社會情境早已不同於過往，新起的各類科技允許媒介載具融合多個文本（如智慧型手機可將聲音、圖片、影片、文字所述故事合一展現），傳播語境也迥異於前。但傳播現象之「眾聲喧譁」似乎不是答案的全部，我們尚可關注轉譯、解釋、補白等程序，並也注意符號能力、效果和侷限。

本書討論了「敘事傳播」的源起與基本內涵，未來猶可繼續補充「敘事傳播」的全貌。

四、「敘事傳播」的生活世界

-- 敘事知識在社會實踐【活動】中隨處可見也不難想見。【如】經理與其下屬相互講述故事也撰寫故事，也對訪問者（無論研究人員或新聞工作者）做同樣的事；醫生與病人、老師與學生、業務員與顧客、教練與美式足球隊員們亦然。自傳式故事（無論個人或組織性質）的普及也在穩定成長，而老式故事（民間故事、神話、英雄事蹟）則受惠於新科技與新媒介而取得了新的形式（Czarniaswska, 2004: 10；添加語句出自本書）。

故事和我們的生活息息相關，是生活當中那些喜歡且值得講述與傳頌的事情。而我們從小時候起就習慣於聽家人說故事，大了在學校聽老師與

同學講述故事，最後甚至成為「說故事的人」（storytellers）。透過故事的聽說讀寫、再現、創作，我們連結起彼此的認同與想像，貫串著共有或共識的感動與生命經驗，也與身處遠方的陌生人交換記憶、情感與認知；生活中的各式故事講述了我們自己，而我們也被故事型塑。

　　每一本書、每一部電影、每一則新聞，都有關於一件事情。作者先想到了、遇到了、聽說或閱讀後知道了，接著用某種方法讓讀者們也知道了，再由某些讀者繼續透過口述、書寫、繪畫、演唱、電影等傳播方式與載具，更讓很多其他人也都陸陸續續知道；這是經典的傳播行為。

　　現代傳播工具發達，而在電子訊號快速流通及網路互動情境下，故事來源不再單一，轉述頻道愈趨多元而新符號更快速流通。傳播行為經過時間延展後在空間與文化裡發酵，再由很多人主觀或客觀地以不同符號轉述，又經過很多人的情感詮釋於焉形成不同於傳統認知的傳播，而為具有特色的「敘事傳播」現象，值得關注。

　　敘事學在過去六十年一再反覆討論故事以及故事的論述，關切說者、聽者、有意和無意的聽／說者以及故事的本質和內涵。敘事等同於傳播嗎？一些重要的敘事學者怎麼看待敘事和傳播？敘事時傳播行為發生了嗎？在哪裡？是什麼？牽涉哪些相關議題？

　　綜合本章所述，「敘事傳播」的內涵如【圖1.2】所示：任何故事都是說故事者（敘事者）從真實世界（見【圖1.2】上方）裡挑選並重組某些片段後之再現（representation）結果，乃其認知思維（如記憶與經驗）運作後透過語言符號所建構之「文本」（【圖1.2】中間）。

　　而其核心實體則係「故事」（文本），可定義為「時空背景中由行為者所引發或經驗的行為動作」（Jacobs, 1996: 387-388），係說故事者在其所述文本中對真實世界之模擬、轉述、建構而非該真實之反映。

　　此一再現或建構真實歷程，無論在「紀實」文類（如新聞報導）與虛構作品（如小說、廣告、電影、戲劇）皆可適用（【圖1.2】右側）。如最早在傳播領域提倡敘事典範之研究者Fisher（1987）早已假設人皆有溝通（說故事）本能，其作用乃在探訪並分享「好的敘事表現（即好的故事）」，相互激勵並互通有無。

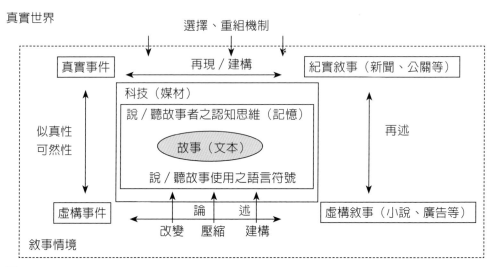

圖1.2 由敘事角度重新思考之傳播內涵
（改繪自臧國仁、蔡琰，2009a：5）

　　因而人際溝通是否順暢乃建立在「意義共享」之基礎，互動雙方彼此以好的故事連結意義，共同追求「好的故事表現」如「講得像是真的」（似真性；【圖1.2】左側）與「以多種可能方式述說」（可然性；【圖1.2】左側），[14]透過論述方式而將「說故事者」觀察到的物件以文字或符號「再現」，因而建構了屬於故事文本獨有之「敘事情境」（narrative context；【圖1.2】內框左下方）。

　　總之，在「敘事傳播」世界裡，故事不斷地流傳也持續「再述」（【圖1.2】右邊），透過不同媒材載具（如大眾傳播媒介）而一再翻轉著其核心情節，讓聽聞者情有所感而樂於與他人分享並常無以自拔；而這，就是故事的魅力。

　　由本章所述來看，傳播領域的敘事類型種類繁多，包括傳統視為講述故事的主要大眾媒介載具、管道、平臺，如報紙、電視、廣播、廣告、電影、紀錄片、繪本、動畫等皆可屬之；這點在姚媛譯（2002／Berger,

---

14 「似真性」（facticity）與「可然性」（probability）譯名均出自馬海良譯，2002／Herman, 1999。

1996）一書早有列舉。

　　但如最早從語言結構提出敘事討論之Labov（1997）所述，則口述回憶、傳統民間故事、前衛小說、醫療訪談、日常對話亦都具有敘事內涵，甚連食譜或房屋建築藍圖（apartment-house layouts）皆因其有將不同形式的經驗描述，重新以「敘事」包裝而可稱之「偽敘事」（pseudo narratives）。

　　如此一來「敘事」的形式種類真可謂包羅萬象，「敘事在幾乎所有日常對話都扮演核心角色，其乃言說的特殊形式，……也是言說活動中唯一有開始、中間以及結尾的原形（prototype）」（Labov, 1997: 395）。

第三節　本書章節介紹

　　本書第一章已如上述簡要地討論了「故事」與「敘事傳播」的可能構連，並透過「河馬」歐文與「象龜」的故事簡介了「故事穿越媒介的現象」，旨在說明無論紀實文類（如新聞報導）或虛構作品（如小說、廣告、電影、戲劇）都屬敘事傳播之討論對象。

　　第二章提出本書之理論基礎並嘗試連結「敘事典範」與「大眾傳播研究」，除先回顧「典範」與「典範轉移」概念之意涵外，第三節正式介紹有關「大眾傳播研究典範轉移」之議題，詳盡說明「實證論」如何在上世紀中期引入大眾傳播領域，而「敘事論」又如何在80年代中期成為新學術思潮廣受關注。

　　第三章續以「數位時代的敘事傳播」為重點，討論「新科技」如何對傳播事業與學術思潮帶來前所未見之衝擊。作者並以「網路傳播時代的新敘事樣貌」為起點，討論「敘事傳播」在數位時代面臨的五個重要變局，包括「敘事之『跨界』移動及流變現象愈形顯著」、「傳播學與敘事理論多元及交錯應用」、「『非線性傳播』敘事複雜系統成形」、「敘事傳播之內涵兼具『理性』與『情感』」、「文化壟斷及碎片化敘事現象同存互參」。

　　第四至五章分別引介「新聞敘事結構」與「新聞訪問敘事」，藉以說明紀實敘事之文本與語言特色。如第四章除重述兩位作者1999年之專文

「新聞敘事結構」並由此檢討相關理論回顧與整理外，並將延伸引入「電視新聞類型」與「網路新聞類型」之敘事結構。

第五章係以「新聞訪問」爲旨，接續說明此一專業工作如何得以「敘事」角度深究，除回顧「訪問」與「新聞訪問」相關文獻外，第三節尤將介紹新聞訪問研究與敘事概念間之可能連結。

接續上述兩個篇章述明紀實報導與敘事間之可能連結後，第六至八章轉向探析「創意傳播」如何得與敘事產生關聯，分以「想像」、「圖文」與「情感」爲其子題，均先提出理論背景而後試析各子題爲何得與敘事接軌。

舉例來說，第六章討論「想像敘事」時係以下列兩個命題爲其思考起點：「想像如何是認知思維的認識」，而「敘事時，人們對想像力的操作又爲何」。結論一節採用敘事心理學者Sarbin之「想像即（敘事）行動」觀點，認爲敘事者（包括紀實敘事者如新聞工作者）講述故事時無法脫離想像之作用，因而想像一詞在敘事之意涵偏向「動名詞」而非名詞，乃具主動、探索、操作自如、創作性等特性。

第七章轉往一般敘事研究迄今猶少論及之「圖像傳播」，尤其關注文字與圖像在敘事過程扮演之不同角色與功能。先由理論入手討論圖（照）片之相關定義，接續說明圖像與心象間的關聯，次則先後以「圖像傳播」以及「新聞圖像」爲例說明其與文字間之複雜互動關係，強調兩者如何成就靜態與動態之「跨媒介敘事」現象。

第八章關心敘事傳播如何得與日常情感生活契合，係以「遊戲」、「儀式」與「原型」爲討論核心，旨在回顧人們企求溝通互動並增加人際情感交流的本能，藉此說明如何得從人文視角觀察敘事領域。

第九章爲本書結論，由近期敘事研究領域的「敘事帝國主義」爭議切入，討論「純文本」與「跨領域取向」間之學術論辯如何影響本書所談「敘事傳播」。而本書所持之「人文視角」則在強調敘事以及傳播具有促進日常生活人際互動進而建立社會關係之重要功能，係以「說故事者」爲其主體，透過不同媒介與媒材之故事講述歷程而與他人建立關係，進而展開互動以能展現美好日常生活。

合併上述，本書作者認爲「傳播」即「說故事」之行動，其重點不在

講求「效果」，亦不僅關注資訊是否流通，但強調傳播行為本就帶有「生命共享」、「意義共構」、「相互參與」、「彼此連結」、「共同擁有」或「再現共用信念」之意涵，期盼在「說故事」過程中能交換不同涉入者對故事的認知與情感、沉澱出屬於自己的人生意義，兼而建構一己及社會的思想與情感。

　　總之，本書意在將流傳於我們之間的傳播行動用「說故事」方式藉著書本形式再述一次，意圖結合敘事與傳播並從不同面向來講述「敘事傳播」：一個穿透時空分享生命故事的情感經驗，並相對改變雙方的連續互動話語及媒介行為。

第四節　本章結語：「敘事學」或「敘述學」之論

　　本章已於前節敘明故事的源起與流動，繼而介紹本書觀點與敘事傳播之特色與內涵，期待透過故事的再述與轉述說明傳播現象的本質，兼而關切故事之講述情境。

　　最後本書採用「敘事學」而非「敘述學」一詞時，曾經參考《清華中文學報》稍早提出之建議（見王文進，2011）。在此文中，王氏認為此兩名詞早已困擾了華人研究者一段時日，因而呼應趙毅衡（2009a）之籲認為宜統一用法。

　　但王氏延續另一敘事學者申丹之觀點，提及在中文使用習慣裡「敘事」大於「敘述」也包含「敘述」，但仍無法確認何者更為適合，因而僅能並列為「敘述／敘事」。

　　在傳播領域裡則採「敘事」一詞久矣，如第二章提及之政大傳播學院初設必修課程「傳播敘事」即已採此詞彙，本書因而捨棄「敘述學」而僅用「敘事學」以及「敘事傳播」以利閱讀。

第二章

敘事典範與大眾傳播研究

第一節　概論：典範之作用

-- 我希望這本書將幫助你們理解和闡釋多種不同的敘事，並認識
到這些敘事可能對我們的生活造成的影響。因此我在這裡討
論，並且要求你們考慮自己的夢，孩提時你們接觸到的童話故
事，你們看的電視節目、電影，你們讀的連環漫畫、散文和小
說，你們的生活沉浸其中（並對其進行塑造）的通俗文化，你
們說的笑話，甚至你們每天做的許多事情（姚媛譯，2002：3／
Berger, 1996；括號內出自原書）。

　　上章簡述了「敘事傳播」的內涵，在於關注「故事」如何透過不同
媒介再述、轉載、流傳，進而成為日常話題並隨之創造了生命的共同意義
（無論好壞故事皆然）。這種以「故事」為傳播活動核心的觀點其來有
自，歷經近二、三十年不同學術思潮論辯後，才由文學批評與小說研究領
域引入（見Fisher, 1987; Cragan & Shields, 1995）。而在大眾（新聞）傳
播領域，「敘事」理論受到重視的時間更短，約在上世紀末90年代前後始
漸被研究者接納，進而成為舉足輕重的學術興起取向（Bird & Dardenne,
1988, 1990, 2009）。

　　如本節開頭引錄之作者A. Berger即屬最早強調「大眾媒體在現代生活
中之敘事作用」（此句出自臧國仁、蔡琰，2013：174）的傳播學者，其
認為除了傳統敘事學含括的「小說」、「詩歌」等文學作品外，舉凡「童
話」、「連環漫畫」、「電視廣告」（電視敘事）、「通俗文化小說」、
「電影」、「廣播」等現代大眾媒介內容皆屬「敘事」，乃因它們透過文
本所表達的故事均具「連續性」，與靜態圖畫、素描、照片不同（姚媛
譯，2002：3／Berger, 1996）。惟該書猶未採信「新聞報導」為敘事，要
稍晚另在Lacey（2002）專論媒體敘事結構裡方才納入討論。

　　此一講法如今回頭檢視當然令人莞爾，乃因靜態作品即便沒有「連續
性」但仍有「故事性」。尤其靜態照片之故事內涵豐富，如法國結構主義
文學批評家R. Barthes即曾詳細闡釋其所再現之含意（越克非譯，2003／

Barthes, 1980），其屬敘事當無疑義。

　　而在國內傳播教學領域，開授「敘事」相關課程仍屬近年新意，如政治大學傳播學院雖遲至2010年（99學年第一學期）始才設置「傳播敘事」（與本書「敘事傳播」之名稱與關注內涵稍異）課程，仍為國內外首創，屬院必修。其內容延續2000年起開授之「視聽傳播」課，內容含括心理、符號、圖片、音樂、流動影像、文本與批判等議題。而此課又源自更早的「視覺傳播」課，授課內容涉及構圖、線條、色塊等視覺設計原理，平面作品如繪畫、攝影解析欣賞等，初意本在強調文字以外之符號傳播方式以與原有「平面媒介」（如報紙、雜誌）寫作課程區隔，最早引進時間約在1996年前後。

　　隨著時代遞嬗與科技進程，無論「視覺傳播」或「視聽傳播」等概念顯都不復反映時序進入21世紀後的傳播領域多元風貌，而將文字排除於敘事講授元素之外亦不符實情，理當引入新的概念跨越不同媒材以貫穿原有之「說故事」情境。復經多方討論後，今日之「傳播敘事」新課構想與建置始漸成形，改而強調傳播學院學生勢需兼有並熟諳文字、圖 / 影像、聲音等跨文類之說故事本領。

　　此一想法與本書標示的「敘事傳播」旨意貼近，但本書更在意於敘事現象如何得為傳播工作者所用，尤其關切如何理解、轉換與評估符號，兼及如何運用不同媒介之符號 / 媒材來表達意念，並統整不同範疇的敘事觀念，重點應在如何適應數位匯流時代的來臨，並以「數位敘事」概念貫穿未來傳播行為（見本章小結）。

　　一般而言，大學校園因應社會變遷而調整課程內容本屬常態，但此舉實也顯示了更為深層之意涵，亦即隨著學術思潮的持續演變，新的想法逐漸取代舊有思維並刺激研究者改採不同「世界觀」（worldview）或「視野」（perspective），進而提出與前不同的教學內容，學習者方能獲取與原有認知不同之知識地圖，甚至放棄過去篤信之學術信仰從而樂於另闢蹊徑；此即「典範」（paradigm）概念最常在學術領域扮演的積極作用。

第二節　典範與典範轉移

「典範」一詞的正式名稱應是「科學典範」（scientific paradigm），其普遍受到重視實源自上世紀60年代由T. Kuhn所撰之*The structure of scientific revolutions*（1962／程樹德、傅大為、王道還、錢永祥譯，1994）。作者Kuhn原係科學史研究者，在此書裡針對知識的演進提出了下列幾個有趣疑問：「歷史能做什麼」、「常態科學如何產生」、「常態科學的本質為何」、「異常現象與科學發現之產生有何關聯」（以上皆為該書各章標題），而最重要的提問則是：「為何科學能這樣一直向前穩定地邁進」（頁217）。[1]

Kuhn（1962／程樹德等，1994：235-6）解釋，「典範」之意在於「一個社群的成員所共享的東西，以及，反過來說，一個科學社群由共享一個典範的人組成，……他們都受過同樣的教育與養成訓練；在這過程中，他們都啃過同樣的技術文獻，並從這些文獻中抽譯出相同的教訓」。

Kuhn（1962／程樹德等，1994）認為，任何主導科學進程的「典範」總是面臨眾多新起理論與新發現的挑戰，相形之下這些「後起之秀」（anomalies，原意為「異常現象」）常在各地點燃星星之火進而聲勢浩大，終而直接或間接地讓舊理論「褪色」甚至「退位」，導致「典範轉移」（paradigm shift）的發生：「這些【新】發現所涉及的變遷，不但有破壞性，也有建設性，……科學家【從而】能解釋更多的自然現象，或更精確地說明已知現象」（頁117，添加語詞出自本書）。

這種變遷過程正如Kuhn書名所示之「科學革命」（頁165）：

> 典範一旦改變，這世界也跟著改變了。受一個新典範的指引，科學家採用新的工具，去注意許多新的地方。甚至更重要的是，在革命的過程中科學家用熟悉的工具來注意一些他們以前所

1　此句之後，Kuhn（1962／程樹德等，1994：217）又問，為何藝術、政治理論或哲學不是這樣發展。但多年來不僅自然科學領域，即連人文（如藝術領域）社會科學研究者也都多方引用此書觀點。本書也持相同看法，認為傳播領域的思潮變化可用「典範」概念解釋。

注意過的東西時，他們會看到新而不同的東西。……在革命之
後，科學家們所面對的是一個不同的世界。

由此可知，「典範」原指一群持有類似觀點的研究者針對如何研究科
學／社會現象所持之共有價值觀（Kuhn稱此「共享範例」，頁247），他
們不但研究工具相近，更重要的是基本信念相近、彼此溝通較易因而形成
往來密切的「社群」。

有趣的是，「此社群」與「彼社群」間鮮少互動甚至常視而不見，
而新的典範社群更常以「革命者」自居而意在推翻舊有典範，雙方相互競
爭、論辯進而產生學術思潮間的「不可共量性」（incommensurability；頁
203-7），指成員間學術用語不同（「……老的詞彙、觀念與實驗彼此間有
一種新的關係」，頁204），面對相同概念時之意義詮釋也可能大異其趣
（「他們……在一些領域間看到不同的東西，而且他們看到的東西彼此間
的關係也不同」，頁205）；但也唯有透過如此新舊典範間之持續更迭，科
學才能演進而知識也才能不斷更新。

Kuhn的「典範轉移」論點影響了整個知識界已逾半個世紀，如今絕大
多數研究者也都同意知識進程非僅累積而來，更也透過新舊典範間之論辯
方得不斷更新。但相較於Kuhn指稱的自然科學前後典範之替代性，社會科
學多年來卻較屬意於「多元並存現象」（潘慧玲，2003：4）。如在20世
紀中期之前獨尊實證主義多年，但從90年代起即已持續受到如詮釋學、現
象學、批判理論、文化理論、女性主義、後現代主義、後結構主義等不同
學術思潮之衝擊與挑戰，以致各學門不復再以實證主義之「因果法則」或
「還原主義」（reductionism，或稱「化約論」）等為其核心理論，而必也
接受上述皆能各自言之成理的學說與哲理。

總之，學術研究領域之「眾聲喧譁」現象本是常態，不同研究社區成
員常因長期浸淫於某些特殊定律與理論而發展出不同思想系統，其對世界
本質的信念（此常稱「本體論」）與觀點（此即「知識論」）有著極大差
異，而執行研究的方法與設計（「方法論」）當然也就涇渭分明，有時是
「此消彼長」另時卻是「相互共存」；而敘事研究的興起正是典範轉變之
佳例，值得一談。

第三節　敘事學／研究／理論／敘事典範[2]

-- 一個理論必須依靠其他周圍的理論才能存活，所以【我們】
　應該耐心等待，給目前看起來很荒唐的理論一個存活的機
　會。……一個新理論創發之初，其周邊的理論很難同時或短時
　間內建立。太早放棄一個未得充分驗證的理論或甚至看起來荒
　唐的理論，很能使有潛力、有前途的理論夭折（林正弘，1995：
　226；添加語句出自本書）。

　　「敘事學」來源廣泛，其出現一般都歸功於保加利亞裔法國文學理論
家T. Todorov在1969年啟用之narratologie一詞（即英文narratology，引自
Riessman, 1993: 1，其又自承該說法出自Godzich, 1989: ix），指透過書寫
語言所再現之單一事件或一系列事件，可簡稱為「說故事」之分析，包含
「論述」（discourse，或譯為「言說」或「敘說」）與「故事」兩者（出
自Chatman, 1978之歸納），前者多指故事「如何說」（途徑），而後者則
為「說什麼」（內容）。

　　不過，現有「說故事」研究傳統實則奠基於1920年代俄國民俗學者V.
Propp（1968/1922）之「故事結構」討論，強調凡敘事皆有情節「類型」
（如戲劇即可粗分為喜劇、悲劇等，而小說可分為浪漫長篇、科幻中篇、
歷史短篇），凡「類型」又有更細緻之組成元素俗稱「公式」（見蔡琰，
2000：123），前者指任何一種或一類之作品，而公式則是這些相似作品之
結構條件或特徵。透過相似公式之歸納與組合就可形成類型，但若其組成
公式彼此相異，則又可區辨而產生另一不同類型。

　　總之，類型與公式之組合模式不但反映了說故事者的溝通意圖與策
略，閱聽眾也要藉由這些類型與公式方得理解故事講述者意在表達的邏輯

2　敘事理論（narrative theory）、敘事學（narratology）、敘事研究（narrative
　research）三者所示稍有差異，如前者多指稱較早期在文學領域盛行之敘事研究，
　90年代以後則常以「敘事學」一詞替代，本書交換使用。本節改寫自臧國仁、蔡琰
　（2013）。

與意涵，因而或可謂「……類型概念係依靠結構形式特徵（或模式、風格特徵），將作者、作品【故事】、觀眾聯繫在一起」（蔡琰，2000：118；添加語句出自本書，括號出自原文）。

上述講法十足展現了敘事研究發展之初如何受到歐洲結構主義之影響，以致於Brockmeier & Carbaught（2001: 4）即曾戲稱敘事學之「演變實源自身為法國『結構主義』（structuralism）之子以及俄國與捷克『形式主義』（formalism）之孫，從而才能發展為獨立領域」。[3]

另一方面，Martin（1986）認為敘事研究業已取代了昔日之「小說理論」（theory of novel），而成為「文學研究」主要取徑，乃因上述敘事研究的結構與形式分析特色，提供了遠較以往更為廣闊的討論內涵。

敘事研究的另一個早期發展來自語言學。[4]如Labov & Waletzky（1997/1966）即曾主張敘事研究必須回到最簡單的個人經驗口語述說形式如「子句」，方能檢閱埋在「句子」之下的故事語意與句法。透過訪談所得的十四個敘事樣本，並以其所擅長的語言學分析方式，兩位作者決定「任何系列子句若能表達至少一個時間接合點（temporal juncture）」，即為一個敘事。

舉例來說，「我認識名為哈利的男孩」、「另個男孩將瓶子正好丟在他頭上」、「因而他（哈利）得要縫上七針」三個子句之後，兩者隱含之

---

[3] Squire, Andrews, & Tamboukou,（2013: 3-4）曾經說明，除上述俄國結構主義與法國後結構主義、後現代主義、心理分析與解構主義等思潮外，敘事研究的興起也與二次大戰後西方社會學與心理學者對實證主義的不滿，而改從個人研究、傳記、生命史等面向進行學術探索。此外，Czarniaswska（2003: 2）認為除了法國結構主義與俄國、捷克形式主義外，猶有美國新批判主義（new criticism）與德國的詮釋學（如H. -G. Gadamer）對敘事學的近代發展頗有貢獻。

[4] 有關敘事學的語言與文學研究淵源及「剝離」，可參閱董小英，2001之引言（頁1-16）。而Labov（1997）另在其回顧Labov & Waletzky（1997/1966）一文之源起時，曾自承當年僅因兩人合作探索「社會語言學」，而因緣際會地開展了近代由語言學角度所撰之首篇敘事理論研究。但其爾後很少發表相關論文，乃因實證主義當道而一般學術期刊無法接受與敘事理論有關之探索只得暫時罷手。但Labov認為，敘事有趣乃因他注意到，每次演講只要開始講述故事就會吸引聽眾注意，受到故事情節的影響而常靜默，甚至演講結束也不願離開。

時間接合點（「正好」→「因而」），就可看成是敘事作品（取自Labov & Waletzky, 1997/1966: 21）。由此，兩位作者接著提出了敘事之「完整形式」，包含六個基本結構元素如：「摘要」、「狀態」、「複雜行動」、「評價」、「解決方式」、「結局」等（引自王勇智、鄧明宇譯，2003：40／Riessman, 1993）。

這些元素的基本功能有二：一爲「指參」作用，意指協助聽故事者知道故事參與者有誰、事件在何時何地發生、究竟發生了什麼事，亦可稱爲故事的「情境」作用。另一功能則爲「評價」，包括透過口語或非口語來表達情緒、重點、視角與洞察力，乃可謂說故事的核心內涵。

上述由Labov & Waletzky提出的語言取徑彌補了早期以文學（小說、文藝）作品結構爲主的敘事研究，從而開闢了「文本」（text）以外的分析方式。[5]由此，敘事最簡明的定義即可稱其爲「講述一個以上的事件／子句」，尤其是將其編織成有時間序列的線性組織，[6]而內容常包含上述幾個基本元素。另當也如前引Berger（1996／姚媛譯，2002：16）所稱，可分從「創作者」、「觀眾」、「作品」、「社會」以及「媒介」（medium）等相關角度切入進行分析，與傳播研究之傳統途徑極爲相似。

尤其重要的是，Labov & Waletzky首開先河地[7]介紹了「個人經驗敘事」如何得以透過上述六個基本元素完成，並也鼓勵研究者持續探索故事裡的人際關係，從而將敘事分析從傳統文學裡解放出來，進而與會話分析（conversation analysis）以及社會語言學接軌，成爲探討面對面人際談話的另種研究途徑。[8]

5　源於Labov & Waletzky之文影響重大，*Journal of Narrative & Life History*期刊曾於二十年後轉載該文，該期並集中討論其對敘事研究之貢獻（見Bamberg, 2007）。而同一時期則有法國結構敘事學者R. Barthes提出「新的」敘事分析途徑，意在以語言學（lingustics，或稱「第二語言學」）來分析故事結構，但此一途徑曾被Herman（2004）謂之無效。

6　Rimmon-Kenan（1983: 3）因而如此區分「故事」與「文本」：故事乃事件之接續述說，而文本則是口語或書寫之論述，旨在完成其述說（轉引自Herman, 2004: 51）。

7　Riesman（2013: 257）即稱Labov之二文是敘事研究的「分水嶺」，自此研究者正視「自述」爲敘事作品，而非如以往僅關注一般來說皆屬「他述」之文學作品。

8　在Labov（1972: 370）曾如此定義「敘事」：「一種概述過去經驗的方法，藉由口語

　　但也誠如Brockmeier & Carbaught（2001: 6-8）所稱，自80年代以來，敘事研究早已脫離上述專注於文本與語言結構的古典分析形式，轉而成爲多元且內涵豐富之學術範疇（參見Bal, 2004），持續探究其基本元素間如何互動之深層意涵，尤其趨向從人文觀點探索「日常生活傳播形式」以及「非虛構作品」的類型方向，關切如何在實際使用情境創建故事意義（可稱之「敘事行動」或narrative in action，見Gergen & Gergen, 2007）、生活敘事的語言如何豐富了每個人的生命（Randall, 2001）、故事在不同文化與次文化中又有哪些多樣性等議題。

　　此中以歷史學家H. White（1973／陳新譯，2009）的貢獻最爲彌足珍貴，其在五十年前即已率先透過敘事論來探究歷史之眞實性，從而帶領研究者跨越「虛構」與「非虛構」之鴻溝，正式開啟了對「紀實敘事」的新起研究方向。誠如Waldman（1981: 240）之言，White遠較其他任何人更早地引入了歷史敘事的概念，進而引起眾多學者開始關懷敘事之眞實與虛構議題。

　　White詳加探索19世紀歷史後發現，不同史學家均會運用「情節編排」方式撰述歷史，其所有思想與意識都屬「對經驗的『比喻』加工，因此在敘述過去之前已經隱藏著某種『先於認知和先於評斷的』形象比喻」（馬海良譯，2002：179-180／Herman, 1999），因而「既創造分析對象，也預先決定將用以解釋那個對象的概念策略的樣式」（馬海良譯，2002：180／Herman, 1999），致使歷史著作之各種深層結構必然有著敘事形式基礎。

　　對White而言，情節編排、文學操作皆使「虛構文學」得與「歷史杜撰」劃上等號，兩者差異不大。因而當傳統敘事學從未正視歷史眞相所含之故事特質時，White卻認爲歷史論述可分成兩個層面，分別是「對已經確立爲事實的敘述」與「一系列將事實清單轉換爲故事的那些詩歌和修辭成分，其中有提供『情節』的故事體裁模式。事實的本身不會引起敘事故事部分的衝突，但是情節編排和修辭賦予故事不同的意義應無疑義」（馬

　　子句的序列來與實際事件序列對照（match）」。而在其1997年的補充裡，則曾重新定義「個人經驗之敘事」爲：「針對一系列事件之報告，其內容係説話者根據原始事件之次序所講的系列子句傳記」（biography）。

海良譯，2002：180-183／Herman, 1999）。換言之，歷史研究固屬針對已發生過的「事實」（即歷史真實事件）之描述，但如何描述這些「事實」之演變勢必訴諸敘事手法與情節鋪陳。White進而提出了「歷史的詩學」（a poetics of history）概念，認為「史學家寫歷史如同文學家寫小說一樣，用寫詩的方式處理素材，對於某一個題材可以用不同的風格和形式寫作……」（引自周雪舫，2009：185-6）。

但歷史當與小說不同，乃因史家必須「發現」故事而小說家則是「發明」；歷史故事所述乃「真實」且曾經發生的事件，而小說所描述則是「想像式的事件」，兩者差異極大卻非截然不同之「兩條平行線」。White因而引述19～20世紀哲學家克羅齊之言，謂之「沒有敘事，就沒有歷史」（引自周雪舫，2009：186）。[9]

由此觀之，「歷史」事實其實總是被「現在」的研究者所再現，而對「現在」來說，「過去」的事實早已成為他者而只能等待後人詮釋；過去不再發生，其皆後人敘述而已（林錚譯，2004／LeDuc, 1999）。因而歷史再現與真實間必然存在著不可逾越的間隙，「任何符號或再現都不能讓我們看到真實或『鉤住真實』」（馬海良譯，2002：183／Herman, 1999），歷史過程的描述可謂就是歷史敘事罷了。

歷史社會學家柯志明（2005：155）曾如此闡釋歷史研究與敘事的關聯性：「在臺語裡，陳述過去的事—『講古』—就是說故事，對於再現過去的論述方式已經做了明確的選擇：敘事」。但他也承認一般社會科學研究者迄今並不如此認為，反而視「歷史解釋」為「次級的科學」（頁156）。惟對柯志明（2005：157；添加語句出自本書）而言，「歷史解釋不是法則式的，但仍不失為因果；透過【敘事】情節的整編，歷史不再是流水帳式的記事——一件跟著一件，而是有前因後果的單一整體」。

延續同樣思路，一旦視新聞報導為情節敘事，則其即如歷史而無法避免符號形式與內涵窠臼之「再現」，導致讀者難以從敘事符號傳遞的概念直接進入真實世界，最多僅能說是進入符號指涉的世界，此即新聞報導之「符號真實」（見臧國仁，1999：第二章），包含各種透過文字、語言、

9　有關White的治學重心如何轉往人文思想，可參閱葉勝裕（2006）的深入討論。

影像所描繪記錄的社會事件。

換言之，新聞紀實報導（如寫成「倒金字／寶塔」形式）[10]與虛構故事（如倒敍法）間，在藉由文字與影像符號創造的文本裡不僅「形式外觀」相似，其語義亦皆可被寫作者（報導者）操作，致使「言內表現」（語出馬海良譯，2002／Herman, 1999）與虛構創作相差無幾。

也就是說，在社會真實事件不斷經由情節之再創造（再述）而為新聞報導的過程中，新聞工作者總要對一系列歷史性故事或同時間發生之故事進行篩選，繼而透過符號語言之論述方式再現這些事件的來龍去脈。此點實與前引歷史學家White所述接近，即其面對的雖是「真實事件」素材，但因表述這些事件總要透過情節模式，其寫作或其他符號之撰述過程無法脫離一般虛構敍事的表現方式。

誠如陳永國、張萬娟譯（2003：1／White, 1973）所述，White所持之「歷史敍事論」對傳統極少觸及之「非虛構事實」領域起了極大作用，

> 不僅顛覆了歷史即事實的重複這一古老而頑固的史學錯誤，為當代史學的發展和史學觀的更新開闢了新路，而且在史學研究與文學批評之間看到了親和性和相同點，從而把兩者結合起來，跨越了兩者間被認為是不可逾越的學科界線，構成了一種空前的跨學科研究……，是文史哲三學科綜合的一個宏大敍事……。

受到以上對「敍事研究」流變的不斷省思，尤其從「經典敍事學」[11]關切的虛構敍事轉移到「後現代敍事學」關切的紀實敍事，眾多研究者均曾自承深受White啟發而漸開啟自我心智（Randall, 2001: 33），領悟說故事的奇妙作用後並將其融入各領域如詩學、政治、教育、專業，使得「敍事論」在21世紀初業已成為跨學門的後起之秀，甚至引發學術「世

---

10 「倒金字塔」即inverted pyramid，曾譯為「倒寶塔式」，故本書以「倒金字／寶塔」名之。

11 眾多重要學者如M. Bal (1997), S. Chatman (1978), J. Culler (1975), N. Frye (1957), G. Genette (1980), W. Martin (1986), Onega & Landa (1996), G. Prince (1996)等，另可參閱蔡琰（2000）。

界觀」的調整，從而視爲對抗「笛卡爾理性典範」實證論點的重要行動（Brockmeier & Carbaugh, 2001: 9），習稱「向敘事轉」（the narrative turn; 見Riessman, 1993: Introduction; 2002）之新思潮，在人文及社會科學中樹立了與前不同的「視框」，也代表了「科學對人根本隱喻的轉變」（王勇智、鄧明宇譯，2003：2／Riessman, 1993）。[12]

趙毅衡（2009b：74）曾經細究「向敘事轉」（該文稱「敘述轉向」）的始末，認爲雖然眾多研究者曾謂J. -F. Lyotard最初提出這個概念，[13]但實際上在其之前的J. P. Satre早已如此強調了敘事的意義：「人永遠是講故事者，人的生活包圍在他自己的故事和別人的故事中，他通過故事看待周圍發生的一切，他自己過日子像是在講故事」。趙氏認爲，眞正的敘事轉向仍要歸功於上引White的「新歷史主義」，其他歷史學者隨後加入因而「形成了一個聲勢浩大運動」（趙毅衡，2009b：74）。

但如Bamberg（2007）所言，上述由White引發的敘事研究可謂之「社會或情節導向」（social or plot orientation），關注如何述說「故事」而能成爲眾所皆知，且樂於一代又一代地傳遞下去之「大敘事或主宰敘事」（grand/master narrative），甚至習以爲常地在日常生活引用，如羅貫中所撰之《三國演義》裡的關公忠義故事就深入人心，而被世界各地華人社會廣爲崇拜即屬此類。

但另一方面，近些年來亦有眾多敘事研究者反對上述「社會導向」，轉而認爲「小故事」（small stories）的重要性（Georgakopoulou, 2007），Bamberg（2007）稱此「個人」或「主觀導向」（person or subjectivity-centered）的研究途徑，成爲另一引發「向敘事轉」之重要來源。心理學者

---

[12] 趙毅衡（2009b：76）曾經說明「向敘事轉」的三個意涵：其一，將人的敘述作爲研究對象；其二，用敘事分析來研究對象；其三，用敘述來呈現並解釋研究發現。但他也指出，不同領域對這個詞彙的認知多有不同。

[13] 法國哲學家J. -F. Lyotard（1984）係在其專著*The postmodern condition: A report on knowledge*討論grand narrative之意涵，此概念之中文譯名繁多如：「宏大敘事」、「輝煌敘事」、「整體敘事」、「大敘述」等不一而足，其意在於Lyotard認爲後現代社會裡所有知識皆已「敘事化」，歷史亦可用某些敘事貫穿而失去了探測其背後脈理的意義，或應改用「小敘事」（petit narrative）來對抗。

如Bruner（1986）之貢獻尤為卓著（此說出自趙毅衡，2009b：74），其影響所及對教育、文化、認同等概念與敘事的結合帶來了全新思考。[14]

另如認知心理學者Sarbin（1986）亦曾多次述及其為何改從人文取向之敘事學角度探索心理學，初期常以「故事如隱喻」為旨討論一般人如何以故事自述生命，其後又創「敘事心理學」（narrative psychology）一詞藉以凸顯敘事與心理領域間之緊密關聯，多年來早已成為心理學重要子領域（見本書第六章〈結語〉）。

延續此一脈絡，眾多研究者開始格外專注於「說故事者」如何在敘事文本中揭露「自我」（Brockmeier & Carbaugh, 2001）、如何述說個人之生命經驗、如何建構生活、如何與故事言說情境產生互動（Quasthoff & Becker, 2005）、如何儲存取自個人之生活經驗並轉換其為故事（McAdams & Janis, 2004）或如何在述說文本與他人建立人際關係（Riessman, 2002: 696），因而分與心理學、老人學、質化研究、生命故事訪談、諮商心理等領域結合而廣受重視。

Cohler & Cole（1996）從而認為，這類以「小故事」為主要導向的敘事研究特別重視幾個領域的合併，如「生命故事」、「生命史」、「自傳式研究」（autobiographic research）等，重點猶在對「過去在現在位置」的重視，即如何由說者與聽者共同表述生命位置，或可謂其為故事講述過程之「參與者如何共同建構述說」（p. 67）。

誠如Herman（1999／馬海良譯，2002）所稱，源於解構主義的興起，早期專注於敘事結構的研究傳統雖曾被某些學者（如Rimmon-Kenan, 1983）預告終結（如Sartwell, 2000），但歷經多方借鑑後其不但未曾消沉反而更為茁壯，「一門『敘事學』（narratology）實際上已經裂變為多家『敘事學』（narratologies），結構主義對故事進行的理論化工作已經演化出眾多的敘事分析模式」（頁1）。

---

14 有關「小故事」之來源有幾，最受人關注者當屬此處提及之Georgakopoulou（2007, 2006）。另有Shuman（2005: Chap. 4）亦曾討論「小世界故事」（small world stories），關注與人生巧遇有關的日常故事。另有Ochs & Capps（1996）則曾指出凡個人的、有關過去經驗的、與事件相關的日常述說（ordinary conversations）皆有其特殊敘事意義，值得深入探究。

　　小結本節，延續前述有關「科學典範」之討論，「敘事研究／典範」在過去六十年間漸從傳統文學領域針對「文本」作品之結構論述轉而納入了眾多新元素，如故事「敘述者」、講述故事之「媒材」、故事「接收者」等重要概念的引入，早已讓敘事學脫胎換骨。

　　而80年代以來，更多認知心理學思維的融入亦已促使敘事研究者不再拘泥於文本或語言之形式分析，反而更關注講故事者的「自我意識」與「記憶」如何與文本結合、講述內容如何感動聆聽者，而講述者又如何在講述過程中與聆聽者建立人際關係，甚至逐而認為「敘事想像－故事－是【人類】思想的基本工具，其乃認知不可或缺的文學能力。……人們幾無可能不在觀察世界時不……視其為可資報告的故事」（Tanner, 1996: 4-5, 145；添加語句出自本書）。

　　尤其重要的則是此類「新敘事學」業已延續了White對歷史紀實作品的探究，使得「虛構」與「非虛構」間的類型界線不復以往清晰。因而Bruner（1986: 13）隨後方能延續這個脈絡，指稱人類思維實有「論辯」與「範例」（argumentative vs. paradigmatic）二類，前者偏向如歷史、新聞、法庭證言等述說方式，旨在提出可供驗證的事實，而後者則在「述說人類或像是人類的意圖與行動，以及紀錄其路徑之變化與結果」，具有十足的虛構與美學內涵，以「敘事」為其代表。

　　如此一來，傳統敘事學早期僅專注於虛構文學研究的桎梏頓時獲得解放，[15]因而成為大眾傳播領域與其他學術領域可以共同享用之重要學術思潮，不但隨即引發了領域內的重大典範轉移，並也提供了較前更多的研究新意火苗。

---

15 有關「虛構性」與「事實性」之討論，尚可參見趙毅衡，2009b：81-83。

第四節 大眾傳播研究的典範轉移──從實證論到 敘事典範[16]

-- 那些【擅長】提供答案的人【注：指實證主義研究者】很少問
問題，而那些常問問題的人【注：尤指批判主義者】卻很少提
供答案（Rosengren, 1985: 240；注解內容出自本書）。

-- ……任何典範一旦形成，不可避免會受到挑戰。既然學術界至
今沒有人能系統地提出反對【敘事典範之】意見和替代典範，
那麼敘事轉向及其後果，則首先應當得到充分的總結，而對
敘事學界來說，建設一門廣義敘事學，已經是迫在眉睫的任務
（趙毅衡，2009b：91；趙氏使用「敘述」與「範式」，本書改採「敘
事」與「典範」；添加語句出自本書）。

　　大眾傳播研究的濫觴一般都歸功於美國傳播學者W. Schramm（1907-
1987）的「集大成」（語出李金銓，1988：13），其從上世紀40年代
末期起分別在美國中西部著名大學如University of Illinois, University of
Iowa以及西部Stanford University, University of Hawaii等校設置「傳播
研究中心」或成立「傳播學院」，自此促成了傳播研究的「機構化」
（institutionalization：見Chaffee & Rogers, 1997: 155-180），從而讓傳播
學門得在美國高等教育學府安身立命、落戶成「家」，是普及傳播教育並
融合傳播研究與傳播理論於一爐的第一功臣（Rogers, 1994: 446）。誠如李
金銓（1988：13；雙引號出自原文，注解出自本書）所說，「沒有宣偉伯
【即W. Schramm】，傳播學沒有今天；沒有他，傳播學不可能『無』中生
『有』。」

　　以發展「創新傳布理論」而負盛名之傳播學者E. Rogers（1994: 447）

---

16 本章混用「傳播研究」與「大眾傳播研究」，前者傳統上與「人際傳播」
（interpersonal communication）之意貼近，而後者則含括「新聞」、「廣播」、「廣
告」與「公共關係」等與「媒體表現」較為相關之子項；源於數位匯流，兩者漸有合
併趨勢。本節內容部分改寫自臧國仁、蔡琰，2013：168-172。

曾經追憶，W. Schramm是在美國高等學府創立「傳播」系院之第一人，亦是寫就第一本傳播教科書的作者，也曾授予第一批傳播博士學位，更是全世界第一個擁有「傳播學教授」頭銜者（在美國Illinois大學香檳城校區，1947年），因而謂其傳播研究的「創始者」（founder）當屬名正言順且實至名歸。[17]

但依Schramm（1963）自述，傳播研究在美國落地生根實曾受到幾位「先驅者」（forefathers，中文譯名出自李金銓，1988：10）之影響，包括H. Lasswell（以宣傳研究著稱的社會學者）、P. F. Lazarsfeld（專注於選舉與民意研究之社會學者）、K. Lewin（格氏心理學者）以及C. Hovland（實驗心理學者），前三者都是二次大戰（歐戰）前夕因逃避德國納粹政權而移居美國的猶太裔學者。

他們避秦時亂卻也帶來了歐洲的較新社會科學研究基礎如宣傳技術、調查法、內容分析法，繼之分從社會學、政治學、心理學提供了傳播研究發展生機的沃土新芽，經Schramm整理並匯集後而於上世紀50年代漸次開花結果。

而據Schramm（Chaffee & Rogers, 1997: 7）生前最後著作，上述四位先驅者又曾受到一些成名更早的學者啟發，包括芝加哥大學社會學家R. E. Park、密西根大學經濟與社會學者C. H. Cooley、哥倫比亞大學人類學家E. Sapir等。這些發跡更早的學術中人或多或少地影響了上述四位先驅者在20世紀之初關注人類傳播議題，Schramm因而稱Park等人為「前驅者」（forefathers of forefathers）。

由以上簡述約略可以理出傳播學在美國發展的脈絡。首先，一些來自

---

[17] Chaffee & Rogers（1997: 127）曾如此區辨「創始者」與「先驅者」：「何謂創始者？一個新領域之創始者可能是第一本定義領域的作者、第一個在新領域創建大學系所之人、這個領域培養之新學者（他們隨之在其他大學建立新系所）的教師。Schramm因為符合上述三者，而是傳播領域的創始者。……先驅者展開先期、重要的研究而建立了新領域的早期【學術】內涵，……但他們不盡然確立新領域的機構身分，……也未必遠離其原始領域而開創新領域」（添加語句出自本書）。有趣的是，Rogers & Balle（1985）曾稱Schramm為第五位「創始者」，且Schramm早期稱四位先驅為「創始者」（founding fathers），但在最後著作裡卻改稱他們為「先驅者」。

不同領域的學術「前驅者」在20世紀前期開啟了早期社會科學研究者對「人類傳播」的好奇，其後源於二次大戰期間對宣傳與資訊技術的需求，隨即引發一些「先驅者」分從各自專精領域開展與傳播相關的研究議題，如傳播說服與態度改變。

戰後50年代復經Schramm之整理並次第在美國中西部幾所大學成立了傳播研究中心與院系，「傳播學」因而得以脫離「新聞學」研究的範疇並獨自生根茁壯成為新的學術研究領域（fields），漸能與其他社會科學學門分庭抗禮而廣受重視，且成為20世紀近百年間在美國大學裡少見之完整發展學門（Rogers, 1994: 445）。

但Schramm當年採用的傳播理論基礎卻實與「人類傳播」無關，而是依附於其時由Shannon & Weaver所創之「通訊之數學理論」（mathematical theory of communication, 1949），視傳播為一段由「訊息傳送者」（senders）經「訊息轉接器」而傳抵接收者（receivers）的線性過程，旨在保證訊息不但流通無誤且能大量流通；若有「雜訊」（noises）就須排除，而訊息愈能傳遞完成就可謂「傳送效果」愈大（以上取自McQuail & Windahl, 1981: 12）。

Shannon & Weaver原是美國貝爾實驗室工程師（前者為數學家），其發展的理論模式與早期「電話」輸送流程相關，簡單易懂又契合二次大戰後對科技的需求，因而經Schramm大力鼓吹後，傳播研究的「資訊典範」迅速成為主力理論。而Schramm（1954）又在這個模式上引進著名的「模控學」（cybernetics，見Wiener, 1948）「回饋」（feedback）概念，從而鼓吹傳播過程的雙向互動特性（但此「互動」多指訊息互動，而非人際間的互動）。

這個對「傳播」的簡單定義（訊息製作、傳遞與接收並含有回饋的過程）就此成為這個學門最重要的核心理念，而尋求「傳播效果」的研究取向也在此基礎上，獨霸整個學門幾達半個世紀之久。

其因不難理解。傳播理論模式發展初期正是「行為主義」（behaviorism）在美國社會科學昂首闊步之刻，崇尚研究「可觀察」之人類行為以期找出可供驗證之規律或定理，進而預測並控制這些行為，相形之下就較無視於其他長期、非預測性之社會結構力量如政經勢力（張錦

華，1990）。

尤以上述「先驅者」都曾以紮實的實證研究方法著稱，如Lazarsfeld與其同僚即採大規模調查法，取得眾多美國民眾在兩次總統大選期間的民意變化，其研究結果寫入膾炙人口的《民眾的選擇》（*People's Choice*）一書（見Lazarsfeld, Berelson, Gaudet, 1944），而後的《投票》（*Voting*，見Berelson, Lazarsfeld, & McPhee, 1954）更是經典之作，奠定了「調查法」這個研究方法在傳播研究的重要基礎。

而專研實驗法的Hovland背景更與實證研究息息相關，自其在耶魯大學任教開始就積極探究傳播行為如何影響了「態度改變」，包括讓受測者觀賞戰爭影片以瞭解其是否受到影響而產生「傳播效果」；舉例來說，任何訊息講述者之可信任度就是影響觀看者態度變化的重要因素。

其研究成果後來集結成為《傳播與說服》（*Communication and Persuasion*; 見Hovland, Janis, & Kelley, 1953）以及《性格與可說服性》（*Personality & Persuasibility*；見Hovland & Janis, 1962）二書，至今仍屬傳播實驗法之經典著作。

1980年代中期開始，以實證研究為主的傳播「主流典範」（dominant paradigm; Rosengren, 1985: 240）開始受到諸多挑戰，[18]最為嚴厲之批評來自前述由Schramm首創Stanford大學傳播系的博士生John D. Peters。[19]

其曾在一篇擲地有聲地學術期刊論文（Peters, 1986）中倡言，整個傳播學門發展四十年後已經陷入「智識貧瘠」（intellectual poverty）窘狀，大學裡的傳播學系、院悉依各自認定的「傳播」概念來發展課程，使得這個名詞包山包海而無定論，而傳播領域就像是「學術的臺灣—偏安小島卻僭稱擁有全中國」（…… *the field was an academic Taiwan—claiming to be all of China when, in fact, it was isolated on a small island*；見p. 544）。

Peters頗費周章地說明美國著名教育學家John Dewey的理念，認為社

---

18 在此之前挑戰並不鮮見，最有名者當屬Berelson（1959: 441）與Schramm間之論戰。Berelson在此文提出了其著名預言：「本文之旨在於，關於傳播研究而言，其實情是正凋零中」。

19 Peters自Stanford大學畢業後就任教於Universty of Iowa傳播系至今，曾延續其對傳播理論之卓見而以1999年出版*Speaking into the Air*一書博得美譽。

會科學之任務首在創建「智識工具化」（intellectual instrumentalities），透過傳播各類標誌、符號、概念，以能推展新的想法與生活（p.532）並濟世安民，而「傳播學」之地位應等同於社會學與心理學並皆屬社會科學一員，理應戮力於促進社區（民主）之發展而非僅注重科技發展以致造成「機械式的社會」。

Peters隨即追溯前述「先驅者」以及Schramm之研究背景，謂其多與二次大戰或冷戰早期的「政策研究」或「情報需求」過從甚密，如Schramm即曾服務於美國政府「戰爭情報局」（Office of War Information）經年，以致其初期探究「大眾傳播」之旨多在解決實務問題（如宣傳效果之有無或強弱），而非如其他學門之鑽研知識（如政治學領域旨在增進民主制度內涵），並與日常生活（如促進社區成員間之互動）無關。領域內之追隨者像是「僧侶般地聚合」（Peters, 1986: 546）自成一家，擅於計量研究方法並精於「操作」卻對成為「大理論家」不感興趣，長久下來整個領域已漸失學術活力。

Peters尤其認為Schramm引進「資訊觀」為傳播基礎理論是此學門「智識貧瘠」的主因，「由資訊理論引發的有趣想法……很少帶來對學門深邃或連貫的智識影響」（p. 538），而研究者多年來習用上述「發送者」、「接收者」、「噪音」、「回饋」、「雜訊」等行話（jargons）後未能由此發展理念，反而成為建構領域疆界的工具，「傳播這個概念無法用來創造理論，反而阻礙了理論之建構」（p. 540）。

整體而言，Peters全篇論文將Schramm視為傳播學門走錯方向的始作俑者，甚至引述他人所言來批判Schramm先前提出之「前驅者」或「先驅者」等封號，都顯示了其對傳播僅有一些象徵性之「專業符號」而未能持有「學術理想」。

如此批評難謂其不嚴厲，但Peters身為Schramm手（首）創Stanford大學傳播系博士生，當能理解傳播學門起始之初猶需面對美國大學新聞專業之嚴格訓練，因而Schramm追求傳播學門之「社會科學」內涵並講求實證取向有其時代背景，傳播領域之「學」與「術」早期甚被稱作「卡方檢定」（chi square，指研究者常使用之統計工具）與「綠色眼罩」（green eyeshades，指新聞室編輯常戴之防光頭罩）間之對抗（Rogers, 1994: 460-

5）。Peters無視於諸多學術先賢篳路藍縷之難，卻直言不諱地謂其「走向有誤」，或也有「以今非古」之悖謬。

但Peters所言卻又點出了傳播領域發展的重大問題，即其從一開始就訴諸於「資訊觀」顯有「所託非人」之憾，乃因這個典範傳統上過於關注科學驗證，關心對象僅在於如何達成資訊設計者所設目標，而無視於「傳播行動」之參與者皆有涉入且皆投入情感，以傳統實證主義強調之客觀中立原則，來探析與人息息相關之行為與過程實有不足之處，以致多年來傳播內涵究竟為何常處妾身不明尷尬局面，而獨尊傳播效果之後果即在於傳播研究主題愈趨「堅硬」（或可稱其為hard science，即偏向自然科學的傳統），人文素養不足，令人遺憾。[20]

就在Peters發表其論文的次年，人際傳播學者W. R. Fisher在次第推出一系列期刊論文後寫就《視人類溝通如敘事：推論、價值與行動的哲學》專書（Fisher, 1987；中文書名從林靜伶，2000：96），因緣巧合地彌補了前述傳播研究偏向「資訊觀」的缺失。[21]此書出版後隨即引發眾多研究者重新思考「傳播」與「敘事」的關聯性，漸次建構了傳播研究的「敘事典範」（narrative paradigm）。

首先，Fisher之學術背景係在「修辭學」（rhetoric，亦譯「語藝」），因而假設人類不但理性且具修辭天性。但自希臘先哲蘇格拉底以降之「理性典範」，習以為常地強調如科學或哲學等特定論述類型較近真實、擁有崇高地位，也較具溝通價值；相較於此，日常論述（如詩作）則因缺乏專家觀點而長期視為無甚大用，導致一般研究與生活世界脫離。同理，修辭論辯（argumentation）傳統上因自有一些前提（premises）與行事規則而認為較具理性，故事則否。

---

20 本節所述以「美國傳播學」之發展為主，有關歐洲傳播史之早期發展可參閱Rogers & Balle, 1985; Schorr, A., Campbell, W., & Schenk, 2003。

21 根據Czarniaswska（2004: 10），Fisher是在接觸了哲學家A. MacIntyre的作品時立刻領悟他自己在傳播領域所想乃出自視人類如「敘事動物」，從而試圖整合「敘事」與「範式知識」並稱其傳播之敘事典範。簡單地說，MacIntyre的理論中心乃在於「社會生活即敘事」（social life is a narrative），或「敘事乃是社會生活的主要形式，也是社會行動」。

　　Fisher引述眾多文獻後挑戰此些論點，認為其無助於解釋日常論述如何產出。雖然各方均曾努力改善此類「偏見」，但「傳播無政府狀態」（communicative anarchy）仍舊凸顯了理性典範過於篤信「語言不證自明」卻忽略其複雜性，值得深究。

　　Fisher特別強調「敘事典範亦屬理性、價值與行動之哲學」（p. 47），且敘事理性有其邏輯且透過「可能性」（narrative probability）與「忠實性」（narrative fidelity）達成（譯名出自林靜伶，2000：97），[22]前者指「將故事內部之結構、素材、人物完整串聯的程度」；如人物動機「決定了【故事】是否可信，而可信則是【閱讀者】信任的基礎所在」（p. 47；增添語句出自本書）。

　　至於「忠實性」則與「好的說服理由邏輯」有關，指故事與真實經驗相符程度，尤指故事講述物件時認同其所傳達的價值觀念或與日常生活相符的程度。Fisher認為，任何故事必須同時反映邏輯理性與價值理性，不合邏輯理性的故事猶可因其符合價值理性而被接受，但若兩者都不相符則必遭摒棄。

　　在該書第二部分，Fisher呼籲重省「理性訴求」（logos；譯名出自林靜伶，2000：23）一詞之古典意涵，改視「敘事」為人類溝通情境所在，也是知識傳遞主要管道：「我們在故事裡詮釋生活與文學，而這些故事又包含於其他歷史、文化、人物故事裡，從而產生【人類的】爭鬥與對抗」（1987: 193；增添語句出自本書）。Fisher認為，敘事無所不在，乃因人們天生即具敘事理性（narrative rationality），但也受制於敘（故）事所揭露之情感與觀念。

　　Fisher接著提出其核心觀點：人除了是理性動物外，更也是「敘事動物」（homo narrans），決策與溝通不盡然立基於理性之對錯論辯，而是為了找到「好的【說服】理由」（good reasons），藉此詮釋具有正面價值的生活意義。

　　舉例來說，如要邀請旁人參加「保護動物協會」遊行活動，通常可以

---

22 此兩者與上章由馬海良譯，2002／Herman, 1999提出之「似真性」與「可能性」概念意涵接近，見上章注14。

「動物也是生物有其動物權」等理由勸服，但也因爲這種講法過於理性而常難爲人接受。此時若找到可愛動物故事（如老年人或身心障礙者常倚賴動／寵物協助日常生活），溝通效果可能遠比理性論辯來得好（此例出自Littlejohn, 1999: 169）。

在結論一章（題名：〈回顧〉（In retrospect）），Fisher指出其書旨在喚起對前述「理性訴求」意涵之重視，藉此提出嶄新方向以理解何謂「人類傳播」。其次，其書亦在指出人們總是透過故事理解日常生活，且這些故事也鑲嵌於其他較大故事類型如歷史、文化故事（仍見本書第一章第一節【圖1.1】右側）。

因而，敘事在人類言說世界中實無所不在，但其非僅是「虛構小說」，也不提供類似論辯形式的直接說理，反以間接、隱晦且讓聽者不自覺的方式講述。Fisher強調人類生活的確存有「敘事理性」，無時無刻地在溝通互動中促進人際理解。

此外，Fisher亦曾提及其「敘事典範」曾受如修辭學者E. G. Bormann與K. Burke啟發甚深（p. 63）：「……如Burke所稱，生活乃故事，此些故事並也成爲其他已活過、正在生活、即將生活者的故事之部分。」顯然Fisher深受現象學者Schutz & Luckmann（1973）之「生活世界」觀點影響而與實證主義強調之「客觀世界」有異，認爲任何意會與詮釋均需透過不斷地協商方能產生意義。

但Fisher專書猶未詳述敘事典範與其他相關理論之關係，此點成爲Cragan & Shields（1995）討論重點所在。該書首版成書於1981年，旨在轉錄Bormann之傳播理論於應用研究，其後因Bormann將其理論命名爲「符號聚合理論」（symbolic convergence theory），且Burke「戲劇理論」（darmatism theory）與Fisher前述敘事理論次第成形，Cragan & Shields從而合併三者以期建構「應用傳播研究之【後設】符號理論」（symbolic theories in applied communication research；簡稱ACR Metatheory），藉此彰顯「應用傳播研究」之理論價值並強調其非僅具技術內涵。

兩位作者在該書第四章曾經整理Fisher多篇論文並詳述Fisher理論爲「敘事典範理論」（narrative paradigm theory），可歸納爲下述五個預設（見p. 95）：

1. 人是說故事者（主體論），乃因Fisher認為「所有論述皆敘事」；
2. 所有形式的人類傳播皆為故事，即「無論發生時間為何，世事皆可以符號詮釋並型塑為歷史、文化、人物角色」（價值論），且一旦使用敘事典範，則無論聖經或經濟學講義皆當亦可視為具有故事形式，此乃「價值論」之抉擇；
3. 人類以「好故事」為其信仰或行動準則（本體論）。兩位作者指出，Fisher認為「理性推理」（rational reasoning）無法解釋人類如何接受真理、知識、真實而應加入「良好理性」，此乃敘事典範之本體內涵；
4. 人皆天生擁有敘事理性得以評估人類溝通（本體論），乃因Fisher相信評斷故事真假之能力出自天賦，屬「實用智慧」；
5. 在持續創造過程中，人們選擇不同生命片段以完成不同故事，從而締造了文本真實（認識論）。不同形式之敘述彼此競爭，故事間也相互嵌入情節，環環相扣之餘任何故事總能追溯到其背後「大故事」（grand story）之價值觀。

Cragan & Shields發現，1973～1992年二十年間共可搜尋到31篇相關傳播與敘事論著（包括引用該理論或自稱「說故事者」研究），分屬政治傳播、組織傳播、論辯、人際／小團體傳播、大眾傳播等次領域，顯示了敘事與傳播領域間之重疊，並也凸顯兩者間有相互結合的可能。

當然，這些文獻也曾批評Fisher之理論缺失（pp. 261-265），如「並未提出新的知識」、「尚非全面性理論」（general theory）、「敘事理性非具普遍性」、「輕視理性之重要性」等，足可反映敘事傳播間之理論建構有待持續演進。

根據Cragan & Shields（1995: 263），Fisher回應時曾進一步寬列敘事意義為：「敘事$_1$」，指一般人之故事述說；「敘事$_2$」，指特定論述範疇（如就職演說）；「敘事$_3$」，指理解人類所有論述的概念架構。

由此較新說明可知，Fisher的敘事觀點非僅適用於一般故事（指「敘事$_1$」層次）或某些特定論述內容（指「敘事$_2$」），更也具有理念架構（「敘事$_3$」）可用以解釋不同情境（如大眾傳播內容），顯已略具規模。

　　因而以上所引二書實有其一脈相傳之核心主旨，即視修辭爲敘事理論／研究／典範之源起因而出現共同缺憾。舉例來說，Fisher（1987）關注之處多在傳播哲學與理論層面，「並未具體規劃任何分析架構與方法」（林靜伶，2000：100）；此點或可歸咎於其撰書之旨本在另闢蹊徑，需就敘事溝通之後設理論層次詳加檢討而難兼顧實際架構及方法層次。

　　至於Cragan & Shields（1995）則因延續Fisher（以及Bormann與Burke）而能納入眾多後續批評（見該書Chap. 8），但在研究步驟上是否／如何妥善處理其「應用性」則仍未見討論，尤以敘事與「外在情境」之關聯如何對傳播文本有所影響似是主要缺失（林靜伶，2000：103）。

　　但此兩本專著顯對傳播研究之典範轉移有其潛移默化之效，如Vasquez（1993）即曾試圖引進「敘事典範」於公共關係研究，強調組織與公眾間之訊息交換亦可建立於「故事」分享，乃因一般人常透過符號互動來理解世界，而其結果又轉換成爲其世界觀之所在。

　　McComas & Shanahan（1999）同樣採用上述敘事典範觀點，探析美國兩家報紙如何講述「地球暖化」議題，發現新聞報導裡的故事情節變化反映了媒體組織對此議題的關注程度。如1980年代之新聞報導情節重點多在講述「氣候變遷之影響」，90年代初期則改強調「科學家間之不同步調」，其後新聞故事專注於描述對「經濟的衝擊」。簡而言之，隨著「地球暖化」事件之演變常導致新聞報導調整故事情節主軸，由此形成不同媒體關注循環（cyclical media attention），進而可能影響閱聽大眾對環境議題的熟悉程度。

　　小結本節：大眾傳播研究源自Schramm與一些來自不同社會科學領域的「先驅者」在二次大戰結束前後的努力，而於上世紀1950年代初期奠定了學術基礎。但因其時正逢「行爲主義」盛行，這些傳播領域的早期領航者們引進了與人類傳播並無關聯之「資訊」概念，以強調傳播乃由製作端至接收端的一段訊息流通過程，以致研究者紛以尋求提高效率與效果爲其鵠的，長久下來這種以「資訊觀」爲宏旨之傳播研究受到學術人士獨尊達半個世紀之久。

　　直至1980年代中期開始，正當不同學術思潮先後引入社會科學之刻，

傳播研究也開始了反思浪潮，包括藉由「敘事典範」重新定義傳播，而其重點已如上節所述旨在回歸人之本性並視「故事」為人類溝通核心所在，強調人生而能講故事也能聆聽故事，人際間可透過故事講述而達成相互溝通，且在故事交換過程中猶能共享情感，藉此促進理解與體諒。

第五節 本章結語：傳播典範之轉移與「數位敘事」之興起[23]

-- 故事有其邏輯，含括一些轉譯故事世界之『環境』、『參與者』、『狀態』、『行動』及『事件』的策略；易言之，就是轉譯者閱讀或聆聽敘事時所立即創建的總體心智再現……。具體而言，此故事邏輯包含了敘事傳播的過程，也就是一般人如何述說並瞭解在特殊傳播情境下的故事，亦即敘事在特殊情境實施的方法（Herman, 2004: 50）。

-- 數位說故事（digital storytelling）並非任何像是『口語敘事』或『戲劇劇場』等的特別敘事方法或類型，而是廣泛地包含了使用各種不同媒介與設備的說故事實驗。這些實驗旨在顯示數位化對敘事手法的衝擊，尚未建立新且獨特的特有方式以製作意義，反之隨著數位媒體融合了以往的媒體類型及其敘述故事的能力，我們也被迫重新思考說故事的模式與理論。傳統上，西方對說故事的講法傾向認為故事乃受時間定義（如在小說或戲劇表演中），但透過數位敘事講述的故事則也傾向強調敘事的空間層面（Wong, 2015；括號中文字出自原文）。

---

23 「數位敘事」之譯名來源不一，維基百科曾經說明digital narrative為「較新詞彙，用來說明一般人如何使用數位工具述說故事的行動」（http://en.wikipedia.org/wiki/Digital_storytelling），另有cybernarrative一字則指透過「循路」（ergodics or working path）來讓眾多參與者共同集體創作以說故事的設計，多用在遊戲敘事，可參見Aarseth (1997)；但「數位說故事」意涵等同「數位敘事」。

　　由前文可知，任何領域之學術發展多隨不同思潮演進以及時代變遷而累積觀點相異之研究成果。大眾傳播領域亦不例外，係由一批來自其他社會科學領域之先賢，根據當時社會現象率先提出「傳播即【訊息】交換」（communication as transaction；見Barnlund, 2008，增添語句出自本書）概念，透過實證研究試圖理解人們如何接收訊息、大眾媒體如何影響閱聽人、新聞如何流通、宣傳如何有效等，在上世紀中期蔚然成風，成為廣受矚目之新興學術領域，培養學子難以計數。

　　但當時序進入21世紀且數位匯流浪潮正來勢洶洶之刻，以往由媒體工作者創造內容以讓閱聽眾長時間「黏著」（stickiness; Gladwell, 2000），以便計算如「報紙閱讀率」、「電視收視率」、「廣告曝光次數」的傳播模式顯已不盡符合所需，乃因消費者如今可在網路上透過如YouTube等新興媒體觀看電視現場直播節目，而又同一時間瀏覽臉書、收聽網路音樂並閱讀新聞。顯然無論報紙、電視、廣播、廣告甚至公關等傳統媒體，都正遭逢前所未見之挑戰，其因多出自不同媒介間之界線已漸模糊，導致閱聽眾可隨時在網路上跨越不同媒介，既接收訊息也欣賞故事。

　　換言之，媒介使用者早就脫離了古典傳播理論假設的「被動性」，不復痴痴地「等候」訊息。Web2.0時代的閱聽眾每天都能透過多元方式與媒介互動逕而產生「跨媒介再述行為」，透過不同媒材如口語、文字、音樂、繪圖而述說相同故事，而不同文本（如Google或漫畫）也可促成同一媒材（如繪圖）在不同媒介裡講述不同故事，進而產生如前章所稱之「多媒性」、「跨媒性」現象（見Page, 2010; Hutchins & Nomura, 2011），與以往資訊流通之單純形式不可同日而語。

　　因而美國媒體研究學者Jenkins, Ford, & Green（2013: 2）即曾如此描繪這個世紀始才出現的「媒介地景」（media landscape）：「……【傳播流程】不再視公眾為接收訊息的消費者，而是塑造、分享、重新框架並也再次攪拌媒介內容者，這種現象前所未見且……是在廣大社區與社群裡，將訊息傳送超越他們各自的地理近鄰。這是一種『參與式的文化』……」（添加語句出自本書）。

　　三位作者認為，網路興起後之傳播重點乃在「傳散」，指文本內容不斷地在不同媒介間流傳，閱聽眾也得以建立其虛擬的「社會網絡」，而

與他人處於真實世界般地互動來往、分享心情、協力傳遞訊息並也相互討論，更因對某些內容同樣感到熱情而集結成為特定社群，由上往下並也由下往上地發展出多元參與形式。

這種形式也讓劉蕙苓（2014：43）觀察匯流時代對電視新聞製作常規的影響後同樣認為，

> ……傳統只接受資訊的觀眾或讀者成了消費者與生產者，他們透過手機、網路及其他科技設備生產訊息，再藉由網路平臺傳遞與分享。這種使用者自創內容（user-generated content）也改變了主流媒體的新聞產製，所謂匯流新聞學或匯流新聞室（convergence newsroom）成為這幾年傳播界關切的重心。

因此傳統大眾傳播之「資訊流通」理論受到了嚴峻挑戰，幾乎無以解釋在數位匯流時代訊息如何由製作端向接收端「擴散」（spreadable，見Jenkins, et al.書名）而非傳統所稱之「傳送」，乃因此時的資訊起源與接收已漸難切割，任何人收到訊息後皆可如上引文獻所言隨即「轉貼」、「轉發」、「分享」甚至「加工」，更多時候猶可集體創作並協力合作而共同完成訊息的採集與流動。如此一來，無論「新聞」或「傳播」之傳統定義顯有改寫必要，採用與過去不同之大眾傳播模式與典範以能解釋匯流時代的傳播內涵也勢在必行。

這點正是本書建議採用「敘事典範」主因所在。古典傳播理論延續前述Schramm的資訊觀或可適用於二次大戰結束後的資訊匱乏時代，但如今媒介地景一片欣欣向榮，眾多內容不斷以「跨媒介形式」快速流轉，顯已無法再套用傳統單一訊息發展模式來說明這種新的媒介、新的訊息流通方式與新的媒介內容。

正如Page & Thomas（2011）所言，自1980年代以來的眾多嶄新科技發展早已引發了「敘事革命」（narrative revolution），以致「新敘事」正透過不同形式的「新媒介」而產生了「數位敘事學」（digital narratology）的新研究領域。

M. -L. Ryan（2004: 1）是近代最常以敘事理論解釋數位匯流的研究

者，尤其關心不同媒介特性如何塑造了敘事形式且如何影響敘事的表述經驗，亦即「跨媒介敘事學」（transmedial narratology）究竟產生了哪些特殊語意內涵與技術樣式。在其眼中，「媒介」並非僅是傳遞訊息的「管道」，不同媒介之特性既促成並也限制了敘事的表現風貌，實可謂敘事表現的「能供性」（affordance），[24]指敘事如何適應不同媒介環境特性而表述的行動（2004: 2）。

　　Ryan（2004）曾經廣泛介紹了不同學者的「媒介」理論觀點，包括習稱「科技決定論者」的McLuhan早年著名之「媒介即訊息」（the medium is the message）譬喻，進而說明其「媒介形式型塑了我們的認知樣式」說法，強調（McLuhan, 1996: 151；引自Ryan, 2004: 28；引號出自原書）：

> 任何媒介之『內容』均來自另個媒介，寫作內容來自口語（speech），就像書寫文字來自印刷，而印刷乃電報之內容。而若問及『口語之內容為何』，則需回答，『它是思想的實際過程，而其內容乃非語言的』（non-verbal）……。又如電影之內容，乃小說或戲劇或歌劇。

　　Ryan（2004: 28-29）接著也曾引用McLuhan學生W. Ong的理論藉以比較口語與書寫敘事之異同，如在口語時代敘事是傳遞知識的唯一途徑，卻「無法產生科學性質的抽象思維，只能透過與人類行動（human action）有關的故事來儲存、組織並穩固其所知。」

　　Ryan指稱Ong的理論可另以「媒介決定論」（media determinism）為名，強調在此電訊盛行時代出現了「第二口述時期」（secondary orality），而21世紀之媒介生態已讓舊媒體處於與前不同之情境，或可謂之「再媒介化」（remediation）時代，指「新媒介如何重塑（refashion）前期媒介形式的邏輯」，亦即任何媒介的發展都旨在「再媒介」另個媒介

---

24 鍾蔚文、陳百齡、陳順孝（2006）將affordance譯為「機緣」，此處之「能供性」中譯出自http://zh.wikipedia.org/wiki/%E6%89%BF%E6%93%94%E7%89%B9%E8%B3%AA（亦見本書第九章注6）。

的不足，而每個媒介化行動都有賴於其他諸多媒介化行動共同為之，因而促成了「媒介化的媒介化」（the mediation of mediation; Ryan, 2004: 31）現象。其後Ryan引進「媒介生態學派」觀點認為不同媒介間不但相互倚賴，也共成犄角方能成就整個「媒介系統」的運作，而敘事之作用就是促成前述「再媒介」行動的展開。

在此，另位研究者Herman（2004）也同意Ryan之說法，認為任何故事可依不同媒介形式而改變其內容，卻也「獨立於任何媒介」；此即一般所稱敘事包含「如何說」與「說什麼」之意所在（蔡琰、臧國仁，1999）。

此些說法共同反映了21世紀初自從網際網路成為社會大眾日常生活後之面貌，無論報紙、電視、廣播等傳統「媒介」都經匯流後成為網際網路的一員，而新的科技也發展出了更多「新媒介」且其內容產生形式也可能多有改變。如報紙新聞常以「倒金字／寶塔」結構為其報導特徵，而以「先果後因」之態勢將事件發生結果先行寫出，以節省讀者閱讀時間（見本書第四章討論）。但網路新聞在智慧型手機（新媒介）出現時究要如何建構新的敘事模式或架構至今仍在探索與實驗階段，勢必無法再以傳統報紙新聞報導之「倒金字／寶塔」型態繼續發展（陳雅惠，2014, 2011；參見本書第四章討論）。

誠如鍾蔚文、陳百齡、陳順孝（2006：251；增添語句均出自本書）所言，

> ……身處多媒材、多媒體【介】的數位時代，使用者更要成為設計者，因為每一次創作，媒材、媒體、文類如何選擇，它們如何組合，創作者均須考量和安排。從媒材、媒體【介】到文類，每一層級都充滿各種選擇，也可能指向不同機緣【即前引之「能供性」】，對應不同情境。使用者須有意識地選擇和組合工具……。

亦如Page & Thomas（2011: 6）之睿見，「新敘事學」這個次領域正以跨學門之姿而與人工智慧及計算機領域結合，從而促成了「敘事」與「傳播」研究的欣欣向榮。而另一方面，傳統維持中立立場的說故事行動

（乃因說故事本係個人論述而與他人不盡然有關）卻也引發了「批判敘事學」（critical narratology；見Goodson & Gill, 2014）的興起，學者們競相討論「倫理」議題因而引發對敘事「政治化」（politicization）的重視，如誰是說故事的「守門人」、誰擁有近用故事之權、誰能轉述他人已經說過的情節、說故事人如何「自我再現」（self-representation）於故事內容（如新聞受訪者所述是否為真）等（參見本書第九章〈結論〉第三節之「反思」）。

由此觀之，敘事新型態之流傳速度與廣度遠非過去所能想像，而以不同風貌不斷跨媒介「轉述」的說故事現象也屬前所未有。Web2.0時代之「新敘事學」涉及之「再媒介化」行動，更挑戰了傳統透過主流大眾媒介的說故事型態，凡此均值得關注並深加探究，以能更為瞭解「傳播」與「敘事」間的複雜關係。

第三章

數位時代的敘事傳播現象

第一節　概論：新科技對傳播事業與學術思潮的衝擊

-- ……我們特別有興趣訪問《芝加哥太陽時報》，【因為】這家報紙在2013年5月曾經惡名昭彰地開除了所有【靜態】攝影記者。該報管理階層那時候發出了以下這份聲明，暗示未來將投資在影像新聞（video journalism）：『《芝加哥太陽時報》企業正面臨【社會環境的】快速改變，而我們的閱聽眾也持續在新聞裡尋求更多影像內容』，該報在新聞稿裡如是指稱。『為了應付這項需求，我們已經完成了重大進展，增強以影像及其他多媒體元素的報導能力。《芝加哥太陽時報》將持續與那些精於數位化的顧客齊頭並進，以致我們必須重新架構全集團的多媒體管理方式，包括新聞攝影在內』（Tu, 2015: 3；添加語句出自本書）。

-- Benjamin在〈說故事的人〉（The Storyteller）一文中，【曾經】分析口述傳統、小說、新聞報導等敘事文體的差異。他悲觀地認為現代社會中，人們對於『說故事』的口述傳統不再感到興趣，新興中產階級熱衷的是從文本形式的小說中獲得能滿足內在需求的文學內容，或是從新聞報導與訊息中獲得對於接近真實的立即滿足。然而他認為訊息的真實形象只在片刻中出現，而不具有真相。相較之下，說故事的人在敘事的過程中，以自身的生活經驗為聽者闡述故事背後的某種道理，他們將故事的忠告化為生命經驗的參考，讓聽者得以透過故事反思自身的問題與處境，並從中獲得啟發（許馨文，2015. 07. 20，「iGuava主題專號：音樂與社會實踐系列（二）：〈在音樂廳裡說故事：論「講座音樂會」的社會文化意涵〉」）（http://guavanthropology.tw/article/6448；上網時間：2015. 07. 26；添加語句出自本書）。

　　上章業已嘗試連結「敘事典範」與「大眾傳播研究」藉以說明「敘事傳播」之理論背景，除曾回顧「典範」與「典範轉移」概念之意涵外，第三節亦曾介紹了「大眾傳播研究典範轉移」之議題，說明傳播領域如何在上世紀中期漸次引入「敘事論」，而兩者碰撞後又如何產生了廣受關注的新研究取向。

　　上章結語篇章則以「數位敘事」為旨，簡述了傳播領域面對21世紀的數位匯流浪潮究竟出現了與前如何不同之「媒介地景」，而若要續以「資訊流通」為其理論核心勢將左支右絀，因而採用與過去不同之理論模式如敘事典範當有必要。實則上章所談之「媒介地景」，顯較原先所述更為令人感到時不我與，如本章撰寫之時正逢本章開頭所引之Tu新作寄達，該書雖屬實作指導性質之教科書，讀後仍對其所述數位時代之新科技變化深感「怵目驚心」。

　　正如上引所言，某些報紙如《芝加哥太陽時報》為了回應新科技帶來的快速變化以能迎頭趕上而不被時代巨輪拋棄，正重新定義新聞產製模式，「開除所有【靜態】攝影記者」恰也反映了這些改變可能產生之具體效應，影響不可謂之不大。

　　而該書作者Tu也曾另引美國著名新聞專業訓練機構「波因特傳媒研究院」（Poynter Institute）的調查數字，顯示本世紀以來的十二年間（2000～2012年），全美已有超過18,000名新聞工作者遭到解僱（Tu, 2015: 7），以致Tu倡言在其專書出版之刻，「【新聞】事業可能遇到更多來來回回之挑戰與改變」（添加語句出自本書）。

　　由上引美國《芝加哥太陽時報》的自我改造宣言來看，以「靜態新聞攝影」為說故事報導型態之專業人員（俗稱「攝影記者」或photojournalist）顯因正逢「【動態】影像新聞報導」（video journalism）盛行，而漸失可供發揮的舞臺，整個行業似已走上不歸之路，一百五十年來的盛衰興廢盡在眼底。[1]

---

[1] 「攝影新聞」專業的興起約在19世紀中期，與其時「報紙」成為「大眾社會」（mass society）之主要訊息傳遞管道有著密切關聯，乃因報紙讀者除接收文字外，也樂於透過影像（images）獲知事實真相（參見本書第七章第三節討論）。攝影圖像因而備受

　　這種人員更迭的情況，在臺灣亦屬不言自明。根據許麗珍（2010）稍早的碩士論文，臺灣報業進入網路時代後持續受到各類「新媒體」之壓縮而幾可用「哀鴻遍野」形容，裁員、整併、電子報、免費報、網路影音新聞等種種努力與嘗試，都是舊形式的報業媒體試圖摸索未來新產業經營形式的表徵。但這些努力與嘗試恐又多未竟其功，單是2006年前後就有《中時晚報》、《民生報》、《臺灣日報》、《中央日報》、《星報》、《大成報》等六家報紙熄燈打烊，數以千計的記者因此失業。

　　若從許麗珍所述觀察，則新科技（如媒體匯流）的蓬勃揚氛不僅造成了前述靜態新聞攝影工作之凋零萎謝，遠較圖像敘事更爲普及的文字說故事報導方式同樣前景堪慮，[2]以致許麗珍（2010：2：添加語句出自本書）書寫其碩論初稿時才曾有「彷彿在寫『記者【行業】墓誌銘』的盲點」之慨嘆。[3]由此觀之，傳播（新聞）實務工作在此21世紀之初的確已因受到時代巨輪的壓境而面臨嚴峻挑戰。

　　而在學術研究領域，亦如本書前章有關「學術典範轉移」所述，新科技的出現與變化早已啟迪多元思潮相互激盪，過去習於尊奉如實證主義單一理論的時代不再復返。亦如夏春祥（2002）、鍾蔚文（2002）等人在《中華傳播學刊》創刊號所言，傳播研究早在90年代即已受到諸多社會科

　　歡迎，透過影像述說新聞故事的專業人員（即「攝影記者」）也就成爲熱門工作，尤以1930～1950年爲黃金興盛期，曾經出現多家以新聞圖像爲主的攝影雜誌，如《生活》（*Life*）、《展望》（*Look*）等。1970年代以後，這個專業漸走下坡，眾多雜誌次第休業，如今其入門門檻遠較當年寬鬆，攝影記者前景因而不被看好（參閱維基百科photojournalism相關詞條）。

2　據吳戈卿（2015.08.03）《中國時報》專欄（標題：〈媒體評論──全機器人報誕生〉），「透過同部電腦的自動編排工具，一部電腦，一個小時，就採編完成一份報紙」，且「透過電腦軟體成熟學習『長大』的混種人，撰寫新聞的速度與正確性，遠超過人類的智慧」。

3　許麗珍（2010：i）曾在其論文〈謝誌〉自陳，其曾自十多年的新聞專業生涯觀察到眾多記者因組織或工作消逝，而只能成爲「流浪記者」甚至失去生活意義，以致其撰寫之初稿語調偏向「負面」，後經口試委員指正方能調整並「找到一個可以足以支撐自己往下走的新立足點」。

學思潮之影響，而有了「眾聲喧譁、單音獨鳴」的多元現象。[4]

有趣的是，即連敘事理論亦自90年代開始經歷了重大變遷。即如本章前引許馨文引述德國猶太裔哲學家W. Benjamin論及「說故事」時所言，傳統口述說故事方式已漸失去其吸引人的條件，而以「自身生活經驗」爲主的敘事形式則正萌芽，期能藉由這種自述方式引發聽者「化為生命經驗的參考……【並】反思自身的問題與處境……從中獲得啟發」（取自本章前引許馨文，添加語句出自本書）。

換言之，延續希臘先哲亞里斯多德思想並以結構主義爲基底之「古典敘事研究」（李志雄，2009）顯已漸失生機，[5]而由敘事者述／敘說各自「生命故事」（lifestories；見臧國仁、蔡琰，2010b）之個人研究取徑則正崛起，[6]不但逐漸成爲敘事理論之後起之秀，亦屬「新的科學典範，……開啟了人類生命經驗的豐富性」（林美珠，2000：28）。

此種「生命述／敘說」研究傳統早期曾受心理學家如S. Freud啟發，上世紀80年代末期則漸與口述歷史、生命史、民俗誌學、引導式自傳等新起取徑結合，皆指透過當事人之「自述」（無論生命高低潮、轉捩點、片段或一生）或「他述」來蒐集故事，藉以瞭解特定時空之生活意義（臧國仁、蔡琰，2012）。

此類源於自我講述或聽取他人述／敘說個人生命經驗而獲取的智慧，

---

4 此八字出自夏春祥（2002：12）。然而這本創刊號所納幾篇專題及回應論文，雖然言及了臺灣傳播研究的「眾聲喧譁」現象，卻未細談「眾聲」或「喧譁」的內涵，僅有林麗雲（2002）一文曾經細屬臺灣傳播研究的三個階段，如第一期的「軍事主義下的政治控制典範」（約自1950年代初期至1960年代）、第二期的「發展典範」（約自1960-1990年代）、第三期的自由化下的「多元典範」（1990年代迄該專刊出版的2002年），而該「多元」之下除典型的「行政」研究外，猶有主流典範、批判典範、建構論等不同思想匯集。

5 希臘先哲亞里斯多德時期的敘事一般稱爲「古典敘事學」，述及敘事人物、情節、修辭等元素，而Propp（1922/1968）等人則稱，從文學結構主義開始的敘事學爲「經典敘事學」。

6 「述說」與「敘說」均譯自英文narrative，前者參見廖冠智、薛永浩（2013），「敘說」出自蔡敏玲、余曉雯譯，2003／Clandinin & Connelly, 2000，其意與本書採用之「敘事」相同，此處且以述／敘說代替。

常稱「敘事知識」（narrative knowing；林美珠，2000），其內容充滿了講述者的自身意圖與情感，也與其所處社會文化脈絡息息相關，卻與一般強調因果關係以及可重複驗證之「科學知識」（scientific knowing）殊異（Bruner, 1986）。

以傳播領域為例，臧國仁、蔡琰（2010b）即曾提議討論新聞工作者如何講述生命故事，並與讀者或閱聽大眾交換、共享生命經驗，藉此理解不同時空變換引發的人物與事件遷移，尤其關切述／敘說如何萃取彼此生活精彩片段（參見蔡敏玲、余曉雯譯，2003／Clandinin & Connelly, 2000），包括：

> 「生命故事」在……敘事中如何建構、說明與改寫，而不同敘事者如記者（如新聞報導之敘事者）、節目製作人（電視旅遊節目之敘事者）與部落客（如數位媒體之敘事者），如何經由文字與符號再現而與他者相遇、如何再現自我認識與成長、如何從個人書寫到不同媒介組織寫作形式（報紙文字、電視影音、數位影音）間彼此交流生命故事？（引自臧國仁、蔡琰，2010b：68）。

由此觀之，面臨新科技時代的諸種挑戰，此時此刻不但實務工作者需要調整工作步伐，學術研究者更應改變慣有理論思路而試從不同面向定義傳播原有概念，如此方能引領學子「擅變」（蔡依玲譯，2000／Boast & Martin, 1997）。而瞭解學術典範在不同時代裡如何轉移以及為何轉移，而當有助於實務工作者重新面對習以為常之工作路徑，兼可帶領學術研究者省思原有篤信之理論內涵，從而樂於另闢蹊徑開拓新意。

本章之旨因而在於延續上章有關傳播研究典範變遷之討論，關注面對數位科技時代之來臨，傳統敘事模式如何與新的傳播形式結合而此結合又已產生哪些不同新敘事樣貌（見第二節），藉此敘明數位時代之「敘事傳播」特色與相關元素（見第三節）。

第二節　網路傳播時代之新敘事樣貌

如本書前章所述，大眾傳播研究的濫觴可溯自二次大戰結束前後美國學術界（如Wiener, 1948; Shannon & Weaver, 1949）對「資訊論」（information theory）之熱衷，繼而來自社會學、政治學、心理學領域的不同研究者，分別提供了傳播研究發展生機的沃土新芽，經W. Schramm「集大成」後於上世紀50年代漸次開花結果，成為近百年間美國大學裡少見之完整發展學門，也成為其他國家傳播研究競相追隨之主流理論模式。

但如此獨厚「資訊觀」的學門發展，在本世紀初開始有了「捉襟見肘」窘狀，傳統持「傳輸」觀點的此類傳播理論（the transmission view of communication，見Carey, 1992）已難適應數位匯流後，諸多單一媒介界限漸次模糊的事實。

因而當網際網路媒介成為傳播主要形式後，「多媒材」與「跨媒介」似已取代早期以單一媒介（如報紙、電視、廣播）為載具的傳述方式，以致任何故事或訊息之「創作者」（講述者）與「接收者」（聆聽者）間，均非早期傳播理論假設之「產製→接收」（sender vs. receiver）單純關係，卻可能透過網路傳播之多向文本，而「交換」、「改造」、「增添」、「拼裝」、「反拼裝」、「挪用」、「再挪用」、「改變」、「重新配置」甚至「盜獵」（「拼裝」後之文字出自閔宇經，2010：95）其原本內涵，遠較主流理論所述之資訊傳播模式複雜許多。[7]

正如廖冠智、薛永浩（2013：44）所言，「網路媒體讓傳統故事的呈現型態有不同風貌與變革，結合多元媒材形成豐富多元的敘事空間，突破傳統線性的閱聽型態，讓作者、讀者與文本之間產生微妙的變化。」

由此可知，以往由單一新聞媒介或載具之「作者」（敘事者或報導者）各自闡述真實事件的來龍去脈，並反映其獨特觀點的傳播模式，已由

---

[7] 閔宇經（2010：95）在其文注21指稱，「拼裝」（bricolage）之字面意義是「將就使用」（making-do），或用手邊拿得到的任何東西來拼湊自己的文化，而其注22則說明「文本盜獵」（textual poaching）係指「直接改造既有影像或文本的活動，用德塞圖（Michael deCerteau）的術語來說，就是將原來的影像作品重組改編，甚至製作出各種衍生故事情節等」。

網路媒介甚至社群媒體「接手」，而在敘事者（或報導者）所述文本產出並刊出的那一刻起，就逐步加入了來自各方讀者（或網友）的意見，透過「分享」機制而持續在不同媒介與社群媒體轉載、改造、增添、拼裝、反拼裝、挪用、再挪用、重新配置，甚至盜獵。

　　如此一來，如新聞紀實文本之作者、讀者與其產製之報導間恐非僅如上述係「產生微妙的變化」（廖冠智、薛永浩，2013：44），而是掀起了「天翻地覆」的更迭，其意足以凸顯網路時代的「敘事傳播」風貌已與古／經典敘事理論所談大異其趣。如陳順孝（2013：3）所述，「質言之，網路讓敘事者能夠掙脫『載具決定文體』的束縛，轉向『內容決定文體』的新路，為每一個故事、每一則新聞，量身打造最適合的報導文體」，誠哉斯言。

　　尤為有趣的是，上述「天翻地覆的變化」也促使傳統上涇渭分明的「虛構」與「紀實」敘事類型界限不復清晰可見，任何讀者皆能同時間接觸來自如報紙、電視、廣播、通訊社等不同傳統大眾媒介的「真實」資訊，並取其認為「可信度」較高的部分，接著比較來自不同社群網友各自添加之正反意見，甚而也加入這些網友行列逕行提出自己的觀點。

　　如此將原始「真實」報導與各抒己見的回應「混搭」（mashup；陳順孝，2013：5）現象，已使素為新聞學核心之「據實報導」概念轉為「如何說一個與閱聽人有關，誠實、可信又能激勵人心的『好』故事」（江靜之，2009a：348），其主要差異在於所謂的「紀實報導」不僅由「報導者」一人創制，也由眾多接收者「共同產製」，如Bruns（2007）即稱此由集體使用者主導的訊息發展現象為「生產性使用」（produsage）。[8]

　　更何況，傳統對「新聞真實」之期盼多建構在要求新聞工作者「據實報導」的假設，但實際上其多需透過採訪新聞消息來源（如當事者、目擊者、決策者）方能「據實」寫出或播出新聞，而此「實」卻係這些消息來源從其認知、記憶所得而講述，是否「事實」從採訪者一方根本難以考證確認（參見Spence, 1982）。如此一來，不同新聞訊息常只能依附媒體組織

---

[8]　出自http://comm.nccu.edu.tw/material/files/20121107_6_b5f9353a3793a3fc70a70ea4c8d11bf2.pdf，上網時間：2015.08.08。

之「可信度」而難以鑑別其內容真偽，以致任何新聞恐也只是「故事」與「好故事」之別。[9]

因而如林東泰（2008：1）稍早所言，「至少『新聞就是說故事』此一說法，其能指與所指之間的意指作用，到底產生什麼意義，顯然個人即與國內一般學者有極大岐【歧】異」似已弭平，乃因「新聞報導是否反映真實」正如「歷史是否事實」的命題，兩者皆屬對已發生「事實」（即真實事件）之描述，但如何描述這些「事實」之演變，勢必訴諸敘事手法與情節鋪陳（參見魯顯貴，2015）。

另有Bogost, Ferrari, & Schweizer（2010）曾進一步討論新聞報導如何「遊戲化」（參見本書第八章第三節相關討論），乃因作者們注意到如美國*Weird*雜誌之出版宗旨已不僅在於提供資訊，而也在協助讀者透過「遊戲」瞭解並接近世事，藉此方能「擁抱網路媒體以掙扎生存」（出自該書封底頁）。三位作者認為，「新聞遊戲」（newsgames）具說服力、有告知性並能使人「開心」（titillate），其所提供的資訊不但互動性強且能重製歷史事件，更能教導讀者瞭解新聞事件發生的過程，甚至建構社群。[10]

該書即以上述*Weird*雜誌為例，說明在2009年6月非洲索馬利亞海盜事件甚囂塵上而廣受新聞媒體報導之際，該雜誌卻認為短短數年內贖金數額已較前高達百倍。此中值得注意的焦點當不僅是地緣政治或海盜們採取的「恐懼威脅策略」，而更應分析其如何透過劫船、談判以及取得贖金流程進而建立經濟體系。

該雜誌隨後即以八頁全彩篇幅闡述海盜們如何透過劫船次第提升其經濟動能，每一頁都以文字說明搭配視覺資訊圖表以及相關圖示，共同描述了海盜經濟體系下的船隻、人員與地圖，鉅細靡遺地展示了海盜攻擊紅海

9　Gergen（1999: 69）曾舉出好故事的幾個條件，如：「有價值的結尾」、「與這結尾相關的事件」、「有序的事件經過」、「因果關係」等，當然這只是眾多說法之一而難以定論。

10　臺灣《蘋果日報》早就開發了以2016年總統大選為議題的「動新聞」為底的新聞遊戲（參見https://www.youtube.com/watch?v=YTq1n6DFup8&list=PLbm3cV1gcqMaSF3u2MHOmsWIELc65np2D&index=3，上網時間：2015. 08. 08），但這些動新聞僅能觀看不能「玩」。

及亞丁灣油輪之不同階段，並以「試算表」（spreadsheet）解釋其每一步驟的經濟投資價值，以便讀者瞭解海盜們如何計算劫船與贖金之潛在回報。

當然如*Weird*雜誌之平面媒體猶無法如網路或電動遊戲般地建立互動文本以讓讀者參與，該雜誌專設之「競爭模式」網頁[11]因而就肩負了這項任務，讓玩家扮演「海盜指揮官」擁有當地部落領袖以及其他投資客押注的五萬美元，任務則是指導船員襲擊並劫持附近船隻以能協商並取得贖金。

在此，傳統媒介如*Weird*雜誌係透過一般文字、視覺資訊圖表、其他圖示等跨媒材元素，建立起近似早期家中「電視遊戲」之遊樂模式，藉此傳遞類似「電動遊戲的美感」（video games aesthetics），從而讓嚴肅的國際新聞事件有了與前不同的表現方式，其意義值得所有傳播研究者注意。

三位作者因而如此感嘆：

> 【電動】遊戲陳列了文字、圖像、聲音與影像，但他們也包含了更多東西：遊戲透過模式的建立而盡其所能地讓人們可與其互動，並模擬了事情如何完成，……這是一種……『程序言辭』（procedural rhetoric）的能力。對任何其他稍早的【大眾】媒介而言，是一種完全不同的型態（Bogost et al., 2010: 6；添加語句出自本書）。

上述所引甚是，乃因在此21世紀初期，傳統以單一媒介（無論報紙、雜誌、廣播或電視）說故事之傳播型態早已褪色，取而代之的則是類似上引「遊戲式傳播」帶來之不同媒介間的「互媒性」，指「某一文本被另一組文本引述、重構而增加新文本意義」（見賴玉釵，2015b：1）、「互文性」，指「一個特定的文本運作空間中，有些話語（utterance）是從別的文本中借用過來的，而這些話語將會另外再滋生其他的文本」（見石安伶、李政忠，2014：9）、「多媒性」，指如何透過多種媒材如語言、文字、圖／影像、聲音來述說同一故事（見江靜之，2014）、「跨媒性」

11　參見http://archive.wired.com/special_multimedia/2009/cutthroatCapitalismTheGame
　　（上網時間：2016.08.21）。

（transmediality；參見唐士哲，2014：28-31）等現象（此些概念均可參見 Grishakova & Ryan, 2010之討論）。

合併觀之，這些新起概念之作用皆在反映傳播過程之「講述者」（如故事創作者）、「文本」（指創作成品如一般虛構敘事或報紙新聞、靜態或動態影像）、「講述對象」（如一般閱聽大眾閱讀報紙新聞的讀者）、「媒材」（指傳遞訊息之符號資源如文字、聲音等）、「媒介」（指傳遞訊息之管道如報紙、廣播等）、「時空情境」（指故事文本之時間與空間內在結構）等元素之重要性皆正面臨重組，且講述故事之過程也正如遊戲傳播所常引發之「情感」、「想像」、「聯想」、「回憶」互動與交流，此皆過去鮮少受到重視但正是未來理應重視之概念（參見臧國仁、蔡琰，2014a）。

小結本節所述，由於大眾傳播模式已較其發展之初來得複雜、多元、深化，並非早年單一媒介由訊息創作者傳遞訊息至接收者式的單純、靜態。而今日的數位匯流形式已讓不同媒介間的界限漸趨消失，而可透過網路傳播呈現多元風貌，因而古典傳播理論所示之資訊傳輸方式恐已不盡符合實務所需。

此時引入「敘事論」當有其時代意義，也有助於理解故事如何／為何得在不同媒介流轉、誰促使這些流轉發生、流轉又將帶來哪些生命意義，此即「敘事典範」對大眾傳播理論的意義所在。

第三節　「敘事傳播論」之特點與相關元素[12]

承前所述，「典範轉移」促使人們有機會重新檢視理論意涵。而在大眾傳播領域，納入「敘事論」亦有助於脫離「資訊論」而改自人文視角匯入敘事學相關概念於傳播領域。本節將試統整前章所寫，而將「傳播」概念與「人生」、「社群」等進行更有意義的構連，藉此完整介紹「敘事傳播」之特點。

---

12 本節部分內容改寫自蔡琰、臧國仁（2017）。

　　如前章所述，「典範」本是思想系統的關鍵，改變任何「知識論」前皆需重新面對研究典範乃因其本是推理的基礎，亦是思想系統的根源（施植明譯，1993：x／Morin, 1990）。施植明（1993／Morin, 1990）在其譯作之〈序〉曾言，人們面對的是複雜世界，過去「實證論」當道時期（約在上世紀80年代以前），僅曾允許經過量化形式之事物納入科學知識，而這些經過科學化約的世界與真實世界實不盡相符。施植明（1993：xiii／Morin, 1990）繼而指出，「知識並不是世界的倒影，而是我們與宇宙之間的對話。我們的真實世界是我們心靈的真實世界，將永遠無法摒除混亂。……理論並非知識的終結，而是可能的出發點。」

　　而據Morin（1990／施植明譯，1993），現代科學思維排除了含糊、不確定與混亂後，實則僅僅揭露了現象所遵循的簡單秩序。但人們猶需整合所有簡化的思考方式，摒除支解、約簡、單一與盲目的結果，進而追求多元向度的知識。在體認所有知識都是未完成與不完備的情況下，Morin認為要盡力將研究客體放在適當脈絡裡，將過去的事實與可能的變化整合起來以期重新思考真理與知識。

　　本節藉著以上Morin與施植明的提示，分從跨界、多元、交錯應用、同存互參非線性等幾個概念凸顯本書特色（見下說明）。而如Sommer（2012）所言，「敘事學」自從納入了紀實故事、新視聽媒介、數位元素後業已進入了「後經典時期」（postclassical narratologies，另見馬海良譯，2002／Herman, 1999），使得想要依循傳統敘事學理來研究「媒介研究」的嘗試愈發不易。

　　換言之，若依傳統敘事學檢視傳播學理時不免發現，這個夾在古老神話與現代科學間的跨學門學科有著來自不同領域的影響，未來猶需注意互動圖文與影音符號正以數位形式而在現實與虛擬之時空進行各種超文本連結，其即時又互動的本質早已修飾了傳統由「故事」與「論述」建構的敘事結構理論面貌。

　　由此觀之，本書討論之「敘事傳播」理論首要之務，就在檢討如何透過圖文影音符號或口語言說方法敘述、再述、轉譯的過程，依此方能提出值得關注的傳播現象與敘事傳播的原理原則，因而數位時代的「傳播」不再僅是人文、科技或法規共同創造的文明。就人文視角觀之，傳播主體

（無論說者或聽者）的發聲管道已較前多元而即時，內容從私密的心情貼圖到大量流通於公眾的複雜故事，互動的兩端（或多端）正共同締造著頻繁而綿密的傳播網絡。

而在此知識與文化快速流動轉型的數位傳播時代，從文學或結構主義生根的「古／經典敘事學」卻顯得靜態，甚如故事的後現代拼貼變形手段以及重述與流俗的論述迄今猶未納入傳播學理；同理，傳播學理仍多倚賴上世紀發展之單一、線性訊息傳遞模式，而難解釋諸如上節所示之「多媒」、「跨媒」、「互媒」等現象。

本書因而認為，數位時代的「敘事傳播論」至少可用下述五個重要發現來歸結，藉以認識其原理及特色：

一、敘事之「跨界」移動及流變現象愈形顯著

「跨界」指從原有範圍（無論抽象意識或實體）涉足到另一領域，如將原有敘事內容以不同媒材、組織方式或媒介（平臺）再述或轉述之，因而跨界移動與內容形式的變化是「敘事傳播」首應關注的特質。

在傳播媒介愈形發達的此刻，小說、電影、電視劇、漫畫甚至新聞報導等俱都顯示了大量快速流動的跨界現象，亦即任何故事經過移接、轉嫁後，新的故事具有多個創新或可追尋的來源，顯示各種「改編」替換了部分或全部媒材及符號的形式與組織。如第一章所述之「河馬寶寶海嘯後失親卻誤將老象龜當親人」故事經過移接、轉嫁後，新的故事具有多個創新或可追尋的來源，顯示各種改編替換了部分或全部媒材的形式與組織。

在此同時，新的媒介也將訊息與電視、電影、小說、動畫、遊戲整合在一起，容許原始故事或最初文本意義一再顛覆、改寫或重新演繹、詮釋；這種現象使得傳統以結構主義為基底的「經典敘事學」意涵，在傳播能力與傳播速度的推動下也須重新定位，顯示敘事的「改編」能力雖然擁有長期的發展傳統（見下說明），其勢卻愈形變化多端。

如《史記》所寫故事經過兩千年沉潛而少有變動，直到最近二十年源於新興媒介的崛起，而在華人社會卻已不知翻拍了多少種與「秦始皇」有關的遊戲、動漫、桌遊、動畫、電玩等「非線性敘事」傳播文本流傳人

間，而以稍早眾所熟悉的小說、電影和電視劇等舊有媒介傳述之《木蘭辭》、《西遊記》、《三國演義》相關故事更不計其數。

除了以上隨著時間跨度，由古到今在同個（如華人）文化脈絡直線發展的故事及符號方法外，橫向跨界也曾出現於不同文化與媒材的替換，如英國莎士比亞1605年寫就《仲夏夜之夢》、德國歌德1808年完成《浮士德》、法國雨果1862年創作《悲慘世界》、俄國托爾斯泰1869出版《戰爭與和平》等，皆屬人類文明史的文學巨擘作品，近百年間持續地在不同媒介平臺流動。

這些文學戲劇故事不但跨越了時間與空間，實則又曾跨越文字而運用不同媒材變化轉為不同藝術形式，如德國孟德爾頌1825年根據《仲夏夜之夢》改編為樂曲、法國白遼士1846年寫出《浮士德》歌劇、美國百老匯1987年演出《悲慘世界》歌舞劇、英國BBC在1973年則製播了《戰爭與和平》電視連續劇。

這些著作的改編至今仍反覆上演著，如2011年俄國導演推出威尼斯影展獲獎電影《浮士德》；[13]韓國劇團在遠東演出現代版韓文《仲夏夜之夢》，並曾在2012年回流英國上演。[14]及至2013年，臺灣科技大學學生從事時空背景的改編後演出臺灣版《悲慘世界》，[15]英國BBC電視在2015年再次重新製作播演全新電視連續劇《戰爭與和平》。[16]

以上例子似皆顯示，好的故事容許身處不同國土、不同文化，卻能透過傳統媒材（如文字、音樂或舞臺）改以其他藝術形式「再述」（參見McCormack, 2004; Ollerenshaw & Creswell, 2002; Randall & Kenyon,

---

[13] 執導《創世紀》之蘇古諾夫出任導演。http://www.ettoday.net/news/20130103/144188.htm。

[14] 戲劇院網頁指出2014年10月24日晚，「國際戲劇季《仲夏夜之夢》（韓國旅行者劇團演出）在中國國家話劇院劇場（北京市）上演。此版《仲夏夜之夢》將韓國民間藝術融入其中，打破語言與文化的隔閡而將莎士比亞之韻帶入本土之現實生活。這部戲2012年在英國上演時，被媒體讚為『無比怪誕、聰敏和神奇』」，見http://www.ntcc.com.cn/hjy/jyxw/201410/26f8d97875ea47928aadbb64e0f059e8.shtml。

[15] http://www.secretariat.ntust.edu.tw/files/15-1020-33368,c61-1.php。

[16] http://en.wikipedia.org/wiki/War_and_Peace_%282015_TV_series%29。

2001）。而在科技高度發展的今日，甚至可以透過網際網路隨時閱讀原著小說與劇本，也可同時在不同頻道欣賞同部作品跨界後的音樂、歌劇、戲劇或電影版本演出。

顯然任何廣受歡迎的故事在不同時間、地域，皆可讓一位或多位傳播參與者聽了又寫、寫了又看、看了又講、講了又演、演了以後，再以不同符號、姿態返身重新詮釋和再創作。這種穿越時空之限而一再重新跨界敘說與再述的現象，存在於傳統與現代、現實與虛擬媒介，正是「敘事傳播」的首個特色。

德國詮釋學派哲學家H. -G. Gadamer（1990-2002）即曾表示，音樂、戲劇的演出不僅是表現也是解釋，理所當然地由藝術進行「再創造」與「再解釋」（洪漢鼎、夏鎮平譯，1995：336-337／Gadamer, 1993），因而敘事作品經跨界再述或轉譯後，總會返身以嶄新面貌出現或變化到另種敘事樣式。

目前可見之影視作品、動漫畫或遊戲作品，無論出自歷史、童話、部落格、小說、新聞報導等原始素材，各種文本集跨時空、跨文化、跨媒介媒材（Jenkins, 2006）於一身甚而「並存」（co-text）並「互參」（inter-text；見蔡琰，2000；簡妙如等譯，1999／Taylor & Willis, 1999）。「聽者」跨界成為「說者」，更使得古典敘事理論之傳統「角色」概念漸趨模糊，「敘述」（diegesis）與「模仿」（mimesis）的形式相互對照且相互影響，故事與語言的使用（論述）在快速的跨國家民族、跨表現媒介、跨文本類型下，遠遠超越傳統敘事學、傳播學或結構語言學典範，從而進入了「後傳播文化時代」，且隨著社會愈形「液態化」（華婉伶、臧國仁，2011；Bauman, 2000, 2005），傳播型態也跟著成為流動、講求速度、無遠弗屆，並以閱聽眾為主體等多元風貌歷久而彌新。

二、傳播與敘事論之交錯應用愈形密切

由上節所述觀之，敘事大量跨界之因實得力於數位匯流後的傳播方式愈形便利普及，也得自敘事學與傳播學分別經歷了文學的結構主義、文化理論、解構主義、後現代主義之影響，而各自重新尋找出路（唐偉勝，

2013）。而如前述，敘事研究與傳播領域各自承繼著多個不同學門的影響，如今在數位匯流下又各自整合了其與新科技輻輳後的新理論與新應用研究，展現了前所未有的全新局面。然而迄今爲止，學界仍在期待「後敘事學」的確切定義。

如Sommer（2012）曾經指出，「後經典敘事學」（post-classical narratology）正嘗試提出「搞渾沌：敘事學大統一場論」（「GUFTON, or Grand Unified Field Theory of Narrative」）的新方向，不僅討論傳統的故事結構、論述句法或語意，也納入前引數位敘事研究者M. -L. Ryan之意見，補充人們參與故事講述的「語用」情境，並關注「說」故事與「敘事表現」的方式。

Sommer（2012）認爲，「後經典敘事學」需跨界到文化理論與心理學領域，並將敘事視爲「動態過程」（process turn），而非「經典敘事學」所慣稱之「靜態敘事文本」（參見馬海良譯，2002 / Herman, 1999: Chap. 5；唐偉勝，2013；Ryan, 2006），亦即繼描述故事「如何」結構後猶需解釋許多「爲何」如是的問題。

在Sommer（2012）理念中，敘事學約可續分兩個脈絡：「正統敘事學」（formal narratologies）與「情境敘事學」（contextualist narratologies），正統路線仍走傳統敘事研究的歷時或共時取徑，並視符號語言學與結構主義爲研究重點。講求上下文脈絡與語言符號前後關係意義的「情境敘事學」則是目前較新研究方向，又包括了兩個子領域，包括「靜態／語料庫」敘事研究（corpus-based approaches）與重視「過程」的「歷程取向」研究（process-oriented approaches），前者關切文本故事與政經社會文化關係，尤喜討論跨媒介與跨類型敘事研究（media-specific, (trans)medial, & (trans)generic narratologies），另也兼及女性、族群、跨文化與後殖民等敘事內涵，與人文社會面向的傳播學密切相關。

Sommer（2012）指出，敘事學的多元來源及應用正與傳播學近二十年的發展趨勢契合，兩者都深受心理學（如認知心理學之「資訊傳播理論」、「格式塔完形心理學」）、社會學（「互動說」）、新批評與文化研究（如「新馬克思主義」、「女性主義」與儀式）的影響。

不過，後現代哲學思維下的傳播研究自從經歷了「向語言學轉」（the

linguistic turn；鍾蔚文，2004）、「向敘事學轉」（the narrative turn；臧國仁、蔡琰，2014b），甚至「向圖像轉」（the pictorial turn；賴玉釵，2013a）後，更增添了文本、意識型態與認同、言說分析、故事典範以及新閱聽人研究等不同元素，從而造就了不同於資訊典範的傳播視野，並與「後經典敘事學」關切的研究領域重疊，隨著資訊科技軟硬體之快速更新發展（如Internet、World Wide Web，與Wi-Fi），而更迫切需要再行思考其新樣貌與特色。

簡單來說，敘事學與傳播學都曾受到「語言學」、「符號學」之影響，[17]而文學的「結構主義」與「解構主義」等思潮，更曾促使眾多傳播學者關注傳播的意義與本質。超過半個世紀的學術發展，使得現今文學領域不再侷限於傳統的批評研究，而傳播研究亦不受限於效果調查，不僅雙方都關心敘事如何透過傳播而達成政經社會文化之影響，也都有故事文本、論述過程、語藝形式、神話原型、接收心理及傳播符號等的內涵（見高樂田，2004；劉大基、傅志強、周發祥等譯，1991 / Langer, 1953），而與數位科技相關的傳播與敘事研究則更涉及了吳筱玫（2003）提及之「超連結」（hyperlink）、「數位文本」以及網路及行動裝置的「數位書寫」研究（Aarseth, 1997）；這些應是未來將會持續關注的發展方向。

總之，研究者們近二十年來對「敘事傳播」與「數位敘事」的關懷，說明了數位科技產品對人類傳播行為的重大影響。虛擬空間裡許多真真假假的「擬真」（similitude）故事對未來人類文明的影響，可能如同千年以前文字符號初來人間的衝擊，正將人們推向未知的新文明。

三、「非線性傳播」之敘事複雜系統興起

如前節所述，近代傳播概念已是多元、多方且多重往返的過程，在

---

[17] 如Czarniaswska（2004: viii）所言，敘事分析（NA）與論述分析（DA，見本書第四章）以及對話分析（CA，見本書第五章）同享「語言學轉向」，但NA對質化研究者提供了更為寬廣的吸引力，乃因其多採「開放式訪談」而讓研究者可閱讀，並參考其訪談所得（可參閱本書第五章末節有關「新聞敘事訪談」之討論）。

人物、視角、時空、情境、互動對象等多面向共同相互影響、撞擊的情況下，同樣的事件可以產出無限可能的敘事形式與回饋。更因快速移動且共享、共構的特徵，敘事行為顯示出如上節提及之「邊界模糊」特性，其理論地景也與前殊有不同。

　　舉例來說，傳播（媒介）過去一向是權力的象徵，甚至與歷史上的帝國興衰密切相關（曹定人譯，1993／Innis, 1972），慣由少數具有特定身分地位者如祭司、國家（族群）領袖、文豪等掌握社會政經文化話語的發聲機會。近年則某些受過特殊訓練的專業人士（如教師、律師、記者）也因其易於接近話語權而有較高「知名度」與「曝光率」，常反映在報章雜誌的作者（呂潔華，1990；趙登美，1990；黃柏堯、吳怡萱、林奐名、劉倚帆，2005）或電視臺的call-in節目來賓名單（盛治仁，2005）。

　　然而隨著新興科學興起以及Web2.0的普及，以往多屬單向傳達意見與聲音的權力已由全民擁有，自此傳播不再是從上到下、從一到多的線性訊息傳布，也不是由說者到聽者的單面告知，知識更不再全然來自書籍、報紙、廣電媒體等大眾媒介；這種現象在「318（太陽花）學運」尤其清晰可見（政治大學傳播學院研究暨發展中心，2015）。

　　如今除了知識、資源不對等僅存之知溝及數位落差現象外，所有人幾都能透過無所不在的網際網路新興社群媒介（如臉書、微信、部落格），平等地擁有各種發聲傳播並回應敘事的權力與能力，顛覆了傳統敘事的線性或定向傳播的行動。

　　一般而言，「線性」代表「時間性」、「方向」、「可預期」的科學推理方式與結果，「非線性」則常用來形容規律與秩序等標準模式外之非可預期「隨機、誤差」。伴隨著上節述及之敘事「邊界模糊」成分，這種被忽略的微小「隨機」與「誤差」，實對傳播後果累積了巨大影響；即便多數傳播設計都備有回饋機制，非預期與混亂仍然存在於真實的有序生活（林和譯，2002／Gleick, 1987）。

　　另一方面，人們源源不絕的創意、勞動、更新與改革，則使生命充滿了與「秩序」及「規則」不同之非線性與差異，文化與社會也才得進步。這也是故事最擅長之處：描述規律與平靜生活之非預期落差、顯示人際與文明之困阻衝突與模糊矛盾（McKee, 1997），藉之顯現生命與力量。

如電視劇、新聞、遊戲、小說等獨立類型的敘事雖可各自講述如前述之「黃帝戰蚩尤」古老神話且分具特殊的說故事法則，但當簡單的基本敘事元素與「秩序」及「法則」碰撞在一起，不論基於新創故事或來自閱聽大眾的各種回饋，則「複雜」（complexities）必不可免，乃因敘事之複雜「存在於組織之中，存在於系統的元素間無數種可能的互動方式之中」（齊若蘭譯，1994: 113／Waldrop, 1993）。如當「黃帝戰蚩尤」故事透過不同媒介講述後，隨時可由任何匿名者（可能是專家亦可能是一般人）從不定出處，透過不同媒介或數位通訊方式「回饋」其特殊視角、不同符號、再造之故事經過與發展；新的故事元素或說故事法則可如上節所述，另以複製、改造、轉發、復刻（re-make）或經過不同媒介再次轉發。

而透過回饋提供的「補述」，更可能出於較原敘事者更為嚴謹的關注而其所述也更深入，卻也可能是任一己之意而為之的「塗鴉」。敘事的非線性行為因而引發了複雜後果，不論因系統自身或回饋導致的正負向誤差、隨機、邊界模糊，「修正故事」、「補充故事」、「先前或後續故事」及「另個故事」都可能產生。

這些新的補述此時具有類似特質，即敘事元素間的相互撞擊會依複雜理論而「不斷的自我組織或重組成巨大的結構」（齊若蘭譯，1994：116／Waldrop, 1993），新的敘事類型與符號組織方式也因此繼續產生（參見蔡琰、臧國仁，2008b）。

由此一來，在「非線性傳播」難以預期後果的特性下，任何故事常擺盪在「消聲匿跡」或「大肆張揚」兩極之間，敘事傳播也因「非線性」特色而有了複雜現象，使得初始故事產生質變、量變、形變。大量說者透過不同媒介，隨時、隨地又隨機地與既有敘事成品透過回饋機制而互動來往，不僅日常生活之接收與故事訴說機會與形式愈趨多元、多樣，整個社會都在參與非線性的敘事互動，因而直接衝擊了傳統媒體組織的再結構與再造議題。

如【圖3.1】所示，故事因非線性互動而可能模糊了類型，敘事元素的流動、遷移、借用、變形則引發了混血與新類型，不斷形成與前不同的理論地景：

敘事行動參與者（如說／聽故事者）

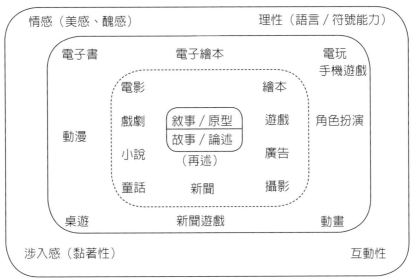

情感（美感、醜感）　　　　　　　　　　　理性（語言／符號能力）

電子書　　　　電子繪本　　　　　　　電玩
　　　　　　　　　　　　　　　　　　手機遊戲

　　　　　電影　　　　　　　繪本

　　　　戲劇　　　　敘事／原型　　遊戲　　角色扮演
動漫　　　　　　　　故事／論述
　　　　小說　　　　　（再述）　　廣告

　　　　童話　　　　　新聞　　　攝影

桌遊　　　　　　　新聞遊戲　　　　　　　動畫

涉入感（黏著性）　　　　　　　　　　　　　　互動性

時空情境（非線性即時互動）

圖3.1　非線性敘事傳播的外在相關元素

　　首先，任何故事或原型（如前述「黃帝戰蚩尤」）無論經過哪一媒介（見【圖3.1】中間），其可能延續發展之方向實難預期，乃因前述跨符號、跨類型、跨媒介的傳播行為隨時發生。故事與原型因而常遊走於不同內容或媒介類型邊界（【圖3.1】中間以虛線區隔），而隨時產生新的元素組合與新的敘事，從繪本到電玩遊戲不斷更新不同情節與角色。

　　又如【圖3.1】所示，這些類型包括了迄今較為人熟悉且在20世紀發展成熟的傳統媒介如電影、戲劇、小說、童話、廣告、攝影、新聞以及繪本等（仍見【圖3.1】中間），也可能延伸至較新的數位媒介如電子書、電子繪本、電玩、動漫、桌遊、動畫，甚至新聞遊戲或角色扮演（cosplaying）。

　　然而無論哪一類型之內容皆具故事情節，以致於不同使用者皆可透過這些媒介進而感受敘事所能帶來的「理性」、「情感」（如美感、快感）、「涉入感」（如黏著性）、「互動性」等（見【圖3.1】外層），

只是程度差異不同而已。某些媒介故事傳遞之「理性」較多（如新聞紀實報導），而另些媒介之故事情節較易引發敘事者與接收者間的互動與情感交流（如電影、戲劇），而更新的媒介（如電玩）則可能讓使用者有較多「涉入感」，易於長期「黏著」於故事情節並積極與他人互動（參見本章【圖3.3】）。若詳述分析【圖3.1】猶可推知：

第一，內圈是明顯可見的傳播行動，也是參與敘事傳播者直接可被看見的傳播行為，如觀看電影、製作繪本、閱讀新聞、撰寫文章、拍攝紀錄片、玩數位行動Ingress（中文暫譯「虛擬入口」）遊戲等，係以主／被動方式或以批評／參與形式加入，參與者或帶有宏觀的傳播行動目的（如透過新聞報導之發聲來呼籲社會改革），或也僅是微觀的個人休閒性質（如觀看動漫），另也可能透過故事傳達集體情感互動（如集體玩桌遊），甚至僅在完成儀式性活動（如參加角色扮演）。

第二，更外層是敘事傳播之「情境元素」及其「關係」。此處所列如情感、理性、涉入感、互動性僅是部分現象的觀察而未窮盡，而「關係」則指時空現象互動元素的結構方式與元素平面化的位置，各元素間並無強弱大小方向等指涉。

第三，【圖3.1】之敘事傳播元素可以舉例解讀為：敘事行動的參與者（不同族群，如兒童）在不同時空（「彼時此地」、「此時彼地」，見臧國仁、蔡琰，2005）以情感涉入某一媒介傳遞的故事（如數位繪本），繼而透過互文而在另一媒介（如動畫）中再述相同故事情節。或者，不同敘事行動參與者從數位媒體閱讀了新聞，接續「再／轉述」其為虛構的電影或繪本之文本；前舉小河馬歐文即為一例。

由此觀之，【圖3.1】所含各元素皆可互置而產生傳播意義，不同敘事傳播元素間的結構關係有如地圖上之河川與村落，各自標示著疆界用以說明概念中的世界。重點在於，敘事傳播這個複雜系統所含之各類互動關係難以釐清，也不宜整理出簡單結論，卻有「自發而生」（autopoietic）的秩序，更能出現「永恆的新奇」（齊若蘭譯，1994／Waldrop, 1993: viii, 199）或「變形」（morphogenesis，蔡琰、臧國仁，2008b）。

總之，傳播目的、意義、符號與類型的連續變化，驗證了敘事傳播的機動性及隨時更迭的能力。這種一再整合也使「敘事傳播」不同於傳統

的傳播行為或敘事行動，而可被視為是具備生機與活力的動力系統，具有「自我參照」（self-referential）與「自我再製」（self-reproducing）特質（蔡琰、臧國仁，2008b），使得傳播現象不盡然適用於經化約後即可被預測的近似真實世界之科學模型。

實際上，生命有序有亂，心智的「亂中求序」能力曾被物理學家E. Schrodinger稱為「驚人的天賦」（引自林和譯，2002：381-2／Gleick, 1987）。認知科學家們以及人工智慧研究者則早已體認人腦不是靜態結構，記憶與符號的聯繫有賴於各自獨立卻又相互重疊的區域。這種互相聯繫、吸引卻又各行其是的大腦運作方式，既穩定又混雜一些不穩定，可譬喻為「碎形結構」（fractal structure），其特徵是「容許無窮無盡的自我運作方式」，適合用來解釋人腦「如泉湧出的主意、決定、情緒，以及形形色色意識的面向」（林和譯，2002：381／Gleick, 1987）。因而從個人到群體的關係得以透過各種敘事傳播現象而呈現人們對生活的觀感，具有累積改變現有生活的能量，尤可靈活而有變化地聯合彙整成新傳播組織。

時至今日，擁有「自媒體」（i／we media）能力的人們，隨時可能無預警地提出不同或相對立的紛雜意見。不論出處、大小、嚴肅正式或娛樂休閒，每一則官方、非官方敘事，都有可能即時得到關於這則故事的反饋意見。這種傳播現象與「眾聲喧譁」不同，它具有對資訊或故事具備從「微觀」（micro）聚集想法而推往「巨觀」（macro）影響的特徵。

因而「非線性傳播」（李順興，2001；陳雅惠，2008；林東泰，2015）不僅來自互動的人們，數位科技及智慧型移動裝置已使敘事變化迅速、隨機、淺平、短暫。這些特色不斷推動舊有媒體組織轉型、分裂、重新組合，使得具有創意且能再組織敘事元素者可產出文化而壟斷故事，但無法找到轉變敘事元素的契機與方法者，則只能在穩定情境中趨向結束原有固定組織並使故事傳播無疾而終。

四、敘事傳播之內涵兼具「理性」與「情感」

無論何種類型，從新聞報導到廣告敘事，傳播內涵總在有意、無意間傳達著生命經驗與情感，因而具有生活實用知識價值，從簡單的選擇到重

要的決策故事皆能提示，也引導著人們的行動（汪濟生，1987；洪蘭，2001／LeDoux, 1996）。

若借用Leo Tolstoy（托爾斯泰）之語，敘事總是「傳達著具感染力的情感」（引自Banach, n.d.）。這種情感不僅是聽、說、讀、寫的符號運用與解讀的苗圃，更是人們選擇從事敘事的理由。依Langer（1953／劉大基、傅志強、周發祥譯，1991），敘事應是情感的外顯符號形式；傳播內容亦不例外。

事實上，情感的構成因素從個人到文化，從神經生物學到社會學，基於遺傳也基於學習。重點是，情緒與理智對敘事的重要無可忽略，有感而發的敘事比比皆是（董健、馬俊山，2008：82-83），而理性與情感均應是敘事傳播的基礎：「……實驗不僅大幅修正了將決策限制於理性範圍的主流理論，更根據情緒在決策與看似理性的選擇中不可或缺的事實，建立了新的理論：情緒與理性並非兩個互不相容的腦部功能，相反地，兩者間存在著相互依存的關係」（林肇賢、劉子菱譯，2014：39／Frazzetto, 2013）。

自從C. A. Darwin（1872）率先研究情緒以來，理性與感性曾是兩個不同世界，人們多認為左右大腦分別職司理性與感性，各自擅長邏輯語言推理分析或創意與想像。但依Frazzetto（2013／林肇賢、劉子菱譯，2014：33），最新的神經科學研究已經挑戰了左右腦相互競爭的理論，認為大腦理性與感性的分界其實並不相斥。不僅如此，Frazzetto（2013／林肇賢、劉子菱譯，2014）也曾提醒除了喜、怒、哀、樂、愛、欲、憎等基本情緒外（參見易之新譯，2004／Ekman, 2003），尚有許多其他情感如蔑視（contempt）、羞愧、罪惡感、窘迫（embarrassment）、畏怯（awe）、趣味、興奮、成就感（pride in achievement）、慰藉（relief）、滿足、快感、享受、愛、焦慮等，都是人們喜愛講述／聆聽故事的理由，也是人們同理故事並接續與他人互動的原因，反映了凡動人之敘事皆必有傳達情感功能。

陳秉璋、陳信木（1993：247-248）曾經引述康德之言，「社會乃是矛盾、對立與衝突的和平共存體」，進而認為人類社會生活互動的結果產出「人文情感」，以致長期累積社會生活後常轉化其為「共識性的社會情

感」，並形成社區（群）。兩位作者指出：「任何以這種特殊共識性社會情感為依歸，再配合獨特的歷史事件與社會情境，最後，以智性想像的形式或形象，予以表達、表現者，就成為我們所謂的人文或社會文藝——譬如，中國古代的《詩經》，希臘或羅馬時代的史詩，以及古代流傳的遊唱詩人的作品等」（陳秉璋、陳信木，1993：253）。換言之，如《詩經》、史詩、遊唱詩人作品等敘事行為，皆能滿足社會人精神生活對情感的需求，也是具體的「社會生活的再現」。同理觀之，紀實敘事如不同類型之新聞報導當也如是，不但提供資訊且也豐富了閱聽眾之情感需求。

兩位作者（陳秉璋、陳信木，1993）更也指出，無論起於功利或實用目的，敘事有消減疲憊和勞累的社會功能。早期始於宗教儀式與巫術而滿足社會人情需求之敘事行為，一旦發展出個別特徵即脫離原有宗教或社會活動，而獨立發展成特殊文學、音樂、美術、戲劇等形式。成熟的文藝活動不僅不再受限於宗教、社會，甚至回饋到社會各個面向並直接、間接地影響整體社會。

然而究是社會生活的變化引起敘事與藝術的變化，或是敘事活動的創意與自我超越突破社會生活的框架？無論從個人或閱聽眾及社會群體而言，其均有層層疊疊相互作用與彼此糾葛的複雜關係。重點是，敘事既是個人創意也是社會行動，端看敘事類型以及其對群體的作用與影響，愈是能理性且有效地運用符號來展現內在情緒感受，則愈能引起大眾共鳴，甚至引發後續連鎖再述行為。換言之，唯有理性與感性並重才有可能將日常生活的感性，提升到智性或靈性想像層次，也才能轉換為文化或經濟產業的理性層次。

延續【圖3.1】所述，【圖3.2】說明了日常生活敘事行動如何從一己（自我）的情感（美感／醜感）與理性思維（語言／符號能力），進而將自我感受的生命意義傳播到閱聽眾（他者），顯示任何傳播活動若沒有個人情感為基底，僅靠「理性」實無法處理傳播對「生命意義」的問題（見【圖3.2】中間左右兩側）。

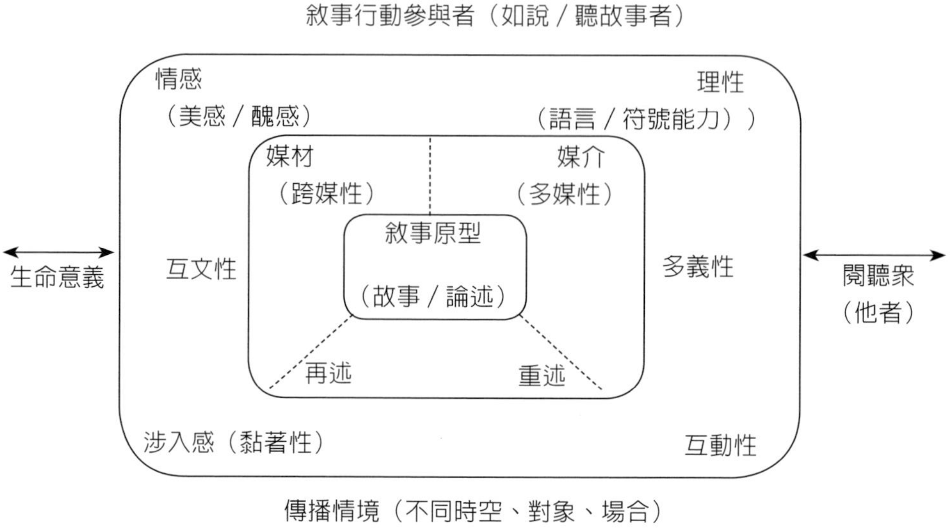

圖3.2

敘事行動參與者（如說／聽故事者）

情感
（美感／醜感）

理性
（語言／符號能力））

媒材
（跨媒性）

媒介
（多媒性）

敘事原型
（故事／論述）

生命意義

互文性

多義性

閱聽眾
（他者）

再述

重述

涉入感（黏著性）

互動性

傳播情境（不同時空、對象、場合）

圖3.2 以「理性」與「情感」為敘事傳播共同基礎之示意圖

　　因而【圖3.2】顯示了不同參與者，在不同傳播情境（時空、對象、場合）論述故事的敘事行動。不論其本質是將「故事」（人、事、時、地、物等）的發生與結果組織後置換符號「重述」或反覆依樣「再述」，皆可視爲透過特定跨媒材符號而以不同媒介形式，來表述生命經驗與意義的行爲。

　　左右著人們的敘事行動則是【圖3.2】上方所示之「理性」與「情感」的共同作用。「情感」已如前述包括如喜悅、憤怒、窘迫、焦慮、愛等，並與「理性」之智識的媒材運用、媒介選擇以及對語言符號的操作與控制能力，都在傳播情境發生。敘事行動因而不僅受到認同、涉入感（或「黏著性」）的不同程度影響，更與他人（閱聽眾）或社群互動的目的、過程、結果相關。

　　因而理性與情感（或感性）並重的敘事傳播行動，係由各種生活眞實情境與其他眾多敘事引發，每每具有某種生命意義而需講述並值得講述，且高度與其他敘事「互文」（見【圖3.2】中間左側）。再則每件敘事行動，不論訴諸娛樂或教育之功能及目的或其傳達的是知識或情感，敘事對閱聽他者的「多義性」（Lull, 1995）總是需要關切與承認。

　　這點在不同類型之敘事傳播活動皆然。如新聞報導固然要傳遞真實或反映真相，但無論其創作產製或接收閱讀也都涉及了「美感」成分（見臧國仁、蔡琰，2001；蔡琰、臧國仁，2003），此乃因任何新聞均具敘事內涵（林東泰，2015），其撰述者在寫得像是「真的」之餘，也都想要寫得「美」以能打動人心、滋養情緒，此皆敘事之情感（感性）作用。而若連紀實敘事也都脫離不了兼具理性與感性內涵，則其他虛構敘事更當如此，不但想將所述故事講得既真且也美；此皆常態也。

　　但在「真」與「好」的偏好之間，新聞敘事的報導者（如記者、編輯）猶應注意倫理議題，此點早在Craig（2006）近作即已論及（尤其第一章）。如其所言，「敘事新聞……給新聞記者留下了諸多挑戰，如要講多少有關消息來源的描述與引述，或在如實的新聞內容裡寫得像是小說一樣吸引人」（p.2）。Craig認為，「若記者與編輯能盡可能在新聞中納入各樣聲音，將有助於更細緻地訴說真相，同時展現他／她們對邊緣團體的憐憫」（引自江靜之，2009c：349）。換言之，報導「真相」與具有「憐憫之心」兩者並非互斥而應「相輔相成」，誠哉斯言。

五、文化壟斷及碎片化敘事現象同存互參

　　從前節所述之「非線性傳播關係」與敘事傳播的「理性」與「感性」基礎來看，因替換符號而產生之「跨媒材」文本與透過「多媒介」互文，或因「黏著度」高且「涉入感」強以致互動頻繁之「多義性」高等情況，都反映了現今之敘事傳播內涵顯較過去資訊論之傳播理論盛行時期複雜甚多。

　　而從敘事行動觀之，傳播的內在行為與外在文化（產業）間仍受圖3.2最內圈之「敘事原型」影響，[18]這是敘事行動埋藏在根源部分的深層結構，由此則可分析理解第二層之敘事情感及理性內涵。換言之，敘事原型不但規劃並定義了傳播之來由與目的，也指向故事如何在特定社會時空情境型塑主流文化。

　　經過前節討論了有關敘事傳播的外在、內在層級概念後，接下來可進

---

18 有關「原型」之意，將在本書第八章詳述。

一步將傳播現象描述為如【圖3.3】所示之隨時間流動不規則八面晶體。簡單地說，此「八面晶體」乃延續了上節有關「網路傳播時代之新敘事樣貌」之分析，但進一步反映了此刻網路盛行時代之敘事傳播特徵，包括互動、多向、共創等。

另一方面，如上節論及之多媒材、跨媒材以及多媒性、互文性、互媒性甚至紀實與虛構介面，不再清晰可分而漸趨「混搭」，促使傳播研究者必得重新思考其所面對之敘事文本內容早已不復以往單純、單調、單面而是不斷擺動，且幾在產出之刻就容許創作者與接收者互動來往而有可能產生新敘事。如此一來，敘事傳播之複雜程度非得以類似【圖3.3】特定時空情境下之八面晶體運作方得釐清。

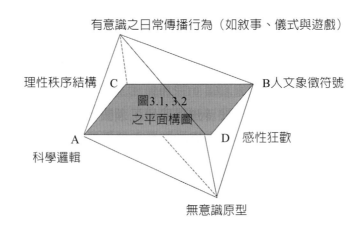

圖3.3 敘事傳播的八面晶體結構

如【圖3.3】所示，晶體頂端是類似遊戲及日常儀式性的互動式傳播行動，如在社群媒體撰寫短訊抒發心情、跨國公司製作拍攝劇情長片、數人同玩桌遊等皆屬之。此處強調的是傳播行動的「日常生活」敘事本質，如新聞報導與溝通對話均屬有意識之敘事傳播表現，亦具社會儀式意涵，符合Carey（1992）早年的「傳播即文化」（communication as culture）定義，視傳播為「分享」、「參與」、「連結」、「共同擁有」或「共用信念之再現」等彼此相互隸屬的敘事概念。

　　晶體底端為隱蔽的底層「無意識」及敘事「原型」，此如前述乃傳播行動的原始推動力量。個人、社會、文化之不同意識、無意識及集體潛意識（原型）當會推動晶體中層，即由【圖3.1】與【圖3.2】所述平面傳播情境傳達之不同敘事內容、媒介管道以及不同傳播行動。

　　此圖之敘事晶體尤其代表了敘事傳播的「動態」世界。具體地說，敘事來自生存／工作需要與類似遊戲及日常生活儀式下，由「邏輯與科學技術」決定的媒介類型（A）、「人文象徵符號」產製的敘事組織結構（B）、個人或集體意識之理性對「秩序與結構」的要求（C），加上感性對「狂歡與非理性破壞的欲望」（D）綜合而成。

　　這四股力量（「A科學邏輯」、「B人文象徵」、「C理性秩序」、「D感性狂歡」）彼此拉扯，不僅協助傳播者決定傳播情境所需之論述與言說條件，也關係著符號與故事內容的選擇。由此，「敘事」的內涵、符號形式、結構與類型特色，乃由晶體上下兩端及【圖3.1】、【圖3.2】（平面圖示所示）各種不同力量之相互競爭，以致：

　　㈠敘事之內容究是要追求「科學邏輯與分析之結果」（A）或呈現「人文藝術之關懷」（B）；以及
　　㈡敘事或則傾斜向「理性秩序」（C）或「感性狂歡」（D）的本質均非一定，而需視彼此力量的拉扯方能決定。

　　換言之，【圖3.3】上下兩端的元素牽動了中間層級（如【圖3.1】與【圖3.2】）設定的平面範圍（指具有多元、互動、多面向之敘事內容），先天地影響整個（個人或集體的）敘事行動。

　　但這個晶體所示之傳播情境（如晶體的不完全規則形狀）常隨晶體的上、中、下三層元素共同影響而改變，晶體的各個傳播元素也隨著時間、空間而移動，並受不同社會文化（如東西方文化）影響而轉變，這些特質使得「晶體」有些「液態」（流動）性質了（見Bauman, 2000, 2005）。

　　在此同時，【圖3.3】所示之晶體上下端點顯露了個人及社群敘事時，如何得有相近敘事及傳播行動，其幕後的敘事力量可以解釋為何傳播行動有時形成巨大文化力量而席捲多數人參與（如「318學運」的號召），另時

則壟斷視聽覺符號,而大量產製與消費特定敘事內容與類型的現象(如前述「小河馬歐文」的感人故事);此皆因這些廣受歡迎的敘事具公理原則或好玩有趣、緊貼生活儀式或深植意識原型,而使人難以挑戰且易沉溺其中。

另一方面,在輕薄短小、極端個人化與速成氛圍下,小群、小眾間的敘事傳播行動(如臉書上的個人轉載)則要等待敘事條件成熟後,才有機會脫離「碎片化」或被主流排擠的命運。可是基於前述非線性的複雜因素,這種看似輕微的聲音或敘事行動,仍可能具有翻轉及替換主流敘事的潛力(如2015年總統大選前夕周子瑜的道歉發言與不斷轉載,隨即成為國民黨敗選的主因之一),使得壟斷文化的主流敘事與碎片化的短小分散型敘事,常是共時同存於現在的傳播現象,彼此參考對照並引用轉述。

此處我們借重了榮格的學說,[19]即現代日常生活之遊戲及儀式心情與行為也造就刻下傳播的真實情境。因而可以推說,故事原型、遊戲、儀式皆是整個敘事傳播行為的背景推動力量,且在這些力量之內敘事傳播理論,才正要開始推理分析前述【圖3.1】與【圖3.2】所具之傳播內容與意涵。

因而除如前述敘事傳播行動是情境下歸屬整體而有機的互動外,我們也應將「開放」、「不規則」、「擺盪」、「循環」、「重複」等概念用於理解傳播敘事的全面行動,藉以顯示網路盛行時代之傳播行為,顯與前述資訊論發展初期之「規律」、「規則」、「單一」、「效果」大異其趣。

總之,知識來源愈多似愈將迫使我們提出更多延伸討論之問題。未來描述傳播現象的範圍與框架,實應以新的視野關切敘事的周邊元素與脈絡關係,進而以其為傳播行動的核心。

第四節　本章結語：數位時代敘事傳播之未來研究議題

本章檢視了今日網路時代之數位敘事傳播現象後發現,有關「傳播鏈」、「文化產業鏈」的研究尚未窮竟,如何深度地建構敘事傳播之文化意義並補充其基本概念,當是未來值得繼續鑽研與討論的方向。

---

19 榮格的學說,亦請參見本書第八章。

　　而社群媒體以及自媒體之興起，顯已弱化了不同類型敘事專業（如新聞事業）之社會角色。作為意識及潛意識影響下的寫作或表現類型，敘事研究仍需瞭解更多原型、遊戲及日常生活儀式，始能強化其內涵（參見本書第八章討論）。

　　另如敘事的即興成分、如何斷裂於理性或跳躍於故事理型與非理型間，以及許多不具備完整故事條件的傳播（如缺乏動機、邏輯、時空隱晦、因果關係薄弱的互動等）本章都尚未及處理，未來猶可繼續探索。

　　作者認為，在今日的傳播行動中敘事顯有跨界與超越特色，此點完全顛覆了以靜態文本結構為對象之敘事研究傳統，而多個參與者可在不同媒介反覆述說同一事件，實也模糊了原始而真實的故事，以致不易釐清聽眾、傳播者的邊界何在。

　　因而敘事傳播不僅是科學的，更是社會、心理與人文的研究領域。生命歷程中一向存有許多神話及迷思，而敘事不但具有普遍人性，也富含民族／個人特色之各種各樣故事。是否透過解釋敘事主題而有助於瞭解人們自身生活，藉此改變知識與思維？是否有助於釋放來自於歷史與人性的包袱？是否從故事中允許人們體驗生命、看見隱藏的真理，又是否允許人們感受故事的真諦從而調整視野、改變人生路徑並納入世界觀？這些均為敘事傳播的未來研究方向。

　　敘事在現象的遞進、消亡、循環、生長法則下，以具體行動參與了社會人的傳播互動，透過如遊戲與儀式而共製了故事，並也分享了日常生活意義。在傳播過程中，人們不斷詮釋彼此話語的意義，也持續地由現在反身過去又過渡到未來。在這樣的程序結束前本章似也無法結束，只能暫時停留在對敘事傳播的想像。

　　本章對敘事傳播的討論多出自生活觀察，一些論述純係基於篤信互動的精神與所處傳播情境皆屬「自生組織開放系統」（蔡琰、臧國仁，2010c）而有生生不息、轉換更新的可能；來自想像與推理說法的未盡之處則想必然爾。

第四章

新聞紀實敘事之文本結構

第一節　概論：新聞文本敘事結構

-- 近來……學者們開始相信新聞報導也是說故事的一類。而在
【新聞】專業，【美國】前國家電視網新聞部（NBC）總裁R.
Frank當年對員工所下的經典指令，早已成為新聞學術【界】
最常引用的一段話：『每段新聞故事都應顯示其虛構與戲劇的
屬性』。無論學術界只是隨著實務工作或是預知趨勢（即【新
聞】業已愈形成為集團經營者的商業產物），新聞業都正漸關
心娛樂性，即【如何】說個好故事（Liebes, 1994: 1；括號內出自
原文，添加語句出自本書）。

　　「故事」已如前章所述乃是具備情節性質的大眾作品，分以廣告、詩
歌、散文、小說、戲劇或電影等不同傳播形式呈現人們樂於知道的一系列
事件（姚媛，2002 / Berger, 1996; Lacey, 2002）。Cohan & Shires（1988 /
張方譯，1997：1）曾謂，任何事件只有透過某種敘事內容之表述方能為人
所知。

　　而新聞內容與一般故事結構實相類似，多在講述從事件爆發到追溯其
源之時間序列，此乃因新聞本具敘事形式，論者常稱此「新聞即說故事」
（news as storytelling; Bird & Dardenne, 1988, 2009）。

　　其他研究者（如Campbell, 1991; Gurevitch & Kavoori, 1994; Liebes,
1994; Vincent, Crow & Davis , 1989）亦曾多方連結「新聞」與「故事」，
除闡釋上述「新聞即說故事」觀點外，並曾探討相關主題如：新聞文本存
在哪些故事本質、新聞話語的結構特性與原型為何、新聞故事與真實事件
有何關聯、新聞說故事者如何描述社會事件之情節、閱聽眾接收新聞故事
與觀賞其他敘事作品（如戲劇、電影）時有何異同等（曾慶香，2005；何
純，2006）。

　　然而要到1980年代中期以後，新聞與敘事間的連結方能廣為人知
（Bird & Dardenne, 1988; Roeh, 1989; Vincent, et al., 1989），並在90年
代末期漸受重視（Beasley, 1998; Jacobs, 1996）。自此研究者不但持續探

究新聞與敘事間如何契合，更曾深入分析不同新聞媒介載具（如報紙、電視或網路）之敘事文本結構各自有何特色（郭岱軒，2011；陳雅惠，2014, 2013, 2011；林東泰，2011；蔡琰、臧國仁，1999），其討論業已初具規模（見下節說明）。

傳統上，新聞報導一向周旋於如何以公正、客觀手法「反映（mirror）」社會真實事件，也只有忠實地反映事件真相才被視為可被接受，其「知識觀」接近早期社會科學盛行時期所稱之「鏡子譬喻」（mirror metaphor）觀點（李金銓，1988）。同理，新聞相關研究過去也多執著於探問媒介訊息（如新聞報導）之效果或消息來源如何影響閱聽眾接收資訊等主題（臧國仁，1999），卻素與一般文學或戲劇領域重要概念如「故事」、「情感」、「美感」、「修辭」等保持距離（見本書第九章），尤其忌諱在討論新聞實務時涉及任何「說故事」色彩（林東泰，2008）。

但如Lewis（1994）所稱，新聞不能等同於小說或戲劇故事，乃因其（指「電視新聞」）屬「反敘事（antinarrative）」表現（引自Liebes, 1994: 2-3之引介，括號內出自原文）：

> 當肥皂劇提供了神祕性並創建了緊張感並以此吸引觀眾，電視新聞採取了報紙新聞習用的倒金字塔（原在讓讀者快速瞥過），其特色在於組合片段與不同觀點。新聞無法在有連貫性的整體上添加任何內容，也無法讓觀者知道任何新事，迫使他們只好從原有意識型態資源中尋求結論，因而常顯淺薄。

不過，新聞寫作是文學體裁應無疑義，也可說是文學的特殊類型或文本（王夢鷗等譯，1992 / Wellek, 1948）。排除虛構部分，新聞報導仍以其特有的文學體裁紀錄著社會情事、詮釋著事件意義、講述著人生經驗，兼也傳遞了文化共識（臧國仁、蔡琰，2013）。

透過這些新聞記載著每天發生的故事，不同媒介組織與實務工作者共同開啟了一扇扇「世界之窗」，協助社會大眾認識人生真諦，展現並也解釋了生命存在的價值；而藉著各種情節的鋪陳，這些新聞故事除持續定義著社會現實世界外，實也影響觀眾的情性活動（臧國仁、蔡琰，2009b）。

　　換言之，新聞不但報導社會事件的眞相，也如一般說故事形式而在文本中安排事件之人物角色、情節時序、輕重緩急等，甚至仿用村上春樹的小說寫作語言，而常將純淨新聞「寫得像言情小說一樣的『美』」（臧國仁、蔡琰，2001：30）。

　　但整體而言，原屬戲劇性或人性的情感元素雖屬新聞工作者取捨素材的重點（習稱「人情趣味」），卻因有違「客觀公正」原則而鮮少引爲傳播研究題材，以致慣於探究情性因素之敘事理論遲遲未受傳播學者重視（例外如林東泰，2015）。未來實應重新檢視新聞本質並延續文化研究者Carey（1992）之建言，改由敘事角度討論新聞文本如何詮釋人類傳播行爲，藉此提升生活美學品質。

第二節　敘事（文本）結構：理論回顧

一、簡述「敘事（文本）結構」之理論淵源與脈絡

　　誠如林東泰（2008）所言，新聞傳統上屬「紀實」或「非虛構」敘事（另見彭家發，1989），旨在忠實地反映事件眞相與事實，因而與「虛構敘事」如電視劇、小說、文學一向涇渭分明且鮮少來往。但敘事情節或來自對事實的再現（如紀實敘事）或來自想像（如虛構敘事），此兩者都得經過口語或象徵符號的「編／解碼」程序方能爲人所知並廣爲傳布，因而編／解碼實是再現故事人物與事件的話語形式。而傳統上，爲了促使閱聽眾瞭解並被故事吸引，講述者多依據某種邏輯提出倫理（ethos）、情感（pathos）與／或理性證據（logos；蔡琰，2000：16），[1]此些邏輯證據又多沿襲自生活經驗並在文化中逐漸形成溝通慣例，可視爲說故事的「方法」或「秩序」。

　　隨著20世紀初期語言學的發展，社會學家、人類學家共同認爲語言之各個部分存有「關係」，且關係間亦有某些「規律」，普遍見於文化成

1　Logos此處譯名從蔡琰（2000），亦可從林靜伶（2000）而譯爲「理性訴求」。

品，透過故事的講述得以展現人類精神層次的「共性」（蔡琰，2000：90-93）。有些研究者「特別關心探討結構賴以作用的普遍法則」（吳新發譯，1993：121／Eagleton, 1983），相信人們的共同體驗可以集結成無意識的社會共識，經過符碼而轉換成為文化產品及故事，此一人文思潮常稱「結構主義」（高宣揚，1994）。

簡單地說，結構主義的目標在於透過人類文化產品以瞭解象徵，也藉著「編／解碼」還原人類精神世界的「深層結構」（蔡琰，2000：91；孫隆基，1990；Chatman, 1978）。1960年代前後，敘事學基本論述多來自幾位語言結構學及文學理論學者。瑞士認知心理學家J. Piaget最早提出「結構主義」思維，認為數學、邏輯、物理、生物與社會科學長期以來，都持續關切著各自領域之結構概念內涵（引自Culler, 1975: 3）。

同一時期，法國人類學家／結構主義者C. Lévi-Strauss（1955）結合俄裔美籍布拉格學派語言學家R. Jakobson之理念，而於1955年提出〈神話結構〉一文，就此樹立了人文學領域結構主義研究之重要里程碑。該文指出，不同神話有著基本主題且隱藏著不變的二元對立結構（如美與醜、英雄與壞人），是人們賴以思考的手段。自此人文學者們發現20世紀初發展自F. de Saussure之「結構語言學」可與C. S. Peirce的「符號學」結合，系統性地分析無意識的創作文化內容，依此建立其他人文學門發展科學研究的模型。

約此同時，加拿大文學理論家Frye（1957）也討論了敘事作品的規律，繼而提出類型、神話、原型這些文學作品的組織形式，並將文學細分為喜劇、傳奇、悲劇、諷刺等四類，以期符合「春夏秋冬」四季之人類生命循環模式（參見本書第八章第六節）。而依Frye，文學是「獨立自主的語言結構，……將生命和現實包容在一個語言關係之內」（引自吳新發譯，1993：119／Eagleton, 1983）。

影響敘事結構研究最巨者，則仍首推法國文學批評家R. Barthes，他同樣認為文化是種語言，「無論細究還是泛論，文化總是由符號組成，其結構和組織形式與語言本身的結構和組織形式是一樣的」（董學文、王葵譯，1992：3／Barthes, 1968）。由其所著可知（李維譯，1998／Barthes, 1967），Barthes之觀點總結了結構主義的語言學成果，建議對生活文化、

神話、流行、反傳統短文小說等研究採取敘事作品的結構分析方法：

> 我們建議把敘事作品分為三個描述層：一、『功能層』
> （功能一詞用普羅普和布雷蒙著作中所指的含義）；二、『行動
> 層』（行動一詞用格雷瑪斯把人物作為行動者來論述時所指的
> 含義）；三、『敘述層』（大體相當於托多羅夫所說的『話語
> 層』）。我們一定要記住，這三層是按逐步結合的方式相互連接
> 起來的……（引自董學文、王葵譯，1992：115／Barthes, 1968；另參
> 見吳新發譯，1993／Eagleton, 1983）。

有趣的是，上述Barthes力主之結構主義符號學分析方法以及他在文中
提及的布雷蒙（C. Bremond）與格雷瑪斯（A. J. Greimas）等結構主義者，
都在研究敘事結構時引用了前引俄國民俗學者普羅普（Propp, 1968/1922）
所撰故事形式結構的專著。因而回顧敘事學的發展可知，Propp早期有關故
事形式結構的看法對1960年代敘事學及敘事結構實有重要啟蒙作用。

Propp將俄國一百個民間故事歸類為七個角色功能（惡徒、英雄、公
主、給予者、助手、使者、假英雄）以及由這些角色功能所完成的三十一
個情節，認為角色功能既是故事的固定元素，也是結構所有故事的基礎，
對任何在故事中完成的事件有著固定的先後發生秩序（蔡琰，2000：104-
105；Propp, 1968/1922:19-22；參見邱于芸，2014：183-185；黃新生譯，
1996／Berger, 1982）。

接續討論故事結構的研究者，另有C. Vogler（1998／蔡娟如譯，
2013），J. Campbell（1968／朱侃如譯，1997），R. McKee（1997／戴洛
棻、黃政淵、蕭少嵫譯，2014）等人，多從故事結構來分析角色、情節之
多種原型，自此成為研究故事結構之最好教材。

如Vogler（1998／蔡娟如譯，2013）曾經結合Campbell（1968／朱侃
如譯，1997）神話原型英雄之旅，指出主角（英雄）在故事中有十二個歷
程，從「1.平凡世界」經歷而「2.召喚」，接續在「3.拒絕」中遇見「4.
師父」，自此「5.跨越門檻」而進入「6.試煉」。這些英雄經驗的人物與

情節結構，符合由法國E. Scribe於19世紀發展的「佳構劇」[2]第一幕「開場」部分，即從主角的初始狀態到打破原有故事平衡，自此進入第二幕的「錯綜」。

接下來的「7.～12.」之六個英雄歷程，則不脫前述Propp所擬三十一個情節歷程，也合乎McKee（1997／戴洛棻等譯，2014）所述故事最精彩部分，即經歷一系列「轉折」、「危機」、「衝突」後，將「人物」、「情感」與「抗爭奮鬥」情節推向高潮（此即「7. 洞穴最深處」與「8. 苦難折磨」）。此時故事勝敗已定，結束「佳構劇」第二幕而走向故事第三幕的「結局」情節。隨後英雄獲得「9. 獎賞」、「10. 回歸原有平衡」或「11. 復甦進入另一境界」，並「12. 帶著仙丹歸返」。

當然，此處所引研究者的故事結構未曾脫離希臘哲學家Aristotle之經典「開始、中間、結尾」結構，但已將虛構敘事之結構精緻化，更多寫作細節可見於McKee（1997／戴洛棻等譯，2014）之故事分析（參見蔡琰，2000；曾西霸譯，2008／Field, 1982）。

就傳統敘事而言，若論經典結構則無外乎「人物」、「情節」、「視角」三者（Scholes & Kellogg, 1966）。待敘事學經歷前引Lévi-Strauss與Jakobson之努力後，研究領域開始觸及文學、音樂、視覺藝術、電影等新興媒材主題，從而促成了結構研究擴及人物、情節、視角、情境、聲音、獨白、意識流、隱含作者、隱含讀者等多項元素（Booth, 1961; Onega & Landa, 1996）。

二、S. Chatman對敘事結構之整理與貢獻

如前所述，敘事研究原即擅長討論「文本結構」且相關論述極多，但直至Chatman（1978）整理後方始定案，係以「故事」與「論述」兩者

2　依維基百科（https://zh.wikipedia.org/wiki/%E4%BD%B3%E6%A7%8B%E5%8A%87，上網時間：2016. 07. 29），「佳構劇」（well-made play或法文：la pièce bien faite）是源起於19世紀的一種寫實主義戲劇文類，也是目前現代商業編劇經常採用的結構模式。

爲敘事結構之基本元素。他從文學角度繪製的敘事結構，說明了「作者」（無論眞正或隱藏作者）如何透過論述（敘事表現）傳遞故事內容給閱聽眾。

在其著作中，Chatman認爲「論述」指顯示內容的具體符號系統，包括標題、導言、語言形式等。此外，平面文本（如報紙）較爲關注修辭，影像文本（如電視新聞或電影畫面）則重畫面構成。而「故事」係指序列關係中合乎邏輯之事件，是由行爲者在時空背景引發或經驗的行爲動作。序列性事件若具備發現、反轉與情境轉變等要件則屬戲劇性事件，亦可成爲新聞報導的敘事內容。Chatman認爲，情節係由核心及衛星事件組成，其具現方式包括有目的的行爲動作以及無預謀的偶發事件；在故事狀態部分則由角色、時空背景（稱爲情節顯著程度）、品質及寫作稱謂（稱爲面向）組成。

不同於多數結構主義學者對故事人物與情節或對深層（原型）結構之興趣，Chatman（1978: 267）認爲「故事」與「論述」乃敘事的兩個互動單位，透過講述故事一方面媒介了敘事表現，另方面則彰顯了故事的靜態固有內涵與情節事件的經歷過程。尤爲重要之處，則是Chatman（1978: 267）整合了文學與電影敘事繼而提出適用於文字（小說、歷史）、視覺（繪畫、漫畫）、視聽媒介（電影等）的敘事表現形式結構，適合傳播領域參考。其形式結構雖不若其他文獻指出之故事本質，卻包含了講者與聽者間的訊息傳送，也包括了從隱含作者、隱含讀者間以及從眞實作者、眞實閱聽眾間的敘事主要關係結構。

三、小結

其他對敘事結構深具貢獻者，還包括了前引立陶宛裔法籍學者Greimas提出之「結構矩陣」（Greimas square）、保加利亞裔法籍學者T. Todorov首先提出「敘事學」一字（narratology或法文narratologie），以及證明敘事結構可以適用於複雜文本而非通俗民間故事的法籍學者G. Genette等人（引自Culler, 1975；參見Martin, 1986；吳新發譯，1993／Eagleton, 1983）。總之，敘事結構的理論應用不只在虛構故事的講述，許多跨領域

學者都關注到書寫與口述的神話、故事、童謠有著相似故事內涵。當這些文學家、神話學者、民俗學者、歷史學者、心理分析學者的研究目的與研究素材迥然不同之刻，他們卻同時發現口述歷史、神話、通俗小說、電視劇、電影裡的故事「怎麼這麼像？」，使得敘事研究轉向而詢問：「這些重複的集體神話有什麼功能？」（Martin, 1986: 23-24），自此隨時隨處可見的「故事」頓時成了有待詮釋的文化符碼。

因而結構主義者既破解了故事的神話，也還原了精神的普遍形式。他們相信一般作品與符號語言產出之形式相同，既是「話語」（即論述）也是「建構」（吳新發譯，1993：135-136 / Eagleton, 1983），而這種建構來自集體意識（參見本書第八章第六節有關「集體意識」與「原型」之討論）。

相對地，結構主義忽略了每則故事的個別表面意義而有興趣於探索作品的「深層結構」，自此方有「後結構主義」的產生且認為結構並非固定不變。不過，大眾傳播文本不若富含美學意味的藝術而常少獨特風格、體裁，以致其常被批評忽略個人主體性或哲學意涵，而使作品多落入類型化與公式性之窠臼。

如今結構主義風潮雖被評為「大勢已去」（吳新發譯，1993：153 / Eagleton, 1983），結構主義者發掘的各類結構卻仍普遍存在於敘事，有助於人們瞭解敘事在這個時代的成規與運作。

第三節 有關傳統報紙新聞之寫作文本結構

-- 西方新聞學最驚人的現象（包括應用與理論）就是頑固，並死硬地堅信語言透明這件事。或換種說法，這種錯誤要歸罪於新聞工作者與新聞系學生拒絕將這個專業放在適當位置，即人類表達活動的情境；也就是說，他們拒絕接受新聞寫作的重要性乃在──說故事（Roeh, 1989: 162；括號內文字出自原文）。

-- 事實是新聞的本源。『敘事』是報導新聞傳播信息的主要方法（何純，2006：2；引號出自原文）。

今天的新聞就是明天的歷史。隨著時間推移，真實事件受到新聞組織重視而將其報導出來，並由新聞專業工作者寫成（或說成）新聞故事，年代久遠後甚至轉變而成「奇聞軼事」（Craig, 2006）或「神話」（Koch, 1990；參見第一章之【圖1.1】）。

但新聞究竟寫些什麼？記者在報導中與閱聽眾溝通了什麼？既然新聞所「聞」之事不一定都是「新」的故事，閱聽眾又期望獲得什麼？新聞內容又如何描述社會事件？

一、倒金字／寶塔模式

傳統上，一般教科書言及「新聞（文本）結構」時，多未帶入任何嚴謹學理或原則而係以經驗述說為主，此乃因新聞學門之早期研究者與教學者常已擁有豐富工作經驗，致其所授內容（如新聞寫作或採訪報導）多係其自身「實務【工作】之翻版」（臧國仁，1999：20；添加語句出自本書）。

舉例來說，素有華人新聞學領域「葵花寶典」的王洪鈞專書（1955／1986：38）即曾如此說明報紙新聞寫作特色：「新聞寫作必須把一些事情的精華，放在最前面，次要的放在後面，再次要的放在最後面，依次類推，到最不重要的，放在末段。這種形式恰像一座倒置寶塔，故稱為倒寶塔式」。而王氏另本重要著作（2000：133-4；添加語句出自本書）則謂：

純淨新聞最基本的寫作方式，便是【倒】寶塔式（inverted pyramid）結構。……純淨新聞寫作，也就是倒寶塔式結構則與文學作品恰恰相反。

所謂倒寶塔式必須開門見山，把故事的高潮放在最前面，……把一件事情中最重要的部分放在最前面，次要的放後面；依次類推，最不重要的則放在最後面；其象徵的意義，恰好像一座倒立的寶塔。

……主要目的是為了滿足受眾的需要。因為讀者閱讀新聞最迫切的動機，就是想對過去24小時或12小時內世界上所發生的重

要事件，皆能一目暸然。[3]

由王氏親撰不同專書內容觀之，其所述「新聞寫作方式」當屬報紙盛行時期之書寫文本結構。至於其究竟出自哪些理論或具有何種知識內涵則少論及，亦乏與其他學術研究領域接軌之說明，可謂僅具「解決【新聞場域】問題的經驗式答案」（臧國仁，1999：20；添加語句出自本書），屬於Ettema & Glaser（1990: 3-5）所稱之「新聞語言」（journalese），旨在將外在真實世界之龐大資訊整理為有秩序、層次分明之故事結構，以便閱讀者能快速接收並暸解，學理成分猶待補充。

另如程之行（1981：131）申論此種寫作結構時亦曾如此追溯：「……美國報紙接受『倒金字塔』形式，中間也有一個漫長的歷程。說來這和戰地新聞採訪有關。來自戰地的消息，務求快捷，此其一；其次，後到的消息每每推翻原來的消息，如果還是墨守『金字塔』形式不變，將難以達成任務。」

類似說法在英文新聞教科書中亦不乏常見，如美國新聞教育使用最廣的密蘇里大學新聞學院專書（李利國、黃淑敏譯，1995：65／Brooks, Kennedy, Moen, & Ranly, 1988）即曾強調：「倒金字塔結構是用來幫助記者按符合邏輯的原則排列材料出場次序，使記者必須對材料的重要性程度加以比較。」該引言所稱之「邏輯」即前引各書提及的「重要性」，係依事件之「新聞價值」排列在新聞報導裡，與一般故事總是先說先發生的事而後講高潮之「時間序列」（chronological order）殊有不同；此即前述新聞具有「反敘事」特色之因。

又依王洪鈞（2000：134），「……倒寶塔式結構之特色，即在新聞第一段，或兩、三段中展示出一件事情的最重要部分，稱為導言。其後各段則依重要性遞減之次序，補充或解釋導言中所呈現之各種情節，稱為軀

---

3 引文中之「純淨新聞」（straight news）一詞，指以「事實性報導」為主的新聞寫作方式，也就是此節所稱的「倒金字／寶塔式」寫作方式。如彭家發（1989：1；括號內出自原書）所言，「一般純新聞報導，……重點在提供事實，而不涉及再處理（reprocess）的程序」。

幹」。王氏（2000：143-4；底線出自本書）稍後又強調此種新聞結構的鋪陳方式乃因「人類接受新聞傳播之習慣，自古及今，皆為開門見山，一目瞭然，與耐心聽故事之習慣，恰屬相反。尤以現代社會資訊眾多，不同新聞媒體競爭激烈，必須藉倒寶塔式之寫作方式使受播大眾以最小之閱讀勞力獲得最大之閱讀報酬。」

　　此一說法在此時21世紀是否仍然有效值得繼續觀察，至少如李利國、黃淑敏譯（1995：45／Brooks, Kennedy, Moen, & Ranly, 1988）所稱，「在今後若干年，倒金字塔寫法對報紙的重要性可能日益降低。」而如今連報紙都已漸成了明日黃花，不同媒體之新聞報導是否仍如本節所述以「先果後因」方式書寫實頗堪慮。

二、正金字塔模式

　　但也誠如程之行（1981）所示，一般新聞寫法固以上述「倒金字／寶塔」方式為主，但若論及吸引讀者關注，除了傳統以事實重要性為鋪陳要旨的純淨新聞外，猶有各類「正寫」形式如專欄或特寫，其特點在於寫作重點除記述、說明、議論外，還要增加抒情與描寫。此即彭家發（1989：8；雙引號出自原文）所言之報紙新聞寫作敘事特質：「作者是以敘事方法為『跳板』，令自己所寫的東西，充滿動感的活力」；此亦程之行（1981：128；英文出自原書）所稱之「正金字塔」式：「……其特點是，不馬上揭示高潮，而要把讀者的注意力帶引著進入高潮，一若小說與戲劇的結構，具有『懸宕』（suspending）的效果。」此句「一若小說與戲劇的結構，具有『懸宕』（suspending）的效果」實也明示了除廣為流傳的「倒金字／寶塔模式」外，報紙新聞寫作猶有與一般敘事相仿之述說結構，即高潮或重點在後，以「特寫」之名而與前述純淨新聞寫法區隔。

　　依程之行（1981：161；添加語句出自本書），正寫形式之興起約與二次大戰後新的「新聞書寫」方式大量湧現有關，「讀者們知識水準不斷提高，對發生於世界每個角落光怪陸離的事件，亟欲獲一深入的瞭解，因此，報紙只求快速的零星報導，絕難使他們感到饜足，這些都是促使特寫數量日增的客觀條件。」

　　另有美國著名新聞寫作教授W. Zinsser（1994／寸辛辛，1999：10）指出，任何新聞特寫的最大挑戰就在於「找到好的角度」，也就是「切入點」或「特別的方式來說說這故事」，其因多在於撰稿者（新聞記者）「比他們筆下的人要有趣多了」，能從特殊有趣角度觀察事情並有新穎看法，甚至將「自己置入報導中」。

　　由此觀之，此節所言之「特寫」內容不但與一般強調客觀、中立之傳統純淨新聞寫作立場有異，寫作結構更屬「變體」（variations；程之行，1981：52）而偏向敘事（小說）述說方式，在情節鋪陳、時空情境設定以及角色構連等面向均與一般說故事方式無異，但與前述純淨新聞寫作習採「開門見山」筆法不同。

三、小結：傳統報紙新聞寫作文本之特色

> -- 『真相』，赤裸且寒冷，被拒於村莊每一戶人家之外，他的赤裸讓人們驚恐。『預言』發現她瑟縮在角落，飢餓且顫抖著，『預言』將她帶回家。在那裡，他讓『真相』以故事為衣，溫暖她並再度送她出門。穿戴著故事的『真相』再次造訪村莊，立刻被迎進人們的家中，他們邀請她同桌進餐，在他們的爐火旁取暖（猶太教教誨故事，引自陳文志譯，2004：47／Simmons, 2001）。

　　新聞報導內容與人類行為有關應無疑義，因為新聞所述就是人類社會的互動與情境，也是閱聽眾所感興趣而過去未聞之消息。次者，新聞與故事同樣具有「類型結構」（或稱「體裁」，程之行，1981：49），如一般純淨新聞多有「導言」（lead）與「軀幹」（body），由此奠定了前述「倒寶／金字塔模式」之新聞寫作基本結構。但新聞也常採用不同角度講述故事，如純淨新聞固常採「第三者」全觀角度，而特寫或專欄則容許撰稿者以第一人稱之「我」的角度貫穿全文，且所述重點或高潮常仿效一般敘事置於最後，因而形成「正金字塔模式」之變體（楊素芬，1996）。

　　無論如何，新聞報導與小說或戲劇等敘事類型不同之因，多在於其無

法虛構而需「紀『實』報導」，即使這種「紀實」仍有程度差異，如「正金字塔模式」多採側寫角度提供讀者「栩栩如生」的畫面，而「倒寶／金字塔模式」則常以直述報導方式廣爲引述消息來源，以此「證言」所寫不虛且非捏造。

第四節　報紙新聞文本敘事結構之學理解析

-- 新聞敘事學是新聞學的分支學科，是一門基礎學科、應用學科。……新聞敘事學是研究新聞敘事原理和方法的學問。與敘述【事】學把以虛構爲主，追求藝術的文學敘述作品作爲研究對象不同，新聞敘事學把以事實爲本的新聞敘事作品與方法作爲研究對象。……新聞敘事學的研究就須以事實爲基點，從敘事方式和敘事原理入手，歸納總結出新聞敘事的體論體系（何純，2006：5；添加語句出自本書）。

一、van Dijk的「新聞論述」觀（news as discourse）[4]

如上節所述，有關新聞寫作架構的早期討論多來自經驗傳述，一些深具實務經驗的中、外資深新聞記者轉往大學任教後，慣將其在報紙或通訊社習以爲常之寫作方式，濃縮爲「倒金字／寶塔」與「正金字塔」模式，藉此釐清新聞組織再現社會事件之化繁爲簡作用。

1980年代開始，漸有研究者改依學理討論新聞寫作之特殊文本結構，尤以荷蘭阿姆斯特丹大學傳播（論述）學者van Dijk（1989, 1988）爲此中魁楚，曾經透過一系列著作鼓吹應視新聞（尤以報紙新聞爲主之文字作品）爲「論述文本」（text of discourse），建構了與前大異其趣的研究途徑，並成爲獨樹一幟之新聞文本研究策略與分析架構（倪炎元，2013）。

van Dijk雖非首創「論述分析」（discourse analysis），卻是以此分析

4　此節部分內容改寫自蔡琰、臧國仁（1999）。

新聞報導之最重要貢獻者。如倪炎元（2013：43）所稱，

> van Dijk的著作或許是被臺灣傳播學界援引或參考頻率最高的一位。……許多研究者引述van Dijk的論述分析架構時，都會引述他為新聞結構（news structure）所提示的分析策略，特別是他透過總體結構與局部結構的切入方式，正好對應著新聞稿文類中標題、導言、轉接等實務新聞寫作的格式；這種分析模式為傳播文本的研究帶來很大的助益。[5]

而檢討其因，應可歸功於van Dijk所創之新聞文本（以報紙為主）分析模式，恰好填補了80年代末期以降不同研究典範興起後之空檔，使得無意使用傳統「內容分析法」（content analysis，見王石番，1989）的研究者剎時之間有了新的質性研究工具，隨後影響眾多研究生也趨之若鶩地競相採用「論述分析」展開研究之路。

在其著作中，van Dijk（1989, 1988）曾經追溯「論述分析」之興起與70年代起陸續出現之「社會語言學」、「民族誌學」、「會話分析」、「文本語言學」（text linguistics）[6]等不同理論脈絡有關，不同研究者同時並也分別注意到日常生活之語言行動與社會結構間實有關聯，因而將其研究焦點轉而關注語言使用之結構與功能形式，而不復如傳統語言學者僅多探問個別文字、片語、句子的論述作用。

具體言之，這些研究者認為語言具有符號論述功能，其表意或再現真實世界之結果受到所屬社會文化意識型態（指「一組信仰系統的類型」，見倪炎元，2013：50）影響甚深；反之，這些意識型態也需透過論述途徑方得傳遞與擴散。因而透過分析當代不同盛行文本（如報紙新聞、廣告、

---

5 倪氏（2013：44）在此論著中批評臺灣傳播研究者多「只限定在1988年所出版的這兩本著作，卻忽略他在前期著作中有關語言學與認知心理學的爬梳，以及後期著作所做的調整與修正，未嘗不是推動相關研究與時俱進上的缺憾」。本節因聚焦於「報紙新聞文本之敘事架構」，仍然無法論及van Dijk有關新聞論述結構以外之其他重點。

6 根據曾慶香（2005：3），「文本語言學」一詞乃德國學者慣用，而英美學者習用「話語」（discourse，即論述），但此「兩者實際上指的是同一個內容」。

電影等）之論述結構，即可探得語言與社會實踐的組成形式與意涵（參見鍾蔚文、臧國仁、陳憶寧、柏松齡、王昭敏，1996）。

如van Dijk在1988年（p. vii）專著前言裡即曾指出，「……新聞理應以一種公共論述形式來研究，……本書強調了新聞報導的明確結構分析之重要性。……新聞結構也明顯地與社會實踐以及新聞製作之意識型態連結，並間接地與新聞媒體的機構性及微觀社會學的情境接合。」其後van Dijk簡述了論述分析之要旨：

首先，任何文本（如報紙新聞）結構均有「主題形式」（theme），且由不同層次之「命題」（propositions）組成，如字詞語句即為「微命題」（micro-propositions），而微命題間又可因相關主題接近而相互組合形成較高層次的「巨命題」（macro-propositions）。透過這種由低層次微命題而逐步形成高層次巨命題之組合過程，文本結構中的「語意基模」因而形成，可作為語句分析基礎藉此相互溝通促進瞭解。

同理，新聞寫作之文本結構亦可如命題間的組合過程而形成「微觀」與「巨觀」層次，前者由平面媒體裡的字詞語句或廣電新聞報導之聲音、圖像、符號等組合而成「局部層次」（local level）的語言行為、句型或語意，而其意涵又繼而形成「整體層次」（global level）的社會論述，此即「巨觀」層次。

舉例來說，在報紙新聞報導文本中，高層次的語言意義常以標題、導言或直接引句特定形式出現，而低層次就是閱讀時由各段落中之字詞語句串聯起來的意義。而若要瞭解一則新聞（尤指報紙新聞）的內涵，即可透過分析各新聞語句的基本命題及其所組合而成的低與高層次意義。

van Dijk（1989: 13）曾以「美國攻擊利比亞」為例，說明其主題形式意義並非僅在單獨句子，而更是由眾多系列句子組合而成之巨觀意涵，因而要瞭解任何論述之意義須就局部與整體層面對照觀之。換言之，論述文本固由字詞語句等局部層面組合而成，但其實際意義卻得要透過論述結構分析方能知曉。

但何謂「論述」（或譯「話語」、「言說」）？曾慶香（2005：5）曾經廣泛採用不同研究者之定義說明其意，包括：

　　一、是「陳述主體表達的結果」，也就是個人或團體「依照某些社會成規將意義（或意圖）傳達於社會，以此確認其所在的社會位置」；

　　二、其「具體陳述包括句子、命題和必要的表達手段」，各有其特定的社會環境與歷史時間意涵；

　　三、以特定方式表達並在運轉過程中組成關係網絡，其含意與功能皆不斷移動或改變，也被不斷地確認。

　　而對van Dijk（1997: 1-2）而言，「論述」這個詞彙之真正意涵實屬「模糊」（essentially fuzzy），與傳播、語言、社會、互動或文化領域相關卻又各自獨立，雖常使用語言形式與方法，但討論範疇卻也涉及了「誰」使用語言、「如何」、「為何」以及「何時」使用語言再現情境等整體問題。

　　一般來說，語言的使用總附屬於複雜的社會架構而旨在溝通意見、傳播信仰或表達情感，因而「論述」也總是發生於事件的溝通過程；而參與溝通者在此事件中一直都在「互動」。因此，van Dijk（1997: 2）曾歸納並認為論述與「語言使用」、「知性溝通」以及「社會情境之互動」三者有關。換言之，論述屬於語言學、心理學、社會學的共同研究範疇，重點在於探討語言之使用如何影響認知（beliefs）以及人際互動；反過來說，論述研究關心人際互動如何影響說話或認知如何控制語言與互動。依van Dijk（1997: 3），論述研究的範疇含括交談口語、報告或報紙文字等傳播行為，目的在探索傳播事件中之交談與文本前後的連鎖關係（talk & text in context）。

　　van Dijk指出，論述內容本來就包含了自幼從社會習得的「基模」（schema），如在日常相見時的問安、談話、道別或以文件與報告寫作的格式等。但有些寫作基模形式較為複雜而需特別訓練，如新聞寫作特點即在連貫原始事件本不相屬之細節，逐項且次第展現主題與類目（摘要、錯綜、結局），最相關的最先（此即前節所述之「倒金字／寶塔」寫作模式）而次相關的其次，最後才寫細節等；這個特點與傳統敘事按照時間情節鋪陳的方式相異，因而常需透過不斷練習方能成為認知中的寫作基模（梁玉芳，1990）。

在討論新聞結構時，van Dijk除了觀察結構組織及修辭外，並將新聞放在「行為動作的論述」與「行為動作的結構」主題之下，藉此說明每則新聞故事都可視為具備行為動作形式。但此非意味所有的行為動作均可成為新聞故事，而是說明新聞故事總是需要「有趣的錯綜」（van Dijk, 1993: 50）。由此觀之，新聞未必具備完整故事結構，卻一定包含描述或報告某「行為動作」之論述要素。

van Dijk（1988）將新聞報導之結構形式列為「摘要」與「故事」兩大部分：「摘要」是新聞有別於其他文本的論述，包括標題及導言兩部分。「故事」則包含「狀態」及「評論」兩者，而在「故事狀態」中，新聞明述發生的事件以及與歷史背景前後相關的脈絡；至於「評論」指記者引述他人或寫下自己的期望與評估。

整體言之，van Dijk新聞敘事結構之事件結局、故事背景的前事件、歷史事件或評論等項目均非一般新聞關切的重點，乃因事件結局在撰寫新聞時可能尚未發生，而前事件、歷史事件、評論與評估鮮少納入純淨新聞，只存在於特寫新聞或專題報導。[7]

二、有關報紙新聞文本敘事結構的論辯

如上節所述，新聞敘事結構的相關研究大致而言就是從「故事」與「論述」兩個角度闡釋報紙新聞文本的內在條件：故事是敘事的描繪對象，論述則是敘事描繪系列性事件的方法。

但在新聞故事都是老套，但論述必須公正客觀且應避免寫得像是詩作、小說或劇本等虛構敘事之情況下，新聞研究者猶須嘗試解答新聞寫作如何運用敘事觀點以及新聞敘事的社會功能究係為何等相關問題。近來西方新聞研究敘事的主題常就在觀察故事形式如何影響大眾的求知權利，以及新聞記者如何利用敘事方法提供公眾論壇角色。如Vincent, et al.（1989）即曾認為人人皆可為說故事的好手，新聞記者當然也可將新

---

[7]　另有Bell（1994）亦曾提供（報紙）新聞敘事結構的分析並納入時間因素，值得參閱。

聞報導寫成故事體，這點在電視新聞中尤其常見。White（1996）則引述 Barthes觀點強調敘事是解決人類困惑的方式，可將「所知」轉換為「告知」（knowing to telling）；而一旦敘事能力喪失，就代表了意義的失落。

此外，報紙新聞寫作（以及電視新聞）追求的類似小說與戲劇之敘事「要素」，更曾是西方新聞敘事研究學者的關切焦點。事實上，不論字詞或語句，只要其作用在於提示或表達已經發生、正在發生的動作或事件即可歸之為敘事。因此，新聞報導不只與故事、敘事相關，一些小說體裁的寫法亦可應用於新聞寫作。

如程之行（1981：163）即曾指出，新聞寫作中有種文體可讓撰寫者「藉著想像力，設法使新聞事實、新聞背景和新聞意義三者鎔於一爐」，此即前述「特寫寫作」之主要意涵，其意也接近前節所述之「正金字塔模式」或「正寫」。而人物、場景的更換則是「老」故事變成「新」聞的重要因素：如緋聞事件的主角可從演藝人員轉換為政治人物，場景則在臺灣與美國間交替，新聞由焉產生。其次，傳統新聞價值的鄰近性、即時性或資訊性，都是使故事需要報導之因。

在人情趣味方面，具備吸引力的故事情節也常是新聞題材的來源（Eastman, 1993: 15-17）如衝突、喜感、性等，甚至美、奇、少、認同、同情、懷舊等因素，都是「硬性」新聞之外的「軟性」新聞主要走向。再者，一般敘事所述的「戲劇性」要素（如衝突、危機、意外轉折）過去一向也是新聞價值取捨的主要考量（徐士瑚譯，1985：37 / Nicoll, 1976），如政黨間的語言及肢體衝突、石油與戰爭危機、政府內閣意外的新人事任命等皆是。

但這些要素是新聞敘事的全部內在條件嗎？一個公允的新聞敘事理論如果不僅是新聞取捨的條件或新聞價值的考量，那麼新聞敘事形式應該包含什麼？我們從新聞敘事中，能否看見一再關心新聞的理由？

針對上述疑問，曾慶香（2005）與季水河（2001）分從文學與美學角度提供了部分解答。曾慶香認為，新聞具備表象與內裡結構，可從「倒金字 / 寶塔結構」與「原型結構」說明。而新聞話語（論述）的常規即「倒金字 / 寶塔」結構，係由事件、背景、評論等組織整合為一則新聞，而其原則即「相關性」（relevance）與「新近性」。

　　簡單地說，新聞話語（論述）是對新聞事實的報導，最相關的就是核心事實，因此「相關性」又可稱為「重要性」原則（曾慶香，2005：48）。「新近性」則指新聞按照話語（論述）反映之時間先後來安排材料，最新近者安排在前面。這兩個結構組織原則「決定了新聞話語不像其他敘事作品那樣通常按照事件的發展順序，即時間順序敘述故事，而是具有非連續性和組裝性的結構特性」（曾慶香，2005：51）。

　　另有「非連續性」（discontinuity）係指敘述新聞事實不必按照原始事件的發生時間先後順序，此即前述「倒寶塔寫作」原則常被認為「先果後因」的背景。至於「組裝性」（assembly）指「新聞各材料、各範疇（除摘要及標題和導語之外），在文中所處的位置具有一定的靈活性，可以像積木一樣進行不同的組合，形成具有或大或小差異性的不同形象，甚至如前所述，同一範疇、同一材料都被分別安放在不同的位置上」（曾慶香，2005：61，括號內文字出自原書）。

　　曾慶香（2005）對新聞結構的另一認知，是指稱新聞話語（論述）中的「原型」沉澱了人們對新聞故事的認知與情感。人們能普遍地接受新聞之「許多『舊』的、亙古不變的東西」，係因「新聞結構單位的穩定性」（頁226），而此一結構就是傳播者之內在結構了（有關「敘事原型」之討論，參見本書第八章）。

　　曾氏亦曾引述前節提及之Frye（1957／胡經之、王岳川編，1994）見解，而將主題、情景和人物類型看成結構單位並以「原型」稱之，其定義是：

> 　　具有一定穩定性的、典型的、反覆出現的意象、象徵、人物、母題、思想，或敘述模式即情節，具有約定俗成的語意聯想，是可以獨立交際的單位，其根源既是社會心理的，又是歷史文化的。從本質上說，它是一種穩定的對外在事物的認知方式、認知角度和認知結果（頁226）。

　　曾氏繼以「野孩子」、「英雄」、「家」原型為例說明三則不同故事如何成為新聞題材，其因即在於原型喚醒了人們自童年時期即已隱藏、沉

澱在心中的集體無意識。這種意識底層的「某種經歷、某種情感，使得似曾相識的經歷得以重溫，讓受到壓抑的情感得到了滿足」（頁224）。不過曾慶香認為，基於社會與文化差異，原型得自經驗與歷史的「聯想群」應顯示了東西文化結構意涵之變形。

另有季水河（2001）認為，從新聞發展史來看新聞寫作實則原先沒有固定模式，而「倒金字／寶塔」結構「是運用電報發送新聞作品時代的產物」（頁242），這是因為美國南北戰爭時期新聞記者多賴電報而將戰爭結果傳回新聞室，但電纜常受破壞，只能將最關鍵的消息寫在最前面，久之就形成了「倒金字／寶塔式」的新聞結構慣例；此一說法與前引程之行（1981）所述接近（參見Mugabo, 2015）。

除「倒金字／寶塔」外，其他新聞結構方式眾說紛紜，如「大熊貓式」、「虎頭蛇尾式」、「時間順序式」、「懸念式」、「並列式」等不一而足。季水河從事件發展過程與新聞敘述方式角度，認為有三種基本結構：「單線直進式」、「多線並行式」、「板塊組合式」（頁260-265）。「單線直進式」指情節單一，人物關係簡單，僅有一條線索。「多線並行式」指情節豐富，人物關係複雜，具有兩條或兩條以上線索並列。至於「板塊組合式」，指那些有幾個方面的材料圍繞共同主題或典型人物，構成一篇新聞的結構方式。

根據季水河（2001：242），新聞作品的結構是指「新聞作者在新聞作品的寫作活動中，對新聞作品的組織、安排、構造，如組織材料、處理事件、開頭結尾、過渡照應等。」新聞寫作有規律、有原則，而「古今中外的優秀新聞作品，他們在結構上都遵循了以下幾條美學原則」（頁242）。舉例來說，結構應能表現「主題」且從眾多素材選取「主題」後，還要從體現主題的幾組數據、幾個故事、幾個細節來生動描繪。但主題不是政策宣傳或強加的思想觀念，只能來自報導對象以確實服膺「客觀原則」。

第二個寫作原則是新聞作品結構應完整周密，乃因其原屬內在相互聯繫的整體。有如成功的文學作品，新聞寫作內容也應完整和諧，具牽一髮動全身的特點。

原則三是不同新聞體裁有不同要求，如告知性報導、特寫、新聞評論之結構不一，短的報導適用文字簡潔的「倒金字／寶塔」結構，特寫體裁

多用懸念式結構：「按照新聞事件發生、發展、高潮、結局的時間順序來結構作品」（2001：257）。

　　至於人情趣味體裁則應「寫出報導對象的血肉、靈魂、個性，……既可按人物性格發展的自然進程來結構作品，也可按作者和作品人物情感的跳動起伏來結構作品，使作品突破時空的自然秩序」（頁257）。

　　總之，季水河指出（2001：258），新聞之主題與體裁需安排各有特色的結構，但寫作結構則有同有異，「並非永恆不變的教條」。不過，他認為新聞結構具有「藝術手法」，包括「疏密相間」、「虛實相生」、「對比參照」等，這種說法已近乎文學寫作的美學原則了（臧國仁、蔡琰，2001）。

　　小結本節並綜合前引曾慶香（2005）、季水河（2001）有關新聞結構的討論，對照董小英（2001）第二、四章分從敘事（敘述）學角度對戲劇、小說文學結構的論述，以及何純（2006）第四章等相關文獻，可以確定古典敘事結構中有關主題、視角、情節安排、人物命運發展、結局等構成概念均已移植新聞領域，藉此描述以事件或人物為中心的新聞敘事結構。此外，有關章節安排、段落與語句銜接的概念即使在體裁不同的新聞寫作，也有一些共同的好文章寫法可資參照。

第五節　電視新聞文本之敘事結構

　　敘事概念已如上述近來常應用在文學、歷史、語言學等領域，如今則除已由van Dijk等引入平面新聞報導之分析外，更有研究者開始關注電視新聞的敘事結構，認為其「移動影像」與「數位敘事」理應各有關鍵模式框架。[8] 舉例來說，電視媒介之觀看情境允許觀眾很快進入情況，無論新聞或連續劇都從一組人或一個故事快速換到下一組場面而難採用緩緩道出之模式。在此同時，電視新聞也如電視劇同樣允許情節「斷裂」可能造成的

8　出自http://www.medienabc.org/page5/page23/page29/page29.html（上網時間：2015. 08. 25）。

「淺平」與「弱智化」觀眾現象，[9]而題材、取景、剪接、重播、現場直播等特殊媒介性質，也常直接影響了一般電視新聞節目的可信度。

林東泰（2011）曾經指出，早期新聞敘事研究者多僅關切平面新聞並各有論述重點，有關電視新聞敘事結構之討論迄今有限。如其所言（林東泰，2011：229），「電視再現新聞事件的聲光畫面與旁白特有敘事表達形式，乃是電視新聞敘事結構的重點所在，包括如何將有關事件、人物、行動、場景、情節等敘事元素，將新聞事件融入電視媒材的敘事表達形式。」

林氏曾經詳盡地對照傳統新聞學的「新聞元素」（如「誰」、「做／說了什麼」、「何處」、「何時」、「如何」、「為何」等）與Chatman提出的敘事結構（如：「人物」、「行動」、「場景」、「時間邏輯」、「事件的發生」與「情節」），進而認為此六組彼此「若合符節」（林東泰，2011：239），但後者更具「故事性」（eventuality）與「敘事性」（narrativity），因而強調借用敘事學之相關元素來分析電視新聞結構當能「晶化，並且提升新聞報導的理念與實務工作」（林東泰，2011：240）。

林氏隨後提出「電視新聞敘事結構圖」（2011：246），將「一則電視新聞從新聞主播、新聞標題出現，到報導核心新聞、次要資訊、現場訪談等一併呈現」，並以「臺呼」為起始結構，中段是整節新聞時段之各則新聞，具備「反覆、循環」特色結構，最後以新聞時段結束為結尾（林東泰，2011：247）。

林氏接著比較報紙與電視新聞之敘事結構異同，強調兩者「敘事形式」不一，如報紙「純係描寫敘事」而電視新聞結合聲光影像，也兼具「描寫敘事」及「模仿敘事」兩種特質。其次，兩者「風格互異」，乃因電視新聞大量倚賴聲音與畫面而屬「混合敘事」。第三，電視新聞敘事強烈倚賴「主播」講述故事因而由其扮演了「指標性角色」，此點在報紙新聞並不常見。第四，報紙與電視新聞之「講述者」不同，如報紙記者多採第三者身分講述事件的來龍去脈，而電視記者為了強調臨場氣氛，除也採第三者身分外更常在「現場」改採第一人稱。

9　出處同上註。該文作者引用了英國著名文化研究學者R. Williams的說法，使用「flow」說明斷裂及淺平造成的「弱智化」（dumbing down）現象。

　　林氏此篇論文刊出時間距離蔡琰、臧國仁（1999）首次分析「新聞敘事結構」已有十年以上，雖屬初探性質但理論架構頗具創意且曾旁徵博引，確屬華文傳播研究首次以電視新聞為分析對象之重要文獻。[10]

　　同一時間另有郭岱軒（2011）碩士論文，以其多年擔任電視新聞記者之經驗討論電視新聞敘事結構，透過不同研究途徑從24則新聞情節之戲劇性與電視視聽元素著手，發現臺灣電視新聞業已跳脫前述「倒金字／寶塔」結構而發展出了新的敘事結構，其特徵是（郭岱軒，2011：90）：

> 　　開頭常以說故事方式、場景敘述，或是從案例、個人為出發點：我們細分為『開頭框架』，指的是新聞框架的開頭常蘊含視聽覺導向之邏輯，明顯易見之衝突、異常或具衝擊性畫面，經常置於新聞開頭，或是以自然音、訪問人物聲刺[11]開場以建立新聞環境與情境。
>
> 　　其二、電視新聞的『結束框架』大致上可分為結論、口頭反應，以及記者『提問』方式作為結尾。電視新聞人物呈現方面，記者常採用大量的聲刺或是記者與新聞人物兩者間的對話凸顯人物性格、賦予人物意義，並描寫人物的動作行為來間接描述其心理狀態、情緒與態度。

　　郭岱軒（2011：32）強調，電視新聞敘事結構包含「內在」與「外顯」戲劇元素，前者如角色（新聞記者、受訪者）、情節（結構、衝突、危機、異常等）、場景（時空）。外顯戲劇性元素則有視覺與聽覺元素結構，視覺部分猶有攝影（分鏡、鏡頭種類）及剪輯（後製效果、節奏），聽覺部分則含音樂（新聞配樂）、旁白（抑揚頓挫、聲調）、音效（自然音、人工音效）等。

　　就論述角度而言，郭岱軒（2011：92）整合之電視新聞敘事結構結合

---

10 此文後經改寫後納入林東泰，2015：第七章，〈電視新聞敘事結構分析〉。

11 「聲刺」一詞譯自英文soundbites，指電視新聞出現的直接引述句，係新聞工作者訪問消息來源後所收錄的影像與聲音，參見金溥聰，1996。

了故事與新聞內外戲劇性以及視聽等元素，與林東泰之「大脈絡」整體故事結構略有不同，尤因其考量了視聽媒體之特色而有以下三處差異：

一、電視新聞的故事結構為情節（主要事件、結果）、背景（情境、歷史）、新聞結尾（結論、口頭反應、提問）；

二、電視新聞論述包含：開頭框架、中間、結束框架；

三、而在此論述框架中，內在戲劇性元素與外顯視聽元素結合，包含了戲劇敘事中的衝突、危機、人情趣味、敘事進展、懸疑；電視視覺影部之特寫、分割、偷拍鏡頭、快動作、慢動作、模擬、定格；以及電視聽覺聲部之干擾性旁白、自然音、人工後製音、配樂等。

另有鄭宇伶碩士論文（2013）曾依前引van Dijk（1988）與蔡琰、臧國仁（1999）發展之敘事結構，而以「個案分析」途徑分析臺灣各電視公司之新聞數位敘事基本結構，發現其共有特色是加上了數位化製作如「音效、影片的後製處理」；「文字字幕、主播旁白呈現不同敘事者觀點」；「圖表、數據的分析整理」；「事件主角的訪問」以及「現場模擬事件發生時間順序」等（頁75）。鄭氏認為，「每一則【電視】新聞皆會先使用現場描述法來釐清事件後，才依各家公司製作手法選擇不同之方法來搭配呈現新聞」（2013：74），頗為有趣。

然而確如前引林東泰（2011）所言，電視新聞文本之敘事結構相關討論不若平面新聞為多。但國外文獻亦曾指出[12]，影音新聞報導仍有許多特點值得注意，尤其是其播報時的結構問題。

而身為「這個時代的職業說故事人」（Mihelj, Bajt, & Pankov, 2009: 57），電視新聞透過記者之直述與影像敘事造成了觀眾的認同與想像，因而敘事對電視新聞播報提供了某些「特殊形式」，如「一貫性」多於報紙新聞，但與其他電影、電視劇、小說等敘事形式相較則少了「連續性」。

---

[12] 見http://reel-reporting.com/category/reel-writing/，上網時間：2015. 08. 25。中國大陸相關研究可參閱http://blog.sina.com.cn/s/blog_5d2a63a10100gwoh.html，上網時間：2015. 08. 30。

尤因受到「倒金字／寶塔」模式之限制，電視新聞播報硬性素材時少了虛構敘事常見的情節鋪排，也缺乏因果與結局之安排。

　　合併上述觀之，電視新聞之敘事結構似兼有傳統「倒金字／寶塔」以及「敘事」特殊結構。而在敘事結構中，電視新聞記者尤需選擇並鋪排序列性事件，先以場景介紹人物初始平衡狀態，接著展示打破平衡的觸媒或爆發故事張力、衝突、誤解、矛盾、神祕或損失。次則探討因果並關注事件的影響後果，後續還要分析解決方案、引出高潮、帶出啟示和淨化，最後結束在新的狀態及其影響。

　　由此來看，電視新聞敘事結構與傳統「事件－行動－影響」敘事模式類似，卻調動其先後次序為「行動－事件－影響」：「行動」旨在告訴觀眾現在發生的事情，「事件」說明了前面所說事情之背景與原因，而「影響」則提及後果或未來可能結果。因而電視新聞結構不同於傳統報紙之處，包括：

　　一、以有力的視像開場與結尾以讓影片自己展示事件內容，此乃電視新聞敘事結構的「黃金定律」，關鍵就在第一個視像要能清晰地表露故事與議題的來龍去脈，最後還要總結故事並提示未來關注；

　　二、與影像一起出現的記者播報、剪接、錄音等音量大小及速度，均需維持平衡；

　　三、故事講到一半時要引介一個較大議題或提供主題故事的背景，無須回答問題但可提出值得討論的相關議題，藉此刺激觀眾想法；

　　四、提供好的且不同的影像，讓有變化的視覺（如地點、背景）能維持觀眾興趣；

　　五、及早決定結構形式，如盯住事件、時間直線發展以讓故事開頭與結束為同一環狀發展，或由小到大、由線到面發展故事。

　　至於Mugabo（2015）提出的電視新聞結構除仍含「倒金字／寶塔」式外，另有「敘事式」、「沙漏式」（hourglass）兩者：「倒金字／寶塔」結構仍如前節所示之傳統敘述方式而將「5何」（5W）置放在第一段，次則納入重要消息，接續是細節以及更小的細節；這種結構的優點在於能快

速傳遞事件重點，但多數時候新聞故事結束時既沒有結局也無懸宕。取代「倒金字／寶塔」的敘事結構，則以場景、軼事、對話來堆疊高潮，人物被彰顯出來並對其行為「負責」，故事有開始、中間、結尾與引述句（即前引郭岱軒所稱之「聲刺」）的使用，以使新聞話語有「真實感」且人物言行具備動機。

Mugabo（2015）認為，電視新聞敘事結構與小說、戲劇相同之處，在於其皆具備「開場」、「發展」、「錯綜」、「高潮」與「結局」等情節鋪陳。若手上有個突發新聞可供講述好故事，電視記者可採兼具以上兩種優點之第三種「沙漏」模式，其特色是：

前端部分仍為「倒金字／寶塔」結構以供快速講述新聞重點，中間使用敏捷過渡語句並以其為小巧「中腰」（如「根據證人指稱」、「警方表示」）而將故事轉折到第三部分，此處改以「倒金字／寶塔」敘事方式帶出重點事實並結論。該作者認為，這種結構既能凸顯快速報導事件的功能，亦能滿足讀者喜愛故事的天性。

小結本節，電視新聞除了保留報紙新聞講求的真實感、重要性與深度外，透過現場連線報導而在「速度」與「眼見可信」等面向更具優勢。但是運用敘事理論討論電視新聞結構時並非僅有故事結構議題可供深究，實則有關論述及語言符號結構的研究文獻迄今闕如。諸如電視連續影像論述元素如何與故事內容串聯、相互影響以能產製不同新聞意義，或是各個敘事元素（含故事與論述兩者）的多寡強弱產製之故事有無異同，甚或結構故事的影音元素擺放秩序之影響等研究議題，皆有待持續發展。

若從敘事角度論電視新聞結構，顯然仍應顧及敘事者、故事、聽者三方。現有文獻多已檢討了故事結構，有關「敘事者」或「聽者」如何影響電視新聞結構，則屬尚待開展之研究面向（例外見Machill, Kohler, & Waldhauser, 2007）。又如僅從故事角度論及電視新聞，則可謂忽略了電視新聞敘事不同於報紙新聞的關鍵所在，乃因觀眾能從電視螢幕「看見」並「聽見」敘事者（新聞主播、記者、當事人、受訪人、受害人、證人、目擊者等），而其分別或共同講述事件究對電視新聞報導有何意義，亦待探索。

至於螢幕出現的不同敘事者長相、穿著、語音、語調、語氣皆有不

同，觀眾觀看同一件事件的角度、感知內容、敘述視角、言說目的亦鮮有一致，透過兩者（敘事者與接收者）結構的新聞故事究對電視新聞敘事有何影響，迄今少有觸及。

另如電視燈光、場景、色彩、光影等美術元素，是否亦為新聞結構內涵？背景、鏡頭、景框、剪接、動畫、效果等可能影響故事的元素是否仍是結構電視新聞敘事的因子？此些議題雖屬影響新聞解讀之互動視聽符號，但也猶缺少相關研究而難以歸納解析。

至此，我們當可瞭解電視新聞敘事不僅具備如van Dijk結構所言之摘要、導言、五何、重點、評述等，也不僅是倒寶塔、敘事、環形、秒漏的整裝與組織問題，而可能是牽一髮而動全身的電視論述問題。

第六節　網路新聞文本之敘事結構

除前述報紙與電視媒材外，如今人們已慣於透過電腦或手機從網路接收或訂閱新聞，這些網路新聞多採如前節所述之傳統（報紙）新聞媒體之倒寶塔文字寫作結構，另常搭配一或多則剪輯過的影音或動畫敘事，加以提供與讀者互動之功能以及與其他新聞或廣告之互文連結，既有舊貌又有新意（陳玟錚，2006）。

然而這種方式曾被陳雅惠（2013：2；2011：5）批評為「舊瓶裝新酒」之「複製舊媒體新聞的現象」，無法凸顯網路新聞的產製特色：「只使用網路媒體的新瓶子，內容仍然複製傳統新聞的舊酒；除了操作介面、版面呈現或部分功能不同外，均可謂之了無新意」（陳雅惠，2013：4）。

因而她（陳雅惠，2013：15）期許未來猶能「開發網路媒體表意特性的新潛能，……積極培養數位時代中說新聞故事的技藝」。在其構想中，未來的網路新聞敘事結構必須「以組織結構和發聲位置之情節作為觀察項目」，以致不同媒介的說故事者皆可根據其所用載具之特色，而採適當發聲位置進而決定情節內容。舉例來說，報紙新聞因僅能使用文字及靜態影像，敘事情節就著重前因後果與影響等，電視新聞則係透過畫面強調現場結果藉此凸顯影像媒體之特性。

至於網路新聞敘事之結構，另應格外注意其「超文本」（hypertext）

特性可能帶來之「新可能」或「新表意潛能」（陳雅惠，2013：摘要），指透過網際網路之「多線性」、「多節點」、「鏈結」與「網絡」方式處理資訊，既有文本內在連結（如加注功能）亦有文本與其他外部文本之串聯（如連結故事原典或維基百科）。此舉顯然打破了傳統線性文本的情節發展模式，而以並列關係、層進關係、時間關係或因果關係等其他選擇來組合多種情節結構，如主軸與分枝狀、樹枝狀、流程圖、迷宮、軌道變換狀、網絡狀及海星狀等（陳雅惠，2013：17-18），不一而足。

可惜的是，陳雅惠（2011：168）的討論迄今僅屬「模擬評估」性質而猶未考量實際工作情境，也未能討論跑線新聞記者如何將其採訪所得轉換為網路新聞架構，更未加入讀者閱讀後的回饋以比較其與作者原稿間的關聯性，以致其規劃之網路新聞架構僅具「理論意涵」而猶未取得實例說明。[13]

與此相較，陳順孝（2013）近作則提出了在輔仁大學實驗媒體《生命力新聞》的長期實踐觀察，力求改變傳統媒體（如報紙、電視、廣播等）受限於「載具決定文體」的劣勢而嘗試建構網路新聞的新敘事結構。依其所述，他曾先鼓勵學生以「超連結」方式敘事，而後逐步增加「多媒體」敘事的比例，最後全面採用「多媒體」的網路互動敘事，藉此瞭解網路新聞的說故事方式究與傳統媒介有何差異。

根據陳順孝（2013：1）之心得自述，經其長期觀察後發現「網路【新聞】敘事結構與傳統敘事結構並無太大差異」，乃因前節所引由van Dijk發展的「新聞結構基模」分類方式（如摘要與故事）仍適用於網路新聞書寫，尤其摘要層次（如標題與導言）更形重要，乃因「網路資訊爆炸，需要有精確簡明的標題、導言幫助網友篩選資訊。」而在故事層次，則「核心要素不變，只是排列組合方式略有調整，……仍然不出傳統新聞語法結構的範疇」（頁17）。

但整體而言，陳順孝認為網路新聞的表現形式較前豐富許多，「多媒材」、「混搭」、「互動」等手法都是過去單一媒體載具無法達成的效果，以致「網路高度開放，既能兼用文字、圖形、影像、動畫、音訊、視

---

13 網路新聞實務工作近年來固已有其進展，但理論意涵猶待進一步研究與整理。

訊等多種媒材敘事，也能進行各種媒材的混搭，更能開放網友互動」（頁
17）。

　　因而若單以現有網路敘事類型研究所得觀察，其所具「新聞」實質結
構尚未超越前節以文字或影音報導新聞之說故事原則。只是目前網路新聞
在敘事者、故事、使用者三方之互動研究較少，而其影音、文字新聞兩者
間的相互引用、指涉是否發揮結構特色，除合併了平面新聞和影音報導既
有方式外，是否尚有未被觀察到的獨具特色的「網路新聞形式」等議題，
均仍有待觀察與探究。至於前章提及之「新聞遊戲」是否亦具網路新聞形
式，則是另可延伸討論之處（見本書第八章）。

第七節　本章結語：新聞敘事結構研究之未來

　　-- 最近幾年，傳播學界結合符號學和敘事學觀點深入探究新聞再
　　　現真實問題，可以說根本顛覆傳統新聞學宣稱的新聞就是新聞
　　　事件的『確實、公正、客觀』報導、新聞就是反映社會真實的
　　　基調，完全推翻傳統新聞學長久以來堅信的新聞就是社會真實
　　　再現的基本專業信仰。……新聞原本只是吾人習以為常的日常
　　　生活一部分，沒想到它竟然被符號語言學、建構論、敘事理論
　　　搞得如此深奧難懂，實在令人難以想像。但是相信學界絕非
　　　只是在象牙塔裡自唱高調，拿別人難懂的話語來糊弄學子而
　　　已……（林東泰，2008：1, 13；底線出自本書）。

　　以上引文出自林東泰教授稍早所撰之學術研討會論文，觀其內容顯然
當時對「新聞敘事」典範之轉移仍持懷疑口吻，「相信學界絕非只是在象
牙塔裡自唱高調，拿別人難懂的話語來糊弄學子而已」可謂道盡了許多曾
經接受傳統新聞理論訓練的研究者與實務工作者，乍聞「新聞即說故事」
的不解與迷惑。

　　有趣的是，林教授近幾年已將其研究焦點集中於「電視新聞敘事」的
結構分析（見前節引文），也曾提出與前不同的研究面向，在「新聞敘事

結構」的貢獻有目共睹，甚至出版專書（林東泰，2015）共襄盛舉。

林教授顯非特例，卻也顯示從傳統新聞「客觀義理」轉向敘事典範確有其顛簸難行之處。因而若依上章「典範轉移」在傳播領域發生的時間觀之，並以蔡琰、臧國仁（1999）首次提出報紙新聞結構分析起算，迄今稍逾四分之一世紀，而若以人類學家Bird & Dardenne（1988）首篇討論「新聞即說故事」專文起算，則迄今也未及三十年。

因而本章稍前回顧「敘事（文本）結構」之理論（見第二節）時即已發現，近百年來各家好手分從語言學、文學批評、哲學等領域齊聚一堂討論敘事文本如何再現故事情節，而這些故事又如何反映人生。研究者除從微觀之語言與符號角度探析文本內容外，亦從這些文本內容推及其與社會文化間的關係以及其與人類神話、原型如何接合，繼而成為人文社會思潮「結構主義」以及其後「後結構主義」的核心義理所在（參見本書第九章之回顧與反思）。

反觀新聞結構研究發展迄今不過短短二、三十年，學理不深而多以實務應用為主以致所獲結論有限，如電視新聞結構或網路新聞結構甚至甫才起步，僅止於一些臆測與理論推演而難以建構任何具體發現。

但各種類型之新聞結構基模卻又有其重要性，乃因新聞始終是日常生活與一般社會大眾最為息息相關的傳播工具，研究者若愈能理解其來龍去脈，則愈有助於未來之實務工作者發展具有人生意義之紀實敘事。因而若從本章所述觀之，新聞敘事結構研究雖然起步不久，未來發展仍具潛力。

另一方面，這個研究主題卻又因科技發展而變化極大。舉例來說，傳統「倒金字／寶塔」是否仍為今日網際網路主要新聞敘事結構令人質疑。尤以不同新媒材次第出現，如社群媒體是否仍有其固定敘事結構誠屬未定。而未來閱聽人皆可以「自媒體」（i/we media）隨時產製自認為有價值之新聞內容（無論文字、影音或圖像），其敘事特色為何亦待檢視（參見王鶴、臧國仁，2014）。

總之，有關新聞敘事結構之研究正方興未艾，但與傳統敘事結構之討論相較仍屬初階，未來發展可期，理應持續向敘事理論「借火」，並以不同媒介之新聞元素為例開展新的研究方向，如此方能建立多元、多樣、多向的特色。

第五章

訪問與新聞訪問之敘事訪談結構與特色

第一節　概論：新聞訪問敘事研究之必要性

-- 『問問題』的重要性【過去】鮮少受到新聞工作人員重視，很
少有記者認為提問是件值得學習的課題；即連新聞教育者也都
不常在課堂教授『問問題』的理念與技巧。影響所及，傳統新
聞採訪與寫作書籍多半『重寫不重採』、『重採不重問』，忽
略了『問問題』對新聞報導的重要性。然而，『問問題』真的
不需任何知識與訓練嗎？（臧國仁、鍾蔚文，2007/1994：1；添加
語句出自本書）。

-- 文獻檢索顯示，對話分析對新聞研究僅具有限影響，……【雖
然】對話研究代表了有關互動研究最為成熟的面向，而新聞學
又是如此與公共互動緊密相關（Ekström, 2007: 971；添加語句出自
本書）。

　　延續上章所述，新聞學領域在過去三十餘年間業已廣從敘事學借鑑而
開啟了嶄新研究方向，針對各種不同媒介之新聞文本次第探索類似「新聞
話語的結構特性與原型」與「新聞故事與真實事件之關聯」等子題，因而
深化了有關「新聞敘事結構」的研究內涵。但囿於新科技汰舊換新速度過
快，各類新興載具（如智慧型手機）之故事述說模式不斷推陳布新，新聞
敘事結構的研究者因而持續面臨挑戰。如何因應並探究這些散布於不同媒
介「新聞故事文本」與「真實事件」間之論述關聯性，勢必成為未來猶待
積極開拓並理解的研究方向。

　　與此相較，新聞訪問相關文獻遲滯不前，不但引進時間甚短，所受
重視程度亦遠遠不及。若以首篇華人相關研究論文（見臧國仁、鍾蔚文，
2007／1994）起算，則新聞訪問之學術討論迄今不過二十年。若另以新聞
訪問專書（臧國仁、蔡琰，2007a；江靜之，2009a）或曾在學術期刊出版
之專文（如江靜之，2009b, 2012, 2011, 2010；林金池、臧國仁，2010；臧
國仁、蔡琰，2012）為例，則此子領域之學術生命不及十年爾爾。何以至
此？難道此是華人傳播社區獨有現象？

非也。如臧國仁、蔡琰（2007b）所述，由Gubrium & Holstein（2002）編著之厚達千頁巨著曾經針對「訪問」（interviewing）單一主題共計提出四十四個章節，分就「訪問形式」（如調查訪問、質性訪問、焦點訪問）、「受訪對象」（如菁英對象、病人、老人）、「訪問情境」（如醫病關係、新聞訪問、教育訪問、面試）、「訪問技巧及策略」（如面對面與電話訪問、網路訪問、民俗誌訪問、口述歷史訪問）以及「反思」等議題分章剖析。

惟該書之「新聞訪問」專章（Altheide, 2002）猶未納入與專業採訪密切相關之「對話分析」（conversation analysis）相關文獻，亦未觸及新聞訪問涉及的「機構性互動」（institutional interaction）要素（見Heritage, 1997; Heritage & Greatbatch, 1993），僅僅比較了報紙與電視新聞訪問之過程與步驟（見該文p. 415：表20.1），因而失去了與訪問研究學術社區（見下節）對話的契機。

此一缺憾誠不令人意外。有關「新聞訪問」（news interviews）之英文專著至今不過區區數本（如：Jucker, 1986; Cohen, 1987; Bell & van Leeuwen, 1994; Clayman & Heritage, 2002; Ekström, Kroon, & Nylund, 2006），且撰者皆非出自美國大學新聞科系而屬英、荷、澳、瑞典等國社會或傳播學者，顯示執新聞學術研究牛耳經年之美國學者（如上引Altheide）迄今猶未重視亦未關注「訪問」實務工作可能蘊含之深厚學理。

此一偏執著實可惜，乃因「新聞訪問」當屬促進新聞實務「客觀義理」之重要途徑，亦即任何有價值之新聞報導須經採訪「消息來源」並以直接引述（如上章提及之「聲刺」方式）獲取證言，方得避免被譏為「自說自話」或做「轉貼工」。如Clayman & Heritage（2002: 1；添加語句出自本書）即曾引述其他文獻而稱，「新聞記者並非直接目擊事件【發生】或諮詢【相關】文件，而是透過訪談消息來源以取得資訊」，顯然新聞訪問當係記者採訪工作的核心，重要性不言而喻。

因而新聞工作者的專業素養高低，就在於其能否面對重要受訪者「問出」關鍵訊息並轉換其為報導內容（見高惠宇，1995）。如美國新聞學者Sigal（1986: 12；添加語句出自本書）即曾強調，「根據【社會學者】Gans，新聞主要就是與人有關，他們說了以及做了什麼。……『誰』是新

聞，可說是新聞常規。」

　　然而若與上章所談新聞敘事之文本結構相較，「訪問」所涉專業技能顯更複雜且難累積（Cohen, 1987），需持續練習且對理論有所體認方能提升自我並漸趨熟練，幾可謂一段「由問題找答案再由答案自省找新問題」的過程（臧國仁、鍾蔚文，2007／1994：1），歷經多時逐步成長後始能成為專家型實務工作者。[1] 誠如江靜之（2009b：121；添加語句出自本書）所言，「……訪問是高度依賴情境的溝通藝術，訪問者【如新聞工作者需】依情境決定訪問策略，並得隨時保持彈性與靈活。情境與談話（包括訪問）之間實具相互影響，密不可分的關係。」

　　而訪問情境之面向眾多，從問答雙方發言輪番次序所建構的「微觀」情境到兩者各自認知所及的社會環境等「巨觀」情境皆屬之（見下節），兩者皆常影響訪問順暢與否以致非臻熟練無以認知、體會，此即其特色與難處之所在。

　　但相關新聞採寫教科書迄今猶多忽略訪問涉及之學理內涵而僅視其為經驗之磨練，如談及新聞訪問時就常建議學習者「持續找事情發問」（臧國仁、蔡琰，2012：4）或「多問即可熟練」，卻少提及發問過程背後可能存在之心理、社會、文化與語用學意涵（見臧國仁、蔡琰，2007b）。

　　舉例來說，上章提及之新聞學領域「葵花寶典」（王洪鈞，1955／1986：112；底線出自本書）即曾如此描述：「記者在訪問時應該是個<u>餓狼，永遠貪求無厭</u>，他絕不可在得到全部答案前停止發問，亦不因為已得到預想的答覆為滿足。他要在不使對方失去忍耐的限度內，<u>竭力爭取更多</u>

---

[1]　維基百科「臺灣新聞媒體亂象」欄目曾經如此描述：「採訪問題不適當，問題未經深思或傷害受訪者：記者常以缺乏新聞專業、毫無實質意義、把當事人當笨蛋、簡化答覆內容、甚至嚴重傷害當事人之廉價問題或廢話詢問受訪者，如「請問你現在有什麼感想？」、「你現在心情如何？」、「高不高興／難不難過？」、「你知道爸爸（媽媽）已經死掉了嗎？」、「你會不會後悔殺了人？」、「女兒自殺了你會不會難過？」，問性侵犯者「為什麼看到女學生要摸胸部？」等問題，尤以電子媒體記者最為嚴重，就連火災、空難或車禍等意外現場，此類傷口上灑鹽、毫無建設性之問題亦層出不窮。還有，吳念真因十幾年前曾代言清香油廣告而遭2014年臺灣餿水油事件波及，被記者以「要不要道歉」的採訪方式不斷追問，使吳念真反過來問這位記者：「你爸爸、媽媽把你教成這種態度的人，你爸爸、媽媽要不要負責？」。

一點的材料。」然而該書並未申論何謂「餓狼」、為何記者應該「永遠貪求無饜」、如何「竭力爭取」等議題，亦未提及任何訪問文獻，僅點到為止而未能深化新聞訪問所涉之困境與解決之道。

與此書相較，較新之方怡文、周慶祥（1999：63，底線出自本書）則曾提及：「對於敏感的新聞，記者常不容易得到受訪者正面的答覆，所以必須運用一些技巧，才能套到一些新聞，而『旁敲側擊』與『激將法』常是最有效的方法……。」有趣的是，「必須運用一些技巧」所指為何、哪些技巧可能成功哪些則否、如何激將等重要議題亦皆付之闕如，以致讀來難以理解。

但訪問（尤其是新聞訪問）畢竟不僅是訪問者（如新聞記者）之個人採訪技巧優劣而已，其成功與否猶賴另方（受訪者或消息來源）配合，一旦問者咄咄逼人急於套出真相，反倒易於引起受訪對象不耐、反感而致拒訪。

本章因而認為，新聞訪問並非僅是「新聞記者從與某一事件有關係的人口中【探取】所要知道的事【實】」之過程（于衡，1970：82；添加語句出自本書），更也常是訪問者（記者）邀請受訪者交換並講述其生命故事之歷程，雙方共同建構談話互動進而探索彼此的人生智慧，實有人文關懷重要內涵（見下說明）。

此種訪問方式尤其適合富含「人情趣味」或「傳記性質」之新聞採訪，乃因此種類型多在探詢有趣故事以能激發讀者好奇與同情心。而一般大眾也當樂於藉此知曉他人的生命故事，乃因分享生命故事本就是新聞媒體除報導社會真相、維護公益的另一重要功能（臧國仁，蔡琰，2012）。

同理，新聞訪問之提問與回答等話語講述並非一般日常對話，亦非資訊之索取與回應而已，更係問者（記者）與答者（受訪者）各自根據其個人生命記憶而提出之自傳式敘述（narrative self；見Fivush & Haden, 2003: viii）與交換。換言之，記者誠然無須扮演前引「餓狼」角色，而亦可以平等身分與受訪者共享生命歷程之高、低潮，雙方也不盡然均以「一問一答」制式進行訪問，而可隨時插話、補充、回應，經由「一來一往」共建雙方都能盡興而返的對話情境。

下節將依序討論相關主題與文獻，包括：「訪問與新聞訪問之相關研

究」、「新聞訪問研究與敘事概念之可能連結」兩者。本書認爲，訪問並非Cohen & Mannion（1980；引自Dillon, 1990）所稱「技術性工作」，而實有深厚跨越人文與社會領域之學術本質，理應引入相關理論（見下兩節），除視新聞訪問爲大眾媒介挖掘眞相、監督施政之重要資訊探索途徑外，亦是訪問者與受訪者各自述說自身生命經驗之歷程。

第二節　「訪問」及「新聞訪問」之相關研究

一、對話研究學者E. A. Schegloff之貢獻

如上節所示，「訪問」研究多年來一向以社會學者眷顧較多，尤以專研「對話分析」者[2]爲最（此言出自Fivush & Haden, 2003: viii），最早係由美國社會學家E. Goffman之弟子H. Sacks, E. Schegloff與G. Jefferson（1974）針對「洛杉磯自殺科學研究中心」電話防制專線對話記錄展開初步探索（Sacks, 1984; Schegloff, 1987, 1968），此三人因而常被視爲對話分析的「共同創始者」（co-originators；見Heritage, 2003: 1），[3]又以Schegloff學術作品產量最爲豐碩而備受推崇。

相關研究者其後爲了促進分析研究資料之便利而大量使用錄音機紀錄，進而發展出了一套特殊設計之研究步驟與符號，隨之成爲共通語言與研究方法。簡單地說，他們強調任何對話（或會話、對談、晤談等）[4]均有其隱性「社會結構」（talk and social structure，見Schegloff, 1992:

2　對話分析（conversation analysis）在臧國仁、蔡琰（2007b）譯爲「會話分析」，此處從江靜之（2010）之譯名。

3　根據維基，H. Sacks是研究日常用語的先驅，40歲時在一場車禍裡喪生，傳世之作不多，但仍廣泛視爲對話分析的創建者，對語言學、言說（論述）分析與論述心理學影響重大。如Ekström（2007）就曾認爲，日常對話之研究傳統主要出自Sacks從1964至1972年的學術演講。

4　Interviewing或conversation在中文有不同譯名，但在此一研究領域之意涵接近，均在指稱透過語言完成之人際互動，故本章換用對談、晤談、交談、訪問等詞彙，其意接近。

103），包括「開場與結尾」（如新聞訪問多由記者起始並結束發問）、「順序」（指問答間有一定講話順序而不得隨意插話）、「換番」[5]、「番的轉移點」（transition relevance point，指有助於「換番」的語助詞如耶、啊、嗯）等。

如Schegloff（1968）在由其開啟的首篇對話分析論著裡，即曾詳細解析「abab分配原則」（distribution rules），包括「【電話】答者先說」、「a說話時b不能說，反之亦然」、「對話一旦開始，說者即需說明自己是誰」、「先說者決定話題」、「接續談話需符合彼此所述『條件相關』」等重要議題。

該篇論文發表時（約是1960年代末期），家用電話仍是一般家庭與他人互動之主要工具，因而其係以電話對談內容爲分析對象，是故才有上述「abab分配原則」所稱電話鈴聲響後之接聽「答者先說」論點；如今手機來電常可預示來者因而答者未必接聽後立即答話，此一慣例是否仍然有效實則未必。

但Schegloff開宗明義所指之「abab分配原則」（如「a說話時b不能說，反之亦然」）對日常對話及訪問研究均有啟示作用，乃因其重點係在「先說者」（如a）有「權」決定其後發言主題，而先說者未曾停頓則後說者不能擅入，否則就屬違反abab分配原則，而造成了「插話（嘴）」、「重疊」等人際對話之不禮貌行爲。一旦這種「同時發言」（simultaneous talk）情況發生，Schegloff（1968）認爲應由插話者自行停止以示尊重，或由原發言者退讓以讓插話者完成其言。總之，兩人同時開啟話語時總需透過某種「協調」方能避免彼此爭奪「話權」，進而順利完成對話互動。

但「後說者」（如上例之b）如何知道發言業已結束且「輪到」（此即上述之「換番」）自己發言，或訪問者如何知道受訪者業已答覆完畢而可繼續下個提問，Schegloff（1968）因而提出上述「番的轉移點」概念（簡稱TRP），認爲每次輪番發言之結尾都會提升語調以示段落結束，有時亦可「靜默」以待接續。

5　「換番」（turn taking）指說話者與接話者間的輪番談話，一人講話結束另人方能接續。

　　先說者表述完畢時，無論肢體動作、面部表情、話語內容都會出現某種「暗示」以讓後說者接續往下發言，而兩人以上的發言情境則常出現「主持人」角色負責上述「分配原則」，如教室發言就常由「任課教師」擔任「主持人」指定有意回應的同學。而在其他專業發言場合（如記者會或正式典禮等）則常安排「司儀」分配「話權」，藉此確定在場者皆有講話之「正當性」（legitimacy; Ekström, 2007: 969）且能依序發言而不致紊亂，甚至造成「眾口鑠金」。

　　有趣的是，此種「主持人」分配話權的情形卻在日常對話情境極少發生，即便多人輪番發言也鮮少出現固定主持人，彼此頗有默契地你來我往而無芥蒂。Schegloff（1968）指出，即便一般對話仍有其語言「秩序」與「結構」，雙方（或多方）透過一問一答的講話次序建立了難以「眼見為憑」的言談過程，人際互動於焉達成。一旦違反了這個一問一答之秩序或結構，雙方（或多方）輕則彼此相互嫌隙重則引起衝突，不可不慎。

　　此外，Schegloff也曾介紹前述對話之「開場與結尾」（另見Schegloff & Sacks, 1973），乃因其常影響對話秩序與順序（另見Clayman, 1991）。事實上，此兩者多彼此呼應，如見面時稱呼「老師好」，而結束談話多仍以「老師再見」告退，而非「先生再見」或「老闆再見」。由此顯見「開場與結尾」不但具語言功能，實也有「做人」效果，代表了談話雙方的人際（interpersonal）互動禮儀。

　　而從Schegloff（1968）以降，眾多社會學家、語言（用）學家、人類學家持續探索「對話」在社會人際互動過程扮演的角色，其關注點逐漸超越了最初的結構功能而引入更多「語用」（pragmatics）知識，有論者謂其「二次大戰以來在美國發展之唯一社會科學研究方法」（Heritage, 2003: 1），重要性可見一斑。

二、新聞訪問研究者J. Heritage的貢獻

　　-- 新聞產自互動；在新聞採訪活動中記者與不同受訪者談話，
　　　也在【廣播電視】新聞節目裡從事各類事先安排的互動，以
　　　及時事與談話、廣播扣應秀等。……新聞部分是因談話而生

（Ekström, 2007: 964；添加語句出自本書）。

　　美國社會學家Schegloff已如上述常被視爲「對話分析」領域的奠基者，然而「對話分析」與「訪問」或「新聞訪問」間之關聯性猶待後續研究聚焦與連結方才廣受重視，係以美國加州大學英裔美籍社會學者J. Heritage之系列研究最爲關鍵，可視其爲引「對話分析」入新聞訪問的先驅。而在Prevignano & Thibault（2003）回顧Schegloff學術成就的專書中，首篇短文就由Heritage撰述（2003），兩人學術表現光輝互映、相得益彰。

　　實際上，Heritage早在1993年即曾與英國同僚D. Greatbatch嘗試建構「新聞訪問」的「機構」特質，討論對話研究如何得與訪問研究接軌。兩位作者首先闡釋對話分析研究之發展傳統，認爲其所涉之「日常生活」內涵已漸被轉引討論某些專業機構之「談話互動」（talk-in-interaction）行爲，進而探析這些「機構秩序」（institutional order）如何影響了對話方式與內容（ten Have, 2001: 4）。

　　如教室裡的「師生」間對話（McHoul, 1978; Mehan, 1979）、飛機駕駛艙內的「正副駕駛」間對話（Nevile, 2004）、醫院裡的「醫生與病人」間對話（Silverman, 1987; West, 1984）以及法庭間的詰問與答辯（Atkinson & Drew, 1979）等均有其專屬「機構秩序」而與日常對話不同（參見Boden & Zimmerman, 1991; Drew & Heritage, 1992）；新聞訪問亦不例外（Clayman & Heritage, 2002）。

　　Heritage & Greatbatch（1993）認爲，不同「機構」之「對話」情境有其特殊意涵。舉例來說，新聞記者面對「受訪者」是否仍如日常生活般地自然「換番」，而「受訪者」答話時記者是否能隨時「插話」，且一旦如此又當如何維持新聞常規之「中立性」等，均屬值得深究的新聞機構特性議題。

　　如1980年代的美國著名CBS主播Dan Rather，曾經火爆地訪問其時美國總統共和黨候選人George H. W. Bush就是著名案例。簡單地說，該次訪問出現在晚間新聞熱門時段以現場直播方式播出，9分鐘裡Rather不斷「推撞、挑戰、指責」受訪者，而一向被視爲「儒弱」的總統候選人則持續反擊並堅持立場，兩人相互插嘴並與對方講話重疊，毫不掩飾彼此之輕視與

敵意（以上引自Kaid, 2008）。

　　Schegloff（1992: 118）分析上述Bush-Rather案例時就曾質疑，該節「對話」如何得稱「訪問」或「新聞訪問」、兩者差異為何、為何先是「訪問」後卻演變為「對抗」，以及如何得從此例顯示具有機構性質的「工作談話」（talk at work；引自Schegloff, 1992: 127）與日常對話不同。

　　Heritage & Greatbatch（1993）則試圖解開上述疑問，深入討論了新聞訪問的「機構特性」，並以英國電視新聞訪問錄音帶為其分析資料來源。他們發現，此類新聞機構之訪問特色即在「訪問者【即記者】只問不答而受訪者只答不問」（p. 130；添加語句出自本書），而受訪者所答也未如日常生活之對談會有人立即「接話」，實則受訪者在發言完畢後常緊接著就得面對另個記者發問，情勢緊迫。

　　次者，電視新聞因須考量收視率而常需取悅那些「看不見的閱聽眾」（overhearing audience，指電視機前的觀眾），[6]無論記者或受訪者都謹守成規保持話語中立性以示其乃「社會公器」。兩者雖偶也逾越而出現如上述Rather vs. Bush之相互攻訐，但一般來說無論訪問者或受訪者均恪守其職，遵守一問一答的換番過程而鮮少例外，藉此凸顯其公開、公正立場（p. 96；另見Heritage, 1985）。

　　Heritage & Greatbatch（1993）強調，新聞訪問之困難乃在於參與者持續面對多變「情境」（contexts），任何「番」的更迭（即「換番」）對訪問者與受訪者而言都是新的對話「情境」，接話者必須立即依其延續話題，否則就會文不對題、無以為繼因而成為對話「限制」（constraints）；此即「訪談」的「局部」（local）層面挑戰，與前章有關新聞敘事論述結構所談一致。

　　但另一方面，如上述電視新聞訪問務求保持「中立性」乃因新聞機構屬「正式社會組織」，任何對話均有其「隱藏的社會結構」（tacit social structure）而受社會規範所限，非如一般日常談話的輕鬆與隨意；此乃新聞

6　除電視新聞記者常考量「看不見的閱聽眾」外，其他媒介之新聞記者訪問時當然也會考量「看不見的閱聽眾」，此點無庸置疑。

訪問的「整體」（global）層面挑戰。

總的來說，上述兩位作者透過實例確認了新聞訪問的「類型特色」（p. 95），包括：第一，其換番過程既與一般日常談話迥異，也與任何其他機構性對話不同；第二，此換番過程之特殊性建立在參與者之「新聞訪問者」與「新聞受訪者」特殊身分；第三，其核心任務即在指定時間內完成訪問流程，也得為了應付收視率而維持訪問中立等廣電新聞實務限制；第四，一旦參與者偏離換番過程（如訪問者提出敵意問題或受訪者辯護自身立場，以致彼此不斷插話），仍可透過一些輔助程序處理訪問任務與限制以利返回「原狀」（pp. 97, 131），如改採「與第三者相關的命題」指出「外界認為……」、「一般人常說……」（另見Clayman, 1988, 1992），而不直接具名攻擊受訪者。

在另篇論文裡，Heritage（1997）進一步闡釋了新聞訪談的機構性特質，尤其述明「【社會】互動的機構秩序」（institutional order of [social] interaction）與「【社會】互動內的機構秩序」（institutional order in [social] interaction）之異同。

根據Heritage，此兩者均源自美國社會學家E. Goffman，前者指「某些機構性談話所反映的秩序」（簡稱「機構性秩序」），後者則是「某些機構內談話所隱含之特殊秩序」（簡稱「機構內秩序」）；兩者稍有不同，俱屬談話互動的重要內涵（見pp. 161-164）。

Heritage隨後延續Goffman所言認為，「談話互動」與其他任何正式社會組織（如家庭、大學、宗教）同樣複雜，且包含了與政治、經濟、教育、法律等正式社會機制類似的機構秩序與行為。換言之，此類互動之重要性不容小覷，乃因其與其他社會機構一樣有組織、有規則、有結構、有層級，且常因講話者特殊身分而移轉話權（如受訪者為總統，則其可能掌握較多講話時間）；此即上述「【社會】互動的機構秩序」之意。

至於社會互動之「機構內秩序」，係指在不同機構（如教室、醫院、法庭、新聞訪問）內之談話「規則」，尤其關注談話之「前序活動」（如pre-questioning或pre-meeting talks）如何影響後續活動或後續活動如何接續前序談話，也關心互動之「蛛絲馬跡」如何影響對談，即便對話間的最小細節（如受訪者如何顧左右而言他）也對互動是否順暢有所影響

（Ekström, 2007: 966）。

　　其後Heritage將對話分析的核心聚焦在以下三者，「談話【內容】乃由情境設定」、「談話者創造了接續談話的社會情境」、「談話者透過彼此對順序的共識創造了相互主觀的結構」，而這三點俱是對話分析的主要內涵，可再簡化為「對談話行動的分析」、「情境管理」、「相互主觀性」等三者。

　　接下來Heritage解說了「機構性秩序」的意涵，認為可透過下列三個特質來瞭解對話的互動軌跡，包括：「機構性互動常有特殊目標導向的參與者身分」（如新聞訪問者的工作就在完成訪談任務，而受訪者則在提供資訊以利其達成所賦任務）、「機構性互動包含一些對互動有影響之特殊【情境】限制」（如電視新聞訪問所在攝影棚與一般記者之戶外即興訪問，即有不同物理情境限制）、「這些機構性談話與機構之特殊情境間有可供推論的關聯性」（如一旦攝影機開鏡則新聞訪問者與受訪者就轉趨正式，而不能相互聊天）。

　　Heritage也整理了機構性訪談互動的六個重要本質，包括「番」與換番的組織、互動的整體結構組織、【談話】順序的組織、番的設計、語言選擇、不對稱的【互動】認識論（如訪談者與應答者間的知識不對稱）等，從而建立並確認了「新聞訪談」的機構性本質與特色。

　　由此可知，Heritage所論之旨乃在定義新聞訪談「機構性」之基本結構與特性，進而檢討新聞訪問的「規則」問題。換言之，在Heritage系列研究中，一般日常對話固有其情境脈絡可循，從初始的話語結構、談話順序的次第發展、話匣子之起始與結束，確如前述Schegloff早期研究所示並非隨意可為的行為，而是謹言慎行、步步為營且受制於不同情境的過程；新聞訪問尤其如此。

　　合併來看，Heritage在90年代中期延續了前述由Schegloff奠定的對話分析傳統，並在此基礎上進一步探析新聞訪問（尤其電視新聞訪問之政治類型訪談）的內涵與結構，藉此述明其獨特之處也從而建立了訪問研究之學術地位與價值，厥功甚偉。

三、受訪者之新聞訪問角色與任務

如上節所示，訪問研究大致源於上世紀中、後期社會學家對「日常對話」的興趣，關心對話者如何透過一問一答之制式換番過程達成人際互動，尤其關注其如何開啟問題、彼此如何接話從而展開對談、如何維持和諧以能完成訪談，以及訪談過程如何彼此互通聲息以能交換講話順序等相關議題。其後相關研究者漸從一般「日常對話」延伸討論了其與「訪談」間之關聯性，進而注意到不同專業機構之訪談均有其類型特色，隨之提出「機構性」概念並也鑽研「新聞訪問」之機構性特色與限制，因而確認了此一領域的學術傳統，研究所得業已成為實務工作者可資參考與學習之思考路徑及內涵。

另如英國研究者Clayman（2001: 10643）所述，電視新聞訪問之提問者不但需如上節所示保持中立角色，並避免在對話過程以「您講得對」、「是」、「好」等「語尾助詞」（continuers）呼應受訪者外，更當挑戰對方論點並表達不同意見，以符合客觀義理要求。這種既中立又對立的兩難，足以凸顯前述新聞訪問之不易與複雜程度，對新手工作者而言並非一蹴可幾而需多時演練方可上手。

但從上節所示亦知，傳統新聞訪問研究者（如上引Heritage, Greatbatch, Clayman）等人，多從Goffman（1972）早期提出之「微觀社會學」（microsociology）角度討論「互動秩序」，假設了參與對話過程者的「合作」本質，兼而強調彼此間需相互「以禮相待」，卻僅關注「訪問者」（如新聞記者）如何維持（或控制）訪問流程的順暢，以便完成所負對談任務，甚少觸及（甚至經常忽略）受訪者亦有其特定對話角色與任務，且此角色與任務可能與訪問者大異其趣。

1990年代末期開始，英國社會心理學者Bull（2008, 2000, 1998）改以Bavelas, Black, Chovil, & Mullett（1990）發展之「模糊傳播」（equivocal communication）理論為基礎，另闢蹊徑地認為新聞訪問不僅是社會互動並也涉及語言交換行為，除有促進人際溝通本質外實也常具模糊與衝突特色。尤以傳統訪談研究如前述多從「訪問者」角度，假設新聞記者的任務就是在指定時間內完成訪談，實則受訪者卻因不同考量而常採「迴避」、

「隱晦」以及「模稜兩可」之語言策略，尤以政客（Bull, 2008; Beattie, 1982）與名人（Bull, 1997）最擅此道。

　　簡單地說，「模糊傳播理論」（Bavelas, et al., 1990）認為語言互動本就充滿難以捉摸的特性，對話者為了避免衝突而常婉轉表意以免直言賈禍。另一方面，日常談話之「意在言外」、「拐彎抹角」、「指桑罵槐」、「含沙射影」講話方式均屬常見，而「言者無心、聽者有意」以致講話雙方心生怨懟之情形更是普遍。換言之，早期語言學研究者如Grice（1975）提出之「語用合作原則」以及Brown & Levinson（1978）與Leech（1983）之「禮貌原則」（politeness principle）在日常生活實難達成，多數時候人際語言互動反而充滿了「虛實並用」、「顧左右而言他」、「言不及義」的對話型態，訪問或新聞訪問過程特為尤甚。

　　Bull（1998）隨即從此出發，除廣泛回顧前述相關新聞訪問文獻外，並酌引其他路徑之研究改而強調「模糊」並非因「人」而起，實係「個人面臨之傳播情境」使然。如在政治新聞訪問中，政治人物或候選人為了防範其回答引發爭議而常採閃避策略，可謂「逢人且說三分話，未可全拋一片心」。另個影響模糊回答之因則出自電視新聞訪談多有時限，難在短時間內將複雜政策簡化說明，只好選擇「以退為進」的語言策略，寧可含糊帶過重大爭議議題。

　　至於第三個原因，Bull則頗費篇幅地檢討「面子威脅」（face threating）可能造成的影響。此處他另引Goffman（1955／1967）提出的「面子工作」（facework）概念以及Brown & Levinson（1987）的「禮貌原則」專書，認為政治人物接受電視新聞訪談時可能涉及三種「面子」需要維護，包括「自己的面子」、「同黨重要人物的面子」、「所屬政黨的面子」。

　　Bull（1998）進而強調，「面子」不但是新聞訪問的核心議題（p. 42），也是政治人物習以「迴避」或「含糊以對」的主因所在。為了避免上了電視新聞訪問節目講話過度直白而被選民們「看破手腳」或知悉內心所想，受訪者常「繞著圈子講話」而不直接表態，即便訪問者一再「追問」（follow-ups）也都枉然。

　　上述受訪者每逢新聞訪問就採迴避、模糊或模稜兩可的語言策略，實

非僅在英、美等國可見，如政治大學由翁維薇稍早碩士論文（2000）即曾依上述Bavelas, et al.（1990）與Bull（1998）所論，改以臺灣某雜誌記者訪問商界人士爲例，探索新聞訪問過程之記者「追問」行爲，可定義爲「當問答接續受到挑戰或阻礙時，提問者依情境相關因素（如對話目的、問答一致性、連貫性等）修正或修補並重新提問」（Nofsinger, 1991；引自翁維薇，2000）。

翁維薇發現，在短短兩個小時訪問歷程中居然出現多達20項次的「模糊」與「迴避」語句，以致隨即引發記者一再追問，其密集程度足以凸顯即便一般非專業之受訪者，亦常採用「說了半天等於沒說」之語言策略回應記者提問。

因而固如前述新聞記者之機構性訪談特性係以「只問不答」爲主，但當「問」不出名堂而得持續「追問」進逼時，其成果恐也不盡如人意，乃因「實問虛答」本就是受訪者的防禦策略，適時地做出簡略卻不完整或以完整但錯綜複雜形式「呼攏」受訪者，可謂既屬自然反應亦是天性使然（參閱Harris, 1991）。

另如劉伶伶（2012）之碩士論文曾另以前總統馬英九接受CNN專訪爲例，[7]嘗試歸納國內官方消息來源面對記者提問時之「模糊語言」運用方式。在其分析個案中，她發現馬前總統確曾頻繁使用模糊語言，總計48項答句中僅有7項答句爲直接回應，以模糊語言回應之答句高達41項。而在該研究所得之41項模糊語言回應中，「提出【自己的】政策重點」最常使用（總計28次；添加語句出自本書），高出次常使用的「不完整的回應」，最常採用之細項則爲「提出新的論點」（8次）、「自我肯定」（7次）、「未來作法及期待」（6次）、「自行提出政策分析」及「表達自己立場或看法」（各2次），「證明政策的正當性」及「自我辯護」則各1次。

由此觀之，記者固可提問，但受訪者如馬前總統回答時則常「離題」（tangential; Bavelas, et al., 1990），而自說自話或提出自己論點、表達自

7　Clayman & Heritage（2002）曾經追溯美國電視訪問記者採訪總統時，如何透過建構問題而發展了不同互動關係，因而歸納發現，約自1970年代開始，這些記者的「攻擊性」（aggresiveness）就逐漸提升，與此處所引之劉伶伶研究取向不同。

己立場、自我辯護等，此皆常態。[8]

劉伶伶認為，官方受訪者採用「模糊語言」回應是基於其具「看似言之有物」、「轉移焦點」、「離開情境」、「不冷場」及「較不容易出錯」等優點，而其負面效應則常引發訪問者的持續「追問」。但又因問答劇本早已設定且如電視新聞訪問設定之訪問時間有限等有利因素，受訪者之模糊語言並無礙於專訪之進行。

再如林金池（2009）碩士論文改採英國語用學者Culpeper（2011, 1996; Culpeper, Bousfield, & Wichmann, 2003）與其弟子Bousfield（2008; Bousfield & Locher, 2008）相偕發展之「不禮貌」（impoliteness）概念為理論基礎，依新聞記者與消息來源之互動程度高低推演出了兩者「合作／不合作」原則（cooperation/ non-cooperation verbal interaction）。

根據個案分析與深度訪談資料所示，林金池發現記者與消息來源之人際往來過程，常採多種不同語言技巧如婉言相勸、閃躲、打哈哈、口頭威嚇、直接修理等，均可歸納於此「合作／非合作」互動策略範疇。整體而言，「合作語言策略」最常出現，「非合作語言策略」只是施壓手段，但在新聞訪問中此兩者係以「胡蘿蔔與棍子」般地交叉策略運用，且記者與消息來源皆會使用。

但一般而言，無論記者或消息來源的語言互動策略，「禮貌與面子」均是最優先考慮選項，乃因「禮貌」可視為言談間必須遵守的具體準則，「面子」則類似「尊嚴」般地屬於人際互動過程的無形界線。一旦說話者主觀地認定「禮貌與面子」無法受到對方認同，此時就會採取「不禮貌與威脅面子」策略，而以威脅、修理、不理睬、斥責、閃躲等語言手法，不但語氣上違反了禮貌原則規範，亦不同程度地威脅到對方面子。

林金池在其結論中強調，以往傳播教育過於重視合作層次的語言互動，忽略了新聞訪問過程的「非合作」甚至是「衝突層次」的策略應用，未來尤應提醒生手學習者注意語言互動之「弦外之音」，方能在關鍵時刻

---

8 舉例來說，CNN記者問：「……為何您目前的民意支持度低迷？……」馬英九答：「我們的經濟正在復甦，……因此我確信，我國的經濟好轉後，情況會有所改善」，完全未答「民意支持度低迷」。詳見劉伶伶（2012：70～71）。

找到對應策略。尤以受訪者一如新聞記者同樣可以發展「反制」的「不合作」手法，如「打哈哈帶過」或萬不得已時採「獨漏」甚至「撕破臉」等檯面下動作，俱都顯示受訪者在新聞訪問過程中並非「靜默的一方」，而仍有其語言互動策略且常採主動角色，並以不同程度之「非合作語言」來影響新聞訪問之順暢，重要性不容置疑。

四、小結

-- 從事訪問與提問絕對是現代新聞學最重要且最完善的【蒐集資料】方法，因而亦可合理推論，新聞的力量當與如何訪問有關（Ekström, 2007: 968；添加語句出自本書）。

本節言簡意賅地回溯了「新聞訪問」研究的前世今生，從相關文獻約可歸類出兩條脈絡。簡單地說，自上世紀60年代末期開始，一些社會學家針對以「電話對話」為主的日常人際互動產生了興趣，從而開始探析其所隱含的結構、秩序、特性，繼而成為廣受重視的新起研究領域，文獻產出幾可用「汗牛充棟」形容。其後部分研究者漸將研究興趣聚焦於「日常對談」與「訪問」間的關聯性，尤其關切某些特定專業領域之機構性訪問特色與限制，因而促成了「新聞訪問」學術研究次領域的興起。

90年代中期開始，語言（用）學家加入了這個研究傳統，改以「模糊傳播」為其理論依據，進而假設日常對話實則常處「模糊」、「模稜兩可」、「不禮貌」等語言情境，反向地另從受訪者角度討論新聞訪問之參與者如何在「不合作」先決條件下完成所負任務，與前述社會學取徑可謂「南轅北轍」、「背道而馳」。

合併觀之則可推知，「新聞訪問」之複雜本質非如本章第一節所引教科書所述之「技術性」而已，實為一段依情境而不斷變化的問答過程（參見江靜之，2009a），而此情境可能涉及了訪問當時的社會文化背景、訪問時的場合（室內抑或室外）、訪問者與受訪者的組織身分、訪問當下的氣氛、訪問者提問之難易程度以及受訪者面對問題的誠意等，不一而足。

臧國仁、蔡琰（2007b）稍早曾以「情境組合」一詞來形容新聞訪問的

整體互動過程（參見Auer & de Luzio, 1992; Duranti & Goodwin, 1992有關「情境化」之討論），其意即在強調此一過程多變而難由任何一方掌握，語言、肢體、聲音也都可能成為影響參與者情緒與對話的因子，值得敘事傳播研究者深究。

另一方面，無論社會學或語用學取徑迄今仍僅關注訪問者或受訪者各自在新聞訪問過程扮演之角色，因而也誇大了各自在此過程的重要性，無法「平等地」觀察「雙方如何在逐漸加溫的對話情境裡建立共識並達成意義共構」（臧國仁、蔡琰，2012：17）。換言之，新聞訪問研究傳統固如本節所述多來自「對話分析」與「模糊傳播理論」，而顯示其係「一來一往」之交換資訊行為，但其亦可能是訪問者與受訪者互換故事以豐富彼此生命體驗的述說歷程；此即下節討論之面向。

第三節　新聞訪問研究與敘事概念之連結：人文取向之考量

-- 敘事出現在神話、軼事、寓言、故事（tale）、短篇小說（novella）、史詩、歷史、悲劇、戲劇、喜劇、啞劇（mime）、繪畫（試想義大利畫家卡巴喬（Vittore Carpaccio）的『祭壇的傳說』（Saint Ursula））、【教堂上的】彩繪玻璃、電影、卡通、新聞項目、對話。還有，在這幾乎無限的多樣化形式裡，敘事存在於每個年齡、每個地方、每個社會；從人類歷史一開始就有敘事，人們無處沒有也一直都有敘事。……敘事並不在意好壞文學的分工，而是跨國、超越歷史、跨越文化；它就像生命一樣，就在那裡（Barthes, 1993: 251-2；引自Jovchelovitch & Bauer, 2000: 57；括號內出自原文，添加語句出自本書）。

-- 在【新聞訪問的】『敘事模式』，話權轉移或問答結構顯非要點，……問者與答者分從各自記憶裡搜尋相關主題後陳述經驗並交換生命故事，也常因此些經驗陳述多觸及個人身分、團體

身分、時代背景而易激起情緒（感）互動，有助於彼此取得共識進而成為新聞素材（臧國仁、蔡琰，2012：17；括號出自原文，添加語句出自本書）。

一、訪問與敘事：「實證論」與「社會建構論」之辯證

(一) 敘事訪問

「訪問」與「敘事」間的連結其來有自，在前引Gubrium & Holstein（2002）有關「訪問」的千頁巨著就有四篇專章（第6、33、34、35章）[9]與「敘事」直接相關（見該書index），另如第39、41章[10]也皆涉及了不同形式之「敘事訪問」（narrative interviewing）。由此可知，就「訪問」而言「敘事」確有其舉足輕重地位，乃因其常是取得敘（故）事的必要手段，而敘（故）事則是訪問所得結果。

Czarniawska（2002）即曾在其篇章開宗明義地指出，「敘事」概念能廣受社會科學重視，多受惠於法國文學批評家R. Barthes率先提出「敘事是現代性的核心，一如以往」之語（p. 733；見本節標題下所引）。

而R.H. Brown（1977）則首開先河地將敘事概念引入社會學，延續了俄國文學形式主義者M. Bakhtin之說而提出「符號實在論」（symbolic realism）觀點，旨在反對科學主義的「科學實在論」（scientific realism），從而認為人們乃其自主世界之創造者（即便其非得眼見始能為信），而敘事正是此一「創造」之源。換言之，「真實」無處可尋，必得透過「故事（即符號）述說」方能建構其實體形貌（Czarniawska, 2002: 733）；此點與傳統實證主義篤信之「實體存在且可透過因果關係推知」顯有不同（參見潘慧玲，2003；見下說明）。

隨後Czarniawska（2002）延續了Weick（1979）之「組織化」

---

9 第6章篇名〈生命故事訪談〉，第33章為〈個人敘事之分析〉，第34章為〈口述史訪談的分析策略〉，第35章為〈敘事、訪談與組織〉。

10 第39章篇名為〈個人與民間敘事之文化再現〉，第41章為〈他們的故事／我的故事／我們的故事：在訪問研究中納入研究者【個人】的經驗〉。

（organizing）觀點，認爲「組織」之意與慣由靜態元素組合而成之「機構」（institution）不同，其本質乃在與環境進行持續且積極地互動與溝通。Weick也未如其他社會學者般地在意「結構」之重要性，認爲其只是意義產生的「結果」，轉而強調「創建意義」（enactment）才是組織的核心活動。

Weick曾說（1979: 45；添加語句出自本書），「當人們提及『組織』即常使用許多名詞（nouns）描述，但使用這些名詞卻顯示被描述對象具有不真實的靜態【本質】。……如果組織研究者能少用些名詞、多用些動詞、更努力地使用動名詞，我們將能較爲明瞭過程的意思，也才知道如何看待與管理過程。」實則組織（即眞實世界的實體，如「政治大學」）之形貌究竟爲何不易確認，有賴於成員間持續討論方能「愈辯愈明」。因而組織並非固態（名詞）而是不斷建構中的概念（動名詞），此即「組織化」之核心意涵。

Czarniawska（2002: 747）則進一步提出「組織即故事」（organizations as stories）之議，乃因組織成員在「愈辯愈明」討論過程中，勢必持續產生各種有關「組織爲何」的不同敘事。因而「組織化即故事化」（p. 734），常以四種形式出現：組織故事、組織故事之呈現方式（如何撰述）、與組織化過程有關的故事、反映組織理論之文學作品（如小說、電影等）。

Czarniawska（2002）認爲，在「組織化」過程中若要形成「好故事」其實不難，只要將一些偶發事件「湊合」起來接著嘗試些新的事件，再將一些反面事件「納入」就可組合爲新的情節，此稱「故事之情境化」（p. 736）作用。

這個講法延續了前引Brown（1977）觀點，即組織並非單純的行動者而是不斷進行對內與對外之敘事／述說行動。Czarniawska指出，許多研究者在80年代常持「組織敘事是組織真實裡永遠存在的加工品（artifacts），也就是説，【它們】就在那裡等著被【透過訪問】找到」（p. 734；添加語句出自本書）的觀點。但Czarniawska（2002）認爲，「訪問」實是組織生產與分布故事的「處所」，乃因其不只可以找到「任何現場故事」，更是解釋不同故事的重要途徑，上述「湊合」、「納入」

等情境化手法都可透過訪問達成。「訪問」與「敘事」間的關係因而並非實證論者（positivists）所言的「工具」，而是社會建構論者（social constructionists）心目中的「本質」。

（二）建構論之基礎

-- ……這好像顯示了人們可依自己喜好講述故事也可如此型塑生活內容，而此恰是社會建構論者的主要論點所在，即視世界由主觀編織的故事組成。但我們從來不是自我敘事的唯一作者，在每個對話中總有【不同】立場（positioning）出現，或被接受或被拒絕，或被對話之其他伙伴修正（Czarniawska, 2004: 5）。

依詹志禹（2002a）所述，「建構論」係上世紀以來社會科學界針對「何謂知識」以及「人與知識」所展開之重要學術省思。在20世紀前半階段，科學哲學基本上由實證論支配，認爲代表既有知識之「理論」與個人經驗所得之「觀察」分屬兩個無所隸屬之思維系統，前者係屬理性面向，後者則透過個人對外在世界的感知而來。一方面，理論需經觀察驗證，另方面此類驗證流程採取類似自然科學界習以爲常的歸納與演繹方法，而將理論分解爲種種命題，反覆推演後建立爲穩定性頗高之各類知識供人學習。20世紀中葉以後這種觀點受到極多挑戰，主因即在於其假設了知識來源係由外（理論）而內（感知或認知），且假設人們係被動地接受知識，與知識起源的眞實世界有所隔閡且互不相屬。

針對此類說法，多個不同領域的研究者隨即提出「建構論」觀點，改認爲知識的主體應是人，強調知識由人創建並需爲人所用（詹志禹，2002a：14；參見劉宏文，2002之歸納）；這些講法與前章討論之傳播典範變遷，實爲異曲同工。

有關實證論之另個挑戰，則爲對「眞實」（reality）定義的不同論辯（劉宏文，2002；此也涉及了前述「科學實在論」vs.「符號實在論」之不同意見）。由於實證論者慣以「眞實（實體）事物之存在」（如前述「組織」）爲其立論基點，強調眞理須與人所認知之客觀眞實相符，只要人們

具有理性就可對「世界像什麼」（what the world is like）提出正確無誤地說明並深刻體會「事實之本質」（facts as they are；見Schwandt, 1994: 125）。

建構論者則認為，「感官所能察覺的訊息……決定於人們已有的知識、信念和理論」（郭重吉，2002：4），亦即外在世界必須透過主觀認識方能產生意義。換言之，包括真理與知識在內的各項事實都是人們創造所得，而非獨立於觀察者身外之客觀實體世界。真實具有多面向且具可塑性之特質，乃因其倚賴各種符號或論述（即敘事）始能傳達、延伸意義，其面貌因人而異；此即前述「符號實在論」之核心所在。

此類強調意義與詮釋的說法，反映了科學哲學界於上世紀後半期興起的「向詮釋學轉向」（Rabinow & Sullivan, 1979）風潮，也是社會建構論逐漸成為顯學的背景。依Gergen（1999: pp. 59-60，注釋30）之見，社會建構論與其他建構論（如一般建構論、社會構成論、社會學建構論，參見朱則剛，2002）之觀點無異，但特別關心如上章提及之「論述」在建立社會關係所扮演的角色。

由此可知，社會建構論（以及其他建構論）對實證論之挑戰，包括了前述對「知識本質」及「人與知識之關係」的不同觀點。社會建構論者一方面否定實證論有關「知識」如何產生的諸多假設，另則曾就人與知識的關係提出新的看法，包括對「真實」、「事實」、「真理」（truth）、「客觀」、「理性」（rationality）等名詞的定義，皆異於以往（Velody & Williams, 1998）。

社會建構者認為，這些看似獨立且互不相屬的詞彙皆係建構而來，可稱做「建制性知識」（established knowledge），其意義可能因人而異或因社區及文化而有不同。何況意義之建構總得透過「論述」（包括以語言或符號講述故事），卻常因語言與符號之多義或多重特性而形成各說各話的局面；若要倚賴任何「論述」以能直接接觸及外在真實之本質，實可謂緣木求魚而難以達成（Gergen, 1999）。

㈢ 實證論之調查訪問

若由上述實證論與社會建構論對真實之不同觀點來看「訪問」，當

可釐清Czarniawska（2002）所述。舉例來說，早自「調查法」（survey research）廣受歡迎之始，「訪問」就是實證論「量化研究」重要步驟，相關教科書必然專章介紹如何藉由問答方式透過問卷（questionnaires）而向受訪者取得必要答案以能解析。

如Flowler, Jr. （1993／王昭正、朱瑞淵譯，1999：18-19；括號內均出自原書）即在其所著專書強調，

> 在調查研究中，……就是運用所提問題作為測量工作。……當訪談人員（interviewer）進行調查時，必須注意不可影響回答者（respondent）的答案，……要使所有訪談人員更趨一致，首先要他們提出標準化的問題。接下來要訓練訪談人員如何進行調查，以避免得到不客觀的答案。

顯然上引所稱之「不可影響回答者」、「提出標準化的問題」與「訪談人員更趨一致」應屬執行調查法所應堅持的重要步驟，如此方能「客觀」且「精準」地取得可供研究者進行分析的資料，進而推論社會真實之實體樣貌。

另如廣受研究方法教學者重視，且出版已達十三版的Babbie（2013／林秀雲譯，2014：361, 363）亦曾如此提醒：

> 調查研究不可避免地植基於很不實際的認知與行為理論的『刺激—反應』之上。研究人員必須假設一個問題的題項，對每一位受訪者而言都具有相同意義，而不同受訪者所做出的同一答覆也都具相同意義。……一題項的措辭如果有了些微改變，有可能導致受訪者給予肯定答案，而非否定答案。
>
> 因此訪員必須確切地依照問項語詞提問，否則，問卷設計者為獲得所需資訊而小心斟酌問卷題項字句，以期受訪者都能精確地解讀題項的努力，都將只是白費功夫。

由以上所引可知，調查研究的基本出發點就是建立在實證／行為主義

的客觀思維，認爲透過一致性的題項、一致性的問法、一致性的答案就可協助研究者瞭解（連結）外在眞實，而將來自不同受訪者的回答加總起來也可「驗證」研究者的假設，從而由樣本推論母體進而客觀並準確地完成研究問題的解析。

但如歷史學家Appleby, Hunt, Jacob（1995／薛絢譯，1996：237）所言：

> 假設有一屋子的人目睹了一場激烈的爭論，這些人的不同觀察點的總和可將情景描寫得更完整，但是他們看見的這樁事件並不因爲看的人多而有所改變。除非旁觀者擋住了彼此的視線，旁觀者的視角並不會相互排斥，旁觀者也不會因爲視角眾多而受到影響，每一個旁觀者做的重構是否有效，端賴他的觀察有多少準確性和完整性，而不是由他的視角決定是否有效。

換言之，透過「調查法」的訪談步驟而將其所得意見加總起來，既不影響也不改變原始事件的原始風貌，其訪談所得資料顯示之「眞實」，頂多只是訪員提出問題那一刻的暫時現狀罷了。即便將這些「暫時現狀」之意見加總也無法還原原始事件的眞實內涵，乃因「那個」眞實早已隨風遠颺。

㈣ 敘事訪談：人文取向

敘事心理學者Mishler（1986）的專著則曾針砭調查法所涉之訪問步驟，認爲其不應只由訪員向受訪者提出一些「標準化」的問題，而應是「訪者」與「答者」共構意義（joint construction of meaning）的一段口語交換歷程。若無「答者」積極、主動地參與訪談並賦予提問意義，任何形式之訪問僅是訪者的自問自答、自說自話；此即其所提出之著名「回應者賦權」（the empowerment of respondents）概念。

Mishler（1986）且也認爲，在任何訪問歷程裡的口語敘述常受「情境」影響而未必每次都能講述相同故事；即使主軸相同，再述時仍可能產生不同情節。此說挑戰了調查法企圖將訪談所得加總的設計，顯示每個受訪者實皆有其個人講述的主體性。而此「情境」之另一意涵則是，訪問當

刻的任何語言或非語言「信號」（tokens，如嗯、喔、好）皆對互動雙方有暗示作用，極易產生激勵，以致對話流程或趨順利或反之出現負面作用；身體的互動亦然（Haydén, 2013）。

　　Mishler專書雖以「訪問研究」（如社會調查法）爲題而非一般對話更非新聞訪問，但其所述實適用於包括敘事形式之日常對話研究或如新聞訪問之機構性談話（尤其深度訪談或專訪性質之新聞訪問），乃因確如其言，訪問一事並非問者所能獨力完成，而需仰賴答者參與並提供意見或想法；唯有雙方「平等地」（conversation between equals；語出Taylor & Bodgan, 1984；引自Platt, 2000: 40）完成其各自扮演角色，也避免有任何一方過於主導，訪問始能順利完成；此一觀點顯與前引源於實證主義之調查訪問迴異（見下說明）。

　　約自1990年代初期後，「質性研究」風潮漸起，「敘事訪談」也漸被接納成爲社會科學研究的一支，並被視爲「調查法」以外的重要蒐集資料途徑（Bauer & Gaskell, 2000），然而兩者隱含的知識論與方法論均大異其趣。Jovchelovitch & Bauer（2000: 61）即曾指出，「敘事訪談」研究傳統的興起出自對當代調查法「問答模式」的反思，這種模式常採下列三種研究步驟：選擇主題、排列問題、以訪問者熟悉的語言排列問題字句。而敘事訪談則刻意避免訪談的「事先結構」，寧採接近日常溝通的生活故事講述與聆聽來促進雙方互動。

　　Jovchelovitch & Bauer（2000: 60）定義敘事爲一段述說「從前」的語言自生（self-generating）模式，源自人們皆有說故事本性（Fisher, 1987），只要稍有提示（指訪問者之提問）即可「半自發式」地依照一些隱藏規則而持續講述，這些規則包括從某一生命事件講到另一生命事件並提供其細節，這些事件彼此間以及與眞實世界間的關係都能在故事裡相互連結，核心事件則應從頭到尾完整敘述。

　　相較於前述調查法的標準化訪問結構，此類敘事訪談常被歸類爲「半結構式」或「非結構式」（黃光國譯，2014／Kumar, 2011），但Jovchelovitch & Bauer（2000: 61）強調敘事自有其結構，由講述者「……使用他或她的自然語言述說不同事件，……此乃因語言這個交換媒介並非中立卻自有其特殊世界觀。以是……訪問者理當謹慎在訪問過程裡避免強

置任何受訪者不習慣的語言形式。」而這種「自然的敘說」特色早在前引 Labov & Waletzky（1997/1966）有關敘事之重要經典著作已有提及（引自 王勇智、鄧明宇譯，2003：154 / Riessman, 1993），足以凸顯其特色。

由此觀之，敘事訪談的前提假設明顯不同於前述調查法而適用於讓受 訪者自述與他人迥異之生命經驗。也因此，這些得自受訪者的自述故事經 過錄、整理後，也當允許帶回原述者由其檢視以能增加「可信度」，原因 在於敘事訪談延續了人類學者的觀點，認為任何研究乃研究者（訪問者） 與被研究者（受訪者）「共同建構」完成；此點也與調查法因係以匿名方 式記錄訪問所得，而難以追溯任何意見的原始發表者不同（王勇智、鄧明 宇譯，2003：148 / Riessman, 1993）。

小結本小節所談，此處旨在透過比較實證論之「調查法」與沿自建構 論之「敘事研究」差異，進而論辯兩種旨趣相異之訪問方式：前者強調研 究者需以謹小慎微之態度研擬訪問問題，乃因透過訪談所得之資料加總後 就代表了真實世界可供觀察的現狀，訪談過程中需以相同的題項、一致的 措辭以及無誤的問法，向受訪者索取資訊並試著引發答案，以便彙整後成 為可資驗證前提假設的素材。

而敘事訪談之知識觀恰與此相反，強調透過訪談語言所得資料無法重 複，乃因受訪者講述故事之語言使用受限於情境變化而難以維持穩定且常 有偏差，如有不客觀或無法標準化之現象並非訪問者或受訪者之誤。一旦 提問開始，受訪者自有其講述故事之本能且無可能重複，重點反在於如何 自成一體講述完整故事。因而對敘事訪談的研究者而言，只要是受訪者所 言都有值得分析的內涵，而訪者與答者在此交流過程裡如何「共同」完成 訪談並取得可資分析的故事才是重點。

如此相異的知識論立場，充分反映了立基於「社會建構論」的敘事訪 談行動準則。如Ellis & Berger（2002: 851；括號內出自原文，添加語句出 自本書）所言，「……【敘事】訪問如今已被理解為【訪問者與受訪者】 合作與相互溝通的活動，有其自有標準與規則。因而研究者使用訪問時應 避免僅注意成果（也就是受訪者講述的語句），而應檢視其由此些成果產 出的合作行為。」

　　但新聞訪問是否也適於使用敘事訪談觀點，或是否可視其為新聞工作者與消息來源（受訪者）相互合作以共同產出故事的過程，則是下節討論重點。

二、新聞訪問之敘事觀點：以「人」為本之訪談

-- 即便人生並無類似敘事般的結構，敘事化（narrativizing）人生的過程卻必然會被想成與經驗之意義創造、排序與構成等有關（Georgakopoulou, 2006: 235）。

-- ……今年剛上任的瑞典學院常任祕書莎拉鄧尼斯（Sara Danius）在回答記者提問時說，『【亞歷賽維奇的】獲獎「並不是完全由真實事件構成的歷史，而是多重情感構成的歷史（history of emotion）」。她更指出，亞歷賽維奇運用了大量訪談組成的報導文學作品「界定了一個新的文學類型（genre）」』（尉任之，2015. 10. 13；底線出自本書）。

　　2015年11月諾貝爾獎的文學獎得主揭曉，由白俄羅斯的記者／作家斯維拉娜・亞歷賽維奇（Svetlana Alexievitch）女士獲得。亞歷賽維奇並非第一位得到此獎的記者，但其因「運用了大量訪談組成的報導文學作品」（見上引言；底線出自本書），而獲得諾貝爾獎評審青睞卻格外值得重視。

　　傳統上，新聞記者的訪談方式已如前節所示，多視受訪者為資訊來源而汲汲於向其取得重要線索以能完成採訪任務，即如前引王洪鈞（1955／1986：112；添加語句出自本書）所言，「……他【指記者】要在不使對方失去忍耐的限度內，竭力爭取更多一點的材料。」此種訪談方式因而常被如上節所引之Mishler（1986）批評為過於「訪問者導向」，僅視受訪者為獲取資訊之「工具」而無法提供其（受訪者）應有公平待遇。但訪問誠然無法由訪問者獨力完成，如何讓受訪者獲得「賦權」進而參與訪問過程，將是新聞採訪任務是否流暢並能順利完成的關鍵所在。

　　由此觀之，如前述傳統新聞採訪所常使用的「一問一答」訪問模式或

甚至「只問不答」之機構性訪談，均可謂過於制式而顯無趣，僅能依訪問者設定的問題依序進行而無「意外收穫」。一旦受訪者「模糊」回答甚至迴避而不盡情吐露真言，訪問者擁有之「利器」僅剩「追問」一途（翁維薇，2000），難以取得由受訪者即興講述的生命故事細節。

　　但如上引新聞報導所述，新科諾貝爾獎文學得主亞歷賽維奇女士係以記者身分「……在車諾比災變25年後，以 <u>訪談受害人的敘事文學方式</u>，將上百位核災受難者的 <u>口述獨白</u> 呈現，鉅細靡遺的寫實描繪，使這場悲劇讀起來像世界末日的童話。<u>人們坦白地述說著痛苦</u>，細膩的獨白讓人身歷其境卻又難以承受」（http://www.ettoday.net/news/20151009/577121.htm；底線均為本書添加），顯然其獲獎之因乃在於此類敘事訪談方式確可讓新聞記者與受訪者（即上述受難者）深入互動進而寫出感人報導。試想，如亞歷賽維奇採用一般「調查法」之標準、系統性訪問方式，則其所得如何能助其撰寫讓讀者「心動不已」（臧國仁、蔡琰，2001：31）之報導，或讓其受到「感性衝擊」（蔡琰、臧國仁，2003：96）？

　　而據臧國仁、蔡琰（2012: 15；括號內均出自原文）稍早建議，「持有『敘事觀』之新聞訪問核心任務，當在發掘（並也交換）受訪者的自我、關係、生命經驗有何特殊價值得與他人（指一般讀者或觀眾）分享（此即教科書常謂之「新聞價值」），進而闡述這些生命故事期能打動人心激發同情或同理心；此點與資訊觀之新聞訪問目標導向殊有不同。」

　　兩位作者進一步認為，新聞訪問「不再僅是問者向受訪者之資訊索取，亦是問者與答者在訪談過程裡的生命故事交換與共享，更是雙方各自從記憶裡篩選生命經驗後的意義建構，而新聞記者之訪問任務就在透過故事分享，進而瞭解新聞價值所在」，包括雙方各自從其記憶裡「篩選之生活經歷、與他人之互動、特定時空下的社會文化脈動紀錄」（頁16）。

　　由此觀之，新聞訪問實則包含了兩種類型（genres；出自臧國仁、蔡琰，2012），其一可稱之「資訊模式」訪談，旨在以本書稍早所述延續自「對話分析」模式而以「一問一答」或「只問不答」機構性程序進行訪問。整個流程係以記者之提問為起點，而受訪者之任務就在回答所問，雙方互動井然有序並遵守前述語用學者Grice（1975）強調之「語用合作原則」，以致彼此皆能以禮相待，「說者與聽者雙方均得相信所有適當情況

受到對方善意維護」（Donnelly, 1994: 143-144）。

但實例中，常有新聞訪問者與受訪者相互「打斷」彼此發言或與對方發言「重疊」（參閱Bull & Mayer, 1988; Nofsinger, 1991）之「破例」情事（如前述美國總統候選人Bush與CBS主播Dan Rahter之對抗），情況嚴重者甚或發生受訪者因話權頻遭打斷而生不悅，以致拳腳相向（如民視於2006年8月24日「頭家來開講」節目，發生來賓林正杰毆打金恆煒事件；以上引自臧國仁、蔡琰，2007b：232）。

另種新聞訪問類型則可稱之「敘事模式」，旨在強調如前引之訪問者與受訪者「雙方……在逐漸加溫的對話情境裡建立共識並達成意義共構……」（臧國仁、蔡琰，2012：17），彼此均可隨時切入對方所言，亦不介意話題臨時變換。因而「話權」（Schegloff, 1968）轉移或問答結構並非雙方關心重點，如何分享生命經驗才是旨趣所在。但也因彼此陳述各自經驗時常易觸及往事而常激起「情緒（感）互動」，即便如此，這種交流仍有助於雙方建立共識進而產生更多言說互動（臧國仁、蔡琰，2012：17）。

心理學家吳芝儀（2003）曾以自述方式說明其於1998年進入監所執行的敘事訪談經驗，初期接觸暴力累犯受刑人時大多配合度不高，因而所得資料無以「反映其豐富的犯罪生涯」（頁146）。但其第二次進入監所後，吳芝儀發現受刑人「就像是期待一個老朋友、急於訴說久違的心情一般，願意將所知所感和我分享（雖然仍會避過關鍵的犯罪歷程）」（頁146；括號內出自原文）。作者歸納其整體研究經驗為（頁147；標點與括號內均出自原文）：

> 傾聽受訪者說故事的敘事訪談方式，讓我體驗到敘事研究的多元可能性：原來，當我以真誠尊重的態度專注於傾聽和理解受訪者的故事時，我所蒐集的資料不僅只是反映受訪者的經驗世界，或（更正確地說是）他們對經驗的建構和理解，更是受訪者在重述其故事中所『重新建構』的經驗和理解。
>
> 是這樣對經驗的重新建構，促成了他們的改變！而我，作為敘事訪談中的詢問者和傾聽者，參與了他們對經驗重新建構的歷

程，和他們一起『共同建構』了他們的改變！於是，故事將會被
不斷地敘說，不會有終結！

　　由上引觀之，敘事訪談所談的「共同建構」顯然立基於訪問者的傾
聽與同理心（即上述「理解受訪者的故事」），如此一來，訪問者（如記
者）不再如調查法之提問者而「孤立於」受訪者的故事描述之外，反能透
過「參與」其經驗之回顧與重組，而「共同建構」了提問者所欲知曉的真
實世界；此可謂立基於尊重受訪者而發展的訪談歷程，非視其如「數字」
或「工具」。

　　新聞訪問是否也能如此，亦即透過與受訪消息來源的積極互動而取
得其生命經驗裡的精彩片段或高低潮，從而抽繹出來成為新聞故事的一部
分？

　　答案顯然是肯定的，尤其針對較不具即時性的新聞類型如深度報
導、專題報導、雜誌寫作甚至「報導文學」（即前述亞歷賽維奇得獎的作
品），其因即在於這些新聞類型常更關注於情感之交流、生命故事之講述
與呈現，甚至「鉅細靡遺的寫實描繪」（出自前引新聞報導對亞歷賽維奇
得獎之讚語）。

　　而為了取得這類新聞素材，新聞工作者尤需培養「傾聽」本領。鑽研
新聞訪問經年的江靜之（2009a：99）就曾主張「傾聽是在談話雙（多）方
的言談活動中完成，有賴談話雙（多）方的協力合作」（括號內文字均出
自原文），指新聞工作者不僅要在訪談過程裡不吝於表達「聽到」受訪者
的回答，更要發展其他方法來促進兩者互動。

　　江靜之進而以「聽見」、「理解」與「傾聽」三個層次，區分廣播新
聞訪談的言談活動。舉例來說，她發現廣播新聞訪問者常以「嗯」字來表
示收到訊息，藉此營造「對話感」以能拉近與閱聽人的距離。而在「理解」
層次，則訪問者常以「闡述整理」取代日常對話的「複述」，亦即將受訪
者所言「作部分的選擇、集焦及延伸，重新整理受訪者陳述的一種論述資
源……，同時展示訪問者的理解以及欲維持此理解的誠意」（頁117）。

　　至於更上一層的「傾聽」，江靜之認為應由訪問者發展「探測性問
題」藉此展現理解及傾聽，其次應將受訪者所言「納為己用，適時改變原

已設計好的『主要問題』並發展新的『主要問題』，建立訪問雙方的互動關係。」換言之，訪答雙方無須守著原先設定的問題而儀式化的進行「一問一答」，彼此都可延續各自原先所述而由此往前延伸，一方面達到了理解與傾聽的作用，另方面也能由此而完成問答間的「人際功能」（鍾蔚文、臧國仁、陳百齡、陳順孝，1997）。

小結本節，傳統上，新聞訪問多建立在實證論之基礎而由記者提問且受訪消息來源則為回答者，雙方透過「一問一答」或「只問不答」的機構性訪談規則完成訪談任務。

由建立在「社會建構論」哲學思想的「敘事論」觀之，則新聞訪問亦可如上節所談而無須完全遵守類似「調查法」之標準、系統性訪談互動，轉而積極開發由問答雙方共同建構訪談意義，分從各自記憶裡篩選具有新聞價值之生命經驗而展開對話。尤其重要的是，問答雙方都樂於透過「傾聽」展示善意、分享所得、相互尊重，因而新聞訪問不僅是由記者掌控甚至獨大的對話過程，更是彼此相互參與對方講述的言說活動，互視其所述為生命經驗之分享，而對己之人生亦有參考作用。

第四節　本章結語：訪問與新聞訪問之人文取向敘事觀

本章旨在延續前章有關敘事與傳播的討論，改以「新聞訪問」為題試討論其與敘事間的可能連結。

第一節援引相關教科書所言，藉以說明新聞訪問雖與新聞寫作同為新聞專業教育之核心議題，但此類學術文獻偏少（江靜之，2009a：2），無論在華文傳播或西方各大學之新聞教育皆然，且傳統上慣視其為技能而少論及理論內涵。

第二節以「對話研究」為起點，嘗試討論有關「訪問」研究的脈絡與傳統，並以至今學術作品最為豐碩之社會學家Schegloff所論為其討論主軸；次則聚焦於另位研究者Heritage提出之「機構性訪談」，藉此說明新聞訪問的機構特性與類型特色。此節第三部分轉而討論由「受訪者」角度

出發之新聞訪問文獻，立基於「傳播模糊理論」兼而論及「模糊」、「迴避」、「不禮貌」、「不合作」等概念，如何在新聞訪問扮演特定功能。

　　第三節回歸本章主旨，試圖透過「敘事論」之引介連結訪問與敘事研究。先以「實證論」與「社會建構論」對「訪談」之不同知識論及方法論辯證爲其討論核心，進而檢討新聞訪問若改從「敘事觀」討論時所應帶入之不同思維，強調除了即時性報導外，其他類型的新聞訪問皆可改以敘事方式，而視訪談爲一段由訪者（新聞記者）與答者（消息來源）共同建構意義的歷程，雙方協力合作而相互參與對方的言說情境，彼此各自篩選生命經驗並吐露情感，進而透過對話而逐步建立共識並樂於分享所知所感。

　　以上討論可以整理如【圖5.1】所示，本章所談主題大致上圍繞在與「訪問」以及「新聞訪問」相關之學術概念（見【圖5.1】中間），包括從Schegloff開創之「日常生活對談」研究以及由Heritage延伸之「新聞機構性訪談」研究均屬之（見【圖5.1】上、下）。

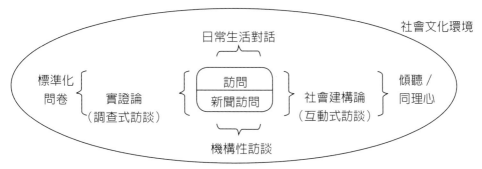

圖5.1　訪問與新聞訪問相關概念

　　這些討論涉及了兩種學術立場迥異之知識論與方法論，如從實證論角度談及「訪問」時，多強調其過程之嚴謹性與標準性。但若以社會建構論探討訪談內涵時，則常建議應如何塑造可供問者與答者共同建構意義的氣氛，以供雙方透過故事講述進而相互溝通（見【圖5.1】左、右），藉此產生人際互動與相互學習。

　　同理，新聞訪問如前述Schegloff與Heritage的學理常建立在實證論基礎，而傾向雙方一問一答循序漸進，但敘事論者則認爲雙方如何「分享生命經驗」以能回答新聞議題才是重點所在；兩者觀點互異。

【圖5.1】也顯示了新聞訪問研究之內涵，實則包含了「日常生活對話」與「機構性訪談」兩個傳統（見該圖內圈上下），顯示了新聞訪問既有日常生活常見的對話特性兼有新聞組織之機構情境，因而才有江靜之（2009a：19-20：添加語句出自本書，英文出自原文）所言，

> 日常對話提供機構談話參與者談話互動的組織資源（generic organization），如發言輪番、語序（sequence）、修補（repair）及言談交換系統（speech-exchange system）等。【而】機構談話參與者視機構情境的需要汲取日常談話資源，在機構談話中表現出適當的言談行動，進而展現一定的談話組織模式（或說談話結構傾向）。

然而相關研究迄今尚未觸及【圖5.1】外圍「社會文化環境」對新聞訪問（或訪問）之影響，以致難以瞭解如在臺灣之新聞訪問是否與在其他社會環境異同，值得未來研究以此為題探索不同社會之新聞訪問定義與執行策略。舉例來說，2015年10月中旬，正在訪問英國的中國國家主席習近平與英國首相卡梅倫（D. W. D. Cameron）舉行了雙邊會晤，並隨即召開聯合記者會，BBC記者當即向兩國元首提出尖銳的人權問題，如問卡梅倫首相，「如果你是一個鋼鐵工人失業了，卻看到中國的主席坐著金色馬車訪問，對此作何感受。該記者還問習近平，為什麼英國公眾要支持同一個不民主且人權紀錄有問題的中國打交道」（http://www.wenxuecity.com/news/2015/10/21/4650108.html）。

在不同社會（如中國與英國），新聞訪問者所尊奉的基本新聞理論與日常生活禮儀顯有不同，難以相提並論。但如【圖5.1】所示，社會文化環境對新聞訪問的提問策略當有影響，但源於相關文獻闕如，如何影響當難論斷而有待探索。

此外，源於新聞訪問的類型眾多，本章集中討論由記者為完成採訪任務而執行之私下訪問形式，無意觸及其他公開對話類型如廣電訪問節目、扣應秀、記者會等，也因此訪問雙方假想之「閱聽眾」（或如江靜之，2009a：第四章論及之「公眾想像」概念）並未納入。

　　總之，新聞訪問研究至今方興未艾，但因公民新聞興起後新聞專業已不復再如過去受到重視。如「訪問」此一與新聞專業極度相關之研究領域未來能否持續吸引研究者關心，實仍有待觀察。

第六章

想像與敘事

第一節　概論：（災難）紀實報導與情感敘事

　　本章初稿起筆之刻（2016年2月初）正逢農曆丙申春節前夕，新聞媒體不斷提醒著即將上路返家的遊子，有關高速公路的管制時間以及高鐵、臺鐵加開班次疏導人潮之訊息，各地市場與量販店也擠滿了趕辦年貨準備過節的民眾，處處都可感受濃濃年節熱鬧氣氛。

　　無預警地，小年夜當天（6日）凌晨四時左右，臺灣發生了九二一大地震後的少見規模六點四強震。震央雖在高雄美濃附近，短短8秒的強烈搖晃卻重創了府城臺南，旋即造成多處房舍大樓坍塌，單是該市永康區的維冠金龍大廈一處就有114人死亡、96人受傷送醫、289人獲救，歷經七天180小時搜尋，始能克竟全功地找到所有受困、活埋在瓦礫堆裡的居民（《聯合報》，2016. 02. 14）。[1]

　　全臺民眾喜悅迎春的心情頓時跌到谷底，目光全都聚焦臺南，短短幾天愛心捐助已逾新臺幣十億元。電視新聞連續多日連線報導搜救人員日夜無休地在瓦礫中搜尋失蹤者與倖存者，報紙則持續全版圖文並陳地詳述救援工作細節，力求翔實轉述震後生死瞬間的苦難詳情，期能讓閱者與災民並肩度過難關，各地社會大眾閱後多食不甘味且心如懸旌同聲哀悼。

　　值此之刻，2月8日（震後第三天）《聯合報》二版就曾刊登了記者曹馥年、謝進盛所撰的臺南紀實報導：[2]

　　　「院長，我只要我家人回來！」二〇六臺南大地震一名劉
　　姓女傷患的流淚央求，讓閣揆張善政忍不住眼眶泛紅，「心都碎
　　了，只能請她勇敢走下去。」

---

[1] http://udn.com/news/story/9451/1500394-180%E5%B0%8F%E6%99%82%E9%A6%AC%E6%8B%89%E6%9D%BE%E6%95%91%E6%8F%B4%E7%B5%90%E6%9D%9F-%E7%B6%AD%E5%86%A0%E4%BD%8F%E6%88%B6114%E-7%BD%B9%E9%9B%A3（上網時間：2016. 02. 14）。

[2] http://money.udn.com/money/story/9448/1494360-%E6%85%B0%E7%81%BD%E6%B0%91-%E5%BC%B5%E6%8F%86%E7%9C%BC%E7%9C%B6%E7%B4%85（上網時間：2016. 09）。

劉姓女傷患一家五口，目前只有她獲救，丈夫和出生十天大的女兒雖是首批被救出，惜雙雙傷重不治，兩名就讀國小的兒子生死未卜。

劉姓女子多處骨折，在新樓醫院救治；她獲救是因地震瞬間，丈夫用身體護住她和女兒，結果丈夫被落下天花板砸中頭部不治。

行政院長張善政昨到醫院探視地震傷患，院方與家屬原瞞著噩耗，但劉女已透過手機得知丈夫、女兒死訊，面對張揆遞出的慰問金，流淚說「我只要我家人回來」。

劉女的姑丈杜銘忠表示，劉女一家人一年多前才搬進維冠，為準備過年，夫婦倆把要給小孩的紅包都包好了；地震前，劉女剛要餵女兒奶，先生起床幫忙，一陣天搖地動「人生就此完全改變」。

她哭喊丈夫名字沒回應，在瓦礫堆找到一條窗簾裹住女兒，女嬰最後仍不治，兩個兒子也無消息，杜銘忠哽咽說，姪媳婦傷心哭斷腸，家人只能安慰「一命換妳一命，妳要保重」。

「心都碎了！」張善政眼眶泛紅表示，當他得知這段經過，面對劉姓女病患哭請他幫忙找下落不明的兒子，他一時間難過到不知道要說什麼，只能請她照顧好自己，勇敢走下去。

這則新聞搭配了三張圖片，其中一張圓圖以張善政院長為焦點並加上如下圖說：「張善政探視災民，感同身受紅了眼眶……」。任何讀者看了此情此景恐都也要動情拭淚，與行政院長張善政同樣為這位劉姓傷患的不幸遭遇感到難過。

事發後的第五天（2月10日），《中國時報》記者黃文博的新聞故事也讓人閱後為之鼻酸：[3]

---

3 http://www.chinatimes.com/newspapers/20160210000108-260102 （上網時間：2016. 02. 10）。

「爸爸去哪裡了？怎麼還沒回家？」強震當夜到維冠大樓訪友，意外喪生的41歲男子翁進財，家人隱瞞讀小學的兒子四天後，9日早上終於告訴他「來去看爸爸！」，抵達殯儀館後，翁的兒子才知道爸爸已經過世了，當場嚎啕大哭，令人鼻酸。

靠打零工貼補家用的翁進財，與妻育有一對子女，分別是高職一年級的女兒和小學三年級的兒子。他雖然失業一段時間，但仍靠打零工勉強供兩個小孩求學。

5日晚間，他告訴家人要去找朋友就騎機車出門，結果遭逢強震，6日上午9點12分在維冠A棟14樓的瓦礫堆被救出，送醫不治。

家屬直到當天下午接獲朋友通知，「你哥好像在那棟大樓」，與他冷戰三個多月的弟弟翁育仁到場認屍，極度懊悔自己竟來不及和哥哥和好，就此天人永別。

翁進財的兒子連日來都不知道爸爸過世，媽媽和叔叔不敢告訴他，爸爸已經不在了，連日來，小兒子一直問大人「爸爸去哪裡了？怎麼還沒回家？」

就讀高一的女兒直到8日下午看到新聞後，才知道爸爸已經死了，但她也不知要怎麼跟弟弟說；9日一大早，叔叔、母親帶弟弟到臺南市立殯儀館前，才對他說「來去看爸爸！」，一家人抵達臺南殯儀館裡的靈堂，翁小弟看到靈堂上有爸爸的遺照和牌位，才知道自己找了好幾天的爸爸已經過世，當場痛哭，雙手不斷拭淚。

翁的太太見狀，情緒潰堤，與兒子相擁而泣，女兒神情哀戚。她記得幾天前，爸爸有承諾要買手錶給她，「以後再也收不到爸爸的禮物了」，一旁的社工安慰翁小弟說：「弟弟來陪伴爸爸嗎？」、「弟弟要勇敢！」，翁小弟才用手擦掉淚水，社工跟著掉淚。

類似感人新聞無日不有，皆是來自不同媒體的新聞工作者整天穿梭「維冠大樓」辛苦採訪得來，他們鉅細靡遺地以現場記錄方式轉述了眾多

家庭成員生死與共的悲歡離合故事，娓娓道來之餘無不寫得令人同感悲戚。

何以致此？新聞記者不都本應以客觀、理性、冷靜地報導反映社會真相，而非採用如此寫實、感性地筆觸以能「洋蔥催淚」？如紀慧君（1999）所言，「任何有違理性、客觀、秩序的情感現象，均須挑選出來且排除於新聞報導與新聞研究之外，始能達成公正報導或研究中立的最高境界。」

然而面臨此類災難事件（或其他重大事故），記者卻常「思考如何在報導中，展現對觀眾之人性、人生、人本皆有相屬的視覺符號（如畫面）與文字語言（如記者的口述），期能啟迪人心、滌清情緒」（臧國仁、蔡琰，2001：43；括號內文字均出自原文）。

著名作家楊照（2001.9.19）面對當年「九二一埔里地震」之後社會大眾對此類紀實故事的渴望時，即曾如此感嘆：

> ……那在我們心底騷動，使我們無法將視線從反覆的電視畫面上移開的，到底是什麼？我們究竟看到了什麼，我們究竟渴求看到什麼？……我們究竟因何感動，為什麼面對驚心動魄的災難我們不是掩起臉來急急離開，到一個荒冷的角落悲傷痛哭，而是釘坐在電視機前面，無法離開也無法哭泣呢？

由此觀之，新聞報導似亦如一般敘事而常務求打動人心或讓人讀來或觀後猶感「心動不已」。而上引幾篇新聞故事所撰記者，恐也如詩人般地力求「玩弄文字【符號】以煽惑群眾，擁抱虛幻」（語出蘇格拉底，見傅士珍，2000：21／Adams, n.d.；增添語句出自本書），旨在「滋養而非抑制情緒」（傅士珍譯，2000：29／Adams, n.d.），其所述實足以引發閱者如身臨其境、將心比心。

惜乎有關新聞報導的學術論著迄今猶少觸及新聞故事之「感／情性作用」（例外參見蔡琰、臧國仁，2003；臧國仁、蔡琰，2001），遑論論辯新聞工作者在觀察重大意外現場之餘，究竟如何「感知採訪對象的心智過程」（蔡琰、臧國仁，2014a：268），又如何透過筆觸或鏡頭觸發閱聽眾

想像，以能讓其如親臨現場目睹實況。甚連一般敘事研究論者亦少探索故事（含新聞報導）如何／是否／應否打動人心進而產生同理心（例外參見Sarbin, 2004），以致「想像」（imagination）概念在一般敘事究竟扮演何等角色迄今仍待釐清。

　　本章因而擬以下列兩個面向探索敘事與想像之關聯，以期彌補此一學術間隙，尤將討論「想像力」在敘事情境中如何得從「創造性」與「紀實」角度觀察，亦將概述想像定義兼而指出其如何在傳播情境記載故事並如何應用於創作：

　　一、想像如何是認知思維的認識；
　　二、敘事時，人們對想像能力的操作為何？

第二節　想像與敘事思維[4]

> -- 狄德羅：「沒有它【想像】，一個人既不能成為詩人，也不能成為科學家、有思想的人、有理想的人、真正的人」（引自陳金桂，1996：124，添加語句出自本書）。

一、想像之基本定義

　　簡而言之，「想像」包含著人們對眾多社會實質條件（Heikkilä & Kunelius, 2006）概括性的不精準認識，一如非主體、非在地之人對其他族群的在地政治、經濟、文化、社會等生活方式或景觀條件的「特殊認識」。Krijnen & Meijer（2005）即曾認為，想像乃「對某種意識的認識」，即對某人某事、某時某地有了某種「意識」，而想像就是對這種「意識」的「認識」。

　　朱幼棣（1997）則言「想像」是對某種可能性的推測，但Osborn

4　此節內容部分綜合改寫自蔡琰、臧國仁，2014a, 2010a, 2010b等已刊論文。

（1949／峻才編譯，1980：49）認為其屬常被運用的思維能力。呼應以上觀點，韋伯字典定義想像為：「理解某事的能力，從某些片段或是表面來感知整合的全體。」[5]本質上，想像是將通過感知掌握到的認知處理為「完形」（gestalt），或將儲存的現成大腦「內在圖示」改造、組合、冶煉，並重新做成新意象的「過程」。所謂「內在圖示」，是以資訊形式貯存大腦以供認知思維的「意象」。一般而言，意象有兩個作用，或幫助知覺的選擇或作為想像的原料（滕守堯，1987）。

由以上簡述可知，無論字典與各家所撰定義都曾指出了想像實是內在的感知能力，而經想像過程整合出的認知結果是否為「真」，卻給哲學家、文學家與美學家留下了「想像」空間。

如英國16世紀文學／哲學／政治學家T. Hobbes即曾相信知識源自感官經驗而對物體的知覺刺激了官能並產生意象。即使物體不在眼前，這些意象仍然存留記憶而得由此發展判斷力和想像力；因此，想像屬記憶形式的一種，取自感官經驗但無法創造全新之未知事物（陳梅英譯，1981／Brett, 1969）。

Hobbes同時認為我們都有「鄰近聯想」的心理習慣，指一個意象喚起另個曾經與它連結之意象的能力，顯示了想像與記憶、聯想過程接近；而與Hobbes同為英國詩人、文學家的S. T. Coleridge，則主張想像可比擬為思維過程（以上說法均出自陳梅英譯，1981／Brett, 1969）。

法國文／哲學家J. P. Sartre（1948／李一鳴譯，1990：9；另見Sartre, 1972／褚朔維譯，1988：14）另從現象學角度，揭示了想像之心理學本質、原理與屬性，以及想像與其他意識活動的區別與聯繫，兼而論及意識與意象的關係以及想像心理在藝術或審美活動的體現問題。

不同於Hobbes，Sartre（1948／李一鳴譯，1990）區隔了想像與記憶，認為後者不可能概括想像性意識的全部特徵，改而強調想像的意識活動是「一種假定活動（position）；這種假定是從一種非現存的不在現場的狀態，向一種現存的在現場的狀態的過渡；在這一過渡之中，現實性卻是不存在的」；換言之，想像將那些並非完全實在的東西帶到我們眼前，而

---

5 http://www.merriam-webster.com/dictionary/imagination （上網時間：2016. 02. 09）。

這也是其重要功能。Sartre由是建議，心理意象總有著「依附」特質，如審美想像依附在作品，讀者閱讀敘事文本時若有想像也是依附在其所閱讀之經驗。

蕭靖慧（2010：21）另曾定義想像為「通過自覺的表象運動，依附原有的表現和經驗用來創造新形象的心理過程。」至於想像之作用，則在聯繫現在心理活動與過去經驗的關係，可略分為「再造想像」與「創造想像」兩類。

引用彭聃齡（1998）之論，蕭靖慧（2010：21）繼而說明想像與記憶的關聯：「想像雖然離不開記憶表象，但並不是記憶表象的簡單恢復，而是大腦在條件刺激物的影響下，對記憶表象進行巧妙的加工改造。」

換言之，想像透過記憶與聯想作用而將「素材從其所在的表象系統中分解出來，再使用黏合、誇張、典型化、聯想等方式，將它們綜合在一起，經過如此的轉換和創作的過程，想像才能產生」（蕭靖慧，2010：22）。

二、想像之功能

LeBoeuf（1980／李成嶽譯，1991：4）則曾指出人類心智具有四種功能：觀察力、記憶力、判斷力與想像力，因而將想像置於內在思維能力。

另從組織心理學者Weick（2005）整理之「想像」特質（如「再現了缺席之事物」、「整合實際經驗與理想的目標」、「填補並延伸了不完整的經驗」）觀之，想像也具補充、修改的能力。就此功能性特質來說，想像與生命經驗相關，且是可延伸、修補、整合現有資訊或思維的心智能力。

與Weick相似觀點另有Engell（1981：101），其認為想像是將抽象知識、模糊情感或印象轉而表現在具體且特殊形式之能力。因此想像不僅是內在透過經驗來理解、修補外在形式的思維，也是具體表現整合後之內在感知的某種外顯能力。

至於滕守堯（1987）則曾指出，想像在知性與感性間扮演中介角色，如描述某特定對象物時使用知性思維去統合感性知覺，另則倚賴想像力之助以向他人描述所見對象物。滕守堯引述康德之言推論，想像力在經驗層

次執行了綜合知覺之作用，是種「再現」功能。簡單地說，想像力的再現並非完全自由，仍須依據知性思維法則並深受知性、經驗法則如演繹、歸納的限制。

三、想像的統整作用

相關文獻另也顯示想像與「幻想」（fantasy）相似，如韋伯字典即指幻想、奇想（fancy）等乃是「將現實中【之】元素編造成小說或非真實故事的能力」（添加語句出自本書），[6]撰寫虛構小說或創作非現實故事時多依賴此兩者。

整體而言，在思維與創作時同樣的認知能力較多以「想像」名之，接近「推理」和「延續不完整意念」之意；而在描述小說類型、品目或描述不著邊際且不落實務創作時，則多用「幻想」一詞。

Brett（1969／陳梅英譯，1981：44-46）曾言，「想像」不必然牽涉真實，而可視其為脫離現實的奇情幻想，卻也是依據現實而將內在經驗統合、外現的現象。Brett繼則指出，想像以經驗為素材並賦以結構與形式，幻想則是解放自時空秩序的記憶。顯然「幻想」固如「想像」俱是思維能力，卻較「想像」更為脫離現實，在文學上屬虛構小說的特定類型。

由以上所述觀之，「想像」與「幻想」存有基本差異。對新聞或歷史紀實類工作者而言，想像是思維工具的一種，幻想卻是避之唯恐不及。如Brett與Burke（均引自Brett, 1969／陳梅英譯，1981）對想像的說明皆曾支持歷史學者H. White所稱，想像統整任何兩件真實事件間之聯繫與因果，且可將斷裂事實「轉換成故事」（另見White, 1973／陳永國、張萬娟譯，2003；Herman, 1999／馬海良譯，2002），因而想像也是依據邏輯來連結因果的推測能力。不僅如此，此處所稱之「轉換成故事」應指將一些片斷與碎裂事件填補為某具備前因後果系列事件之能力。因而或可謂敘事包含了「意識」與「想像」相互運作之「情境」，而這個「情境」應屬內在思維的建構，是運用思維能力產出意義甚至論述或創作的基礎。

---

6 http://www.merriam-webster.com/dictionary/fantasy （上網時間：2016. 02. 09）。

Spencer（2003）另曾指出，人們撰寫故事時乃透過想像始能描述主體並掌握情境意義。更有甚者，想像促成人們編排不同類型的生活知識與語文意義，也聯繫了認知與情緒並結合思維與感覺。對Spencer而言，從日常生活事件發展故事所需的能力正是想像，其也是精進思維不可或缺的工作。

四、想像以及新聞工作者之「社會學想像」（the sociological imagination）

美國社會學家C. W. Mills討論社會科學的前景與文化意涵時強調，人們需要的不再只是訊息，乃因其遠超過人們所能吸收。處在「事實的年代」，「需要的以及他們感到需要的，是一種心智的品質，這種品質可以幫助他們利用信息增進理性，從而使他們能看清世事，以及或許就發生在他們之間的事情的清晰全貌」（Mills, 2000／陳強、張永強譯，2001：3）。Mills指稱這種「社會學的想像力」是被「記者和學者、藝術家和公眾、科學家和編輯們所逐漸期待」的想像力，屬於能綜合觀察、評估與分析之能力，讓個人思維得以馳騁於經驗與社會現象間，從而理解兩者之關聯。

亦如Mills（2000／陳強、張永強譯，2001：5-6）所稱，

> 這種想像力是種視角轉換能力，從自己的視角切換到他人的視角，從政治學轉移到心理學，從對一個簡單家庭的考察轉到對世界各個國家的預算進行綜合評估，從神學院轉移到軍事機構，從思考石油工業轉換到研究當代詩歌。它是這樣一種能力，涵蓋從最不個人化、最間接的社會變遷到人類自我最個人化的方面，並觀察兩者的聯繫。

Mills（2000／陳強、張永強譯，2001：6）進而認為，「社會學想像力」使人們得對熟悉場域產生新奇感，無論正確與否均可透過反思與感受重新評估舊價值並「給自己一個完整的總結，協調的評價和總體性的定

位」。因而「社會學想像力」同時關注了歷史論與系統論（即總體性），呼籲人們通過反思以感受自覺。

由此觀之，「社會學想像」顯是社會科學研究者、記者、詩人必備的心智能力，唯有善加運用才能擺脫社會哲學巨型理論家如T. Parsons立基於系統論而發展之「社會互動理論」（social system theory），乃因Mills認為Parsons的理論僅提出了上層思考結構，有關社會秩序與權力的問題卻無從取得答案，因此改而鼓吹較切社會實際的「社會學想像」：「在各種抽象層次之間穿梭往返，從容而不失清晰，這是有想像力與系統的思想家主要的特色」（張君玫、劉金佑譯，1995：69／Mills, 1959）。

在Mills理論中，「社會學想像」屬可自覺且亟需的心智能力，不但協助人們運用其所能蒐集的資訊發展理智，以能在個人經驗與社會情境正確地陳述現狀與問題，更有助於找出任何政策與制度的可能對策，因之較上述之Parsons理論更能彰顯個人與社會互動的本質。

而依Mills（1959／張君玫、劉金佑譯，1995：35），對個人生命位置與歷史情勢的評估應是充分瞭解周遭人、事、物的基石，透過「社會學想像」方得理解個人與社會間之互動，亦能「掌握歷史和傳記，以及兩者在社會中的關聯性」。

如同一般社會科學家與詩人，大眾媒介之紀實報導者（新聞記者）在充分掌握「社會學想像」後，當能擁有寫出佳作的心智能力，達到社會對一般作家的文化期許。其亦可協助眾人定位現在如同定位歷史，藉此理解自我與社會間的互動關係，乃因眾人在拿捏一己困境與社會議題時尤需「社會學想像」。

亦如Mills（1959／張君玫、劉金佑譯，1995：40）所稱：「能夠認識到社會結構的觀念並敏銳地加以運用，就能夠追溯各種形形色色情境之間的關係。而能夠做到這些，就是擁有了社會學想像。」

第三節　想像與說故事

基於前節有關想像與思維認識的討論，實則想像若從講述故事角度觀之又可從兩方面深究，包括故事究係子虛烏有的「虛構」（或稱「虛構

敘事」）或屬眞正發生的「事實」（如「紀實敘事」）。前者類型眾多，如電影、戲劇、小說、廣告、詩歌或線上遊戲等均屬之，而後者則如紀錄片、新聞、報導文學等；若從運用想像力的方式與時機觀之，應能區辨想像在不同敘事類型的特色。

首先，在任何斷裂事件中，想像的穿插或抽離區隔著「紀實」與「虛構」敘事的寫作。如本書第四章所述，一般「虛構」敘事多由具有因果邏輯關係（如起始、高潮、結尾）或由時空人物相關之一系列事件組成；「紀實」敘事則指眞實發生之事件且故事來源爲「眞」而非虛構，如歷史史料記事與新聞故事皆屬之。

但除了概略分爲「紀實」或「虛構」性事件外，兩者表述故事之方式實具一般敘事的相似內容與結構條件。舉例來說，無論紀實或虛構故事皆具主角、配角等行動人物，既有由這些人物啟動之相關事件與情感，亦有事件發生之時間與地點以及相關物件。因而眞實歷史往事、虛構小說及電影敘事雖各有寫作特色，但在這些基本條件下各類敘事皆或穿插或排擠想像，可先從敘事的「眞實性」談起。

從「建構」觀點可知，柏拉圖指出「眞實建構」並非只有一種，如有自然科學（如物理、數學）對物質現象世界的「物理眞實」（physical truth）、亦有宗教意識型態及信仰方面的「形上眞實」（metaphysical truth）、更有詩歌戲劇及藝術層面所謂的「更高層級的眞實」（higher truth）；易言之，眞實可分從社會、媒介、主觀等不同層面討論（引自詹志禹編著，2002b；鍾蔚文，1992）。

朱光潛等（2001：106）另曾提及三種眞實類型，包括「歷史／現象的眞實」，如「中國在亞洲」、「秦始皇焚書坑儒」都屬曾經發生過的歷史或現象眞實。其次是「邏輯的眞實」，乃必然且「經過邏輯思考而證其為真實的」事實，包括數學公式的推理及邏輯成立卻不必然爲眞的「甲等於乙、乙等於丙，故丙等於甲。」另有「詩／藝術的眞實」，指「在一個作品以內，所有的人物內心生活與外表行動都寫得盡情盡理，首尾融貫整一，成為一種獨立自足的世界，一種生命與形體和諧一致的有機體，那個作品和它裡面所包括的一切就有『詩的真實』」；此即一般敘事者認定的眞實。

由上引可知，朱光潛等所稱之眞實實有「建構」意涵且具層級屬性，如「科學之實」、「紀實報導」、「虛構小說」就分屬不同層次，而「紀實敘事」的眞實建構、產製與解讀，則也涉及了一系列傳播現象的符號拆解與重組過程（習稱「再現」，見臧國仁，1999：第二章；Hall, 1997）。

以新聞報導爲例，記者採訪時係從不同消息來源接收各類訊息，從而解讀並記憶相關重點後，繼之規劃不同類型之寫作方式。接著記者透過個人撰述之文字／語言／符號等修辭行爲，再經編輯下標並印刷刊出（或製播），最後到達讀者手中（或讓閱聽眾接收）後，改以其自己所屬符號系統解讀並理解。此一過程經歷了層層「轉換」或「再轉換」，最後僅能反映現實世界的部分眞實，且落於「表象的眞」與「失眞」之光譜間；換言之，即便紀實敘事如新聞報導或歷史論述，亦少能達成永恆不變、純粹完美的「理型」之「眞」。

這是因爲紀實的新聞敘事與歷史敘事同樣具有符號學的意義。如每當歷史學家受到文化、科學知識、宗教、文學藝術、神話、寓言與民間傳說影響，以致必須使用譬喻性而非科學性語言陳述事情來龍去脈時，其書寫同樣要通過文學手法始能將眞實事件置於特殊語境，進而透過語言與符號的形式建構眞實（陳永國、張萬娟譯，2003／White, 1973）；在這個層次上，紀實敘事類同歷史書寫般地建構著眞實、建構著現實生活，也建構著讀者的思維。

此即意味著，每當紀實敘事者（如新聞工作者）運用文字或影像符號撰述文本或使用語言、聲音轉（再）述其所目睹或聽聞的事件細節時，理當翔實記述與報導。但若其將不同事件或不同時間序列發生的連續事件依據敘事邏輯書寫或講述，或在講述之間解釋不同事件與行爲動作的前因後果與情境脈絡，即有可能與小說家或文學家同樣地穿插起由其想像及推論而達成之連結，藉此顯示事件間原應具備之原因、道理、邏輯。

【圖6.1】說明了敘事者觀察、記錄不同時間點之單一或連續事件，如何隨著眞實時間發生之「事件一」、「事件二」、「事件三」而變動。

此處之紀實敘事與虛構敘事差異在於，前者固然記載了不同事件，卻不必然紀錄事件之發生原因與結果，而虛構敘事則常用各式思維及想像而將時空獨立的行爲動作與事件過程聯繫起來，進而描述爲有前因後果的完

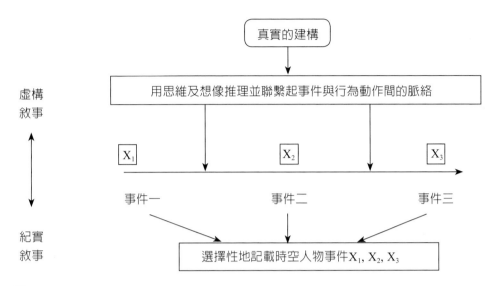

圖6.1　想像在敘事真實建構的位置*

*來源：修改自蔡琰、臧國仁，2010b：8

整故事。如此圖所示，「紀實敘事」明確記載了三個事件（即X_1, X_2, X_3）的時地人事物（見【圖6.1】底部之框），卻可能因真相尚未明朗而難以說明或釐清其內在因果邏輯，也可能其所述之周邊次要事件對主要新聞事件的作用與影響不明，且受限於篇幅而有不及解釋或明述之情事，更可能是敘事者完全不宜推論或用想像補充現實的事件。

　　具體之例如本章首節所載之「南臺大震」，發生之初新聞報導僅能就強震規模略加報導（事件X_1），其後關注房舍大樓坍塌之慘狀以及多日之救難搜尋（事件X_2），延至第五日方因檢方啟動調查而有「羈押惡建商」之報導（事件X_3）。

　　但面對一些無法立即釐清之事件與行為細節（如「為何」維冠大樓倒塌），記者僅能顧及地震「如何」引發維冠大樓倒塌（事件X_1）以及坍塌現場之救援與挖掘細節（事件X_2），猶少關於坍塌意外為何發生之全知觀點（事件X_3），因而連續多天報導主文都是一些令人動容之現場情感故事（見本章第一節所引）。

　　此時（地震發生後之數天）紀實新聞呈現之情境脈絡猶不盡明確，須待多日後有了更多新的情節（如來自檢方調查結果出爐與法院羈押嫌犯）補述後，全部事件間的關係以及行為的來龍去脈始能釐清，而其間「斷裂」也才能連結。

　　但若以虛構敘事來表述南臺強震後的房舍坍塌事件，則可由敘事者以「全知」觀點隨意選擇並敘述事件細節（如採建築師角度批判建商為了謀求私己之利，而偷工減料以致釀出意外），舉出其間關聯並推論各行為事件（如虛構建商當年或因投資失敗後資金周轉不靈，而只得以沙拉油空桶填塞梁柱以減少開銷）間之關係（楊素芬，1996），並嘗試解釋「事件X_1」、「事件X_2」、「事件X_3」間之因果邏輯與社會意義。

　　而當虛構敘事者用其「思維及想像推理並聯繫起事件與行為動作之間的脈絡」時（見【圖6.1】上方），就能推出具有吸引閱聽眾之故事，藉著前述「詩的真實」而提升人們對人性的瞭解與社會真實的壓力以警惕自身。如電影「唐山大地震」就在描述年輕母親面對僅能挽救一個小孩的絕境下，無奈地選擇了犧牲姐姐而救弟弟，此一決定頓時改變了整個家庭的命運，也讓倖存者陷入難以彌合的情感困境，多年後方才釋懷。[7]

　　然而當不同敘事者蒐集、選擇相關事件，並組合、建構了「真實」的強震故事，此「真實性」究指發生在記者眼前、心中、筆下抑或讀者之想像？時間過去、空間移轉後，原始事件的模糊、斷裂意象在記憶中增大，而想像的穿插或抽離更凸顯了敘事的真實或虛構之感。

　　亦如本書第一章所述之象龜與河馬的故事，任何新聞記者所寫紀實報導有朝一日，亦可能轉身而成為虛構故事撰述者（如小說家、電影編劇、動畫設計師）之素材，而閱聽眾在觀賞這些虛構故事時亦會以自己的想像加諸於其所看到或聽聞的故事，進而成為其長期記憶。

　　總之，運用想像的方式與時機應能用來區辨「虛構」或「紀實」敘事寫作及閱讀在傳播真實故事的差異。另一方面，想像對敘述故事的影響也

7　取自維基百科之介紹，此部電影由馮小剛執導，https://zh.wikipedia.org/wiki/%E5%94%90%E5%B1%B1%E5%A4%A7%E5%9C%B0%E9%9C%87_(%E7%94%B5%E5%BD%B1)。

可從下述幾個對故事本質的臆測顯示出來。

參考陳阿月譯（2008 / Morgan, 2000），本書作者認為傳播研究理應關切之敘事與想像的真實性議題，並依此擬出幾個值得探索之「前提」（propositions），進而提供敘事者在述說故事時得以事先考慮想像之角色與作用：

1. 人們均有某種樣式、類型、程度的正常生活與心理，也都偶有失去理性或具特殊原因的非一般「正常生活」與心理。而在每個人的生命歷程裡，總也遭逢許多事件可資藉由講述故事來回憶、分享、展望其心理與情感（蔡琰、臧國仁，2010b）；換言之，以故事形式述說生活經驗本屬常態；

2. 故事有「主流」亦有「替代故事」（即非主流故事），前者是敘事者對自己的期待或藉由敘說經驗塑造著自己的主流價值故事（如「我是本市最優良駕駛」、「我是誠實的政府官員」）；替代故事則出現於主述者自述之不成立事實（如錯誤的記憶或謊言），或由他人所述之不同故事版本（如「他胡說，真相是……」）；

3. 講述生命經驗形成的故事時，其若與講述者之歷史經驗完全吻合即屬「理型故事」，否則就是「非理型故事」。但故事理應是擺盪在「理型」與「非理型」間之諸多「主流」與「替代」故事。無論紀實或虛構，其重點多在分享人生經驗之「真實感」，且故事為何說、說什麼、如何說、誰說、誰聽以及後續影響為何，當都是敘事傳播所應關心的議題；

4. 敘事者（如新聞記者、編輯或小說家）之再述故事，無論「主流」、「理型」或「替代」、「非理型」均屬敘事者主觀，其難以查驗而僅能顯示敘事者之認同以及其意識型態。而如新聞消息來源（或電視劇編劇）講述故事與聽者（如採訪記者、一般閱聽眾）則互為主體、相互詮釋、共同建構。

由此觀之，上述敘事者個人之故事講述實則具備即興成分、跳躍於理型與非理型間。一個獨立發生的行為事件（指人物執行的動作）或對談中的「話番」（指講話間的問與答形式）所述故事多不具備完整講述條件，

如缺乏動機、邏輯或時空隱晦、因果關係薄弱。目前這些議題均非傳播研究關切所在而有待其他機會研究或討論，以能進一步觀察想像在形成故事與解讀故事的地位。

總之，「想像」概念常與心理學、歷史學、文學接軌，持續探究其在虛構敘事的功能以及在紀實敘事的關係，當能協助傳播研究省視敘事之內在意涵。

創造力研究者Osborn（1963／師範譯，2004：39）曾言，「我們必須拔除那些在以前經驗中形成觀念的舊習慣，而讓我們的想像解除束縛，自由自在的去尋找對解決問題的新線索」，此言或可用來暫結想像在敘事中的作用。

第四節 紀實報導與想像[8]

如本章首節所示，教科書過去多認為新聞專業人士報導社會事件時理應力求客觀中立，而避免將個人之想像或臆測置入報導（參見臧國仁，1999）。但如馬西屏（2007：253）之新聞採訪寫作專書即曾指出，相關教科書雖常說要少用形容詞與比喻，但此原則「已不合時宜，甚至應該落伍淘汰。」他自承擔任《中央日報》採訪主任時，就曾要求記者每逢撰寫有趣或感人故事時都要「想辦法做形容比喻的寫法」，其論點實已反映了某些教科書作者確曾鼓吹新聞應仿文學體裁，重視如何促發讀者興趣（參見程之行，1981：56所引早期文獻）。

「記者需要想像力」亦是朱幼棣（1997：26；添加語句出自本書）一文開宗明義之言：「提出這個命題【即記者需要想像力】的時候，有些同行可能感到可笑：新聞不同於小說，新聞是用事實說話的，新聞作品更不能瞎編，難道新聞的採寫中還需要發揮記者想像力？」朱幼棣強調，同仁覺得「可笑」之因乃出自其等對想像之誤解，錯誤地「把想像和主觀臆想混同起來」。

朱幼棣（1997：26）繼則表示，想像不同於天馬行空式的幻想或

---

8 此節改寫自蔡琰、臧國仁（2014a）。

綺夢：「想像是指在原有感性形象的基礎上，創造出新的形象的心理過程。人雖能想像出從未感知過或實際上不存在的事物，但應當承認，想像的內容總的來說源於客觀現實。王國維說，『想像的原質，即智力的原質』。」

　　朱幼棣將「想像」當成意識過程，明言記者不但不能任憑想像寫稿且事實的印證、調整、核實均屬報導必要步驟，但朱氏正如上引馬西屏同樣認為想像乃採訪及編寫紀實故事的「起點」。如某次他聽到消息來源說起兒時「……看見一群流浪的人，他們從縣政府領到救濟糧款，趕著毛驢車載歌載舞而去，車上掛著紅紅綠綠的布條」，憑藉著想像他就猜測這會否是中國南疆的吉普賽部落，而紅紅綠綠、載歌載舞的意象也引導了他去實地採訪，卻發現這個部落如今蕭條萬分。朱幼棣隨後拍回了部落的窮困照片，旋即引發當地政府進行扶貧計畫。

　　朱幼棣因而認為，好的新聞寫作可以描述記者感官經驗所及，如以「一入七月，蘭州滿城瓜香飄不散，醉入萬家沁人心脾……」的寫法，就能具體而微地道盡甘肅省蘭州市的七月真實街景，而非僅是月分或事件的真實再現。

　　至於馬春（2009）雖曾否定記者可運用文學的虛構幻想，乃因新聞必屬紀實報導而無干任何人、物、事件的虛構，卻認為想像與新聞確有關聯。此乃意味著新聞報導內容均屬確有其人、其事且「五何」（5W）之真確無誤是基本要求，而這正是紀實新聞不同於虛構文學或幻想小說的差異所在。

　　馬春（2009：45-46；括號均出自原文）指出：

　　　　想像，心理學名詞。『想像是人腦對已有的表象重新組合建立新形象的過程』。……新聞，是新近發生的事實的報導。按照新聞的定義來說，客觀存在的『新近發生的事實』是新聞的本源。

　　　　新聞價值的要素首推的就是真實性，真實是新聞價值的物質基礎，真實是新聞的生命。那麼，在新聞寫作中能不能運用想像呢？

馬春（2009：46-47）接續討論了三個新聞個案後表示：「綜上所述，新聞寫作中想像這一形象思維的手段是完全可以運用的。想像這一手段運用得好，能使新聞打破平鋪直敘和死板拘謹，能使新聞多采多姿、栩栩如生，能使新聞強化主題思想和感情色彩」；顯然在他眼裡，想像與新聞報導的客觀運作並不衝突甚有互補。

臺灣評論名家蔡詩萍（2009.08.25）則曾從「人的故事」角度討論紀實報導中的想像意味，顯示新聞工作者無有可能不利用想像思維於其報導裡，乃因懂得如何善用思維亦可視為新聞專業的內涵：

> 在新聞界工作多年，我始終不覺得新聞的專業訓練裡，應該少掉『想像力』這一環。這當然跟我自己一貫兼顧文學的喜好有關，但更關鍵的，是我常常會在新聞事件裡，看到更多『人的故事』。每一個『人的故事』，於事不關己的他人，是新聞；但，於當事人，或當事人的親朋好友，卻是如此真實的現實，他們如何能事不關己呢？
>
> 要拉近新聞與現實的差距，新聞報導往往會採取比較人性化的故事敘述，然其風險則是或恐失之於不夠冷靜、專業。依我之見，最好的替代方案，若非報導文學，另一選擇，無疑便是根據新聞事件，改編成小說、戲劇或電影劇本，更大膽的切入當事人的心靈世界，並放大比例，讓觀眾得以作為參照、反省的放大鏡。

實則根據蔡琰／臧國仁（2010a）之研究，紀實敘事的新聞報導仍常在段落中記載主角／人物發生之事件及動作，尤當寫作者（記者）動用了形容詞、細節描述、經驗、意象來說明事件與動作的經過，就難避免觸及文字可能引發之想像。如以下這則新聞可能勾起的思維與意象實極為豐富（見王昭月，2007.11.23；底線為本書添加，意指可能勾起思維之語詞）：

> 七旬老婦張楊秀月昨天下午<u>出門</u>替孫子買<u>鹽酥雞</u>，找零錢時被一名<u>飛車搶匪</u>伸手從後方搶走白金項鍊，老婦嚇得大喊『抓

賊』，鹽酥雞攤老闆的兒子<u>聽到</u>，上前<u>試圖拉下搶匪卻被掙脫</u>，警方獲報趕來<u>追賊</u>，與路人合力制伏搶匪扭回警局，<u>被搶的老婦開罵，『去死死乁，連老人也搶』</u>。

　　有趣的是，記者雖不可能在現場目睹事件發生經過，卻透過其文字而將生命經驗（「買鹽酥雞」、「搶走」）、感官經驗（「嚇得大喊」、「聽到」）、空間經驗（「出門」、「警局」）、斷裂（「試圖……卻」）、形容詞（「飛車搶匪」、「合力制伏」）、細節描述（如「扭回」、「被搶的老婦開罵，『去死死乁，連老人也搶』」）、意象（「伸手從後方搶走白金項鍊」、「上前試圖拉下搶匪卻被掙脫」）等描繪的栩栩如生，藉此堆砌起了真實的動作經過情形，使得讀者跟著行文描述而得想像事件發生之景象與情境（當然，記者如此撰述極有可能取材自警察局之筆錄，而非其「創作」）。

　　相較於此，以下另則新聞則僅記述了人／地／事／機構等各式名稱、人數／歲數／日期／時辰／金額等各式數目、情況／事實等狀況、結果等，均屬前稱「訊息」而顯示著事實紀錄，卻少穿插想像的空間（見邱英明，2007.12.05）：

　　　　縣府明年度總預算遭議會刪了九億多元，其中高捷配合款、縣長第二預備金和旗山農民休閒中心刪減最多，縣府還在努力希望在今天最後一天會期翻案。

　　　　縣議員劉德林指縣內65歲以上老人免費乘車，明年度縣府還編列補助高雄客運二千萬元免費搭車，但高雄客運反而減縮三、四十條客運路線，老人免費乘車卻要面臨減班、路線減少，縣府至今仍無因應措施，無法對縣內十萬名65歲以上老人家交代。

　　整體而言，新聞雖不因穿插想像而含虛假素材，記者報導時實常加入想像與解釋，因而使得紀實文本摻入了眾多可能引發想像的寫作設計，顯示此種書寫方式理應是傳播與新聞學門關切的研究議題，而讀者在接受想像後能否取得事實真相，也應廣受注意。

　　另如蔡琰、臧國仁（2014a）發現，新聞報導內容確可分離出「客觀真實」與「想像」兩者。兩位作者以2011年7月24-26日挪威首都「奧斯陸市恐怖屠殺」造成92人死亡新聞為例，分析《聯合報》之三天報導（6個全版圖文報導之34則文字新聞）後認為，記者雖本於客觀真實記述外在世界，實則必得透過加工、變形、填補、延伸想像等手法或以某些現存「故事劇本」來結構新聞文本。

　　如在「奧斯陸市恐怖屠殺」這則新聞中，撰述者曾將大規模屠殺套上對「凱達」、「伊斯蘭」、「恐怖組織」、「九一一事件」的既有劇本，而想像出「新增」、「變形」的偽事實，隨後被美國布朗大學歷史學者席娃・巴拉吉指出是：「挪威悲慘的一天，也是新聞界可恥的一天」（此言出自《聯合報》2011.07.26，A3版譯文）。

　　蔡琰、臧國仁（2014a：284）亦曾以問卷方式調查臺灣記者在其工作面臨的想像取捨議題，部分記者承認「無法確定一件人事物的真實面貌，就會下意識用想像」、「……我們沒有親眼見過整個【車禍】過程，我們只能聽親眼見過的人的描述、形容，來猜想事情是如何發生的」（添加語句出自本書），顯然記者使用之想像實皆奠基於理解、記憶。

　　某些受訪記者也曾表示（出自蔡琰、臧國仁，2014a：288），「每個新聞工作者在採訪工作或蒐集資料過程，都會運用想像」，並坦承「寫作前，腦中已經會有編排……，在採訪時，會先用到基本資料，讓稿子有一定基本的內容，再運用想像，去問出有趣的情節」，或「寫作時為了完整的故事陳述，在一些未完結的新聞事件，常會套上一些制式的結尾」，以及「記者寫特稿、分析稿時，一定是先有定見、故事骨架」。

　　最特別的是有位記者直言（出自蔡琰、臧國仁，2014a：287）：「同業間常戲稱某位記者是『小說家』，言下之意該名記者在採訪寫作或蒐集資料時，經常在不願具名的消息來源中，添加過多個人的想像。」

　　還有位受訪記者的說法更令人莞爾（添加語句出自本書）：

　　　　其他新聞工作者的想像，通常大部分都在其腦中進行，因業務相關，未【為】免破壞職業倫常，大多不會過問。但常見的情況是，見報後隔日，各家媒體【對同一新聞事件之】敘述內容皆

不相同。請上網搜尋2012年02月03日新聞，

　　《自由時報》標題：『〈搶男友被教訓？〉少女遭性侵半裸棄置公墓』

　　《蘋果日報》標題：『毒蠍女　擄情敵供男性侵』

　　《中國時報》標題：『少女被性侵　剝光丟淡水街頭』

　　歡迎仔細比對新聞內容，……應可一窺想像在新聞應用上的毛皮【皮毛】」（以上改寫自蔡琰、臧國仁，2014a：288）。

　　由是觀之，新聞報導若是一種選擇題材、安排段落、表現故事材料的傳播活動即屬敘事。如Bordwell（1985／李顯立譯，1999：14）所稱：「我們可以將敘事視為一種過程來研究，是一種選擇、安排和表現故事材料的活動，以期能在一定的時間內對觀眾產生效果」；而每從不同角度看待同一事物時，總有新的觀瞻。

　　尤如前述，新聞紀實報導與虛構敘事在撰寫前都有類似「格式」、「圖式」或「劇本」。如Herman（1997）即曾討論寫作劇本，認為其是在特定文章的「次序脈絡」裡描述連續事件的結構，由許多事件的「位置」與可以填補這些位置的內容組成，彼此相互連結，而「次序脈絡」則影響整體結構和故事情節。換言之，在Herman（1997: 1050-1051）眼裡，劇本之作用係在將每個事件「格式化」，由作者預先確立事件位置，進而規範一連串定義為已知情況的待連結事件。

　　這個說法與一般編劇事先多有「情節大綱」的情形一致，可以用來指證任何寫作者（無論虛構或紀實敘事）常依情節次序脈絡鋪排已知情況，進而填補各個事件的相關位置。Herman（1997）因而指出，「理解」是將所見所聞與其經歷過的行為與經驗相互印證，而知識的再現正可謂一連串有時序、因果關係的行為，因而理解文本論述和執行複雜任務需要多個已經存在腦中的模式。

　　同理，我們可以推知記者採訪例行事務後猶需寫出不同於以往的報導，其每天例行寫作乃依前述「劇本」與「故事情節」，始能填補不同事件之「次序脈絡」（空隙位置）。

　　身為敘事學家的Herman，其上述所言之寫作劇本、位置與所需填補各

位置的要件當也呼應了前節所論，即「想像」概念提供了綜合組織概念以鋪排秩序與脈絡的能力。因而從理論而言，記者運用想像力寫作當是可能的、適宜的、應當的，只是其職業規範與新聞倫理不同於虛構故事編劇罷了。

回到前節所引社會學家Mills（2000／陳強、張永強譯，2001）之言，似可將社會現實與歷史脈絡的構連落實為可理解的經驗，反映了運用想像思維的結果，顯示「社會學式想像」乃紀實工作者如新聞記者擁有之專業能力，允許其在職場綜合觀察、評估與分析，從而大膽推測、判斷內在想像，甚至提出好的紀實報導。

針對這個問題，陳安駿、臧國仁（2011：15；括號內文字均出自原文）曾經指稱：

> ……新聞並非不容想像，相反的，記者從思考事件、構思作品、撰寫報導文本在在都須不斷想像，只是運用上與其他文類不同。……雖然新聞寫作不能像其他虛構文本那般恣意馳騁，不過從記者如何面對發生的事件一直到寫出報導，過程中離不開想像。思維（思考）是人腦對客觀事物的間接和概括反應，新聞寫作主要運用的就是抽象思維與形象思維。

由是陳安駿、臧國仁（2011）認為，抽象思維即邏輯思維，是在認識過程中借助概念、判斷、推理以顯示事物本質，這種邏輯思維主要運用於決定新聞價值、選擇新聞題材及主題。

形象思維在新聞中則指記者將素材整理、加工，以構成完整新聞形象所需的思考力，在形象思維過程中有寫景、有想像也有作者的感性，這應是為何前節有關災難紀實報導中多有情感敘事之因了。

第五節　想像與非紀實敘事之創作（力）

-- 想像乃是發現真理的一種力量，人的頭腦並非被動的東西，
而是一股從不平息，永遠燃燒的烈焰（義大利教育家 M.

Montessori（中譯蒙特梭利）之言，引自陳淑鈺，2004：1）。

　　延續上節有關「紀實報導與想像」之討論，曾經擔任新聞記者後來著有《發揮你的創造力》及《實用想像學》兩書的作者Osborn（1963／師範譯，2004：359）認為，思想活動之重要眾所皆知，但是「……創造性思想，卻尚未能引起我們普遍的認識，更談不上如何去運用這種能力。不論政治、經濟、軍事、文化任何部門，固然都不宜墨守成規；而從事工商企業或文學藝術的人，尤其需要有新的創造。」顯然在Osborn眼裡，想像與創造力乃不分行業、工作內容皆應廣受重視的涵養與能力。同理，想像及創造力一向是虛構敘事之重要元素，其對任何創作者來說皆不可或缺甚至是滿足慾望的重要途徑（褚朔維譯，1988／Sartre, 1972）。在想像過程中，人們凝練和濃縮了情感後再將這種情感運用於創作。

　　Belton（2001）曾經直指想像是說故事的來源，前引Coleridge也認為想像可分兩等，第一等是調和感覺與洞察力的智能，第二等則能融化、擴散、分解思維以便重新創造。前者非自主性，而第二等想像力則與有意識的意志相關，本質上富於活力，有別於幻想而能實際執行如寫詩時的創作（均引自Brett, 1969／陳梅英譯，1981：47）。因而想像可謂每個人熟知也常使用的能力和語言，更是創新文本的基礎。LeBoeuf（1980／李成嶽譯，1991：4）曾經引用著名戲劇學家蕭伯納之語指出，想像之作用在於：「有了想像力之後便能產生創造力，因為有所期乃有所想，有所想乃有所為，有所為最終才能有所成」，可見想像固是內在思維，卻也是外顯能力的催化劑，是完成創作的起始點。

　　此外，修辭學者K. Burke曾言（引自Brett, 1969／陳梅英譯，1981：28），

　　　　人的心智擁有一種屬於他自己的創造力，這種創造力或者依照感官所承受的秩序和樣式而任意呈現事物的意象，或則依照一種有別於感官印象的秩序樣式來中和這些意象。這種能力被稱為想像力，而且舉凡機智、幻想力、創新之類的能力都屬於這個名稱的範圍內。

顯然Burke認為想像雖是心智能力實也富於創造性，屬重新製作與連結思維的智能，能在腦海中組織起諸多意象。

文評家姚一葦（1973：英文出自原文）則指出，「想像不只是意象（image）的召回或經驗的再現，它包含了藝術家個人的遠而複雜且深邃的心靈作用：此種心靈作用一般人稱之為『創造的想像』（creative imagination）」；一般而言，創造的想像在先，文藝或寫作的表現在後。但依陳幗眉（1995：163），想像是處理、重新組合已有形象並成為新形象的過程，Arnheim（1954）則定義想像為「把舊事物以新生命的姿態再現」（引自胡寶林，1986：121）。

沈堅（1988：109-113）進而將想像分為「再造想像」與「創造想像」，而李璞珉（1996：287）另也認為，「再造想像是根據別人的語言描述或圖表說明進行的想像」，如聽聞、閱讀或紀實寫作時基於理解、記憶所浮現之「非現場所見」人物形象、環境形象。再者，「創造想像是不依據現成的描述而獨立進行的想像」，並非憑空而來，如文學或藝術新形象的塑造、科學研究、發明機器或進而衍生出之其他議題等皆屬之。

簡珮如（2006：9）亦曾強調想像有如下三種類型，包括1.「預期想像」（如想像未來可能發生的事情或想像如何達成目的）、2.「再生想像」（亦稱「記憶想像」，如整理以往經驗並組織、重現於記憶）、3.「創造想像」（如在記憶中重組過去經驗，並超越以往經驗產生新的構想，也稱「構念想像」），指出了想像與新觀念、新意象的結合，除了說明想像的日常生活功能外，更提出對創作有利的「創造／構念」想像，或因這種能力對創意發想最有幫助，且是人們對現實世界屢能做出突破創舉的主因。

按照已知的機制和特點，想像似可續分為以下幾個類型，以協助人們瞭解其與創作間的聯繫（陳金桂，1996）。如按產生目的性與自覺性就可分為：

（一）無意想像：乃一般認知中思維隨意漂浮的想像類型，又稱「消極想像」、「隨意想像」，即簡單地保存、回憶事物表象，沒有預定目的，僅在讓思維順其自然、天馬行空地想像，其極端之表現即俗稱之「白日

夢」：

　　㈡有意想像：又稱「積極想像」、「不隨意想像」，乃是對事物的意象有意識地加工組合，如從事藝術構思及文藝欣賞等，又可再分為「再造想像」、「創造想像」。「再造想像」指根據語言、文字、圖像、符號等事物之描述而再生成之形象，如閱讀小說後大腦產生的意象。後者（「創造想像」）則指「不依賴現成的描述，在客觀事物形象的基礎上，根據預定目的和任務，經過構想而獨立創作出來的新形象」（陳金桂，1996：129）。換句話說，「再造」、「創造」等「有意想像」直接地導引著新創的思維和繼之的行動。

　　總之，創造性想像是創造活動不可或缺的因素，其特徵是：創造、新穎、邏輯，除了無事實根據的虛構創作外，符合社會學需要的構成性創造想像實是敘事者從蒐集資料到敘事過程「推理／轉換」資訊現象的心智過程，亦是「結構／創造」符號意義的外在結果。「推理／轉換」指這種想像並非任意行動，而「結構／創造」則指在構成思想的可能客體時，故事由形式邏輯觀念支配，如敘事者慣將一己想像運用於創作對象之擬人化與同理心。

第六節　本章結語：Sarbin之「想像即（敘事）行動」觀點

-- ……如果我們承認所有歷史中都有虛構要素，我們就將在語言和敘事理論本身找到一個對史學內容的更為細緻的再現，而不僅僅告訴學生去『發現事實』，然後將它們寫出來，並告訴大家『真正發生的事』。依我們之見，歷史學科現今處境不佳乃因它已看不見其在文學想像中的起源。……如能透過史學與其文學基礎【注：指敘事）】再次緊密串聯，或能防止意識型態的扭曲，創造新的歷史『理論』。沒有這種理論，歷史不能成為一門學科（引自White, 1973／陳永國、張萬娟譯，2003：191-

192）；除「注」之內文外，均出自原文）。

綜合本章所述可知，一般論者皆謂「想像」既屬「內在思維」並以意象形式出現，可協助人們理解一些需要修補的外顯語言或符號形式，其同時也是「外顯能力」，可具體表現統整後之內在感知。因而想像普遍存在於意識，無論傳播訊息之接收或創作均常運用這種心智能力，也無論記述新聞的記者、製作版面的編輯或解讀新聞的讀者均具備此類思維。

本章立基於作者們過去數年間發表的三篇論文（蔡琰、臧國仁，2014a, 2010a, 2010b），分從藝術、傳播（紀實敘事／新聞）、文學、社會學以及心理學角度論辯了想像之定義與作用，以及其與內在思維、經驗、記憶之關聯，並也指出想像與創意的差異與關聯，從而顯示想像能夠促使敘事者實現自由意識、重現自身生活經驗、在意識中重組記憶並超越以往經驗進而產生創意思維；上述說法猶缺直接來自敘事學之論點，此點有賴另引敘事心理學者T. R. Sarbin（2004）之「想像乃思維」觀點補實。

依維基百科，Sarbin乃20世紀之美國著名心理學學者，因對「角色取替」（role-taking）理論卓有貢獻而常被稱為「角色理論先生」（Mr. Role Theory）。[9]自1985年左右開始，其研究興趣漸轉「敘事」並漸成一家之言，所著專書（1986）首創「敘事心理學」（narrative psychology）一詞且成為該子領域的首本著作，從而帶領了研究風潮（此語出自Murray, 2006: 111）。

而Sarbin曾在其自述（1986）中，多次提及對實驗室之心理驗證等實證研究感到失望，甚至認為其已造成心理學門之「領域危機」，因而提倡改從人文學角度探索新的研究取向。初期他自謂常以「敘事如根喻」（narrative as root metaphors）為旨討論一般人如何自述生命經驗，其後受到前引歷史學家H. White所撰 *Metahistory*（1973／陳永國、張萬娟譯，2003）一書啓發，從而深信「敘事研究」亦可應用於心理分析，且生命自述遠較實驗法習以「無名、無臉」（nameless, faceless）方式呈現受測者所

---

[9] https://en.wikipedia.org/wiki/Theodore_R._Sarbin#Narrative_psychology（上網時間：2016. 02. 12）。

思所想更爲有趣（引自臧國仁、蔡琰，2009a：8；參見本書第五章第三節有關實證論與建構論之訪談差異）。

　　Sarbin從純科學性質的實驗心理學轉往敘事心理學的心歷路程，也曾紀錄在M. Murray（2006；譯文出自丁興祥、張慈宜、曾寶瑩、王勇智、李文玫譯，2006：142）：

　　　　……Sarbin談到當初如何與一群學者討論人性時，冒出這個想法。他記得一開始並未刻意區別敘説【即本書所稱「敘事」，以下亦同】究屬再現或本體論形式，然而經過一段時間後，他開始相信將敘説當成本體論形式才較適當。

　　　　如他在Heaven（1999）的訪談中所強調：『故事擁有本體論的地位，【亦即】我們永遠被故事圍繞，因而敘説之於人類就像大海之於魚』（底線與添加語句均出自本書）。

　　時至今日，敘事心理學已非單一理論，其旨係在討論「生命故事之論述、經驗、思維」（Brockmeier & Carbaugh, 2001: 9），只要是有秩序的經驗、具體的企圖、記憶的使用、有經驗的溝通，則敘事活動就有其作用，「能提供基本機制以讓我們的經驗產生形式與意義」，乃因「對自己或他人述説故事讓我們得以瞭解自己是誰、別人是誰、我與別人之間有何關聯……」；此即敘事之「認同」作用（參見本書第九章第一節討論）。

　　簡單地説，Sarbin遠較其他心理學者更爲重視「自述」如何得與講述者之心理（智慧）、記憶或經驗連結，亦即述説（寫）故事時如何將所思所想組合爲有意義且前後有序的情節，從而反映人生態度、信念與個性，尤其在於如何將「我」寫在（或隱藏於）故事述説之內，以能建構「自我主體性」或「自我認同」。

　　在此背景下，Sarbin（2004）所述之「想像」概念顯與本章前引其他研究者不同。首先，他強調想像對敘事研究有其特殊意涵，「若不探析包含在『想像』這個概念下的心理過程，就無以完整理解敘事，……想像（imagining）非意象（imagery）亦非內在事件（如『腦中圖像』pictures in the mind之體驗），而是『行爲』（doing），……」（p. 6；括號內及英

文均出自原文）。

　　其次，Sarbin舉出眾多文學例子以資說明敘事（即故事）對認同的重要性，如眾所皆知的《少年維特的煩惱》（*The Sorrows of Young Werther*）一書於1774年出版後，出現了眾多模仿性的自殺行為，甚至導致18世紀末期歐洲各國年輕人自殺率戲劇性的陡升，有些死前還緊握此書或將書冊置於口袋裡以示認同。

　　另本曾獲1962年諾貝爾獎的《憤怒的葡萄》（*The Grapes of Wrath*），則描述1930年代美國經濟「大蕭條」（the Great Depression）時期窮苦勞動者的悲苦生活命運。由於該書過度寫實，曾經引發同時代人對作者John Steinbeck的觀點大加撻伐，卻也無礙該書成為當代美國高中與大學文學課的必讀專書。

　　Sarbin（2004: 8）即以上引諸例探問，「*處在故事與其讀者或聽者間，經常深富行為效果的心理活動究竟為何？*」較為簡單的解釋是，任何人都可能因其與故事的互動而產生某些信念甚至行動，或自我「投射」（projecting）或將自己「流放」（transport）在故事世界裡：觀之今日眾多由漫畫、動漫、遊戲等不同類型之敘事傳播所常引發的諸多互動行為，Sarbin之先見實令人敬佩。

　　因而故事如何啟動動名詞的「想像」（imagining）而非名詞的「想像」（imagination），就成了Sarbin的討論重點，乃因前者有主動意涵且暗示了想像者的「行為」，而名詞的想像只有一般事物之意或僅具心理官能屬性。他續而透過解析此字之起源，挑戰視「想像」為「腦中圖像」的侷限性：「*如要想像椰子奶油餡餅的味道、花店的香味或是分娩疼痛，究竟哪些心智器官被啟動了*」（Sarbin, 2004: 9）？

　　在字源上，Sarbin指出「想像」一詞起初並無反映心智的被動之意，係在後文藝復興時期才被賦予了「複製」意涵，用來指稱如同「看見」等具視覺中心之譬喻，也常用來形容與「心象」或「意象」相似的想像。但動名詞的想像則指「*自己和他人都參與的<u>故事化行動序列</u>，……是帶有因果關係與持續性的情節敘述，與【下列】這些時髦用語同義，如近側刺激與遠側刺激事件、記憶、文化故事、口傳民俗、傳奇軼事、文化迷思……*」（p. 11；底線與添加語句均出自本書）。

　　Sarbin繼而指出他心目中的想像概念乃具主動、探索、操作自如、創作性等特性，可在某些範圍內建構自屬世界，而非只是在被動的心智裡受到善變世界的不確定性包圍。尤為重要的是，人們能自我發展出可在不同假設層級創建真實的本領，藉此區分一般性之「認知」（如「我聽到了聲音」）、「想像」（如「我好像聽到了聲音」）以及「譬喻」（「我聽到了良心的聲音」）三者間的差異。

　　此種創建不同層級的假設能力，就是Sarbin認定的想像作用：「設定不同層級假設的能力，讓人們能自由地跳脫其身處環境」（p. 11），可稱其為「如……一樣」之技能（as if skills），指置自身於不同時空並產生設身處地的虛擬角色扮演作用以與故事互動。[10]

　　Sarbin強調其「如……一樣」技能與傳統「記憶」（remembering）概念相近，指重組或重建經驗的片段資訊，由此不但將自身與已知物件或事件結合，也與不存在物件（如虛擬敘事之故事情節）互動。這就有賴上述設定假設的能力或「如……一樣」技能的施展，透過模仿、角色取替、默演等步驟而與故事情節交流。

　　總結來說，Sarbin強調其觀點在於想像（動名詞）是由故事引發的行動，具有將自己想像成故事的主角或任一角色，而此角色取替作用又有賴其後產生的「體現」（embodiments）[11]或「機體參與」（organismic involvement），將包括了肉體、情緒、肌肉、運動神經元素等自體官能與故事所述情節一起連動（p. 17），同時涉及了敘事創作者與接收者的複雜過程，就可謂敘事與想像的互動歷程。

　　如此看來，在21世紀盛行的諸多互動形式傳播敘事活動（如手遊、網

---

10 有關「角色取替」理論過去討論甚多，非本章所能涵蓋，可參閱潘慧玲（1994），但潘氏之文獻並未引用Sarbin任何著作。亦可參閱陳志成（2005）。

11 Embodiment中文譯名「體現」從杜綺文（2008：21），並隨其定義為：「將個人體現的經驗作為文化的存在基礎，討論個人在生活世界的實踐，身體知覺如何與此生活世界發生互為主體性的溝通……。身體被視為能動性的主體，透過『知覺』而『實踐』，抑或『體』會以實『現』的過程，……展現身體本身在生活世界的相對自主性，如是也打破過去傳統的『身心二元論』觀點，為身體和文化關係研究提供一個不同的觀點」。相關研究可參見Haydén, 2013。

遊）其特色恰好回應了Sarbin稍早所述（參見本書末章【圖9.2】），亦即故事不再僅是靜態文本，而是能與「使用故事者」之自體官能一起互動的動態（連動）傳播行為，接續產生聯想與自我投射甚至自我認同，其複雜程度早已超越過往文學研究所得。

　　由本節所引Sarbin之言觀之，其所想像之「想像」顯與前節所引各家之言不同，乃著重於心智、身體、行為等諸多元素如何與故事共同產生具有連動性之整體關係，可謂替敘事傳播與想像的研究傳統開啟了新的視窗，讓後繼者可在其奠定的基礎上持續討論一些過去鮮少觸及的面向。如在數位敘事時代的玩家如何與手機遊戲（如近來風靡全球之「精靈寶」或Pokémon GO）互動，從而假設自己為任一角色而全神貫注地「體現」了遊戲之樂趣，或是動漫角色扮演者（cosplayers）又如何認同自己創作的故事並樂在其中，其理論意涵顯較傳統說法更為深邃與複雜。

　　綜合本章所述，【圖6.2】嘗試結合「傳播」、「敘事」與「想像」三者，並以Sarbin提出之「體現」概念為其核心，乃因其已將「想像」一詞從傳統「內在思維」解放出來，並也涉及了身體官能（如運動神經、骨骼、肌肉）與閱讀故事間的互動（見Sarbin, 2004: 14-15），涵蓋範疇廣闊且也更為符合數位敘事時代的實情。

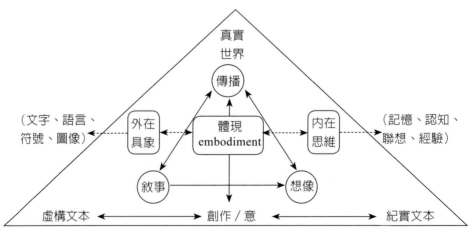

圖6.2　有關想像與敘事傳播的可能關聯

　　如Sarbin（2004: 18；雙引號出自原文）所稱：「在敘事引發的想像裡
體現參與程度愈深，則讀者或聽者就愈能『感受』角色想要解決某些特殊
情節的核心道德議題」，顯然體現概念有如圖6.2所示之連結「內在思維」
與「外在具象」作用。

　　亦如【圖6.2】所示，想像應非傳統新聞教科書所談之「禁忌」（如記
者撰述新聞時不得施用之手段），反而是難以避免且無時不在作用之敘事
體現行動（見【圖6.2】左、右方），此乃因任何人（包括紀實敘事者如新
聞工作者）述說故事（包括新聞報導）時，無不冀望其所用文字、影音、
符號等媒材俱能「打動人心」、「引發關注」，甚至起而行動（如閱讀新
聞報導後立即捐款地震難民協助重建工作），而聆聽（或觀賞）故事時也
很少人能自脫於故事情境所引發之想像。

　　因而「想像」可謂「敘事」（或「敘事傳播」）之關鍵要素矣。對無
論虛構或紀實之任何傳播創作者而言（見【圖6.2】下方），瞭解想像如何
運作都是其不可迴避的任務，如此方能從其作品（無論靜態文本或動態甚
至互動形式）取得與閱聽眾（或使用者）相互作用之機會，且包括內在思
維（如記憶、認知、聯想、經驗）與外在具象（如文字、影音、各種象徵
符號），也方得與故事情節共同連動。

第七章

（新聞）圖文敘事與圖像傳播

-- 何為圖像的本質，簡而言之圖像便是有形的視覺表達。任何一
種文字經過圖文相互的轉換，都會以統一的視覺呈現出來，即
使是象形文字也是由符號組成，而非現實中的實在事物。圖像
的組成元素都是現實世界，有具體型態以供參照，因而是為了
有形的視覺表達。通過圖像延伸至對於畫面元素的探究，再由
畫面元素找尋到畫面後的背景，從而由一個有限的表達延伸至
無限的聯想與解讀之中，這構成了圖像的表達作用（張逸良，
2015：30-1）。

第一節　概論：圖（照）片之一般敘事作用

-- 我們都曾經長久凝視一張莫名的圖片，它橫亙在我們和世界之
間，截斷時間和空間，卻展示著另一個宇宙。當我們凝視它，
我們彷彿看著鄉愁或夢境，是想望也是夢魘，是歷史更是潛意
識（陳吉寶、陳狐狸，2015）。

一、基本定義

圖片（photos）或照片（pictures）常與繪畫或平面畫面的概念有所聯
繫，既是靜態的視覺圖像更是視覺物質對象留存在或被紀錄在數位形式、
紙、膠片等媒介的結果，其重要性不亞於文字或語言等傳統傳播工具。

點開維基百科即可發現，「圖片」、「相片」、「照片」、「圖像」
的解釋重疊且混用，乃因英文之相關詞彙均得以"pictures"一字表示。[1]「圖

---

1 舉例來說，「圖像」一詞的維基解釋是：「……人對視覺感知的物質再現。圖像可
以由光學裝置取得，如照相機、鏡子、望遠鏡及顯微鏡等；也可以人為創作，如
手工繪畫。圖像可以記錄、儲存在紙質媒介、膠片等等對光訊號敏感的介質上。
隨著數字採集技術和訊號處理理論的發展，愈來愈多的圖像以數字形式貯存。因
而，有些情況下『圖像』一詞實際上是指數字圖像」（https://zh.wikipedia.org/
wiki/%E5%9B%BE%E5%83%8F ，上網時間：2016.02.28）。而「相片」則是：

片」時而也與「影像」（images）相互代稱。[2]如在分析視覺藝術的「圖像學」（iconology）或「圖意學」（iconography）興起（陳懷恩，2008）後，[3]繪畫與數位圖片也包含在代表視覺符號象徵的「圖像」（icon）研究，用來解析其藝術意義與價值。

然而依V. Flusser，[4]無論圖像或照片都是「具有深刻意義的平面……，將現象編織成二度空間的象徵符號」（引自韓叢耀，2005：59）。當然，數位時代所稱之「圖像」或「影像」早已脫離此類講法而邁向多維空間（鍾蔚文、陳百齡、陳順孝，2007；胡佩芸，2012），但其意義建構方式相較於文字或語言恐仍具有獨特性而值得重視。

至於一般所見之圖片，則是攝製者或張貼者再現真實世界實物的擇後結果，轉介著其所見視域以及其對物像的基本認知，而多數人閱賞這些圖片後皆能留下其外觀的記憶與心靈印象。韓叢耀（2005：61）即言，圖像是人與現實世界的中介，乃因人與其所處世界沒有直接的溝通橋梁，須賴圖像起著溝通、聯繫作用；此點亦與文字、符號的再現功能約略一致。

仍依韓叢耀（2005：2），來自照片、圖像、影片等視覺圖像「是現有傳播媒介中傳播範圍最廣泛、傳播效果最好、傳播受眾最多、傳播速度最快、傳播障礙最小、個體傳播親和性最好、族群接受性最廣泛的既古老而又時新的傳播型態」，其言中肯。

惜乎即便「向圖像轉」（the pictorial turn，出自Mitchell, 1994；另

「又稱照片，是從攝影得出來的圖像，始自1826年。通常由感光紙張蒐集光子而產生出來，相片成相的原理是透過光的化學作用在感光的底片、紙張、玻璃或金屬等輻射敏感材料上產生出靜止影像。絕大部分相片均是由相機拍攝所得，其種類有正像或負像」（https://zh.wikipedia.org/wiki/%E7%9B%B8%E7%89%87，上網時間：2016. 02. 28）。

2 維基百科並未針對「影像」有獨立詞條。

3 參見維基詞條：http://www.twwiki.com/wiki/%E5%9C%96%E5%83%8F%E5%AD%B8，上網時間：2016. 02. 28。

4 Vilém Flusser是捷克出生的猶太裔學者，曾在巴西教授傳播理論並擔任「聖保羅電影高等學院」教授，專長為「研究書寫文化的衰亡與技術圖像文化的興起」，見https://zh.wikipedia.org/wiki/%E7%B6%AD%E8%98%AD%C2%B7%E5%82%85%E6%8B%89%E7%91%9F，上網時間：2016. 02. 15。

見賴玉釵，2013a；Martinengo, 2013）之說早在1990年代中期即已蔚然成風，如龍迪勇（2009：147）即曾引述美國人文學者A. J. Cascardi之言指稱，「圖像不僅在時間上，且在本體論的意義上均先於實在」，但傳播領域迄今鮮少關注，反之圖像相關研究也少與其他傳播次領域互動。[5]

簡而言之，本章認為，「圖像」、「圖片」、「照片」與「影像」皆為可產生心象或認識的視覺對象，各有特殊詞義卻又都包含前述相關概念，行文時且依文義交互使用。

二、圖像與心象

-- 影像就像是一個介質、一種觸媒，是想像、記憶和一切經歷及未經歷之事的開關，總是沉默且被動，像是深海裡的螢光海葵擺弄半透明的、布滿大大小小顆粒的觸角，等待並且召喚幻想的吸附；又或像是2D過關遊戲裡，雙腳往上一踩肉身便能超時空彈跳的神奇跳板。影像，是現實和他方的中介，是招魂術或致幻藥丸。當視線降落，色彩攪動，在影像和我們之間已然開展一個全然私我的時空，串起連貫和不連貫的故事、私密的真實以及墮落的幻想（陳吉寶、陳狐狸，2015）。

一般而言，「圖像」與「心象」意涵雖有不同，但兩者均在指涉視覺對象的外觀，更為對外在事物的心理感受。Spence & Holland（1991）即言，每當人們以眼睛這個視覺器官觀看圖像、照片時就會產生心象，閉起眼睛仍有來自記憶或想像的心理實像。這些心象不但可被創造並外顯為圖像，甚至可存於腦海歷歷在目如觀看圖片一般；依此，圖像與照片當有保存歷史並延續記憶的作用。

5　國內如臺灣師範大學在1990年代中期，曾將「工業教育系」更名為「圖文傳播教育學系」隸屬「教育學院」而非「傳播學院」，其後增設碩士班。臺灣藝術大學則於2001年將「美術印刷科」更名為「圖文傳播藝術學系」（屬傳播學院），四年後與「視覺傳達設計學系」及「工藝設計學系」合併；另有世新大學新聞傳播學院設有「圖文傳播暨數位出版學系暨研究所」。

許綺玲（1999：4）認為，日常生活接觸到的圖片與我們有著心靈關係，每張圖片都在訴說著文字難以表達之心情故事。李長俊譯（1982／Arnheim, 1967）也曾指稱，圖片有著強烈導引目光、呼喚情緒並引領關注的功能（另見林夕等譯，1987／Gombrich, 1969；廖祥雄譯，1991／Zettl, 1990）。

蔡琰、臧國仁（2012）另曾指出，圖片能有效地「具體化」事物，並使遠方發生的事件「讀起來」饒富人情趣味。如前引「波因特傳媒研究院」研究人員即曾在「視線跟蹤」（eyetrack）實驗中觀察到，讀者取得報紙後首先注意的總是圖片，且這些圖片及圖說會使讀者樂於深入閱讀相關文字報導，其對讀者而言顯有強烈吸引力。

圖片不一定是藝術，卻受限於其「視覺記號」的形式（陳懷恩，2008）而促使人們習以關注視覺藝術的一般條件來感知圖像如線條、形狀、色彩等並藉此構築意義。古添洪（1999：99）亦認為，照片固被其所攝「對象」限制而少有詮釋自由，卻也因沒有語意負荷而可開啟無限的詮釋模稜空間，兩相矛盾下使得照片的詮釋的確「是一個困難、複雜、不穩定的領域」。

韓叢耀（2005：3-5）另曾提示圖像傳播傳遞著文化意涵，是使大眾生產且交換意義的社會互動過程。照片或圖像並也喚醒著人們的文化經驗，「代替一種缺失的或不可感知的事物，可以用於喚起思想，或與其他感受的事物相結合，以實現一種活動」；此說充分顯示了照片的詮釋或理解有其可能，對自我認知及社會行動皆具影響潛力（參見本節稍後案例）。

圖片顯示為意識活動並影響行動的言論，也可參考陳懷恩（2008：16-17），其將認識圖像的意識活動如前述稱之「圖像學」或「實踐圖像學」，亦即圖像乃屬符號建構的實踐工作。即使一般學界對「圖像學」一詞的釋義仍舊分歧，根據現代圖像學家J. Bialostocki，[6]此一領域猶可區分為「應用圖像學」（intended or implied iconography）及「解釋圖像學」（interpretative iconography），兩者俱為研究聲音、文字之外的視覺作品（visual arts）學科，前者說明歷史特定圖像如何得以顯示該時代之集體審

---

6 https://en.wikipedia.org/wiki/Jan_Bia%C5%82ostocki （上網時間：2016. 02. 15）。

美形式，後者則詮釋這些圖像或藝術品的內容，為目前一般藝術史界習稱「圖像學」之主要內涵（陳懷恩，2008）。

陳懷恩（2008）曾以整章篇幅介紹現代英文字「圖像」的希臘來源、研究歷程以及現代西方各學派對圖像學的解釋。亦如前述，由於「圖像」為多義字且常用以解析現代研究者如何描述與如何寫作視覺圖片，再者圖片或照片並非僅在指稱二維平面所提供的視覺現象，另如雕刻、建築也常在英文中視為視覺「畫面」。

其他對視覺圖像的心理詮釋，猶可參見韓叢耀（2005：5）對圖像傳播的理論研究：

> 我們明白，旗幟是一種圖像；照片是一種圖像；音樂是一種圖像；氣味是一種圖像；味道是一種圖像；粗礦是一種圖像；圖像傳播研究之所以把視覺圖像置於優先的位置，是因為它曾經為我們的大部分文化經驗。它可以代替一種缺失的或不可感知的事物，可以用於喚起思想，或與其他感受的事物相結合，以實現一種活動。

總之，以上幾位作者對「圖像」、「照片」、「心象」三者的異同似未言盡，本書因而擬如前述視「圖像」、「影像」、「照片」同義，腦中意識活動之圖像則以「心象」代表。

三、圖像傳播

自文藝復興時期以來，圖像研究者即已逐步整理了前人有關圖像象徵系統之特徵，也提出了清晰的象徵物選擇方式或圖像的解釋原則，使得今日方得針對藝術對象的主題和內容進行研究。如陳懷恩（2008：127）所言：「我們今天能夠對圖像中的母題、觀點和反覆出現的題材從事描述和分類，以便認識作品所要顯示的意義，完全取決於藝術家在創作象徵時進行的那套有自覺的實踐活動。」而對以透過相機拍攝照片作為再現視覺對象與其象徵意涵的攝影作品而言，圖像學的研究提供了理論基礎，使得研

究者能對圖像的分析具備學術價值（參見馮品佳編，2016）。

在韓叢耀（2005：188-189）看來，圖像傳播使用特定的結構性符碼與產製慣例，將作者得自現實世界的概念放到特定主題去呈現，而這正是「意義化」的過程，「選擇題材就是選擇了什麼樣的傳播意義，……用主題表達意義，是研究意義的一般方法，也是視覺圖像作品結構意義的最為有效的方法。」

實則圖像的主題多來自概念性的整體並融合了媒材、顏色、構圖等各種視覺元素，一個畫面表達單一主題；人們觀看圖像時，多能快速地感知其最主要的視覺主體。至於「主體」，係指有意表達的主要對象，是畫面的最主要部分。畫面主體來自圖像形象，因而形象的確應是觀看者「心象」與「物象」互動後產生的「視象」。一旦形象透過視象確立，主體即被凸顯，圖像傳播所再現的主題於焉產生。

就攝影而得之照片或高度寫實的圖畫而言，圖像與其對應的對象高度相似，極為寫眞卻非原件，亦不作為當時時空情景的現實存在。不過，這種人為的複製圖像卻以「再現」原物件的形式，而具備著引發觀看者感官及心理反應的功能。韓叢耀（2005：234）甚而指出：「圖像的構成就是作者要將自己的思想畫面的意義傳遞給他人。……在畫面上想呈現什麼，是圖像作者的『意識內涵』。」

至於觀看圖像者得到的概念或意象則是（韓叢耀，2005：331）：

> 【傳播】受眾本身在腦海中形成的結構，只要圖像本身的結構與受眾看到的圖像地址結合起來，圖像的意義也就彰顯出來了。
>
> 受眾在看圖像過程中所揭示的圖像意義是由兩部分合成的，一是圖像本身所昭示的；一是受眾自己的生活圖像累積。
>
> 圖像也會因受眾的不同造成圖像指涉的意義有所不同，但其建立意義的根本卻沒有什麼不同（添加語句出自本書）。

從文獻來看，圖像或照片縱有敘事傳播研究的價值，卻也有基於心理之建構與解讀從而產生的不甚「精確」之感。如許綺玲（1999：4）評論R.

Barthes《明室》一書時指出，國外研究者慣視圖片為配角，其作用僅在協助文字完成使命，然而

　　　圖像傳達訊息與意義（或再加上『非意義』）必有不同於文字特有方式，何況後設之分析文字何能盡其言所指？一頁頁、一張張的圖像豈不都在呢喃細語，好像在強調其自主性，盼望吸引人們的注意？而即令觀者一時無法決定注視焦點，也無法掌握炫目而無序的圖像符指性，卻不能不意識到文圖間存在著空白裂縫，不能達到完全諧和的狀態……（括號內語句出自原文）。

　　由本節簡述可知，圖像有其特殊敘事意涵，值得深加探索。但傳播領域迄今尚未累積足夠文獻，以致如何討論圖像與敘事的關係猶待開展（參見江靜之，2014），以下擬先以「家庭相簿」為例試析其間關係。

四、圖像傳播之日常敘事功能——以「家庭相簿」為例[7]

(一) 概述家庭圖（照）片之敘事傳播功能

　　如前所述，圖（照）片常紀錄著人際關係而在日常生活扮演著重要角色，此即敘事傳播行為的開端，其不僅是個人私領域的影像文本，社會或文化意涵亦早經討論（趙靜蓉，2006；曹欣欣，2009），留存個人經歷之餘也透露出了時代意義與當代文化特色。

　　在今天隨手可拍照的社會生活與經濟情境下，照片不再是珍稀之物，而是日常生活的一部分，傳播方式、人際關係與家庭互動也隨著科技進展而為之變化。如Berger（2009）曾言，每張相片皆是在特定情境所執行的選擇，也是攝影者對眼前拍攝對象是否值得記錄的決定，顯示了其內在的選擇與想要記錄的意識。

　　若依Williams（1997）與馮克力（2012），有些圖（照）片實常扭曲

7　本節內容改寫自蔡琰、臧國仁（2014b）。

著現實真相。另如Spence & Holland（1991）之見，家庭成員拍攝聚會照片時多露齒笑，卻隱藏起孤單與不快樂的一面，因而與家庭生活實情並不相符。

另一方面，圖（照）片卻也充滿了可資講述的故事，顯示著家庭結構、親屬關係以及攝影人像之自我等，皆屬可傳播、可閱讀的文化資訊。當人們使用電腦下載、上傳相片而與社群成員分享時，其所選擇並顯示的成品當不再只是單純之靜態影像，而是生活願望的投射以及自我與社會的聯繫。

趙靜蓉（2006）認為，一般家中老舊相片可將世俗的日常生活轉變為具有時代精神的內容，而馮克力（2012）則曾討論經歲月如何沉澱了相片的意涵；此均提示了「家庭相片」或「家庭照」具有一些尚待揭露與討論之社會意涵。

由此觀之，「家庭相片」或「家庭照」當是家庭關係的代表（Chambers, 2001: 75），允許個別家庭敘述同一感、歸屬感、家庭傳承與親密關係，不常公開發表卻是家庭文化的私下具體形式，也在某些特定時刻向公眾宣示了家庭文化、血緣與延續，兼而描述著家庭情感，將家人或長輩的經驗轉為可見景象。

Chambers（2001）指出，「家庭相簿」在1950年代的美國曾是極為普遍的文化具象，不僅展示了家庭記憶並也宣告家庭缺乏的部分，除是時間、空間、人物關係的展現外，更也是專屬個別家庭與成員的認同。因而認識或解讀家庭相片需要對其具有某些熟悉度，配合著故事口述才能表現既有記憶與懷舊，兼有否定以及隱藏的祕密。

另有Hirsch（1997）表示，相片保存了古早歷史並延續記憶，是家庭成員再現自我的主要有力方法。同理，家庭相片對建構家庭關係極有影響，不僅保留了個人記憶也展示了文化氣息與集體記憶；不僅是記憶中介更是對相片來源和物件的重要聯繫，其所投注的常是美好想像和記憶的重新創造。

相片因而不只建構個人，更因家中親人增減而組成並再組成家庭形象。M. Hirsch（2012: 133）即曾強調，我們宜重新思考攝影所能讓我們看見的「自己」，因為從家庭到自身成長，任何內在自我的建構與解構多始

於家庭相片，藉此檢視自己、想像自己、認識今日成長樣貌。Hirsch書中討論自我、家庭、認同時都曾提及「對熟悉的凝視」，展現個人家庭照片的特殊傳播意義。

　　總之，「影像，就像是一個跳板」（張世倫譯，2009：50 / Berger & Mohr, 1995），觀者總是將一部分內在投射到相片，「現在我的曾孫輩們總算有辦法，知道我是個什麼樣的人了」（頁45）。因而相片是傳承家庭意識與文化的媒介，也是親子共構、共享的家庭文化建構，足以顯示其在述說家庭故事的重要意義。

（二）個案7.1：個人自述相片與其生命經驗之關聯[8]

-- 敘事是我們得以使生活經驗有意義的編織自傳的過程，是塑造出自己生命的美麗記憶、尋求自己人生意義的自我探險之旅（徐敬宜，2004：13）。

　　臧國仁、蔡琰（2014b）曾以家庭相簿為例，央請某受訪者就其家中所藏照片挑選十幀並述說其與自己生命經驗之關聯。在研究方法上，該文視照片為自我敘事的「語言」，乃源於近年來已有多篇文獻（如Mitchell, 1986; Aumont, 1997）均將影像列為傳播「語言」，認為可利用其來幫助受訪者回憶或反思個人經驗與印象，林劭貞（2005）逕稱此為「照片引談法」（photo-elicitation method）；顯然，使用照片作為互動語言在理論上可行且值得嘗試。

　　因而由受訪者展示其所選相片，當可視同講話或寫作且是實踐主體性思考的表現，透過每張照片的主體（我）及主題（人物、事件、或思想），即可「提取」或「引談」照片的語意並研究自述者之生命觀點（參閱：廖祥雄譯，1991 / Zettl, 1990；韓叢耀，2005；陳懷恩，2008；蔡琰、臧國仁，2012；桑尼譯，1999 / Kress & van Leeuwen, 1996等）。

8　雖然本案例之受訪者業已同意使用其照片，但經再三斟酌後仍決定捨棄以維護其隱匿性，僅以下列表格說明其自述之家庭相片意涵。

　　進行研究前本書作者僅謂「擬請小輩協助數位化家裡照片，故請自由選取一至十張並説明其相關故事」。受訪者隨即從其家庭相簿挑選十張照片，並同意研究者使用其透過照片所述説故事，隨後由其外孫（即本書作者之研究助理）紀錄。除人、事、時、地、物等基本資料外，亦可提問與照片有關之生命經驗、情緒、回憶等，要點僅在請其自述相片之來源與相關故事。研究步驟包括依序陳列每張照片，並將其轉化爲受訪者對聽者（外孫）所説話語如「我（如何如何）」，藉此理解照片展現之生命意義。

　　受訪者之「視角」在此不但決定了講述故事的方向、角度與內涵，也決定敘事的高度與廣度（Abrams, 2005: 240-244）。經過賦予每張照片「第一人稱」視角（即「我（如何如何）」）後，每張照片都陳述爲：「**我**（與誰，其他人物）**在**（某時空情境）**說**（什麼）、**做什麼**（行爲）」，照片代表的話語因此納入了可供分析的範圍。

　　研究結果饒富趣味（見【表7.1】）。受訪者除採一般自我敘事慣用之「第一人稱」（我）視角外，尚有類似散文與對話常見之「第二人稱」（你）。舉例來說，前四張（編號1-4）係以第一人稱「我」的視角，講述了自己的美貌與愜意出遊的生活，編號5-6則出示兒子結婚與兒媳奉茶的婚嫁儀式正式場合。

　　第七張照片則是受訪者抱著剛出生外孫（即本書作者之研究助理），視角瞬間轉爲「我」與「你」。第八張延續上張主體，旨在說明「你」（指研究助理）被「你媽媽」（我女兒）擁抱、關注；此時講述之敘事主體消失，視角直接從前張之「我」轉到此張之「你」（即正與受訪者對話的外孫）。第九張照片則完全是「你」（可解讀爲：「你弟在家學步」），最後一（第十）張是總結，意涵爲「我們全家福」。

　　這些照片除了顯示講述者之敘事自我外，也展現其心靈認同對象：透過不同照片講述了自己生命故事裡的外貌之美、旅遊生活的快樂、婚禮的盛大與家庭的情愛（前四張）。但除自述的「我」之口吻外，還包含了關注與其互動的對象「你」（指外孫，即本書作者研究助理），顯示講述者所在傳播情境爲「對話」形式，而不同於一般文學寫作慣用之「隱含讀者」（implied readers）寫作方式（申丹、王麗亞，2010）。

表7.1　受訪者講述家庭照片之意涵及敘事聲音

照片編號	人稱／視角（人物）	時空（在）	自我敘事主題（行為）	敘事聲音（觀點）
1	我	花圃	**我**與花相互襯映對照	自我認同：美、自然、出遊、榮譽 **觀點：自我**
2	我	草坪	**我**與草地相互襯映對照	
3	我	噴泉	**我**與噴泉相互襯映對照	
4	我	廳堂	**我**坐在「蔣公椅」留影	
5	我（與丈夫、兒子、新媳婦）	兒子婚禮	**我**在「囍」字下摟著新媳婦跟丈夫、兒子合影	大喜時光：兒子婚禮 **（看待人生責任：母親的尊榮、責任已了）** **觀點：育兒／工作**
6	我（和丈夫、兒子、新媳婦）	兒子婚禮	**我**與**丈夫**坐在椅子上，接受跪著的兒子和媳婦奉茶	
7	我（與你）	家	**我**抱著剛出生的你，親吻著你的臉	家庭：可愛的你、你媽、你弟、我的全家 **（親族：吻、擁抱、可愛、團聚全家福）** **觀點：家庭**
8	你和你媽（你與我女兒）	家	**你**被媽媽（我女兒）擁抱著、關注著	
9	你	家	**你**弟學步，笑得可愛	
10	我（與我的一家）	家	**我們**全家福	

*照片編號次序由受訪者自行安排，並順序講述。

　　其次，受訪者之「敘事聲音」摘述於【表7.1】右側，其分別針對「自己的內在認同」、「身為母親的職責」以及「家庭親情」等敘述了心聲，而此三者可歸結為「個人觀點」。當面對不同「讀者／聽者（對談者）」或「情境」變換時或會調整部分內容，但應不至於離題太遠。

　　如在「自己的內在認同」（照片1-4）方面，個案講述者對自己的敘事聲音應是其外在生活方式（如與「花」、「草」、「噴泉」等自然景物合照以及在「蔣公椅」前留影）與內在信念（如個人的美感、尊榮與政治傾向），並也反映了「現在」看待生命的方式，即「我」出遊時與大自然的搭配最美。

這一組照片（照片1-4）也可顯示為「內心的憧憬」，屬人生一路走來最為滿意於那種親近室外大自然的「美」。如編號1照片以「花」為背景，而強調了背景所在並仰拍，編號2-3的水平草地、噴泉構圖則反映了「平靜」，編號4的照片凸顯「有靠」（坐在「蔣總統介石先生座椅」）的內在心靈形式。

相較於前述「平日生活」觀點，第二組照片（編號5-6）展現了人生「重大紀事」：兒子婚禮隱喻著講述者結束了身為母親養育子嗣的責任，自此卸下人生重擔，尊榮地接受兒子被養育成長的感謝與自此之後的侍奉（兒子與媳婦並跪奉茶的象徵）。主體身為女性及母親，看待人生責任的方式顯露著傳統意味，或可將此組照片歸屬於身為「母親」之人生工作與責任的觀點。

第三個觀點則與「家（家庭）」有關，敘事自此從「第一人稱」轉為「第二人稱」視角。「家」的觀點應是本則生命敘事的重要結尾，連續四張照片（編號7-10）分別展露了家庭關係之「我與你（外孫）」、「你與你媽（我女兒）」、「你弟」、「我與你們大家」，共同在「我」的生命位置。

這一組照片的情感重量與價值意義等同於「我」在「我生命」的位置（相較於照片1-4），個案講述者用這一組四張照片顯示其對「家庭」的聲音：「你們」是我最親、最愛、最讓我歡笑與滿足的親人（編號10照片之面容表情尤其傳神）。

小結上述，本節透過個案講述者親手挑選之照片，發現了日常生活裡的家庭相簿有其特殊敘事傳播意涵，回應了許綺玲（1999）、Hirsch（1997）等研究者針對圖片與人們之密切關係的觀察，而此即「圖像傳播」的敘事主體所在。

尤以「親族互動」（如全家福）不僅展現家庭與親人對生命歷程的重要意義與地位，更因此處是其從「第一人稱」敘事軸線轉折到「第二人稱」（你），因而凸顯了「你」與「你們」（家人）在「我」生命的獨特關係位置。此當是敘事傳播最值得關切的議題，亦足以反映了透過「圖像」當能遠較文字述說有更多隱喻作用（參見孫式文，2012）。顯然家庭

相簿裡收藏的相片不只建構個人，更可能如前述因為家中親人增加或減少而組成、再組成家庭形象，因而此類透過家庭相簿的選擇與述說當可展現個人與家庭生命間的連結，有其敘事研究之潛力。

　　總之，透過自選家庭相片的生命故事講述，本節案例凸顯了圖像與敘事間的特殊關係。講述者與聽者間除重溫「過去在現在的位置」而共同建構了生命連結外，更也反映了「參與者共同建構圖像述說」之情感功能，值得重視並繼續探索。

第二節　新聞圖像之圖文互動敘事作用[9]

-- 圖像並不像文字一樣記錄歷史事件發展的諸多細節，它是由重大歷史節點所串聯出的脈絡為延伸，以片段和細節展示為主要手段，從而復原歷史場景，形成生動的圖像敘事。在這個過程中，圖像作為敘事主體，表明事件發生的一些基本信息，而文字只是屬於從屬地位，更多是依附圖像而來。圖像本身所包含的複雜意味可以為觀者創設不一樣的表達空間，提供不同的立場，為相關研究提供更多的途徑和手段（張逸良，2015：16-17）。

　　以報紙長期發展史觀之，圖片（照片）過去多僅擔任文字的「從屬」或「輔佐」角色，但在其他媒介如雜誌或電視卻有不亞於甚至時有更勝於文字的重要地位，且兩者均屬完整「語意模式」（Pantaleo, 2008: 7）或「媒介」（Graham, 1998: 26）。

　　知名視覺傳播學者Kress（2003a, 2003b；桑尼譯，1999／Kress & van Leeuwen, 1996）即視圖片為獨立意義表述單位，且可用以分析其語意結構系統。韓叢耀（2005）則將圖像之單一或組合符號從歷史淵源角度拆解成獨具意義的象徵，強調其具有完整的表意。而身為新聞攝影工作者的Lester

---

9　本節部分內容改寫自蔡琰、臧國仁（2012）。

（1995／田耐青等譯，2003）在其*Visual communication*一書，除了介紹接收視覺對象的身心理特色與各種「圖像素養」（visual literacy）外，更曾闢有專章介紹新聞圖片。

在今日視覺傳播與視覺素養相關課程逐漸增多之刻，人們也注意到圖像與文字、聲音同樣在傳播學科占有一席之地。如Harris & Lester（2001）即認為，在此刻新聞愈形重視視覺傳播的氛圍裡，如何精通圖像設計與新聞攝影（visual journalism or photojournalism，包括學習網路設計、多媒體設計、網頁視覺、版面編輯等），都是新聞工作者在電視、電腦、電影等視覺環境的基本學養。

另一方面，圖像的意涵（包括照片與繪圖文本的意義）則是近期才被重視的敘事研究領域。[10]如兒童繪本之「圖」與「文」兩套互動符號系統，如何對兒童學習及意識發展有所影響，也是1980年代之後方始廣受學界注意的研究議題，且只在最近才累積了較多相關文獻（Colomer, Kümmerling-Meíbauer & Silva-Diaz, 2010；賴玉釵，2013a：第三章）

但從圖文編輯教科書則可發現，20世紀30年代以前的報紙編輯普遍認為圖片浪費版面且降低了新聞事業的標準，易於打亂清晰與完整的文字（展江、霍黎敏等譯，2008：373／Friend, Challenger, & McAdams, 2004），遲至1960年代版面編排才開始使用照片且有了「照片愈多、愈大愈好」的發展趨勢（于鳳娟譯，2002：5／Harrower, 2002），從而使得大幅、彩色甚至半版照片在報紙新聞傳播之重要性受到正視，其後甚至發展了「視覺震撼中心」（central visual impact，簡稱CVI）概念（Garcia, 1993: 137），強調「以圖帶文」或「大圖帶小圖」的現代設計原則。

至於今日報紙同時使用文字、照片、圖表來規劃與設計的目標多在表現易讀、表現風格，務使設計動人以能吸引讀者（薛心鎔譯，1987：253-254／Baskette, Sissors, & Brooks, 1982）。在報紙工作流程裡，「圖片」

---

10 傅修延（2009）曾經分析青銅器上的「紋／飾」、「編／織」、「空／滿」、「圓／方」、「畏／悅」，認為這些古物上的符號有著「前敘事」的作用，可提供「認識中國敘事傳統中的『譜系』」（頁4），如這些紋飾反映了漢字「亦文亦圖」的特色且「一體無分」。這些講法饒富趣味，顯示了古代圖文間的互文性有其可研究的潛力。

與「照片」意涵相近，但報紙工作者習稱圖片，而讀者習稱照片。

目前平面媒體如報紙與雜誌之圖文處理方式尚有教科書可循（如沈怡，1990, 1989），但其內容多屬編輯經驗談與美術原則之描述，鮮少細究圖文間之互動敘事關係，如新聞圖與文間究是相襯、互連、重疊、互補或其他說故事關係，以致圖文關係的設置或變化是否凸顯新聞故事之內涵或重點迄今未知。如此一來，新聞版面之文字與圖片在新聞敘事中，究竟如何分擔「說故事」任務、其說故事時之「共存關係」為何，而圖片又以何種方式與文字意義的缺口互動進而減少新聞傳播中的模糊與想像，均屬有待釐清的學術研究議題。

本節因而旨在探討新聞版面文字與圖片間之相互關係，以及此兩者在新聞敘事現象中如何分擔「講故事」的任務，此皆應屬圖文關係的論述問題。換言之，本節關切「圖」與「文」在新聞文本中如何共同結構新聞故事，又如何相互再現新聞事件之「情境」。以下擬從理論層面討論「圖」與「文」如何結構意義、新聞圖文編輯及圖文符號閱讀，以及語言各自有何特色。

一、新聞圖文編輯

新聞版面編輯教科書，過去曾經廣泛討論新聞照片之論述方式和產製意義。根據何智文（1996：145），新聞之「圖片」或「照片」之意乃指：「……以固定畫面，『重現』新聞事件之要義或重點的傳播『製品』，所以它一方面是『證據』的化身，另一方面也是『真相』的複製品。」如薛心鎔譯（1987：260 / Baskette, et al., 1982）即謂照片之重要性不亞於文字，攝影記者或照片編輯的「視覺讀寫能力」應受重視，且攝影記者、文字記者以及編輯間應有良好溝通，方能採集到與文字相輔相成的新聞照片。

曾任《華盛頓郵報》（the Washington Post）總編輯的J. R. Wiggins亦稱：「照相機沒有報導真相，因為它所報導的並非全部真相」，因此編輯「必須慎選照片，避免向讀者傳達錯誤的印象」（引自薛心鎔譯，1987：205 / Baskette, et al., 1982）。展江、霍黎敏譯著（2008：373-376 /

Friend, et al., 2004）也曾指出，絕大部分媒體如電視、報紙和雜誌等都極度依賴「視像」、「影像」、「圖片」、「照片」以及各式「圖表」，或是其綜合運用藉此顯示或說明新聞所關注的故事，乃因與純粹的敘事文字相較，圖像「講述」故事的作用更大。作者們表示，語言固能描述，而圖片不但展示且更讓觀眾直接地分享情感、戲劇性與動感瞬間。

但傳統上，上引編輯教學著重版面整體視覺規劃的方法多是作者（常為資深編輯出身）的經驗傳承或觀察。但記者採訪後帶回來的文字故事與照片選用間，或個別新聞的意義凸顯或圖文意義與脈絡的整合則鮮少受到研究者關注，而有關讀者的閱讀、接收、詮釋地位則在這些教科書裡廣泛缺席。

另如展江、霍黎敏譯（2008：423-428／Friend, et al., 2004）雖曾列舉了版面設計之基本原則如「提供視覺中心」（即前述CVI）、「對比」（指在接近性上製造巨大視覺反差以吸引讀者注意）、「比例」（指最佳比例或形狀通常是矩形）、「均衡」（通過版面不同部分之比例設計而呈現整體視覺效果）、「和諧與統一」、「留白」、「模組化」（module）與非模塊化版面編排，但這些「好看」原則與新聞故事意義傳送間是否相關、清晰又如何才相關呢？因而在圖、文原屬兩套符號系統且各自有其語法、語意狀態下，研究者理應從符號論述角度重新思考「圖」與「文」如何互動以「說故事」。

二、圖文符號的閱讀與語言傳意結構

圖／照片原是最直接的敘事傳播媒介，坊間早有「一圖勝過千言萬語」（"*A picture is worth a thousand words*"）之說。[11]但從Kress & van Leeuwen（1996／桑尼譯，1999）、Arnheim（1967／李長俊譯，1982）

---

[11] 網友曾針對此語有過討論，認為其乃源自中文古諺「百聞不如一見」，後因語言變遷而分道揚鑣無法回譯（http://bigelk176.blogspot.tw/2011/06/picture-is-worth-thousand-words.html），因而以「一幅圖像勝過千言萬語」較為符合現代用法（上網時間：2016. 03. 04）。

以及韓叢耀（2005）等人之理論分析即可發現，新聞照片實亦具有「敘事功能」，除顯示了人物與事件動作之時間變化外，這些靜態作品多有描述主題細節並展示主體特色之作用。

　　一如許綺玲（1999：21-22）所言，圖（照）片與文字有可能各自形成獨立的閱讀脈絡，且讀者目光常在圖（照）片與文字間來回穿梭，彷如文字「約束」了圖像（照片）並注入意義：「在圖之上浮現另一想像，使圖不是被直視而是透過這種文字想像被理解。」另一方面，文字又以其修辭吸引讀者的咀嚼文字趣味，脫離了圖像而獨立。在許氏所撰論文裡，圖與文的並存曾被描述為：「一時間若陶醉於文字本身的想像，便與圖像分離為兩種各自無關的閱讀」（許綺玲，1999：21-22）。

　　在閱讀有文、有圖的書籍或雜誌、繪本時，我們都曾有過第一眼就被「吸睛」的經驗，而讓目光游移於圖畫和文字間，最後始駐足於最被吸引處，從而享受著專屬個人的文、圖或圖與文加總的閱讀滿足（Pantaleo, 2008）。但當重大新聞報導兼用文字與照片時，我們似可質疑兩者之同置是否具有相加效果而再現了更為清楚並更完整的故事，且有無可能讀者閱讀新聞時違反了編輯的預設，而使新聞圖文之加總反而「干擾」了閱讀或理解。

　　從編輯角度觀之，一般新聞版面似乎總是試圖左右（若非控制的話）著讀者的閱讀（Garcia, 1993），此舉使得新聞圖文間的確長期存有「競爭」關係而各自「搶奪」讀者關注。如放大字號的粗黑標題相較於紅色標題或如使用四分之一版面的大幅照片等設計，在在都企圖「導引」讀者目光投向編輯預設的位置（沈怡譯，1989 / White, 1982；于鳳娟譯，2002 / Harrower, 2002）。

　　然而文字與圖（照）片的閱讀都屬需要學習的人為符號系統，在繪本、漫畫、書籍裡經過設計的每一筆文字與圖畫，都依作家（者）出版目的而刻意選用、修飾與繪製。

　　報紙新聞的情況卻有不同，新聞文字與攝影照片的搭配是編輯在最短時間內善用的最好資源，以圖、文兩套各具論述特色的符號來敘述一件重要社會事件，因而彼此相互競爭、各行其是也就不足為奇了。

　　長期以來，新聞乃為大眾所撰之時事報導，文字符號必須易讀、易

懂，而圖像則在顯示新聞故事的某一特定部分。在一般認知裡，新聞圖文理當「互文」（亦即彼此相互參照以對應關係並產生故事意義），[12]兩者併置之作用則在相互說明、補充對方而增加閱讀與理解新聞故事之趣味。但其不同於文學文本之處，乃在新聞寫作必得避免曖昧、晦澀，且其引導讀者理解、認知的指示性結構理當遠較虛構文學為強，亦即讀者多能依循編輯給予的指示（如前述「視覺震撼中心」或CVI）而閱讀。

實則圖文符號之意義承載與閱讀各有特色是其重點，但因「主導性」的差異造成圖文雙軌符號並行時，容易產生複雜與不穩定特質，由此對讀者而言反而開啟了意義詮釋的空間。即便如此，新聞報紙圖文併置與閱讀之真確情境侷限於文獻不多而猶待釐清（參見古添洪，1999；張瓈文，1999；劉紀蕙編，1999）。

周樹華（1999）曾經指出，詩、畫、文字、圖像的競爭關係始自16世紀英國伊莉莎白女王一世時期，文學家與藝術家間的爭辯與較勁，乃因詩文描寫內在靈魂之美，而圖畫再現表象真實。然而無論優劣誰屬，此兩者間實是視覺與文字藝術兩種不同媒介的表現問題，甚可謂兩種符號語言嘗試再現現實的功能問題；由此或可推知，一種符號系統實難指代另種符號系統所能彰顯的部分。張漢良（1999：230）亦有類似觀點，即當人們嘗試以語言、文字來說明所聽樂曲時，即會出現語言符號之「合法性、力量與限制問題」。

如此看來，新聞報導兼用文字、照片符號系統亦應各有特色，分別完成表述社會現象的部分功能，且這些各具特色的符號系統在不同情形下，不必然「共同」完成完備的表意系統。

整體而言，本小節回顧了符號系統與傳意角度的相關文獻，發現符徵與符旨間可能彼此干預或衝突，但此現象過去鮮少受到圖文敘事重視，值

---

12 「互文」一詞出自J. Kristeva（1966／1982）的系列理論與文化研究，旨在闡釋文本間之意義連結方式，相關文獻眾多，可參見Orr（2003）。「文本」在此指記者提供的新聞故事（包括新聞、照片、有照片的新聞等），彼此相互參照以能產生意義。另見http://intermargins.net/intermargins/TCulturalWorkshop/culturestudy/theory/03.htm（上網時間：2016.03.03）。

得傳播研究者關注。以本小節所引文獻觀之，相關討論多在強調圖文如何在新聞版面併置以呈現故事，因而理所當然地認為圖文併置除可相互說明與補充對方外，更能增加閱讀趣味並吸引讀者理解新聞故事，從而避免曖昧與晦澀。

但相關研究顯示，新聞圖文符號雖非「藝術符號」，其意義卻難以避免地易被圖與文兩組符號結構影響，其相互連結的方式與彼此共述故事的關係，正是新聞論述所應關注的議題。

三、個案7.2：圖文敘事在新聞報導之意義競合[13]

2010年9月21日《聯合報》頭版刊出高雄市岡山區（原高雄縣岡山鎮）安養院內老人們，因「凡那比颱風」（Typhoon Fanapi）泡水的照片（見【附錄7.1】）。除記者撰文外，一幀由紅十字會提供之頭版近半版（25cm x 16cm）照片，顯示了受困老人身體泡在水裡等待救援的窘境。

新聞披露後立即引發各界重視，時任高雄縣長楊秋興當即「探視獲救老人並直斥『太過分了』，當場勒令業者停業並吊銷執照」，顯示此一事件頗有新聞特殊性，尤以照片所攝召喚著讀者啟動對該事件的惻隱之心，進而詳讀新聞內文。

此外，此則報導之文字與圖片搭配方式凸顯了「圖」與「文」間共譜新聞論述的範例，值得用來分析「圖片」與「文字」如何分工講述故事，藉此瞭解其各自在新聞敘事現象中如何論述故事，而以圖文說故事時又如何各自或共同負責再現敘事元素以期達到圖文之「共存」。

一般而言，新聞圖片有強烈導引目光、呼喚情緒並吸引關注等功能（李長俊譯，1982 / Arnheim, 1967；林夕等譯，1987 / Gombrich, 1969；廖祥雄譯，1994 / Zettl, 1990），而文字之「裂隙（縫）」常是造成閱讀過程產生聯想及想像之起點，容許讀者依自身經驗與意向「填補」文本意義之缺口（陳燕谷譯，1994 / Freund, 1987；蔡琰、臧國仁，2010a），可稱之「補白」（gap filling）作用（賴玉釵，2009）。

---

13 此一個案詳見蔡琰、臧國仁（2012）。

　　另從W. Iser（引自林志忠譯，2005：71, 74／Selden, Widdowson, & Brooker, 1997）所論觀之，新聞文本乃「具潛力的結構」，且此「結構」在讀者與文本的經驗關係（指閱讀過程）中得以具體化。換言之，文本意義係依讀者自身經驗與心中期望而在閱讀時不斷修正並調整，屬讀者理解文本意義的辯證過程。Iser亦認為讀者有權填補（或「仲裁」）任何文本空白，而「填補」過程係由讀者判斷但由文本來引導（見賴玉釵，2009）。

　　本次個案之分析過程係仿臧國仁、蔡琰（2010a）透過「窗口」途徑而以「語意」為最小單位（參見夏春祥，1999：78-82）逐文、逐段地分析新聞意涵。另也參考MacDonelle（1986／陳彰津譯，1995）解讀新聞敘事元素（如時間、空間、人物、核心事件、偶發事件）之經驗，運用敘事結構理論及敘事元素關係來觀察、比較新聞語意元素並分析文字敘事（另見郭岱軒，2011；蔡琰、臧國仁，1999；蔡琰，2000；Chatman, 1978; van Dijk, 1988）。

　　分析結果發現，新聞「文字敘事」（見【附錄7.2】）係以單一敘事窗口（事件時空連續並同一）寫就導言，描述大水中老人們如何「被困」、「被救」及「被嚇」。新聞第二段為第一段之嵌入，補述老人如何「被困」。第三段也是第一段之嵌入，並接續補述了第二段「被救」；第四段則為第三段「被嚇」之補述。整體而言，全篇新聞文字係以漸層式逐步寫入故事細節，以此吸引閱讀。

　　該新聞「圖片敘事」（見【附錄7.2】）之分析則顯示老人漂在水中的「無助」、「待援」與「救援」。照片（見【附錄7.1】）屬靜態內容展示而非主要人物之動態連續動作，係以描述被攝內容與細節為主，主體／人物的動作則為其次。由此應可解讀為，該圖片旨在展示老人泡水與等待救援之細節，其次才為被消防人員救援的重點。

　　另以照片之符徵聚合觀之，所有人物主體均未以目光正面「參與」攝影行為（見【附錄7.1】），景框外之攝影者、觀看者與被攝者的「距離」與「關係」疏離，乃因泡水者是此一圖片之被攝主體，而其「孤立」則為新聞主題所在。

　　依前引文獻觀之，「新聞圖文敘事」理當共同再現新聞事件，但在「圖」與「文」被讀者以先後秩序或交錯方式閱讀時則可發現，新聞圖與

文的重點與論述方法各有特色，如在新聞資訊及意義上出現互補、互斥關係外，尚有延伸閱讀以及圖文競爭論述權的現象。

綜合觀之，此個案之圖文關係可依以下諸點說明：

(一) 圖文以符號個別優勢相互補充未及之處

首先，個案之照片未曾顯示事件發生之時間、空間而需倚賴文字說明，如導言第一句之底線：「前天颱風夜，地處低窪的高雄縣岡山晉德安養院。」照片亦未說明主角人物之職銜，也得透過新聞報導文字方可交代（見【附錄7.2】第一段末句底線處：「……紅十字會救災大隊和岡山消防隊隊員現身……。」）

同理，照片難以彰顯連續過程而有賴文字補實，如：「……業者奮力搶救十餘人上二樓，眼見大水來得太快，擔心救援不及，要求一一九支援救人」（【附錄7.2】第二段底線處），均非照片所能展現而需透過文字完成。

第四，照片無法表達不同新聞角色的思維：如紅十字會人員的「念頭」（……就是儘快將這些老人搬離，見第三段）以及隊長蕭福順的「【這一幕他】感觸良深」（第四段；添加語句出自本書）。最後，「……全身凍僵（第三段）」、「……幾乎一片寂靜」（第四段）等被攝主體的體溫、聲音、思維亦難由照片披露，猶需文字補充、描述。

另一方面，文字未及描述卻可從照片一見即明之處，則有當時老人泡水的情境以及現場各種細節，包括房間內部格局與色彩、裝置、門窗樓梯位置以及老人泡水／救援行動在空間中的相關位置與移動路線（【附錄7.1】）。此外，待援老人與紅十字會消防隊員之人物穿著、輪椅特色、房內飄浮物、老人長相表情等景觀細節無須另以文字彰顯，只要觀看照片即能一目了然。

由此或可推知，「圖」與「文」各有敘事專精功能與特色，係以「互補」形式共同表述新聞故事。

(二) 以符號凸顯差誤之互斥現象

除圖文互補以共同描述事件外，新聞照片之「圖」與「文」也以各自

符號特色凸顯彼此差誤或錯置現象。如文字顯示：「紅十字會隊長蕭福順抵達現場，看到水淹二公尺，隱約只看到『十幾個』老人的頭及肩膀，在水中載浮載沉」（見【附錄7.2】第三段，雙引號為本書添加），照片卻顯示了不同人數及淹水情景，出現兩位老人坐在輪椅的上半身及淹水僅約一公尺深。若淹水真如文字所述曾經達到兩公尺，老人當已滅頂或輪椅翻覆漂浮而無法坐在其中。

新聞文字又說：「……千鈞一髮，再遲恐怕就不行了」（第三段最後一句），照片中卻見背對鏡頭的業者助手（見照片「三區」）與站在照片右側被剪掉頭身的施救隊員，兩人都雙手下垂立於水中而構圖穩定，顯示「控制中的危險」並無積極緊張的援救動作。

(三) 可能引發更多的疑點與想像

最終「圖」與「文」兩者共同合作而讓讀者「對眼前一幕感觸良深」，但文字或圖片究係何者「讓人感觸良深」則為尚待驗證的競爭關係。而這種競爭關係或許正是本節論述之核心部分，一方面展示不同符號系統的功能和作用，另則披露符號所建構的意識型態。以此則「水淹南臺灣」新聞報導為例，「圖」與「文」實各有獨立論述方式，係以「文」強調被救援之故事過程，而以「圖」展示老人等待救援之無奈。

至於新聞圖文共同敘事的部分，圖文以個別符號優勢相互補充對方之不及，兩者間也存有某些互斥或誤差現象，而共述故事時則可能引發延伸閱讀，導致更多疑點與想像。

如新聞文字敘述：「……老人家可能因為泡水太久全身凍僵，『像塊木頭』，『千鈞一髮，再遲恐怕就不行了』」（第三段），但究是哪位老人「像塊木頭」、該老人是否出現在新聞事件現場或當事人是否在攝影記者拍照時已被救上二樓，此皆難從文字所述或照片所攝釐清，以致讀者或可合理地懷疑採訪記者（或拍攝照片之紅十字會工作人員）抵達時，已非水災發生之第一時間。

又如新聞報導文字最後提及：「等待救援的老人，幾乎一片寂靜，好像都嚇傻了，只有一、兩人用力揮手，其他都只用眼神看我……」（第四段），記者在句中使用聲音描述（「一片寂靜」）、形容詞（「都嚇傻

了」）、動作細節（「一、兩人用力揮手」）、視覺描述（「用眼神看我」），旨在喚起讀者對當時老人被水淹及情景的眾多「想像」（見前章），藉此產生民胞物與的關懷與同情，果不其然地讓高雄縣長閱後震怒，進而要求撤銷安養院執照。

㈣ 圖文論述的競合關係

透過本個案之分析可發現，文字故事之核心係如前述乃以老人因「凡那比颱風」大水「被困」、「被救」、「被嚇」之過程與結果，而新聞照片則顯露了老人孤立在外的「無助」、「待援」與「救援」靜態現象。

由外表來看，文字與照片均與大水中之老人受困以及紅十字隊員救援老人相關，但圖文共同合作之結果卻展示了故事之不同面向，如文字負責再現大水中之動態事件與救援先後過程，新聞照片則可彰顯現場某些靜態細節。

總結來說，由本小節所引個案可知，「圖」與「文」實為各具潛力的文本結構，而其共同敘事的成果，則讓「文本意義」得以在讀者與文本的深度閱讀過程中「具體化」。換言之，文本意義係依讀者自身經驗與心中期望而在閱讀符號系統時不斷修正並調整所致，屬讀者理解文本真正意涵的辯證過程。

因而持續深化圖文敘事之理論內涵似有必要，乃因在此影音圖文共濟的時代，探究圖文傳播實有重大學術與實務意涵。無論符號之形式、意義與解讀，亦均理應持續受到社會文化與媒介組織重視，此乃因「圖文併置」現象決定性地左右了敘事傳播的總體意義。在現今敘事面臨多媒體及跨符號系統再現故事的時代，更為複雜的語言傳播、社會文化結構（van Dijk, 1988）或意識型態等論述問題（MacDonell, 1986／陳墇津譯，1995），仍待未來持續鑽研。

第三節　本章結論：反思從「靜態圖像」到「動態影像」之說故事方式

一、本章摘述與延伸討論

-- 他【Mitchell, 1994】解釋，這些領域無可辯論之處就在於我們無法將視覺，視為再現之『純』領域而與口語無關，『圖像與文字的互動乃再現之本質』（Martinengo, 2013: 302；添加語句出自本書，雙引號出自原文）。

　　正如前述，傳播領域對如何面對「圖像說故事」迄今猶未關注而有待開展，相關文獻多在藝術（如陳吉寶、陳狐狸，2015）、兒童教育（如繪本創作教學，見蕭靖慧、徐秀菊，2010；顧薇薇，2010）、設計領域（如錢怡儒，2014）。其因不難理解，畢竟傳播研究引入敘事學的精華不過數十寒暑而已。而如上引Martinengo（2013）轉引Mitchell（1994）之言，圖像與文字本皆屬社會真實之再現，討論其如何「各自」與「共同」完成說故事歷程實有學術意涵而應廣受重視，此即本章主旨所在。

(一) 回溯本章要旨

　　本章先由理論入手討論圖（照）片之相關定義，接續說明圖像與自我心象間之關聯，次則提出「圖像傳播」之意涵並以「家庭相簿」為例，透過某位受訪者之自述而試圖展現其自選十幀照片如何經其講述生命故事，從而連結其與家庭間之傳承意涵，藉此強調圖片（像）與生命故事講述（語言）之特殊關聯。次節改以新聞「圖像」為旨，說明其傳統上與「文字」間之複雜互動關係，如早期新聞專業編輯多「以文帶圖」編版，而自90年代後則改為「以圖帶文」呈現新聞報導內容。

　　此一改變影響甚鉅，部分原因當係來自科技之影響，尤以1980年代中期蘋果電腦推出了McIntosh桌上型，旋由USA Today（《今日美國報》）引為全頁組版工具，從而影響且改變全美（甚至全世界）的報紙編輯方式。

自此圖（照）片漸次成為前述報紙「版面視覺中心」（即CVI）所在（見于鳳娟譯，2002／Harrower, 2002），而文字在平面媒體之獨占角色自此一蹶不振尤以今日為然。

　　該節援例隨後透過個案檢討一則新聞報導中之「圖」與「文」如何共譜故事並協助完成意義建構。簡而言之，該例顯示「圖」與「文」既有相互補實彼此未盡完善之處，卻也相互競爭以凸顯彼此錯置且不足之處，更也在反覆對照後引發更多疑點，兩者可謂處於「競合」關係，而共同完成文本意義之具體化任務。

（二）延伸討論

　　由此觀之，「圖」與「文」間似有超越以往所知之複雜關係，猶待未來持續探索方能釐清其各自與共同在講述故事過程所扮演的關鍵角色。

　　法國哲學家J. -F. Lyotard（2011）之專書*Discourse, Figure*即曾試圖說明文字（話語）與圖像間的複雜關係。根據龍迪勇（2009：148），在Lyotard觀念裡，話語意味著「文本性」（textuality）對感知的控制，是邏輯、概念、型式、理論思辨作用的領域，常用來傳遞訊息與含意。但「圖像」是感性的，其有可能優於話語或「所見優於所言」。但龍迪勇（2009：148）借用Lyotard的觀點強調，話語與圖像兩者實應和諧共處、相互借鑑、相得益彰，甚至「以言詞作畫，在言詞中作畫」。

　　龍迪勇（2009：148-9）進而認為，話語文本與圖像間的關係頗為複雜而難以言盡：一方面，話語代表了一種「時間性媒介」卻想突破時間而達成空間化的效果；另一方面，圖像屬「空間性媒介」卻也總想表現出時間與運動。兩者有其「互文」或「姊妹」關係，卻也總在「爭戰」，像是兩個維持了漫長的交流與接觸關係之「國度」，共同形成了敘事的工具與手段。由此可知，「靜態圖片」或「動態影像」與「文字」及「語言」間的交流可試析如下：

1. 以漫畫為例之圖文互動關係

　　舉例來說，由於「漫畫」具有與其他文本不同之「圖文併陳說故事」特性，近來業已漸次受到傳播研究者重視。如宋育泰碩士論文（2009）

即曾探索「漫畫中的圖像敘事」，乃因其雖是「結合圖像與文字兩種不同符號系統運作而成的多媒介文本，……【實則】含【有】特殊的、揉合圖像與文字而成的敘事章法」，但圖像在此過程顯應擔負了「關鍵的敘事責任；畢竟，我們可以找到沒有文字的漫畫，卻不能找到沒有圖像的漫畫」（頁i；添加語句出自本書）。

在其論文中，宋育泰所欲探討的主題圍繞在圖像如何呈現「故事靜態部分的場景與時間」以及如何表達「故事動態部分的角色互動關係」，兼也檢視了漫畫作者如何安排圖像與文字共同表意以完成其敘事功能。有趣的是，其主要發現與前述蔡琰、臧國仁（2012）有異曲同工之效：「【敘事之】重要的抽象意念多由文字呈現，而圖像則用於輔助文字的強度」，兩者屬於「策略協商的結果，也是漫畫此一複合媒介型式的特有符號策略」（宋育泰，2009：129；添加語句出自本書）。

但除此之外，宋育泰發現圖像另也負責「動態」呈現部分，包括人物與物品之意象表達，更也透過隱喻而營造了「抽象概念」如口感氣味，使得漫畫作者的「創意表象令人驚嘆」（頁119），其因則在可藉此引發讀者「涉入」並參與閱讀，進而與文本互動（參見本書上章〈結語〉有關「想像即（敘事）行動」之討論）。

因而宋育泰認為，漫畫裡的「圖像」顯示了奇特的說故事本質：「邀請閱聽人離開其生活現實，『如臨故事現場』……而得以『神入』……」（頁131），其作用並非僅在創造故事或建構閱讀氛圍，更重要的使命是「作者想要傳遞給讀者的價值觀，以及作者想與讀者互動的意圖」（頁132-133）。

此點結論則似超越了前述蔡琰、臧國仁（2012）以新聞為例之文本分析，進而加入了「敘事者」與「讀者」在圖文互動過程之溝通作用，其理論意涵顯有持續發展潛力。

另有王松木（2014）近作同樣以漫畫為例，試圖解析其「如何敘述故事」又「如何吸引讀者」，其且逕將漫畫定位為「圖文整合的敘事語篇」，從而探索「漫畫語篇的構成要件及其語義功能」、「漫畫家如何透過圖像演述故事」、「漫畫如何為讀者營造深刻的觀看體驗」。

該文先將圖文關係之演進分為四個階段：初期為「圖文混同」，如遠

古先民多以直觀繪其所見，以象形「畫成其物，隨體詰詘」，只要「視而可識」即可辨明其意。次則文字誕生，文與圖間不但型式漸異且傳播功能亦有不同，即所謂「索象於圖，索理於書」之「重文輕圖」時期（參見余欣，2013）。第三時期則為「文主圖輔」，其因多在印刷術發明後文字與圖像互涉的情形愈形普遍，如在中國古本小說或戲曲文本中加上插圖乃屬常見；但此時之刻本仍多以文字為主，而「圖像只是居於陪襯點綴的角色」（頁76）。

王氏認為，時序進入21世紀後人類文明業已進入「後印刷時代」，使得圖像有「附庸蔚為大國」之勢，不但不再隸屬文字甚而有取代可能，其影響力正在各層面急速擴展。王氏在此文與前引宋育泰同樣認為漫畫實乃「融合了多種模態符號」（multimodality；本書第一章譯為「多模態性」），除圖像外兼有擬聲、擬態的象徵符號期能「挑動讀者感官」（頁80），因而具有強烈的敘事性與感染性。

王氏與宋育泰同採「社會符號學」（social semiotics）取徑，兼以認知語言學觀點探索「作者如何創作圖像」、「讀者如何理解圖像意義」、「如何評定圖像的藝術風格」等議題。其研究過程頗為細膩，如發現漫畫中的文字經過「重新符號化」（resemiotization）後，就賦予了新的形象意涵並產生「返祖」現象，從而轉化為圖像資源，甚至產生「以形表意」的視覺效果，如某些擬聲詞的使用就讓讀者可「感受到音源本體之外在樣態或內在情緒，兼具著擬態的功能」（頁106），十分有趣。

由此王氏續引美國著名漫畫家與漫畫理論家S. McCloud（2006／張明譯，2006）之言，認為所有漫畫皆有七種圖文關係，包括「文字具體」、「圖畫具體」、「圖文皆具體」、「圖文交叉」、「圖文相互依存」、「圖文相互平行」、「蒙太奇式圖文混合」等，其中又以「蒙太奇式圖文混合」是「文字與圖像交融最為緊密的搭配類型」，塑造了「字中有圖而圖中有字」的型式（頁109）。

總之，王氏（2014）強調「圖像」與「文字」（語言）雖屬各自獨立的符號系統，但兩者間仍有著共通之結構原理（頁110-111）。而漫畫多以圖像為主而文字為輔，乃因過多文字即可能干擾圖像之解讀。如在王氏分析之漫畫案例《灌籃高手》的文字使用就極為精簡，且「有圖無文」之框

格頗多，有時甚至完全捨棄文字而全憑圖像來述說故事，藉此讓讀者能直接體驗劇情發展。

小結本小節，誠如敘事研究者申丹、王麗亞（2010：257）所言，漫畫與連環圖畫當屬最能表現圖像敘事（兩位作者稱此「繪畫敘事」）情節連貫性之媒介，「前一個畫面與後一個畫面之間通過畫格做出區分，每一個畫面都代表了一個動作，代表一個事件，而畫面與畫面之間的關係都是依照事件的先後進行排列，最後構成一個完整的故事。」

如此描述漫畫固然無誤，但其所述顯然忽略了漫畫之「畫面」多有文字相隨，其圖文間如何搭配應是研究圖像敘事最重要的任務。而由上引兩篇文獻觀之，相關研究業已展開且已獲得初步成果，除有類似前述如圖文各自分工外，亦加入了敘事者（與「讀者」）在圖文互動過程所擔任之重要任務（參見下節）。饒為有趣處則在這些新作發現了漫畫的文字猶可轉化為圖像資源甚而產生「以形表意」之視覺效果，此一說法顯已超越過去所知（較新文獻可參閱馮品佳編，2016）。

2. 繪本之圖文關係

另一以「圖像」為主之媒介則為「繪本」（picturebooks；見賴玉釵，2013b），包括「有字繪本」、「無字繪本」與「圖文書」等類型，其特徵即在於透過一連串之圖片貫串情節，「宛若慢動作電影般，娓娓道來故事情節；或如從電影片段抽取靜態畫面以呈現圖像敘事，鼓勵讀者發揮想像加以補白」（賴玉釵，2013b：2）。

此類研究過去多在兒童教育（如黃秀雯、徐秀菊，2004；鍾敏華，2003）與藝術創作（如高珮瑄，2012；陳之婷，2011）領域，但近年來賴玉釵曾廣泛地引入傳播研究並如本章分類方式，分別針對「虛構」（賴玉釵，2014）與「紀實」（賴玉釵，2013c）圖像探索其可能引發之讀者「美感傳播」（賴玉釵，2013a）。

舉例來說，賴氏曾引介美學家R. Ingarden與W. Iser之理論，詳述「圖像」具有之視覺元素有：「造形與線條」、「色彩」、「媒材」、「邊框」、「構圖」、「含括面積與視點」等，據此即可分析繪本之單一或眾

多畫面，可能具有之敘事結構如人物表現、場景安排、時間動態等（賴玉釵，2013b）。由於一般繪本多以學齡前兒童爲主要讀者，其「無字」程度遠較其他媒介來得普遍、常見，主因即在於這些幼童尚未識字而得倚賴視覺器官吸收知識，以繪本（尤其無字繪本）爲主之這類圖像敘事媒介從而扮演了重要識讀功能。

賴玉釵（2014：195）發現，無字繪本藝術創作者常預設兒童讀者之需求或審美發展特質並以此作爲其構圖參考，如以其「熟悉【之日常生活相關題材】事物建立閱讀路標」（添加語句出自本書），藉此除可呼應其原有閱讀經驗外，亦能「融入同部作品間之圖像相互參照」，進而解讀事件始末，或以其「熟悉【之其他】童話情節或類型以發掘圖像脈絡並建構合理劇情」（頁191-192；添加語句出自本書）；前者賴氏稱之「內參文本」（intratextuality），而後者則爲「外參文本」（intertextuality）。

總之，賴氏（2014；括號內出自原文）認爲此類繪本可供學齡前讀者透過眾多「預設」而鼓勵其「補白」，指「安排兒童熟知日常景物供其建立確定感以克服陌生感而享閱讀之樂，亦可假想其如何克服不確定點（包括親師共構之閱讀情境）或鼓勵其『看圖說故事』，而鋪陳屬於自我之故事線」；此點或與本章前述【個案一】由受訪者自選照片講述生命故事不謀而合，其重點乃在連結圖像文本與閱讀經驗。

圖像繪本對成人當然亦有類似功能，旨在刺激讀者注意圖像細節以能創造更多元之想像並塡補圖像間之可能間隙（即前述「補白」作用）。但有趣的是，某些有文字創作經驗之讀者嘗謂能「以字補圖」以協助情節「定錨」（賴玉釵，2013b：26），似在顯示讀者之「先前經驗」實有主導其閱讀此類圖像之想像空間。

尤以當其轉述圖像爲文字時，係將前者素有「全觀」之特性轉爲具有因果關係之「線性邏輯」，甚至模擬圖像傳遞之氛圍以能更細膩地描繪畫面景物，此一「跨媒介敘事」之轉換顯有值得繼續推敲之必要。

3. 圖像與文字之「跨媒介敘事」（transmedia narrative）現象

賴玉釵（2016, 2015a, 2015b）隨後確將其注意力轉往上述之「跨媒介敘事」，並續以繪本爲例探究其「圖」、「文」結構如何在不同媒介間轉

述，曾先以已獲多項出版界大獎之《雨果的祕密》（*the Invention of Hugo Cabret*）繪本為例，試析該書如何得經改編後成為影像敘事。

賴氏認為（2015a），繪本原係「看圖說故事」之類型，如有文字亦多為「以文輔圖」型態，而《雨果的祕密》繪本含括單幅圖像、連續圖像以及文字情節，係以「圖文接力方式」呈現故事情節。經改編為曾獲奧斯卡獎五項獎項之電影《雨果的冒險》（*Hugo*）時，其變動過程浩大乃以「媒介間互文性」（intermediality，本書第一章前譯「互媒性」）為之，將靜態圖像之情節或「重組」或「濃縮」，或「加戲」或「放大」。

舉例來說，繪本描述時係以文字先行說明而後再以類似電影之「火車進站」畫面為之，以「……單幅滿版照片，呈現【火車進站】影像。即運用『對稱手法』以不同媒介形式表述同一事物。……此敘事策略亦為【雨】劇改編者所接納，……亦挪用【火車進站】影片以擴充文本意涵」（賴玉釵，2015a：93；添加語句出自本書，餘均出自原文），讀來令人莞爾。

在結論中，賴氏進一步闡釋類似《雨果的祕密》之繪本本就以「鏡頭堆疊方式呈現默片般之旨趣。故繪本圖文組合型態，實提供轉述為影像之跨媒介特質，便於敘事者依電影語言改變故事」（賴玉釵，2015a：110）。換言之，不同媒介間本有些重疊之敘事特質，正是「互媒」可資發揮之處，以致同一故事可在不同媒介間不斷地轉述、擴張、縮編，持續地吸引讀者一再品味；而這正是本書第一章所述「小河馬歐文故事」廣受歡迎之因了。

賴氏近作（2016）更以國際得獎繪本為例（如《雪人》（*The snowman*）、《野蠻遊戲》（*Jumanji*）、《史瑞克》（*Shrek!*）等），以上述「互媒」特性為其研究基礎，進而試探索以下幾個議題：「繪本跨媒介轉述之敘事策略為何？」、「繪本之跨媒介轉述考量為何？」、「繪本之跨媒介轉述如何建構敘事網絡？」，合併則可稱其為延續前述「向圖像轉」後興起的「向互媒轉」新思潮（the intermedial turn；賴玉釵，2016：136-139）。

賴玉釵（2016：167）發現，如無字繪本《雪人》係依卡通分鏡形式展現情節，其分鏡表即可用做改編為動畫之故事版，但動畫內容顯較原作加

入更多細緻之故事支線與連續動作，且有遠近鏡頭期能增加動感。其他繪本則常因原作之文字與圖像僅提供了概括情節，改編爲其他媒介如電影、電玩、iPad互動式動態影像時仍可「透過動畫等科技再現場景，補白原作未言之處，……強化感官刺激」（賴玉釵，2016：171）。

　　總之，賴氏認爲，現今「跨媒介敘事」早已成爲傳播領域常見表現方式，其旨乃在以「媒介」爲核心探查如何運用敘事資源以能藉由不同媒介平臺轉述故事原作，進而形成「故事網絡」（story internetwork）。而對閱聽人而言，其或因對某一媒介形式（如繪本、動畫、遊戲、小說、電影或新聞）之原作感到愉悅，而進一步「彙整眾多版本之『互媒』線索【從】而洞悉敘事整體之關聯」（賴玉釵，2016：183；添加語句出自本書）。

　　另有江靜之（2014：52-53）曾以電視新聞的「視覺化」爲題，探索其如何搭配「畫面」、「文字」、「口語內容」、「背景音樂」以產生「多媒材」之組合意義。其曾引用文獻指出電視新聞的六種媒材關係，包括：「透過文字標題或口語旁白以減少影像之多義性，並引導閱聽眾解讀、透過聲音賦予意義」，或「運用旁白賦予影像意義與新聞顯著性」、「強化某一媒材用以增強另一媒材所欲傳達的意義」、「不同媒材如影像與文字間有其扞格與衝突」、「影像與情境間的關係」、「結合文字與視覺符號以創造一致性，並引發閱聽眾產生聯想與集體記憶」等。

　　江靜之隨即以「全球暖化新聞議題」爲例，討論「口語」、「圖／影像」、「文字」及「音樂」等媒材之比重與角色，期能理解其如何相互強化、補充、衝突或無關。其研究發現，由於「氣候暖化」題材抽象而難以影像呈現，「口語敘述」因而成爲電視新聞報導之主要媒材藉此賦予影像意義。至於「人文破壞」則多以影像強化或補充口語敘事。但整體而言，動畫、文字、黑白影像及配樂等均曾用來強化口語提及之暖化「負面影響」（江靜之，2014：71）。

　　4. 敘事者與接收者之認知

　　由以上小節所述觀之，圖像與文字間究竟如何互動以成就故事情節，近些年來業已漸有學術討論，不同研究者或以「靜態故事」（如繪本）或以「動態影像」（如動畫）爲例，探討圖文敘事之內涵期能增進不同「媒

材」（如多媒性）、「媒介」（如互媒性）與故事間的相關性，進而理解
圖文如何增進（或降低）其對組合故事意義的貢獻。

　　而如本章稍前所述，圖像與文字間的論述關係時有競爭、時有合作，
此時相互補充對方而彼時卻又排斥甚至產生誤差，因而減低了閱聽眾對文
本的理解，未來猶待持續探究方可強化圖文敘事的理論意涵。

　　如【圖7.1】所示，本節討論之「圖文敘事」關係包含了「跨媒介」
（見【圖7.1】框外）與「多媒材」（見【圖7.1】框內）相關元素，前者
指傳統不同媒介間的故事述說，而後者則指可能動用之不同媒材如「圖
像」、「文字（含口語）」、影像、「配樂（音）」等，其共同作用後就
形成了傳統敘事學所稱之「論述」功能。

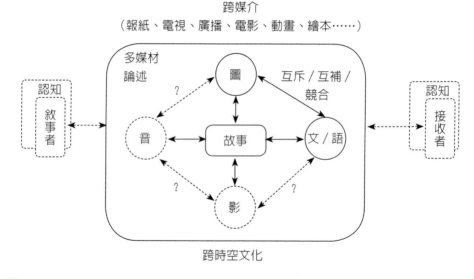

圖7.1　圖文敘事的相關論述元素*
*虛線表示相關文獻以及本章猶未深入討論

　　但在不同時空（見【圖7.1】框底），敘事者如何建構故事、如何述說
過去、現在或未來仍待精進，此處或可倚賴近些年新起之「認知敘事學」
（cognitive narratology）。如申丹（2014；申丹、王麗亞，2010）所述，
這個新起次領域約自上世紀末方由德國敘事學家提出，旨在探索並分析敘

事與思維的關係，尤其關切（申丹，2014：305；參見唐偉勝，2013）

> 敘事如何激發思維、或文本中有哪些認知提示來引導讀者的敘事理解，促使讀者採用特定的認知策略。……也關切敘事如何再現人物對事情的感知和體驗，如何直接或間接描述人物的內心世界，……讀者如何通過文本提示（包括人物行動）來推斷和理解這些心理活動。

由此觀之，引入「認知敘事學」來研究圖文敘事的互動關係當有其學術與實務意涵。如敘事者如何透過特定多媒材來展現其有意講述的故事，或接收者如何透過不同媒材取得相同故事時，其對這些不同文本形式的媒材是否有相同的理解（見【圖7.1】左右兩邊），當皆有助於提供更為深入的探析。

總之，圖文敘事近些年的發展遠超過其他敘事領域，其未來可能產生的影響顯也將持續引發關注與研究興趣，值得重視。

附錄7.1 「水淹南臺灣」之新聞照片

圖片來源：2010-09-21/《聯合報》/A1版/水淹南臺灣高雄縣，圖片中間所繪之「一區」、「二區」、「三區」出自蔡琰、臧國仁（2012）。

　　本圖原由紅十字會提供《聯合報》，原刊出之圖說為：「安養院……凡那比颱風帶來驚人豪雨，高雄縣岡山鎮的晉德安養院前晚淹水，院內坐輪椅的老人一度受困漂浮水中，經紅十字會派人救援才脫困。」

附錄7.2　「水淹南臺灣」之新聞文字分析*

2010-09-21/聯合報/A3版 水淹南臺灣高雄縣 記者李承宇、王昭月／連線報導	本欄顯示新聞敘事文本中故事元素。 分析結果
（新聞第一段）前天颱風夜，地處低窪的高雄縣岡山晉德安養院，坐在輪椅上的阿公、阿嬤被「穿心颱」凡那比帶來的大水圍困，半個身子泡在水中⋯⋯，這個時候，紅十字會救災大隊和岡山消防隊隊員現身。獲救的老人家個個嚇得說不出話。	第一段：窗口#1： 故事存在物：角色及場景 時間：前天、夜、這個時候（時間延續） 空間：高雄縣、岡山、晉德安養院、地處低窪 人物：公主：阿公、阿嬤 　　　英雄：救災隊員 　　　惡人：穿心颱凡那比 故事事件：行為動作及偶發事件 行為動作：救災隊員現身（救助） 偶發事件：凡那比颱風大水圍困輪椅上老人 故事條件：因果邏輯及開始、中間、結局 　　第一幕，背景情境、有待解決的困境： 　　　　1. 凡那比（「穿心」颱）帶來大水 　　　　2. 低窪地輪椅上的阿公、阿嬤被大水圍困 　　　　3. 阿公、阿嬤半個身子泡在水中 　　第二幕，轉折，救災隊員／英雄現身： 　　　　1. 紅十字會救災大隊隊員現身 　　　　2. 岡山消防隊隊員現身 　　第三幕，結局，解決困境： 　　　　1. 老人家獲救 　　　　2. 老人家個個嚇得說不出話 故事：凡那比大水使老人1.受困、2.獲救、3.被嚇
（新聞第二段）高雄縣岡山鎮大遼里晉德安養中心，前天傍晚灌入大水，三十一名行動不便的老人受困，業者奮力搶救十餘人上二樓，眼見大水來的太快，擔心救援不及，要求一一九支援救人。	第二段：窗口#1-1（時間、空間同前，為嵌入窗口，補述前面第一段） 故事存在物：角色及場景 時間：前天、傍晚（早於第一段） 空間：高雄縣、岡山鎮、大遼里、晉德安養中心 人物：31名行動不便老人、業者、（一一九）

	故事事件：行為動作及偶發事件
	行為動作：業者奮力搶救、要求一一九支援
	偶發事件：灌入大水、太快
	故事條件：因果邏輯及開始、中間、結局
	開始，背景情境，有待解決的困境：
	1. 中心大水
	2. 行動不便的老人受困
	中間，轉折：
	1. 業者奮力搶救
	2. 十餘人救上二樓
	3. 大水來的太快
	結局：要求一一九支援救人
	事實敘述：大水使老人受困、業者搶救不及、 　　　　　要求支援（受困之補述）
（新聞第三段）紅十字會隊長蕭順福抵達現場，看到水淹二公尺，隱約只看到十幾個老人的頭及肩膀，在水中載浮載沉。紅十字會人員說，當時只有一個念頭，「就是儘快將這些老人搬離」，至少先讓他們到乾燥、安全的地方。蕭順福說，他拉到其中一個阿公，老人家可能因為泡水太久全身凍僵，「像塊木頭」，「千鈞一髮，再遲恐怕就不行了」。	第三段：窗口#1-2（空間同前，為嵌入窗口，補述 　　　　　前面第二段） 故事存在物：角色及場景 時間：前天、傍晚（早於第一段、晚於第二段） 空間：高雄縣、岡山鎮、大遼里、晉德安養中心 人物：蕭順福、紅十字會人員、十幾位老人、阿公 故事事件：行為動作及偶發事件 行為動作：儘快搬離（搶救、救助） 偶發事件：拉到一位凍僵如木頭般老人 故事條件：因果邏輯及開始、中間、結局 開始，背景情境，有待解決的困境： 　1. 蕭福順抵達 　2. 水淹二公尺 　3. 十幾名老人在水中載浮載沉 中間，轉折： 　1. 儘快將老人搬離 　2. 十餘人搬上乾燥、安全的地方 　3. 蕭福順拉起凍僵像塊木頭之老人 結局：1. 千鈞一髮及時救人

（新聞第四段）「等待救援的老人，幾乎一片靜寂，好像都嚇傻了，只有一、兩人用力揮手，其他都只用眼神看我」，蕭順福說，這一幕他感觸良深。	事實敘述：蕭福順見到大水中老人受困、搬老人到安全處、及時救人（老人獲救之補述）
	第四段：窗口#1-2-1（空間同前，為嵌入窗口，接續補述第三段） *故事存在物：角色及場景* 時間：缺（「這一幕」同第三段，嵌入第一段） 空間：缺（「這一幕」同第三段，嵌入第一段） 人物：蕭順福 *故事事件：行為動作及偶發事件* 行為動作：蕭福順倒敘（說） 偶發事件：缺 *故事條件：因果邏輯及開始、中間、結局* 　開始，背景情境，有待解決的困境： 　　1.（倒敘）等待救援的老人 　　2.（倒敘）一片寂靜 　　3.（倒敘）都嚇傻了 　中間，轉折： 　　1.（倒敘）一兩人用力揮手 　　2.（倒敘）其他只用眼神看「我」 　結局：1.蕭福順感觸良深
	事實敘述：蕭福順回述當時，老人們寂靜、嚇傻，（老人們的）眼神令他感觸良深（受驚嚇之補述）

*新聞導言中之刪節號（……）出自原文

第八章

敘事傳播與日常情感生活——
以遊戲、儀式與故事原型為例

第一節　概論：敘事與日常傳播活動／行為

-- ……但若要提供新的傳播視角，則其轉向資源究在何處？對我而言，這些資源可在【下列社會學家】韋伯（Weber）、涂爾幹（Durkheim）、托克維爾（de Tocqueville）及赫伊津哈（Huizinga）著作裡取得，也可就教於現代學者如【修辭學家】Kenneth Burke,【社會學家】Hugh Duncan, Adolph Portman,【科學哲學史者】Thomas Kuhn,【社會學家】Peter Berger, and【人類學家】Clifford Geertz。……從這些【芝加哥學派重要人物之】來源，我們就能提出足以解惑且兼具智識力量與廣度的簡單定義：傳播乃是符號過程，在此真實得以產製、維持、修補與傳送（Carey, 1992: 23；添加語句出自本書）。

如前章所述，許多「告知型」之傳播行動（如新聞報導）總是傳送著關鍵事件的發生時間、地點、數字、人物等訊息，但更多傳播現象卻另常透過故事來交換人際互動的情感與記憶（蔡琰、臧國仁，2008a）。無論其敘述方法、管道或形式為何，「好故事」總是帶給閱聽大眾趣味與感動，藉著其所述內容超越現世俗務而走入心靈、產出視野；這是本書定義「敘事傳播」為「瞭解生命意義、創造美好生活」之因（參見第九章第四節）。敘事經驗固然兼有傷痛、憤怒或愉悅，但無論其所述總先吸引著傳播互動者的關注，藉著參與敘事情節而沉入故事情境並經認同而產生情感意義（Bruner, 1990）。

本章因而帶入「情感」、「遊戲」、「儀式」及「原型」等亟需關注的日常傳播活動面向，以此說明如何得從人文視角觀望「敘事」視域，旨在回顧人們企求溝通互動並增加人際情感交流的本能。

亦如前章所述，傳播活動不僅是個人或組織傳遞資訊之說服行為，更也是集體生命現象的述說，其表徵即顯現在人際互動歷程之「說不完的故

事」，[1]乃因任何故事總也持續發展著屬於其自己的言說模式，並隨著科技與文化的變動而一再更新（見本書第一章的象龜與河馬之例），使得傳播意涵形成了仿如急著向外快速輻射的歷史。唯有偶爾停下腳步並以「回顧來時路」的心情向內追尋，或才能重新定位「傳播」在敘事符號與新舊科技媒介中的位置；此即本章主旨所在。

本章強調，有意義的傳播來自心靈互動，而好的敘事實也渲染著情感。人們在社會化過程中早已習從理性思維來面對並處理日常傳播行為，卻忽略了自己正如本書第二章所示實也是非理性的「敘事動物」（見Gerbner, 1985; Fisher, 1987），往往那些能夠撥動心靈深處的情感性質之傳播活動 / 行為才最深刻且有意義。

因此，以「日常生活之敘事傳播」為旨來述說何謂「傳播」真諦時，似也兼應討論「情感」以及與其相關之「遊戲」、「儀式」與「原型」等概念。

第二節　敘事傳播之「日常生活」（everyday life）研究觀點

-- 『說故事』再次成為傳播研究重要隱喻有其自身故事【可資述說】，乃奠基於對真與假、事實與虛構以及理性定律的【不同】信念（Gerbner, 1985: 73；添加語句出自本書）。

-- 這些概稱為傳播的活動——如與人交談、提供指示、傳授知識、分享有意義的想法、尋找資訊、娛樂與被娛樂——是如此普通與平凡而難惹人注目。……社會科學各領域【卻】旨將社

---

1 故事之「未完成性」亦稱「無結束之散文體」（prosaics of unfinalizablility），乃俄國文學家Bakhtin運用於小說研究的重要哲學理念（見Morson & Emerson, 1990: 36-40）。依Brockmeier & Carbaugh（2001: 7），Bakhtin之意在於任何「敘事自述」都與生活有關，在不同情境無時不有下個及另個故事可資講述。這個觀點造成了故事之「動態性」，即在實際生活的真實故事與未來生活的可能故事間不斷合併。劉漢（2008：6）譯「未完成性」為「不可完成性」，其意類似。

　　會生活最明顯但【躲】在背景的事實，轉換成為令人驚奇的前
　　景，讓我們沉思社會生活裡平淡、無甚問題，且肉眼難視的一
　　些顯著奇蹟。如杜威想要表達的，傳播能引發我們針對不起眼
　　的活動產生驚嘆語境的能力……（Carey, 1992: 24；添加語句出自
　　本書）。

　　首先，所謂「日常生活」研究係自1950年代出現之新起研究趨勢，
迄今業已成為人文與社會科學領域重要研究面向。如Bruner（1990: 37）
所述，社會科學領域開始重視「日常生活」研究乃源自人類學家的自省：
「究竟不同文化之意識形狀（shape of consciousness）與經驗是否不同，以
致其產生了翻譯（translation）的困難」。

　　其後，社會學者如H. Garfinkel（1967）與心理學者F. Heider
（1958）也都相繼產生類似疑問，前者隨後提出了「常人方法學」
（ethnomethodology）之議，認為社會科學應以「日常生活」為研究對
象；後者則倡議「通俗心理學」（naïve psychology），並視日常經驗為研
究素材。

　　認知心理學開創者心理學者Bruner亦曾嚴肅討論「領域轉向」相關
議題，認為心理學以往過於耽溺於討論因果關係，反而忽略「心智意
義」如何受到文化因素影響，理應改弦易轍地關注「民俗心理學」（folk
psychology，又譯「庶民心理學」或「通俗心理學」），包括「心智的本
質與其過程、我們如何建構意義與真實、歷史與文化如何形構心智」等
議題（頁xi）；而這些都得倚賴「敘事方式」透過情節結構述說「生活行
動」（life in action）方能達成（Bruner, 1990: 45-6）。

　　近期則有賴玉釵（2010：280-1）書評介紹了日裔學者Y. Saito
（2007）所撰Everyday Aesthetics專書，強調「Saito相信日常生活經常充
滿美感體驗，但人們通常太視之為理所當然而難以洞察。Saito主張，人們
得發掘熟悉事物中陌生的部分（"the familiar" strange），方能擁有美的驚
奇，引發多個而暫時擬定的幾個臆測」。

　　但探究「日常生活」傳播行為較為深入之中文專著首推盧嵐蘭
（2007），其除回顧如從C. Lukacs, H. Lefebvre, J. Habermas, M. de

Certeau等一系列「歐洲日常生活理論家」外，兼及芝加哥學派之E. Goffman, H. Garfinkel等北美日常生活研究者，其所述可合併稱之「日常生活的社會學」。

該書（盧嵐蘭，2007）整理並連結閱聽人的媒介經驗與日常生活研究，包括閱聽人如何透過媒介使用，而伴隨「自我形構」、「自我指涉／他人指涉」、「認同建構」、「社群想像」、「社群建構」、「認識並批判媒介」等，堪稱詳盡並也深入。

而依張淑麗（2009：23），「日常生活研究」之方法學建制源自法國學者Lefebvre與de Certeau之貢獻，前者

> 　　將『日常生活』視為嚴肅的學術議題，將其『問題化』，從而建構了日常生活之理論框架，也開啟『日常生活研究』的濫觴。……並非客觀的分析『日常生活』的現象，而在於改造『日常生活』，使得『日常生活能夠擺脫庸俗、規律、慣性』。

但Lefebvre之「日常生活」討論常採批判風格，且稱其已成為「商品邏輯異化狀態」，de Certeau（1984）改以「理論性與經驗性」的紀錄方式關注「實踐」（使用）之途徑（引自Ouranus, n.d.）：

> 　　在受限於手邊材料的狀況下，日常生活得以表現出一種創造力：得以重新編排、重新使用，並再現出各種異質性的材料。甚至透過這種創造力，人們得以在日常生活中『反抗』天生的差異性：身體與它們操作的機器不同、傳統與被提倡的事務不同、慾望與主宰的原則不同。

簡單來說，de Certeau認為一般人雖受制於社會既定規範卻不因此就範，反而發展不同「戰術」以操弄這些規範，進而發展可供自主行動的空間，此即其透過「使用之道」所自產的文化（謝欣倩，1998：9）。

張淑麗（2008）認為，「日常生活研究」迄今業已發展出了幾種不同定義，或如前述之生活實踐方式、美學風格或是分析概念，如強調書寫

「城市」空間並視其爲「實踐場域」，尤其關心「城市漫遊者」、「商場百貨公司之櫥窗時尚」、「消費者」如何透過記憶書寫，從而呈現社會現代性的日常秩序與文化病徵。

這類書寫以及相關研究與以往之「國族論述」有異，也不同於「理念先行」之研究典範，因而「代表了學界對於『在地』文化的重視，也反映出學界對於『現代化』研究的反思，對於『全球化』論述的拆解」（張淑麗，2008：28）。

而在敘事研究領域，Ochs & Capps（2001）早即認爲日常生活的「說故事」行爲，不但反映了人們尋求「如迷」的生活經驗，並也有試圖安定生活之一貫性滿足（見該書頁底）。這些日常敘事常來自每日對談，有其共構本質，兼有社會科學與人文特色，與本書之旨契合。

延續上述有關「日常生活研究」之初步文獻說明，本章認爲「敘事傳播」的講述內容本屬日常生活場域，尤其「說故事」已如本章前引Bakhtin（見Morson & Emerson, 1990）之「未完成性」觀點，乃與每個講述者之生活有關，講述故事時「也都嵌入了活生生地【在地】情境」（Brockmeier & Carbaugh, 2001: 7；添加語句出自本書）。

又因每個人的日常生活裡永遠有尚未發現的可能性、尚未確認的需求、尚未完成的身分選擇，Bakhtin逕而指出，「所有現有的衣服【指故事內容】都太緊了」（引自Brockmeier & Carbaugh, 2001: 7；添加語句出自本書），暗示了講述故事所用語言永遠有不足之處，也有可資繼續延伸可能，據此才能顯現故事所具之人性形式而非追求理性之答案。由此可知，「敘事傳播」所欲傳達之標的並非僅是爲了與實際生活世界結合，更也爲了變身爲任何身分建構的「可能實驗室」。

整體觀之，本章延續前述Bakhtin所持「生活敘事語言豐富性」觀點，認爲「敘事傳播」乃日常生活隨處可見溝通行爲，每個人皆在「世界遊樂園」（the world as fun house; Bird, 2003: 173）透過講述故事而尋得樂趣、共享悲痛、相互砥礪。

或如Bruner（1990: 46）所稱，每則故事都有其可參照的普遍性價值邏輯且也包含了某些特殊信仰與行動，而所有符號互動（包括論述之無數

種類）也皆能透過講述與轉述而建構出美好的理性邏輯。而敘事之作用尤在提供如生活般地「逼真」（lifelike）框架，藉此促進真實生活裡之協議而避免對立立場之分裂與爭吵，其功能並非複製或對照語言以外的世界而是提供新的解釋。此點正是本章之旨意，即「敘事傳播」乃在描述、詮釋生活經驗而非反映真實（Bruner, 1990: 50），其內容或與真實重疊卻非一致。

第三節 情感與敘事傳播

在日常生活中，人們總是傳頌或擷取一些重大、傷心、開心的事情來相互溝通，無論嚴肅討論、休憩或聊天聆聽故事皆然。

敘事在此發揮了最大作用，透過參與各種類型之敘事互動如觀看新聞報導、影視節目、創作書籍繪本或與他人遊戲、聊天而調劑著日常規律生活。好的敘事此時不免如詩如畫，「在人的靈魂上產生了一種豐富的、幸福的或憂鬱的印象」（林國源，2008：19）。

由此來看，人與環境周遭持續發生的敘事互動不僅具有提供生活資訊之效，實也有生活趣味與情感連結作用。敘事使用的語言及符號正如琴鍵般地不斷敲醒著日常生活的公式與沉悶，偕同詩歌樂舞一起引介了人們的身心前往情感方向。

心理學長期以來關注理性智能，如記憶、邏輯與分析的功能以及視覺、聽覺、嗅覺等知覺系統的作用，也早已累積許多重要成果，唯獨「情緒」在1970年代後才有較多研究（安宗昇、韋喬治譯，1987 / Strongman, 1978）。不過，我們終也明瞭：「沒有情緒的心智根本不算是心智」（洪蘭譯，2001：31, 34 / LeDoux, 1996），乃因情緒是發生在人們身上的事情，「在思想與情緒的戰爭中，前者永遠是敗將」，因為人們大腦的設定總是偏向情緒（引自洪蘭譯，2002：153 / Carter, 1998）。情緒的認識、感受、琢磨與學習除了來自日常人際互動外，敘事傳播活動所塑造的情境也提供著重要的生活經驗。

一般而言，情感是感受到的情緒，而情緒則是身體的感覺。如上引洪蘭譯（2001 / LeDoux, 1996）所述，「身體的改變是直接跟隨著一個令人

興奮事件的知覺，基於這個改變所產生的感覺才是情緒」，如「高興」、「憤怒」、「害怕」、「快樂」、「愛」等情感，經常伴有生理反應如心跳、出汗、肌肉緊繃。

情緒是身體裡幫助生存的複雜機制，具有縝密的認知建構，透過對情境刺激的反應促使人們感覺到生理機制與情緒反應。這些可體驗到的情緒統稱「情感」，乃重要的社交工具，其目的「是引起別人相對應的情緒改變，使別人做出對我們有利的行為」（洪蘭譯，2002：131／Carter, 1998）。

Langer（1953／劉大基、傅志強、周發祥譯，1991）討論藝術哲學與藝術心理學時曾經提及藝術品與情感間的關係，真確地描述了日常生活的敘事情感。他認為，日常通俗敘事之主要作用乃在「傳播」，雖不必然提供美的鑑賞或進入審美經驗，卻涉及了符號與藝術的形式，屢屢是其所謂「情感的自發表現」。換言之，敘事顯示著說故事者的內心狀況，表現出人類情感賴以發生的社會生活，更也「表明了人們的習俗、衣著、行為，反映了社會的混亂與秩序、暴力與和平。此外，它無疑可以表現作者的無意識願望和夢魘」（劉大基等譯，1991：35／Langer, 1953）。

音樂、繪畫、文字等各種符號的最終意義，皆來自日常對生命的體悟、情感的抒發以及帶領敘事行動的情緒，因而敘事不僅是嚴謹而需要記憶的物理與生命科學知識，也是各種熟悉的情感符號，帶有意象、原型、遊戲趣味等議題。

理性主義的認識論脈絡下，仍然可見意識、感性的資料與觀察的事實共同作為主體的經驗。如傳統理性意識經典之語「我思故我在」（見下說明）並非心智的全部，乃因「我感覺故我在」同樣是心智的具體描述（洪蘭譯，2001／LeDoux, 1996）。而日常生活中的感覺與潛意識造就了獨特的個人感受，只有人類能將經驗中的現實轉換為動人故事，並以不同語言符號方式講述給其他對象，甚至將美麗與哀愁傳頌為生活事實與可能造就愉悅的心理體驗。

滕守堯（1987：69）指出，「你看那畫面上縱橫交錯的色彩、線條，你聽那或激盪或輕柔的音響、旋律。它們之所以使你愉快，使你得到審美享受，不正是由於它們恰好與你的情感結構一致？」因而情感表現不必然

是藝術表現卻是敘事的重要內涵，如同情緒是心智重要內涵一般。

敘事的創作與閱讀均與人類情感難以分割。汪濟生（1987：298-299）認為，人都是從自己的心靈出發去瞭解世界，但恰巧我們最不瞭解的就是自己的心靈：「人的主觀世界或心靈世界絕不僅僅是由理性活動組成的，它還包括感性活動。……神經系統中產生了對感覺的記憶力，理性能力才有了產生的前提。」

由此觀之，敘事中的情感表現若以情緒心理學來解釋遠較使用行為或認知心理學解釋為宜，乃因「情緒是一種不同於認知或意志的精神上的情感或感情」（安宗昇、韋喬治譯，1987：1／Strongman, 1978）。因而或可說情緒是個人主觀的情感，因其具有跨文化性而能普遍達到感染情緒的作用，如在演唱會、抗議集眾場合的煽動情感力量就屬其來有自。

敘事傳播的故事經驗經常透過感受、體會、頓悟而得，不一定全然運用著理性思維之推理結果，舉凡符號的象徵、美的形式與敘事智慧的洞察，多來自傳播雙方達成某種趣味或某種感受的構連：「記憶的黃金可以從經驗中汲取，但它必須在情感的流水中練洗。強烈的情感往往會蝕刻最深的記憶，就彷彿我們的心靈把情感貼在記憶上，藉以標示它的重要」（莊安祺譯，2004：150／Ackerman, 2004）。

總之，敘事提供著可感知的生命，「在人的生活中，只有那記憶中的期望中的感受，只有那些令人畏懼、令人渴望的感覺，甚至只有那些令人想像、令人回【迴】避的感覺才是重要的」（劉大基等譯，1991：430／Langer, 1953；添加語句出自本書）。人們意識中之情緒感覺與思想，均是大腦彼此作用後共同針對情境而運作的結果，而理性感性、情緒思想兩者也俱是工作記憶中潛意識系統運作的過程和結果，這也使我們需要在後續篇章（見本章第六節）繼續討論敘事「原型」之因。

第四節　遊戲對敘事傳播研究之啟示[2]

-- 人們只有完全符合『人』這個詞彙之意時方才遊戲，也只有透過遊戲方才成為完整的『人』（出自18-19世紀德國詩人、歷史學家、戲劇學者、劇作家F. Schiller之格言，取自http://izquotes.com/quote/164220）。

-- 早期大眾傳播研究整體而言，缺少對『玩樂』（play）元素的討論。我提議，無論社會控制與趨同選擇性（convergent selectivity）皆無法不注意它們涉及的玩樂成分，因而我們需要思考大眾傳播的玩樂理論而非訊息理論（Stephenson, 1967: 3；引號內文字在原文係斜體）。[3]

-- ……超過一億七千萬美國人是『遊戲玩家』，而一般美國年輕人在21歲前會花1萬小時在玩遊戲上。……那些從不玩遊戲的人未來將愈趨不利，反之玩家們將可利用遊戲的協作與激勵力量在自己的生活、社區與工作（McGonigal, 2011：封面與封底套頁）。

　　「遊戲」過去甚少受到傳播學者眷顧，本章第一節前引之Carey（1992）曾從「傳播即文化」視角，討論如何可從學術前輩與現代學者包括專研遊戲之社會學者Huizinga習得新的傳播研究視角。由是，本節與下節即可呼應Carey所言，分從「遊戲」與「儀式」切入與敘事傳播有關的文

2　本節受到台南科技大學多媒體與電腦娛樂科學系楊智傑教授以及佛光大學傳播系張煜麟教授引介與啟發甚多，專此致謝。

3　吳茲嫻（2008：8；注4）曾經引用Stephenson著作（1967）並譯其為「遊戲理論」，稱其「主張人們傾向尋求歡樂，趨避痛苦，傾向工作與娛樂混搭」。但觀其原文並參考the Play Theory of Mass Communication Knowledge Center之討論，play theory of mass communication譯為「遊戲理論」似有不妥，乃因其意在於「玩樂」，兩者之中文意涵略有差異。此處從「玩樂」而非「遊戲」（http://www.12manage.com/description_stephenson_play_theory.html）。

化創意議題。

如前章所述，每個人都是「說故事的人」，而在說故事之前也曾是「參與遊戲」、「參與儀式」的人，如希臘人早在啟蒙時期就曾忘情地沉醉於酒神儀式的狂歡祭典，年年以「羊歌」集體嬉戲。[4]Huizinga（1955／成窮，2004：ii）即曾從歷史角度指出我們是文化之「遊戲的人」，其對人類文明有著極端重要性。而「遊戲」不僅出自動物本能，其出現時機實較目前所知文化及文明歷史更為久遠。

根據Huizinga（1955／成窮，2004：1-2），傳統上人們多視遊戲為需要放鬆的休閒或是滿足模仿的本能，既可釋放日常繁瑣生活的多餘精力，也可培養年輕人準備未來的嚴肅工作，不但幫助人們獲得愉悅也完成在競爭中掌握主宰的慾望。由此，Huizinga（1955／成窮，2004）認為在遊戲過程中實多顯露著行動的意義與生命的需要，而「玩遊戲」亦不僅是生物現象與心理反射而已。

由以上簡述可知，遊戲實介於動物的本能與理性意識之間，其「非物質性」呈現了特殊意義，而「動物性」也因參與遊戲與儀式獲得愉悅之感而有異於機器。

然而多數理論在追尋著生物或功能的答案時，卻忽略遊戲的「好玩」部分，如Huizinga（1955／成窮，2004：4）即曾探問「遊戲的真正好玩之處為何」，乃因這種「玩」的概念才是遊戲的核心所在，能夠解釋為何孩子們總是樂於嬉戲、為何球場上總可聚集著成千上萬的瘋狂觀眾。

Huizinga認為（1955／成窮，2004），理性的人們參與非理性遊戲時實能自知「正在遊戲」（玩耍），此點已使遊戲具有深刻的研究意涵與重要文化意義，甚至可謂遊戲早於傳播、早於儀式也早於符號。依其原意，遊戲本是「玩耍」（playing）之意，也是玩耍的方式（gaming），曾被視為人生基本而原始的要素並也是文化起源，亦即人們必須透過遊戲方能解釋生命和世界（Huizinga, 1955／成窮，2004：28, 46）。因而若使遊戲風

4　「羊歌」（goat song）原指參與酒神Dionysus祭典儀式唱歌演戲的嬉戲，乃今日戲劇（尤指悲劇）之源頭（悲劇一字之英文tragedy一字即源自希臘文的trago，乃「羊」之意）。參見http://bjjtjp.com/article/341876525.htm。

行必得重視其「玩耍」部分，且要使玩家感到「好玩」。如2016年中開始風行之手遊「神奇寶貝遊戲」（Pokémon Go）即因要讓人「走出戶外」並與「外在環境融爲一體」而廣受歡迎（野島剛，2016：173）。

何況遊戲若是動詞時實與「玩耍」意思相近，而指名詞時卻是玩耍的中介或過程如「玩牌」、「玩球」、「玩賽車」；此處之「牌」、「球」或「賽車」是遊戲的種類，而「玩」遊戲則有其他意涵（見下說明）。

荷蘭人類學家J. Huizinga曾出版 *Homo Ludens* 一書（中譯《遊戲人》，見成窮，2004），描述著人類遊戲的文化行爲。Huizinga（1955／成窮，2004：3）指出，遊戲的趣味與好玩早年尚乏分析與邏輯解釋，因而他從英文、德文、法文、荷蘭文等字源，嘗試尋找「有趣味的玩耍」（playing with fun）同義字，結論是「明眼人都看得出，玩就是玩」。

Huizinga（1955／成窮，2004：5-6）曾用「嚴肅」（seriousness）作爲「玩」的反義字，結果發現很多遊戲實是嚴肅且有規則性；若用「笑」來做相似詞則又可發現有些遊戲對參與者而言並不好笑（如比賽），而那些好笑的遊戲（如荒謬的喜劇）卻也不具可玩性，最後他且集合了一些差不多的意思來表述「玩」這件事，包括：笑、蠢、機智、玩笑、笑話、喜劇等。Huizinga（1955／成窮，2004：7-12）認爲，遊戲既屬自願行爲亦有別於尋常行動，既有自己的時空之感也具秩序、美的傾向，可與緊張、規則、社群感等連結；此點在21世紀風行的諸多手機遊戲如Ingress, Pokémon Go等清晰可見。

由此，Huizinga（1955／成窮，2004：13）舉出「玩耍」的意思爲：「完全吸引著玩家的不嚴肅、自覺又自由的非日常活動。遊戲有其自屬時空規則與秩序而與物質或利益無關，經過假扮或其他方法集結出非一般世界所有的社群隱密。」[5]

Mortensen（2009: 15-19）曾經引伸Huizinga遽而認爲遊戲具有張力、

5　在Huizinga（1955／成窮，2004：32-35）心目中，遊戲與日常生活「不同」且有「超日常」性質，乃因其必須停止日常活動、以一種不當眞的方式來「喬裝打扮」，並在特定場所「演出」，此點或與本章所述有些出入。另外，本章所引Huizinga概念部分出自中譯者之序文。

冒險性、無效率、無產出，卻有目標並以遊戲器具為輔器。遊戲中既有競爭亦有合作，兼有為了個人好玩或對自己有益等不同功能，也有輸有贏。

Mortensen另採Salen & Zimmerman（2004: 79）歸納的遊戲意涵顯示多位不同作家之遊戲定義，包括以下幾個重要特質：玩家受遊戲規則限制；有目的或結局；牽涉了競爭、決策，是自願參加且非日常的安全活動、過程或事件；有遊玩輔具；非關利益；假扮（make-believe or representational）；好玩而讓人投入。Mortensen（2009）繼而介紹了電腦遊戲及其發展、遊戲特色和研究，但猶未將「好玩」之概念、成分或傳播意涵列為該書重點。

反觀Huizinga（1955／成窮，2004：32）在搜索了多國語言後提出中文「玩（wan）」字來解釋遊戲的核心概念，認為玩耍雖常跟孩童遊戲連結，但中文「玩」之「動詞」含有許多意思：「專心」、「愉悅」、「輕忽」、「頑皮嬉鬧」、「詼諧打趣」、「說笑話」、「嘲弄」、「逗趣」、「觸摸」、「檢查」、「嗅聞」、「撫弄」、「欣賞」、「把弄」、「醉心」皆是。[6]

Huizinga（1955／成窮，2004：75）也曾指出，從早期（希臘）文化開始「玩」這個跟孩童有關的字眼就兼有嚴肅與趣味，乃因其根源於儀式而允許了對節奏、和諧、改變、替換、對比、高潮等內在需求展示豐富的文化遊戲產品；總之，玩／遊戲的精神在於爭取榮譽與尊嚴，並也博得優越與美感。

另依洪漢鼎（1993：xi／Gadamer, 1965），德國哲學家H. -G. Gadamer視遊戲為對藝術經驗進行「存有論」說明之線索：「遊戲並非主體狀態，而是存有模態。在真正遊戲中，遊戲者達忘我之境，似乎並非某人在玩遊戲而是遊戲在玩某人。」

Gadamer對遊戲的看法（尤其是「玩」的部分）實較Huizinga有更清晰

---

6 Huizinga（1955／成窮，2004：32）認為中文的「玩」字不用於與技巧、比賽、賭博、表演對應之遊戲，但如中文之「『玩』吉他」、「『玩』石頭」、「『玩』命」等則也與「輸贏」無關，卻與「技巧」、「競爭心」、「表演慾」等相關，未來猶需深入討論。

的說明：「如同陶醉於遊戲中之兒童，並非自己在玩耍，而是遊戲本身在玩似的。於遊戲中，無主無客，為嬉逍遙；無敵無我，唯力流行。在遊戲中，抽象的規則必須在每一具體行動中實現，而且遊戲的過程中又生出規則」（洪漢鼎譯，1993：xi / Gadamer, 1965）。

　　較新文獻則出自1999年南美烏拉圭遊戲學家G. Frasca的會議論文，首次提及「遊戲學」（ludology）這個名稱，並延伸討論其與敘事如何可能碰撞出火花。

　　Frasca認為，即便許多人可能視「電玩」為敘事或戲劇的新種類，但事實上這些電腦程式與故事共享相同元素如「角色」、「連續性的行動」、「結局」、「布景」等，因而研究「電玩」實有助於延伸其「敘事」本質。

　　Frasca自承其首創之「遊戲學」（ludology）一詞出自拉丁文的「遊戲」（ludu），為了與「敘事學」（narratology）一致而以此凸顯其乃未來猶可合併「遊戲」與「玩遊戲」討論。實則「遊戲」的拉丁語意本為「規則」，可轉錄為文字並在不同玩家間傳達其意，也常被某些組織定義而廣受遵循（如NBA決定了職業籃球如何「玩」）。在Frasca眼中，這些遊戲規則實與敘事的情節頗為接近，兩者均涉及了如何進行的程序結構，如講述故事之順序即可類比於遊戲的「打『關』」。

　　Frasca另也使用paidea一字描述敘事的情境，藉以顯示遊戲如何「玩」，可定義為「一種恣意妄為的生理或精神行為而無顯著或特定目的，其唯一原因只是基於玩家的實驗樂趣」，一旦玩家確定了輸贏則就成了「遊戲」。

　　Frasca認為，如果ludu可以比擬為「敘事情節」，則paidea可視為「敘事布景或背景」（settings），乃因如何「玩」遊戲當視不同「環境」空間而定（在哪兒玩），如同故事事件發生的「時空情境」一般。

　　總之，在Frasca這篇重要著作裡首次揭示了「遊戲學」乃是從遊戲本身出發，進而研究遊戲定義、遊戲文化、遊戲設計、遊戲規律與遊戲現象的學科，其與敘事學有極多共通之處，因而透過敘事研究探索不同類型之遊

戲（包括電玩、手遊、數位遊戲）有其重要學理意涵。[7]

從以上文獻觀之，人類學與心理學領域多認為「玩」是具備內在動機的自願行為而讓人開心喜悅，這種行為存於兒童、成人與一些動物的日常生活，卻也有別於日常規律生活型態。

汪濟生（1987：139-140）所下結論，最能有力地指出敘事與遊戲的關係：在現今社會力力碌碌地發明機器以減輕勞動之刻，

> 人類卻從來沒有也不願意發明什麼機器，來代替自己從事遊戲活動。他既沒有發明跳舞機器來代替自己跳交際舞，也沒有以機器人來代替自己做打羽毛球運動，更沒有發明什麼看電影機器來代替自己欣賞電影藝術。而且恰恰相反的是，人類卻愈益衝向前面，要求更加近切地、實感地、綜合地、強烈地體驗遊戲活動的快感。

質言之，「玩」常透過「遊戲」之故事情節獲得愉悅或其他情緒，因而其所具特質即本節核心關切所在。除了Huizinga（1955／成窮，2004）曾提出玩遊戲的精神在於爭取榮譽、尊嚴並爭取優越、美感外，下節嘗試討論儀式之「玩」的意義，實因日常生活敘事仍須鑽研敘事情感以及具有好玩特色的傳播行動。

第五節 儀式與敘事傳播

日常戲劇形式的敘事如電影、電視劇、小說等，長期以來認為遊戲、儀式、表演、社會與人際傳播互動彼此相關，也以儀式、遊戲為戲劇最初

---

7 根據Simons（2007），許多後起遊戲學者並不認為遊戲學與敘事學有重疊之處，甚至認為「敘事理論如今不再適合應付新媒介的形式與格式」，因而呼籲新的典範，此即「遊戲學」興起之背景。為了區辨兩者，遊戲學者指控敘事學者過於「資本主義」取向、心懷「學術殖民主義」以及具有「故事拜物」傾向。但Simons此文則認為遊戲學者使用之辯解正好說明了兩者間有極多相似之處，兩者像是一場「零合遊戲」（zero-sum game）而無贏家。

起源。戲劇與電影的儀式性功能即含有娛樂和嬉戲玩耍的性質，與前節所引Huizinga（1955／成窮，2004）和Mortensen（2009）提示之「遊戲、玩耍」概念有值得對照之處。

　　而在傳播互動方面，前引德國哲學家Gadamer（1965／洪漢鼎譯，1993：xx）早即指出：「遊戲使遊戲者在遊戲過程中得到自我表現或自我表演：『遊戲的存在方式就是自我表現』。但是為了達到自我表現，遊戲需要『觀賞者』，『遊戲只有在觀賞者那裡才贏得其自身的完全意義』」（雙引號均出自原譯文）。同理，敘事只有在被讀者閱讀與觀眾賞析接收時才獲有自身完全的意義。

　　另依Brockett（1977: 5），人類學家常認為神話和儀式是社會互動重要元素，而其戲劇性的敘事行為本就源自原始儀式，因而其與神話、儀式共有以下三個與日常生活面向相關的祈求和滿足：「愉悅」（如食物、庇護、性、親族方面的祈求和滿足）；「權力」（如征服慾、耗費、膨脹方面的祈求和滿足）；「責任」（如對神明、部族、社會價值方面的祈求和滿足）。

　　戲劇表演的敘事行為與儀式極為相關，如Brockett（1977: 6）認為，戲劇與儀式兩者都透過音樂、舞蹈、語藝、面具、服裝、場面、表演、觀眾、舞臺等元素傳頌故事，且兩者之活動內涵均有生命節奏並也提供了愉悅的形式。對Brockett（1977: 5）而言，儀式：

一、是知識形式，用以解釋社會對宇宙的瞭解並定義人與世界的關係；
二、含有教育性質且傳遞文化知識與傳統；
三、有影響或控制事件的企圖，如追求想要得到的結果；
四、榮耀著超自然的力量，包括戰功、歷史、英雄、圖騰；
五、其景觀、重複形式、表演者技巧都使觀眾感到愉悅。

　　胡志毅（2001：24）另曾舉出三個儀式功能：「交流」（指通過儀式而讓參與者與神明交流）、「教育」（指透過儀式達到教育和教化目的）、「娛樂」（指儀式參與者在過程中宣洩壓抑的情緒，並從中得到娛

樂）；顯然，此些儀式功能同樣也都具現在戲劇表演與許多敘事活動。又據胡志毅（2001：24），戲劇與宗教儀式同樣「是集體情感與觀念溝通的關係」，兩者也皆「使人類能夠忍受自己的存在」。

雖然儀式與戲劇不相等同且兩者並不彼此替代，但戲劇與儀式在敘事表現時喚起的集體情感、交流溝通、窺視世界奧祕的功能卻頗一致。透過參與及觀看「作為儀式之一」的具戲劇性敘事，人們的靈魂從軀體中被呼喚，從而獲得精神的誕生與重生，誕生、重生因而也就成為戲劇表演、神話、儀式三者的重要內涵。如戲劇主神戴奧尼索斯（羊人潘）即有重生、慾望、恐懼、迷狂的情緒象徵（胡志毅，2001：27-32），而「重生」（獲得永恆）與「慾望」一向都是戲劇演出的重要主題，「情緒」與「狂歡」，則是戲劇與儀式祭典的重要形式；這種生命現象的「反覆」正是敘事傳播；活動眾多主題一再重複展現並轉述的基底。

戲劇人物的情緒與行動在戲劇情境中相互糾結並高度互動，恰也顯示了戲劇表演特別之處，即常以內容顯示人與周遭際遇相互牽引的互動關係，同時也反映了人在際遇中的行為節操、人性以及智慧的增長，正與敘事活動的一般內涵相仿。

敘事表演形式以及故事技巧經常導引觀眾透過悲劇或喜劇形式感知情緒，而正是這種情緒導引及宣洩的效果常使觀眾為之痴迷，進而成為戲劇、神話、儀式一般共享特定的宣洩情緒功能：「……參與者在參與儀式的過程中，使壓抑的情緒得到宣洩，而這種宣洩功能也是一種娛樂的功能……，它使生活中的衝突與協調，在社會與大自然環境中戲劇化」（胡志毅，2001：30）；換言之，唯有透過觀賞戲劇化的生活故事，觀眾之心靈方得以洗滌。

宣洩情緒達到的愉快效果出自希臘先哲Aristotle在《詩學》提出之「淨化」（catharsis）概念，其意在於人們必也透過戲劇的情緒經驗方能學習面對生命的極端傷痛或狂喜，且能理性而安和地回到日常現實，進而面對一己的真實遭遇（王士儀譯注，2003）。

胡志毅（2001：31）因而認為，戲劇故事是從儀式轉化的「有意味的形式」。他引述德國哲學家E. Cassirer之論指出，禮儀或節律莊重或粗野狂放都能使情緒宣洩，而戲劇淨化也是情緒釋放，激起人們重新追求淡然，

「這種自我克制在人們日常生活中是必不可少的」。

　　整體觀之，文學與戲劇等藝術活動都是釋放壓抑的最佳管道，甚至是現代心理諮商與戲劇治療（李百齡等譯，1998 / Landy, 1986；洪素珍等譯，2002 / Jones, 1996）、敘事治療（陳阿月譯，2008 / Morgan, 2000）的源頭，如民間節日慶典活動一向透過眾多儀式活動以達「娛人」效果，無論「搶孤」、「炸寒單」、「端午划龍舟」等皆是。

　　胡志毅（2001：32）因而認爲，

　　　　宗教活動中必演戲劇，娛神只是形式，娛人才是實質。中國的儺戲就具有『對生存危機與焦慮的解脫』的功能。有的學者指出，儺通過法師的語言和一道道繁瑣的儀程，將那種利用其他手段難以表達的心靈狀態一下顯得豁然鮮明起來。

　　　　儺通過歌舞和儀式提供了一種有秩序的詩人理解的感性形式和結構，這種感性形式和結構把那本來是混亂和不可表達的種種實際經驗表達了出來，從而將人們身體的痛苦與災難帶來的痛苦所造成的生理、心理上的緊張壓力和焦慮，朝著有利於他們的方向重新組織起來，由此他們緊張而焦慮的心理也奇蹟般地隨之鬆弛了。

　　另據S. Langer（1953 / 劉大基等譯，1991），符號或戲劇表演的形式賦予人類精神材料以一定的秩序。戲劇表演藝術出自對人類情感的服務，將人們的內在日常經驗與矛盾心理、錯綜複雜情感、思想與印象、記憶等透過發抒情感的音樂、舞蹈、語言等形式表現出來。

　　因而與戲劇性敘事相近之儀式性傳播互動或宣洩情感之表演活動，顯然均可啟動敘事者間的「一起玩」題旨，尤其日常生活的種種情緒壓抑皆可經由遊戲互動而減緩，在宣洩製造愉悅或憂傷情緒場合中調節生活步調並發抒胸中塊磊，藉由敘事傳播活動得到特別的安慰與快樂。

第六節　敘事傳播之故事原型

　　上節透過「情感」、「遊戲」、「儀式」等說明了敘事傳播之日常行為特色，而在故事來源層面上另有「潛意識」與「原型」，可用以解釋上述三者如何得與日常敘事行為有關。

　　如分析心理學的創始者C. G. Jung（以下皆稱「榮格」）曾從心理學臨床研究中質疑，是否有某些無意識心態被否定、壓抑或未被充分認識，甚至被投射到客觀世界的故事與幻想裡，而被視為病態的奇異、陌生與可怕，以致是否人們內心有著什麼事物希望與我們溝通？

　　他從病例的「幻想」與「夢」開始研究神話與宗教經典，藉此探討人類的心靈結構並提出著名的「情結」（complexes）潛意識（Stein, 1998／朱侃如譯，1999：3-6），繼而找到人們在故事結構層次的平行關係，並於1919年首次使用「原型」（archetypes）概念（Hyde & McGuinness, 1995／蔡昌雄譯，1995：61），假定了「集體無意識」（collective unconsciousness）的存在，從而造就其在文藝批評領域無人取代的學術地位。

　　「原型」累積自人類歷史、文學詩歌、宗教及神話故事。[8]榮格由前人

8　從榮格討論「內傾」、「外傾」、「思維」、「情感心理類型」諸多著作，可見其針對曾獲諾貝爾文學獎的瑞士詩人C. Spitteler所著詩集Prometheus and Epimetheus（1818年）的分析，講述聰明的普羅米修斯與其愚笨弟弟艾皮曼修斯，以及此二人與妻子潘朵拉的希臘神話。

榮格在該神話中發現了「母親」、「聖女」原型以及透過寶石渴望的更生象徵，其後又從印度婆羅門的梵歌和教義（《奧義書》）中指出，二元對立在心理層次的消弭與化解：「大梵不僅是一種心理狀態，而且也是一種過程，一種『創造的綿延』」（durée créative）；大梵即有與無、存在與非存在、有限與無限、實在與非實在。

榮格認為，心理事件有其規律，是秩序、規則、方向、命定、神聖習俗、正義、真理等「梨陀」，而「梨陀」以周而復始方式重複、再生。對榮格而言，體現秩序最典型的圖案是「曼荼羅」，梵文指魔圈和圓環，引伸為一切具有某個絕對中心的圖形如圓、正方形、球體等。

在宗教、藝術與夢中，「曼荼羅」以花朵、十字、車輪形狀出現，其結構則常顯示為四極傾向，存在於跨時空、跨文化、跨年齡的圖畫（滕守堯，1987：388）。

榮格另曾發現相同的「和解象徵」也寫在中國《道德經》（吳康等譯，1999：217-

書寫作品裡找到故事中眾多相同而重複的意象與象徵，繼而陸續推出「英雄」、「母親」等多個原型，藉此說明人類的普遍心理模式，從而開拓了全新的文化理論視野（蔣韜譯，1997：114-117, 159／Hopcke, 1989；吳康、丁傳林、趙善華譯，1999：179-205, 211-227／Jung, 1971）。

榮格師隨心理學家 S. Freud 的無意識學說，在性的「里比多」（libido）研究外[9]，也曾思考精神病的意象、夢的意象以及個人幻想是否有共同源頭，隨之發現人類思考與想像確有共通之處：「意象」有某些主題與要素且其不斷地以相同或類似形式反覆出現，如混亂與秩序的對立、光明與黑暗、上下左右等二元性，而二元對立物在第三立場的統合以及意象中的四元性（四邊形、十字架）、循環（圓形、球體）以及匯聚核心的過程等，亦是原型常見形式。

榮格從文學研究發現，敘事創作並非一般心理學所能解釋。透過分析歌德、席勒、尼采等人之書信與著作以及神話得知，他們的詩文中充滿「原始意象」（primordia image），而其永恆精神結構則來自「同類體驗無數過程的凝聚……，是不斷發生的心理體驗的沉積」（胡志毅，2001：12）。由此，榮格認為「原型」係以意象形式表現而為原始魔力、靈氣與情感模式，且其不斷規範著人們的知覺，使得人們在其日常敘事難以脫離原型的影響。

榮格另從 Freud 的無意識理論區分出「個人無意識」與「集體無意識」兩個層次，前者是個人被壓抑與被遺忘的記憶，集體無意識則「包含著為人類所共有的心理知見的基本架構，即原型」（蔣韜譯，1997：3, 119-120／

228, 234, 214-217／Jung, 1971）。

有關原型和集體潛意識之解析多蒐羅在普林斯頓大學出版之《榮格全集》第九卷第一輯（Adler, Fordham, & Read, 1949）。

9　里比多包括「本我」（Id）、「自我」（Ego）、「超我」（Superego）學說。「本我」是最原始的無意識心理，來自遺傳和本能慾望，既是尋求滿足的非理性衝動，也是「伊迪帕斯情節」（Oedipus，弒父娶母）、「那西瑟斯情節」（Narcissus，即自戀）、夢想、靈感之根源。而「自我」依知覺系統修改或壓抑本我，代表對理性與現實要求的需求。「超我」為超個人道德的心理層次，代表良知與自我批判的內心理想成分（胡志毅，2001：10-11），另可參閱蔡琰、臧國仁（2003）。

Hopcke, 1989）。

　　「無意識」概念最早出自17世紀英國神學家R. Cudworth[10]，是難以清晰意識或不能及時注意到的能量，也是使靈魂和身體結合為一的感應。依滕守堯（1987：381-382），18世紀啟蒙時代瑞士裔法國思想家盧梭（Jean-Jacques Rousseau）最早從情感方面探討無意識，從而注意到自己有種並非來自理性也非來自意志的自動情緒狀態。一些浪漫主義作家（包括歌德）接著異口同聲地表示無意識無所不在，他們在藝術創作中皆能親身感受到「強大的、隱蔽的，然而又具有積極的創造力的無意識活動的存在」。

　　榮格（Jung, 1971 / 吳康等譯，1999：568）則將這種驅動神話象徵的無意識稱之為「原動力」，而將基於無意識的原型解釋為：「與生俱有的心理領悟模式、潛意識心理的遺傳基礎、路徑之律則、有機體存在之經驗的匯集、原初意象、象徵的程式。」依朱侃如譯（1999：284 / Stein, 1998），「原型」為「想像、思想或行為與生俱來的潛在模型，可在所有時代和地方的人類身上找到」。

　　而以研究神話著名的Frye（1957 / 胡經之、王岳川編，1994：114）則認為，「原型即那種典型的反覆出現的意象。『原型』作為一個中心概念，往往指在不同作品中經常出現的具有穩定性的象徵、神話、意象等，它根源於社會心理和歷史文化之中，將文學與生活聯繫起來，並體現出文學傳統的力量。」

　　榮格認為，原型是某種遺傳下來的先天反應傾向或模式，是無意識中的某種力場或勢力中心。或者，原型是「理解的典型方式」，是「作為人類一分子所共同具有的心理認知與理解的模式」（引自蔣韜譯，1997：2 / Hopcke, 1989）。Stein（1998 / 朱侃如譯，1999：278）則曾說明原型是心理積聚的情境和處理情境的模式，而這些模式提供心靈結構意義的基礎，因而說明了敘事藉由原型而完成理念與溝通。

　　原型理論對敘事或創作的重要性在於它解釋了直覺與靈感。這種難以

---

10 劍橋大學哲學家與神學家（1617-1688）。生平見http://en.wikipedia.org/wiki/Ralph_Cudworth。

被藝術家說清楚的敘事依歸並不全然來自理性認知，也非每個人都具有的藝術創作本能。滕守堯（1987：379-380）即曾注意到好的創作似有規律可循，敘事作品「或是和諧對稱、或是充滿著生命的節律，或是體現著無法言傳的深刻含義」；現代藝術心理學家稱呼這種（藝術）意象形成的步驟和遵循的原則為「無意識」。

　　簡單地說，原型不等於敘事內容也不等於遺傳下來的思想，它來自於祖先的長期經驗而作為種族記憶或原始意象。原型可使人們易於領悟經驗世界，藏在無意識並以具體的象徵符號或形象出現於意識，也更浮現於敘事。

　　如榮格即曾指出以下十二個常見於敘事之原型，如：「自我」（Self）、「阿尼姆斯」（Anima/Animus）、「母親」（Mother）、「父親」（Father）、「智慧老人」（Wise Old Man）、「惡精靈」（Trickster）、「處女」（Maiden）、「聖嬰」（Divine Child）、「陰影」（Shadow）、「面具」（Persona）、「英雄」（Hero）、「合體」（拉丁文之Coniunctio）等（蔣韜譯，1997：75-133 / Hopcke, 1989）。此些原型以各種方式組合出個體的日常敘事經驗，但經驗對個體的正面或負面影響及後果則不論及。

　　除了上述原型外，Bodkin（1934）也曾發現文學與戲劇之戀母情結、天堂、地獄原型以及魔鬼、英雄、神明形象等。而Frye（1957 / 胡經之、王岳川編，1994）繼而討論周而復始的再生原型，並進而觀察到神話的基調約分五種，分別是「天堂」、「地獄意象」、「天真」、「理性」、「經驗意象」，彼此可以變形及轉換，並以七種反覆生死交替的模式出現在敘事裡，包括神的世界、光的世界、人的世界、動物世界、植物世界、文明社會、水的象徵與其各種形式之反覆交替。

　　Frye（1957 / 胡經之、王岳川編，1994）接著將故事主題的反覆歸納為「傳奇」、「喜劇」、「悲劇」、「反諷」等四類原型以及相對應的四種主人翁類型原型，如：傳奇的主人翁優於他人如神或英雄；喜劇主人翁是與我們類似的普通人；悲劇主人翁優於他人但無法超越處境；反諷的主

人翁劣於一般人的能力或智力。[11]此四類原型按著四季發展，而循環於死而復活之神話，如春（喜劇、牧歌）、夏（神話、傳奇）、秋（悲劇、輓歌）、冬（反諷），也在文學歷史依序產生、反覆出現。[12]

部落客「踏雪無痕」曾引伸Frye之類型原型為：「神話（原型）運動的方向：喜劇對應於春天，述說英雄的誕生或復活；傳奇對應於夏天，敘述英雄的成長和勝利；悲劇對應於秋天，講述英雄的失敗和死亡；反諷對應於冬天，敘說英雄死後的世界」，而如死亡／復活、成功／失敗等主題理應受到敘事重視。

從以上文獻所述或可推知，「自我」、「聖嬰」、「父親」、「母親」等原型，實也關係著敘事的不朽題材「親情」；而「英雄」、「處女」等原型則描寫著故事裡的「愛情」；至於「阿尼姆斯」、「陰影」、「面具」、「智慧老人」、「惡精靈」則關係著故事裡的「人際關係」。

榮格的原型理論有其心理學根源，與兒童隨年齡增長發展的心理過程之人格形成有重疊部分，但發展心理學或人格心理學[13]都不全然解釋榮格的「心靈」或「原型」。從敘事角度而言，榮格的原型理論納入了故事背後非文學的泛文化內容，包括神話、儀式、夢、幻覺。前兩者（神話與儀式）是人類自身的起源與歷史，也是信仰與邏輯寄託所在，而後兩者則潛藏著生命精神層次的奧祕，往往滲入生活敘事於無形。但不論正式的文學詩歌文本或敘事的其他泛文化類型，榮格原型理論集結起故事文本與個人無意識、集體潛意識間的關聯（胡經之、王岳川編，1994：111-113／Frye, 1957）。

另一方面，由榮格建立的「分析心理學」（analytical psychology）則

---

[11] Bodkin（1934）曾經發現下列原型（見底線所示），如the Oedipus complex, the rebirth-archetype, the archetype of Heaven and Hell, and images of the Devil, the Hero, and God. 參見http://en.wikipedia.org/wiki/Maud_Bodkin。相關研究另見鮑玉琴（2008）。

[12] 相關臺灣研究見馮建國（2001）。

[13] 發展心理學如J. Piaget曾經提出theory of cognitive development，觀察幼兒隨年齡發展之心理及行為階段。人格心理學旨在研究一致的心理特徵如外向、內向、開放、神經質等，如Freud A. Bandra, A. H. Maslow, E. H. Erikson都是重要研究者。

提供了批評故事的基礎，允許身處現代社會的人們從自我反身去尋根，也允許人們從敘事現象的表層去理解深含其中的遠古記憶或神話。[14]

第七節　本章結語：敘事傳播之真諦

-- 所有事物裡，傳播最為美妙（Of all things communication is the most wonderful; Dewey, 1935: 385）。

-- 直到最近，多數男女大眾總是被阻絕於、或無法接近、或無趣於被機械複製，而超越【所住】村莊與親屬圈子的傳播科技。……對大多數人來說，傳播工具昂貴、遙遠、無趣也無關。……但如此工藝性的延伸與安置無法擺脫歷史以外的古老本能與必需品，即嚴格說來具有人類學【意涵】的儀式與敘事（Carey, 1992: pp. 1-2；底線與添加語句均出自本書）。

　　自上個世紀以來，知識分子往往在混亂無序、缺乏意義及目標的時代慨嘆訊息交流中的知識、美感崩壞。但榮格（1971／吳康等譯，1999：91）卻認為，「象徵」（尤其藝術活動傳遞之象徵）對靈魂有積極轉化作用，且人類存有兩種必然，即「自然」與「文化」：「我們不僅僅是我們自己，我們必定同別人發生聯繫。」

　　「傳播」這個概念原就含有與人聯繫、互動之深邃內涵，如前引傳播學者Carey（1992）稍早發展的「傳播即文化」觀點，就曾視其為「分享」、「參與」、「連結」、「共同擁有」或「共用信念之再現」，包含「共同性」（commonness）、「共有」（communion）、「社群」、「溝通」等彼此相互歸屬的概念（譯名出自徐國峰，2004：12）；傳播無法脫離與人互動，乃因其是「人際友誼」與「社會關係」的基礎（Carey, 1992: 22）。

---

14 神話（mythos）希臘原文之意是想像的故事、敘述或情節，可參見胡志毅，2001：35。

　　惜乎傳播領域早自發軔之始，就陷入了如上引Carey所稱的「工藝性的延伸與安置」（見上引底線），將複雜的人際互動流程簡化為訊息的發送、傳達、阻絕、控制與效果，因而喪失了其與「人」的直接關聯（參見本書第二章）。

　　更源於傳播研究的實證導向一貫地追求客觀、中立、正確，而摒棄與人際互動直接相關的情感、情緒、經驗敘事等概念，傳播領域發展多時以來已漸與「人性」、「生命意義」無關，更與「人」及「生活世界」脫離（臧國仁、蔡琰，2013）。

　　本章之旨就在延續前章所述，從日常生活所見的幾個傳播元素出發，延伸歸納出敘事傳播的情感底蘊，強調除了傳統資訊導向的傳播行為外，傳播實也涉及了以情感為主的說故事交流互動。尤其是好故事的交換與分享多具體表現在「遊戲」與「儀式」等敘事活動，也都奠基於心理學者多年來持續探索的「原型理論」。

　　總之，本章強調敘事傳播乃日常生活可見之人際互動，既無須受制於科技，也無須透過任何大眾媒體即可傳達並互通有無，每個人、每個時刻都在生活世界裡講述自己的故事、傳頌他人的故事、緬懷歷史也眷顧未來，彼此的生命經驗因而得以交換，而人生傷痛的歷練、醜陋的真相與美好的意義也藉此獲得抒發。

　　在此互動歷程中，傳播者（說故事者與聆聽者）即「以平等、共有、共享、意義共構方式彼此激勵，各自從其生命經驗／記憶裡抽取有趣、美好、值得與對方分享之情節共同營造情境；真實與客觀不復彼此唯一關心的傳播目標，如何達成『好的講述與聆聽理由與內容』方是」（改寫自臧國仁、蔡琰，2013：193），此即「敘事傳播」之真諦。

第九章

結論與反思：敘事傳播之未來
展望——再論以「人」爲本的
「說故事」傳播行爲

第一節　概論：回顧有關敘事學意涵的學術論辯

-- 敘事學元老普林斯的說法很具諷刺含義：『用「敘事」代替「解釋」或「論辯」，是為了聽起來更具有試探性；用「敘事」代替「理論」、「假定」或「證據」，是為了聽起來不那麼科學死板；用「敘事」代替「意識型態」，是為了聽起來不那麼妄作判斷；用「敘事」代替「信息」，是為了聽起來不那麼獨斷』。因此『敘事』成了萬能代用語；應當說，這是一個很敏銳的見解，但是某些基本術語成為通用語，並不是壞事。某些研究詩歌的學者認為這個局面有點不合理，因為強調故事性，詩歌就更加邊緣化了。某些文字只是說『敘事轉向』可能過分了，例如：2000年索特維爾提出了『反對敘事』；2004年阿特金森認為醫學中的『敘事轉折』轉進了一條死胡同等。甚至敘事學家費倫都承認，有可能已經出現了包打天下的『敘事帝國主義』（趙毅衡，2009b：90）。[1]

　　本書撰寫「結論」章節之刻，兩位作者正巧拜讀了上引四川大學敘事學名家趙毅衡教授稍早所述，心中頓感不安：難道「敘事學」近幾年的蓬勃發展業已產生了如其所引之「反對敘事」與「敘事帝國主義」（narrative imperialism）學術論辯，而其意究竟為何（可參閱本書第二章第三節有關「敘事典範」之討論）？[2]正可藉由本章深究「敘事傳播」研究未來勢將何去何從。

1　趙毅衡之原文均採「敘述」一詞，本書改為「敘事」以與本書所述一致

2　本章以下將專注於檢索「敘事帝國主義」，而無意深究「反對敘事」。根據趙毅衡（2009b）所列文獻，「反對敘事」（counter narrative）出自Sartwell（即趙氏所譯之「索維特爾」，2000：10）但其未曾詳述，而另依Bamberg & Andrews（2004），「反對敘事」之意乃相對於「主要敘事」（master narrative），如在某一特定時空環境出現大眾較為接受之「主要敘事」，與其立場或框架相異之述說就是「反對敘事」；由此觀之，「反對敘事」一詞若改譯為「對立敘事」似更貼切。

一、Phelan 與 Eakin 之論辯

實則上引趙毅衡教授所言之學術論辯，出自美國Ohio State University 敘事學者費倫（J. Phelan, 2005）主編之《敘事》（*Narrative*）學術期刊第十三卷第三期「主編專欄」（Editor's Column）以及隨後由P. J. Eakin提出之回應。簡單地說，Phelan（2005）抨擊了Eakin（2004）稍早提出的「敘事認同」（narrative identity）論點，認為其說已將「敘事」概念講得彷彿無遠弗屆，有如「帝國主義」般地恣意擴張了學術主張。Phelan（2005: 206；添加語句出自本書）如此批評：

> 這個源自敘事轉向現象之【敘事認同】論點有其重要性，乃因其屬我以『敘事帝國主義』為名之一例，出自敘事學者指稱該領域持續擴張後，已讓學習對象及學習方式皆較前更為有力。
>
> 此一擴張主義的動力【雖】其來有自且理由充分，實則敘事以及敘事理論皆曾有助於這個新領域的形成。但如其他殖民例子所示，敘事帝國主義無論對被殖民者或殖民者皆有負面影響，不但貶抑了被殖民領域的現有眼光且也延伸了敘事概念，以致我們忽略其原有之獨特所在，進而導致解釋現象時過於簡化。

而Eakin（2006）回應時，則好奇為何此一以「敘事」為名之學術期刊（1993年創刊）主編如Phelan教授卻狹隘地認為「敘事」之意僅是「文體形式」（literary form(s)），而未曾積極地與社會、認同、身體等新起概念連結。Eakin認為，上述「敘事帝國主義」一說忽略了敘事之本質應在建構社會互動並與人們有所連結：「⋯⋯或可謂，我們每個人都建構並生活在敘事裡，而其就是我們，我們的認同（identities）」（p. 180）。

Eakin隨後（2006: 185；底線出自原文，添加語句出自本書）借用英裔美籍神經醫學敘事研究者Oliver Sacks之言強調：「我們，每個人，都有一個生命故事，一個【屬於我們的】內在敘事──其連續性、其意義，<u>就是我們的生活</u>」。文末Eakin（2006）再次解釋，「敘事豈僅具有語言功能，實則深植於我們的身體。」

有趣的是，Eakin（2008: ix）兩年後續將其所論之「敘事與認同」改以專書形式出版，強調「敘事並非僅是我們所說、所讀或所創，而是我們自覺認同的重要部分」，由此進一步闡釋了其所認定之敘事概念核心意涵：「敘事並非僅是文學型式，而是我們生活經驗的部分組合……。敘事也不僅有關我們自身，而是建構自身的複雜成分」（Eakin, 2008: 2-3）。

二、Brockmeier & Carbaugh之解析

事實上，有關「敘事」與「認同」之連結早在同一時期由Brockmeier & Carbaugh（2001）編著之專書即已定調。兩位編者認為，「敘事」與「認同」領域過去分屬不同知識探索範疇，亦曾借用不同理論進行研究，彼此卻意外地少見來往。如心理學門曾常加探討人之本性如記憶、心智、個人如何與故事連結（參閱本書第六章第六節Sarbin之「想像即（敘事）行動」），而文學理論或文學批評（此即前述Phelan所持立場）則曾深究敘事語言之故事本質，兩者卻多忽視對方之存在。

如Brockmeier & Carbaugh（2001）所稱，敘事學之研究傳統（1960年代～1970年代）係從結構主義入手探討書寫文本之結構（參見本書第四章），尤常檢索虛構文學與小說的故事特性。如今則早已邁向「跨領域取向」（transdisciplinary approach；見本書第七章之討論），眾多研究者持續說明敘事文本不僅由語言／文字構成，並也由任何依故事線所組織之符號系統（包括視覺、聽覺以及兼有靜態與動態之3D符號系統）建立如下活動：舞蹈與運動事件、有回憶性質的人工造物如紀念堂與博物館陳設、社會儀式如喪禮或公共典禮、其他文化現象如流行與景觀設計等。

Brockmeier & Carbaugh（2001: 6）也曾廣泛地引述其他敘事研究者尤如Labov & Waletzky（1997／1966）之觀點（見本書第四章所引），強調該文深具民族誌學、人類學、社會科學、應用語言學等內涵，「不但指出研究日常傳播及非虛構敘事形式及類型的方向，並對有關虛構敘事的研究影響重大。也由於此篇論文，虛構與非虛構敘事間的明顯界線從而模糊，使得早先二元論及雙向論（binarism）所建立的差異無關緊要。」

Brockmeier & Carbaugh（2001: 7）另也將敘事研究的「多義」

（polysemic）與「多聲」（multi-vocal）特性發展歸功於M. Bakhtin，認爲其對杜思妥也夫斯基小說之分析超越了傳統文學理論或語言哲學的領域，從而帶領了敘事分析之「多聲性思維」與「對話式自我」等新概念。尤以Bakhtin習以tropes（指多元語言的形式）一字來形容生活敘事的語言豐富性，指稱每個敘事之「自述」都與生活有關，且說故事者所述多爲其個人經驗或聽聞而來之他人體驗，因而其所述也常嵌入生活情境，兼有互動與溝通、企圖與幻想、模糊與不明，一旦觸及不同情境則無時不有下個及另個故事可資講述。其言足可凸顯「生活敘事」的動態特性，使得敘事研究一舉突破傳統研究對象（故事文本）所限，而與日常生活連結（參見本書第八章）。

　　Brockmeier & Carbaugh（2001）認爲，這個觀點指出了故事講述係在「實際經驗」與「未來預期」間不斷來回，最後成爲開放且「無結束」[3]的文本，乃因其在眞實與虛構間不斷選擇更多意義、更多身分並也形成更多解釋，故事表達之情節甚至遠逾生活實境。此尤意味著生活故事之述說雖也「屬實」卻難驗證，因而唯有「說／演／寫得像是眞的」方能超越眞實與虛構之鴻溝而取信於人；此即虛構文學如小說常引人入勝之因，但紀實報導何嘗不是。

　　由此可知，傳統敘事理論之研究範疇早在上世紀1980年代以降即已觸及了對不同社會文化活動的興趣，嘗試脫離早期奠基於結構主義之諸多觀點，且不復受限於不同規則、深層結構、句法、二元論等桎梏。

三、敘事學之「跨領域取向」

　　是故上述學術論辯並非意外，實則代表了兩個研究取徑／典範間的學術論辯（參見本書第二章討論）：一者係以上引Phelan爲其代表，迄今堅持敘事研究之對象乃是透過語言或修辭所呈現之靜態文本，並以文學作品如小說爲其主要研究對象，關切任何故事之內在結構呈現方式（參見本書第四章）。

3　「無結束」之意與本書第八章第一節注1「未完成性」之意相同。

　　另者則貼近上引Phelan所稱之「敘事帝國主義」思維，研究者如Eakin或Brockmeier & Carbaugh多延伸其觸角並形成前章所稱之「跨媒介敘事」傳統，持續走出文本之限而形成了「互媒」、「互文」、「多媒」等新起特性（見本書第三章），多視故事為講述者與聆聽者相互參與、積極互動之動態內容，與講述時之心智、時空情境、社會文化皆有交流，其複雜程度顯非傳統（古典）敘事主義者如Phelan教授所能想像遑論接受。

　　由此可再引上述趙毅衡教授另篇論文（2010），其亦認為敘事研究早已無法回到如Phelan教授習以認定之小說作品結構模式，故而倡議改以「廣義敘述學」或「新敘述學」[4]為名，以能含括不同類型之敘事研究。趙毅衡認為，「……不論自稱後經典敘述【事】學，還是後現代敘述【事】學，還是『多種敘述【事】學』（narratologies），都必須迎接這個挑戰，……為涵蓋各學科中的敘述【事】，提供一套有效通用的理論基礎，一套方法論，以及一套通用的術語……」（頁150；英文出自原文，添加語句出自本書；另可參閱傳修延，2014）。

　　尤為重要者則是調整敘事的傳統定義，如「敘述【事】的默認時態是過去時【式】，敘述【事】學像偵探一樣，是在做一些回溯性的工作，也就是說，現實中已經發生了什麼故事之後，他們才進行讀聽看」（趙毅衡，2010：151；添加語句出自本書）。換言之，傳統敘事研究總是認為要待事件發生後始有述說文本，如此也才能視其為故事內容，因而如「戲劇表演」就因屬「臺上正在發生」之述說，而多被排除於傳統定義之外。

　　趙毅衡認為如此侷限乃因敘事研究之早期觀察對象，係以小說或文學作品為主，必得先有文本述說始得展開探析。但此刻如影視新聞、電子遊戲、體育賽事現場轉播，甚至直播等新興傳播類型不斷推陳出新之刻，具有「絕對現在」特質的述說形式早已成為生活常態。因而「新敘事研究」的首要之務，恐就在拋棄來自對敘述時態的狹隘觀點，回到如本書宗旨以「人」為本的說故事立場兼容不同時態。

　　趙毅衡之說法恰與另位敘事名家D. Herman一致。其曾與Phelan同在美國Ohio State University英語系執教多時，早在上世紀末期即已提出「後經

4　「新敘事學」一詞出自馬海良譯（2002／Herman, 1999）之中譯書名。

典敘事學」（postclassical narratology；見馬海良譯，2002：2／Herman, 1999）一詞，籲請研究者「走出文學敘事」以期展開「對結構主義敘事學之反思、創新與超越」。[5]

其後Herman於2009年另行推出*StoryWorlds: A Journal of Narrative Studies*學刊，旨在「發表當下跨學科敘事理論的研究成果」，而非「聚焦於某個學科或僅以某種敘事類型」。該刊認為應從不同面向探究故事內容，如「面對面的交際互動、文學寫作、電影和電視、虛擬環境、編年史、歌劇、新聞、繪圖小說、戲劇、攝像」（引號內文字出自尚必武，2009），其關注之敘事內涵顯較Phelan擴張甚多。

而Herman（2013a: ix）近作更曾試圖連結敘事與認知科學以能回答「人們如何理解故事」，而「人們又如何使用故事理解世界」等議題，採「跨領域」模式討論敘事理論如何得與認知心理學、語言學、符號學，甚至人工智慧與傳播理論等社會科學與人文學科領域接軌，並以「個人」以及「個人與環境互動」為其研究核心，自稱此為「敘事創造世界」（narrative worldworking）觀點（Herman, 2013a: x；參閱Herman, 2013b），創新程度顯與Phelan大異其趣。

Herman（2013a: 333, ft. 1）認為，早期敘事學家大致延續了瑞士語言學家F. de Saussure的語言學傳統，而後進學者則普遍關注如何建構不同符號系統以與生活經驗有所關聯。Herman延續了新的傳統認為，敘事之主要功能就在建構並探究生活世界。

而在另本專著中，Herman（2009）再次強調敘事研究之發展早已超越由結構主義者奠定之文本取向，進而關注「說故事者」如何述說生命經驗、如何建構生活、如何與言說情境互動，重點仍在強調「人」是說故事的主體，分以個人或社會溝通途徑展現具有故事性的人生。尤為重要之處則在於，每個故事之講述歷程總也涉及了親身經歷之「自述」，透過互動雙方交換各自生活體驗從而轉換其為「故事」，並在述說歷程中重建彼此之社會（人際）關係；此與本書強調之「以人為本」之敘事傳播理論若合符節，尤與第二章所引之諸多敘事傳播理論相近。

5　此句引號出自馬海良譯（2002／Herman, 1999）之篇名與書底說明。

　　由以上所引不同所述觀之，顯然跳脫文本所限而逕與其他領域接軌，早已是諸多敘事研究者之共識，其皆重視說故事者如何透過不同「媒介」（如大眾媒介）並以不同「媒材」（如語言、符號、圖像、影音）講述生命故事，且在講述過程中嘗試與聆聽者交換情感，進而連結生命經驗甚至形成「世界化故事」（worlding the story；見Herman, 2013b: 179）與「故事化世界」（storying the world；見Herman, 2013a: xi）等取徑，[6]此當也是敘事傳播研究亟待整合並持續探究之方向。

四、由學術論辯反思「敘事傳播」研究

　　整體觀之，本書所言之「敘事傳播」著眼點就在於提出「以人為本」之不同典範內涵，以期改變、替代、調整傳播領域自發展初期迄今慣用之「資訊論」或「數學模式」（the mathematical model of communication；見本書第二章），乃因古典傳播理論一向受制於其實證主義之淵源以致自始就僅關注如何達成「溝通效果」，並僅強調「客觀」、「中立」、「正確」與「理性」等信條，而不介意溝通雙方如何傳遞情感或如何相互交流，多年以來早已影響傳播學門愈形僵化，「人味漸失」並與生活世界脫離（見臧國仁、蔡琰，2012）。

　　此時提出「以人為本」之敘事傳播論點之因，乃在提醒研究者與教學者回到傳播行為原就具有之情感本質，更也當強調「守住『人≠機器』這條底線」（傅修延，2014）之重要性，藉此凸顯敘事傳播之旨乃在促進日常生活之人際互動，進而建立社會關係。

　　但此項工作不易，乃因傳播理論發展迄今分支眾多，一般研究者或已無視於傳統傳播內涵之剛性作用。舉例來說，本書第二章改寫、投稿學術期刊時曾蒙匿名評審如此評議：「……有關傳播研究的典範轉移問題，經

6　Herman（2013b: 179）曾如此定義「世界化故事」：「利用文本線索或能供性（affordance）以探索故事世界（storyworlds）的過程」或者「敘事乃詮釋對象」（p. 179），而「利用故事世界以理解經驗，尤其某些特殊行為的過程」或者「敘事即理解（sense-making）之源」（p. 182），則是「故事化世界」之意。

由傳播學界這幾次的深入討論，<u>幾已定案</u>，望眼當今各種傳播期刊或學術論著，對此一已經定案的學術觀點，有如Kuhn（1962）所言，早已歷經傳播學界典範轉移，而且成為傳播學界的科學社群共識，已經不必再花時間在這些早成定論的舊常識，應該著眼於未知、尚未定論的知識討論」（底線出自本書）。[7]

這位評審之言值得討論：其一，「典範」之原意乃在隨著時代變遷持續出現「後起之秀」（程樹德等譯，1994／Kuhn, 1962；見本書第二章），因其常與主流觀點良窳互見而需不時檢討，應無「定案之學術觀點」（見上引底線處）？其二，其未說明傳播學界的「社群共識」為何，實則任何研究者均需針對時代變遷而尋找新的傳播定義與詮釋，「共識」恐正阻礙了學界的前進與跨步。實際上，受到媒介匯流之影響，傳播學術內涵正遭逢了奠基以來僅見之重大衝擊，此時才正當是集合學界眾人之力釐清並圖改造內涵之刻，引進「敘事傳播」新議當有助於擴充原有領域範疇以能適應世紀新局。

總之，本書之旨乃在提倡「以人為本」之敘事行為，觸及了與前不同之傳播理論途徑，係以「說故事者」為其主體所在，透過不同媒介與媒材之故事講述歷程而與他人建立關係，進而展開互動並展現理想生活。

第二節　敘事傳播的未來 ── 以故事「再述」與「延展」為例

延續前章所述，敘事傳播之內涵不僅在討論文本結構而也應廣泛地與其他傳播相關變項連結，探索以「人」為本之說故事行為究竟如何得與自身、人際關係、社會行為持續互動，進而產生共享的美好生活。

7　該評審之意見尚有（添加語句出自本書）：「事實上，有關這個【大眾傳播研究典範轉移的】議題，早在1983年，就曾出專刊討論過，國內傳播學界也有許多論文提出反思和檢討，十年後1993年，又再舊話重提、專刊再討論一次，國內也再度有所回應」。前者（1983年）指美國 *Journal of Communication* 第33卷第3期由主編G. Gerbner推出，並以「領域之發酵／騷動」（ferment in the field）為名的專刊。十年後（第43卷第3期），該刊以「領域之未來：分歧與聚合」為名重新討論亦皆曾廣獲重視，至今猶常受到傳播學界延伸討論。

除上節所談之定義與淵源外，另有故事「再述」與「延展」等概念值得在本書結尾提出以爲未來討論之用。

一、故事之「再述」

本書第二章曾經略述如河馬與象龜之事件如何得與小女孩結緣而一再轉述，進而成爲跨媒介與跨媒材敘事傳播現象，此類現象實無時不有，即如近例如下：

> 作家李昂代表作『殺夫』轟動一時，……李昂日前透露，『殺夫』其實取材自上海真人真事。她從白先勇借給她的上海憶舊書籍《春申續聞》中讀到、引發靈感。真實版的『殺夫』，結局卻好過小說版『殺夫』。……李昂近年到上海查訪歷史，發現詹周氏出獄後再嫁，也有後嗣；而對岸則有意根據《春申續聞》，把『詹周氏殺夫』搬上銀幕（陳宛茜，2016，標點符號從原文）。

上例顯示，一則「詹周氏殺夫」之眞人眞事經由紀實報導者寫入《春申續聞》後，續由小說家李昂接手改編爲虛構故事之小說體，復因得獎（《殺夫》曾於1983年獲「聯合報中篇小說首獎」）而家喻戶曉，多年後則因書商有意重新出版而經《聯合報》再次報導並重新引發重視，未來猶可能改編爲電影而持續其（故事）不斷流傳之歷程。如此從眞實報導到虛構文學，再經紀實新聞刊載而後可能轉爲電影題材的過程，與本書第一章所述個案「如出一轍」，足可顯示「故事再述」本就是敘事傳播之重要形式，日日皆有且時時可見。

實則「再述」最常爲第一人稱所述，亦即當事人在家人、朋友、社會組織中「口述」或「重述」個人經驗之開始、中間、結果歷程，具有困境、衝突、時序與因果等不同組合（Ollerenshaw & Creswell, 2002: 332）。而在敘事研究，尤常由研究者蒐集多篇前人經驗之述後整理爲故事形式，復依時序「再故事」（storying the story；見McCormack, 2004）爲

分析文本（見上例），進而視其「如實敘述」或個人經驗之再現，此即前章曾經論及敘事活動本質早已超越「真實與虛構」界限之由來。

另如傳播學者W. B. Pearce（2007）發展經年之「意義協調管理理論」（coordinated management of meaning，簡稱CMM理論），就在處理故事講述之意義與人際互動間的關係，值得引介。簡單來說，Pearce（2007: 132）認為人生本如「經驗之流」而由不曾間斷之事件組成，若要講述這些人生經驗非得有賴將有頭有尾之序列「情節片段」（episodes）組成故事方得闡釋其意。換言之，Pearce認為人生經驗需要透過「故事講述」始能與人溝通互動，且講述愈多故事則愈能與真實人生連結，也才能鼓勵講述者往前邁進，以期尋得新的人生意義。

然而講述故事非如早期敘事心理學者（參見László, 2008之回顧）所稱，僅係單純地從說者認知檢索片段並隨之表述，實更也是講述者個人經驗之「再建構」（re-construction）與「再描述」（re-description; Pearce, 2007: 228），考驗著聽者與說者能否擁有相同「情境」，可簡單定義其為「行動發生的時空參考架構，具有多層次意義特性且彼此相互銜接」（見Littlejohn, 1989: 124）。

由此，Pearce認為故事情節之講述乃「協調之行動」，需要說者與聽者先行取得具有共識之時空情境始能產生連結，進而建立雙方互動關係並彼此溝通，而此關係回頭又成為了彼此溝通之新的「情境」，周而復始（參見第五章有關敘事訪談之討論）。立基於此，Pearce（見2007, pp. 212-3）續而提出「LUUUUTT模式」用以說明故事述說、意義協調與人際關係間的複雜性，係由下列不同概念組成：

-- 「經歷過的故事」（stories Lived）；
-- 「不知的故事」（Unknown stories）；
-- 「未經（即）講述的故事」（Untold stories）；
-- 「未曾聽聞的故事」（Unheard stories）；
-- 「無法講述的故事」（Untellable stories）；
-- 「業經講述的故事」（stories Told）以及
-- 「正在講述的故事」（stories Telling）。

而此「LUUUUTT模式」名稱，就由上述各專有名詞之首個英文大寫字母組成。

Pearce認爲，上述「正在講述的故事」在此扮演關鍵角色，可串聯「經歷過的故事」與「業經講述的故事」，乃因經歷過的人生故事衆多而可資講述者少，經由「講述」或可消減或弭平兩者差距而有利於溝通。

當然，人生除了「業經講述的故事」外，仍有衆多「未經（即）講述的故事」與「未曾聽聞的故事」，何況更有許多故事即便講述者知曉或親身經歷卻無意講述，此乃上述「無法講述的故事」之意。

誠如Leinaweaver（2008）所言，LUUUUTT模式旨在提醒研究者，社會本就處於多義與持續創建意義的流動狀態，需要透過故事講述方能化繁爲簡以讓不同講者與聽者彼此溝通並達成共識，進而完成「傳播」互動歷程。另一方面，故事意義卻又層層疊疊、環環鑲嵌，講述與未曾講述的情節若非細察實難釐清。研究者理應深入文本資料進而關注故事背後的矛盾與邏輯，如此方能解讀其意從而深入發（挖）掘故事講述者所欲表達的內在意涵（參見林韶怡、蔡敦浩，2013）。

小結本小節所述，任何故事之講述均有賴講述者依其「認知」（mental representation；馬海良譯，2002 / Herman, 1999）所得表述，而聆聽者再依其共有情境所得之理解而紀錄、轉譯、再述。

此一過程可如【圖9.1】，表示共居符號、互通世界之符號文本產出流程：

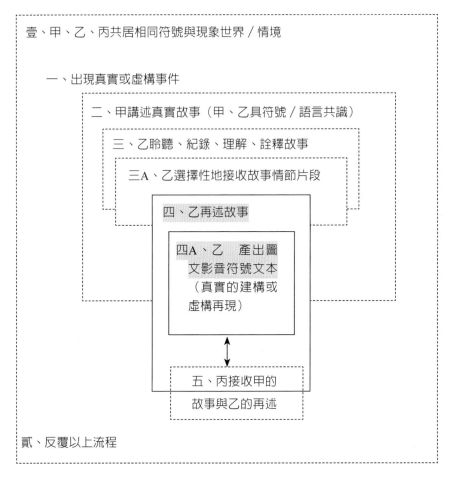

圖9.1 故事之再述與分享

　　如上圖所示：

壹、甲（講述者）、乙（再述者）、丙（接收者，一般讀者）共居真實及
　　象徵符號世界或情境（見【圖9.1】最外圈），而其人際互動時：
　　一、情境中發生某一真實或虛構事件：
　　二、甲（講述者）講述其所認知之故事（如【圖9.1】之第二層）；
　　三、乙（再述者）聆聽並紀錄真實故事（如【圖9.1】之第三層）；
　　三A、乙（再述者）之各種心理活動，使其僅能選擇性地掌握甲所述故
　　　　　事之部分內容與意義（見【圖9.1】第四圈，三A）；

四與四A、乙掌握其所能認知與記憶之故事重點，透過符號（文字或影音）再述並產出文本（見【圖9.1】內圈之四與四A）；

五、丙（接收者）接收並分享乙所轉譯與再述之甲的真實故事。

貳、以上過程反覆出現，但甲、乙、丙角色可能互換，且「再述」為跨媒介、跨媒材之敘事行動。

而如【圖9.1】所示，所有故事之講述均與上述轉述歷程有關且具溝通動機與目的，亦即任何故事的「再述」均涉及了以「說故事」方式再現不同說者各自聽來的情節（見Dixon & Gould, 1996: 221-222）。

以現有文獻觀之，故事述說似可視為社會行動，而不同行動者所述均係其針對社會現象之「再述」，並以故事形式與聽者進行意義協調，而此行動實也涉及了說者與聽者間的情境共識，雙方須在文本釋義過程中透過講述或再述，始能建立關係進而溝通彼此。而再述者（如上圖之乙、丙）聆聽故事時則常依其認知所得而選擇性地接收意義，隨後忠實或具有創意地再述原始故事最有價值的部分，並以圖文影音符號產出可供接收的文本。

二、故事與媒介之延展性

延續上節所述之「故事再述」，另一影響敘事研究甚鉅之概念則為「文本」定義之擴充。早期多視其為以文字符號為旨之書寫文本，但如上節所引Brockmeier & Carbaugh（2001）之解析，任何依故事線所組織之符號系統如舞蹈與運動事件、回憶性的人工造物如紀念堂與博物館陳設、社會儀式如喪禮或公共典禮、其他文化現象如流行與景觀設計等，皆可視為廣義之故事文本，其與相關敘事元素（如情節、主角、時空情境）當皆有關聯。

因此此處尚可提出「故事延展性」與「媒介延展性」概念，前者旨在說明任何故事文本都可透過「再述」而讓閱聽眾接觸進而產生情感涉入（同理或共識感）。後者（媒介延展性）則具「跨媒介敘事」特色，即任何故事經不同媒材展現後，勢必容許讀者依其自身經驗與意向填補意義解讀之缺口（此即前引之「補白」概念；見賴玉釵，2009），因而故事的某

些部分被強化以適應媒材特性，另些則也可能源於同樣原因而遭淡化，此皆常態。

由此觀之，我們可如【圖9.2】次第發展人與故事的一般互動、參與式互動、故事產業等不同層面，而未來可再延伸發展的空間猶大。

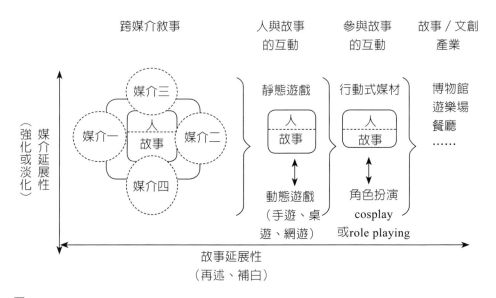

圖9.2 敘事與不同元素的互動關係

由【圖9.2】所繪可知（中間），故事文本總可經延展而成為更多新的「互動式媒材」內容（如靜／動態遊戲），進而成為「行動式媒材」（如「角色扮演」，即cosplay or role playing）的素材，甚至是「故事／文創產業」（【圖9.2】右側）的內涵，並吸引消費者樂於成為故事的一部分。近來如眾多餐廳、遊樂場、博物館等皆已「故事化」而習將其內部鋪陳為可吸引人觀賞、進食之場所，乃因唯有「故事」方能讓人涉入且享受由不同主角、情節、主題、動作帶來的樂趣，差別僅是如何講述（即「論述」）而已。

這部分的文獻目前猶在累積。舉例來說，李芷儀（2011）碩士論文即曾廣泛地引用了前引數位敘事研究者M. -L. Ryan的說法，認為線上遊戲有其敘事本質，尤其玩家與遊戲間的關係已將敘事研究帶入了與前不同的方

向：「敘事便不是只存在於文本上，而是產生在玩家和遊戲的互動之間。所以，即便線上遊戲不同於以往的敘事文本，也有產生敘事的可能」（頁3）。

換言之，不僅靜態遊戲早已如本書第九章所述有其敘事內涵，即連動態的多人角色線上遊戲如「魔獸世界」亦具「敘事性」（narrativity），「是讀者經由反應文本所產生的心智影像，同時若這些心智影像符合敘事性的條件，便可稱作敘事」（李芷儀，2011：12）。尤為有趣者乃如Ryan指稱之，任何故事都是讀者經由閱讀或觀賞文本後產生的心智影像，如同到了另一空間，「就像愛麗絲夢遊仙境一樣，她【指Ryan】將這故事的空間稱之為故事世界（story world），而成功的敘事會將讀者置身於這個故事的世界中」（引自李芷儀，2011：12；添加語句出自本書，參見上節Herman所言），其觀點與本章前引Herman（2013a, 2013b）所述如出一轍。

這個說法可為【圖9.2】右邊所示之「故事／文創產業」提出初步理論支持，即除了靜態、動態遊戲等參與式敘事活動外，未來猶可透過如同博物館、餐廳、遊樂場之設計而發展更多故事實體（參閱本書第六章第六節有關「敘事」與「想像」如何關聯之討論）。坊間早有許多「主題餐廳」提供不同故事情節以讓消費者得以「身歷其境」、身心療癒，如日本Kitty貓主題餐廳、可以玩創意或玩角色扮演的咖啡廳、主題樂園等皆屬之。迪士尼樂園甚至推出「主題航班」，連「飛行員也戴著米老鼠的大耳朵」娛樂乘客，菜色甜點也做成標誌性的米奇造型，其著眼點無不在於將故事與消費者結合為一體，以能產生夢幻般的故事世界（參見本書第一章第二節引言，有關「華德迪士尼公司」如何與故事結合）。

總之，敘事傳播研究方興未艾，其可發展之敘事產業亦才剛起步，只要調整理論步伐則其視野就能較前寬廣。

三、整理「敘事傳播」之理論內涵

由此仍可思考，以人為本之「故事述說」所應注意的「本體論」（ontology）立場、「知識論」（epistemology）基礎特色、「方法論」

（methodology）途徑，以及如何透過「敘事論」讓我們可以參與傳播活動，此即涉及敘事傳播的本質（參見第二章由Cragan & Shields提出之「敘事典範理論」五個預設）。因而以「人」爲說、聽故事的主體時，其所採立場實是「共生平等」（而非傳輸論或結果論所持之「資訊提供者位階較高」立場）；此乃其「本體論」特色。

而「敘事論」強調沒有完結的故事，任何人講故事時皆可透過「再述」而不斷轉換原有情節，因此故事有其延展性也持續等候下個說故事者補白；此即敘事傳播之「知識論」特色。另則故事也可透過不同媒介而產生變異並持續更動，旨在吸引更多人的青睞；此爲敘事傳播之「方法論」取徑。

以下簡列有關「敘事傳播」之「本體論」、「知識論」與「方法論」內涵：

(一) 本體論（本質）[8]

1. 人乃生而既是傳播者亦是說故事者，就像大海與魚的關係而無時無刻地被故事包圍，透過相互講述故事共創傳播行動；
2. 人們透過經驗世界的符號化歷程（如大眾媒介），來分享日常生活所得；
3. 敘事傳播是「互動」與「連結」的科技文化現象；

(二) 知識論（特色）

1. 傳播乃「（符號）文本」的講述、延展、變形、參用現象；
2. 不同「媒介」各有專精，而傳播文本可在不同媒介以不同形式一再流傳，此即傳播行爲之「再述」特色；
3. 在傳播情境中，「虛構」與「紀實」文類混雜難以區辨，「知性交織」與「情感渲染」也常交互更替；

---

8 有關傳播學本體論之近作，可參閱陳蕾（2015）。

(三) 方法論（途徑）

1. 敘事傳播係以「原型」為基底之共構認知基礎；
2. 敘事傳播也是以「符號象徵」引發之「知性」與「情感」；
3. 敘事傳播更是兼具「傳承」與「創新」的迴圈。

第三節　反思「敘事傳播」研究之可能限制與不足[9]

一、「反思」之必要性

-- 有關誰擁有故事或誰能講述、聆聽故事的論戰與疑慮至今猶無定論，【而】指稱故事所有權（ownership）或挑戰他人說故事權利（rights）的講法實皆超越故事本身，而涉及了講者與聽者間的地位、尊嚴、權力（power）以及道德與倫理關係等議題。爭奪故事所有權有其不同理由，也在【說與聽故事之】互動過程不同階段發生，包括熟識者間質疑彼此過度使用故事以及遠距者【如何】使用個人故事以支持社會議題（Shuman, 2015: 37；增添語句與底線出自本文）。

　　如前節所述，本書視「敘事傳播」為一段由故事講述者與聆聽者彼此交換生命經驗並互通有無的溝通歷程，藉此促進互動往來而能創造美好生活（見本書第一章第二節以及下節定義）。

　　但如此定義是否過於「浪漫」、「天真」或「理想」？難道「說故事」之溝通行為果真沒有「負能量」？本書結尾似宜檢討並反思此點，藉以自我砥礪並向讀者指陳本書不足之處。

9　本節受惠於深圳大學傳播學院吳予敏教授之啟發甚多，其除在點評時提出口頭回應外，並曾以電郵指正，認為本章（書）多從個體經驗與認知模式出發，而少討論歷史經驗與集體社會對敘事之影響，乃因由「誰」決定「何時」講述故事以及講述哪些「內容」均應受到重視，而其有關「講述策略」與「集體經驗」之提醒最為彌足珍貴。

　　正如敘事研究者Riessman（2015: 233；增添語句出自本文作者）近期所言，「反思（reflexivity）像是走入置有眾多鏡子的大廳，其從不同角度照亮了某個社會現象。雖無單一形式，然僅提出個人之某些裝飾性修辭顯有不足，而需說明此一學術成品的自我立場（situated self），如是方能有助於研究信度與效度。」

　　本節因而旨在延伸上引Shuman之故事「所有權」與講述「資格」（entitlement）等概念，[10]藉此自我反省並提醒未來敘事研究者持續關注「故事」之講述策略與集體經驗，尤應探究其如何與「社會實踐」連結，包括關注「誰」有資格講述／再述故事、故事講述之「情境」權力以及講述故事過程是否／有無正當性（legitimacy）等與敘事倫理有關之議題（de Fina & Georgakopoulou, 2015: 3）。

二、兩個案例：「陳水扁前總統遭拍事件」與「母女對話揭露閨密之家庭私事」

-- ……【人生之】不可預測性並未暗示其無法解釋，而其可解釋乃因所有生活敘事都有些目的性，即對目的之感知。這種目的性具有環狀（circular）特質，其非事先預知而是在敘事裡創知。生活總有目標，而其最重要之處就在制定並修正目標，而這環狀目的性即【英國哲學家】A. McIntyre所稱之敘事探索（narrative quest）。如其所言，良性生活【之旨】本就在於探索美好人類生活，而建構一個美好生活之定義乃是持續不止直到人生盡頭的過程。……無論在哪個領域，好的社會生活學習者理應致力於讓敘事成為社會生活、知識與傳播的某種形式（Czarniawska, 2004: 13；添加語句出自本書）。

---

10 Entitlement之英文原意在於「受之無愧」之權利，此處譯爲「資格」，其意相同。王小章（2009）曾譯其爲「應享權利」，惟其研究主題爲「公民權」，與此處意涵有異。

　　首先，本章初稿行將寫就之際（2016年10月前後），臺灣發生了與故事講述「資格」有關之下述社會事件，正可用來延伸討論。

　　高雄市某位黃姓麵包師傅在美術館擺攤時，巧遇前總統陳水扁帶著外傭散步路過，見景心喜之餘就用手機拍下了照片，並放在網上指稱「阿扁悠閒散步，對比他（按，指黃姓師傅自己）努力卻賣不出麵包，才會抒發心情」，[11]其所拍照片旋遭陳前總統兒子陳致中與支持者（扁迷）抨擊認為其係造假。隔天黃姓麵包師傅再次遇見陳前總統因而復用手機拍照並錄影，陳前總統之相陪友人立刻趨前制止以致雙方引發口角，影片上網後同樣激起了支持與反對者的互罵。

　　高雄市長陳菊隨後出面呼籲並發出新聞稿，要求「停止對陳水扁前總統的不當滋擾，而若有逾越法令的行為，市府也將依法制止。」高雄市政府衛生局則開立勸導單，指黃姓麵包師傅「在騎樓製作麵包無防塵設備且食材應離地置放，促其改善；若未改善，可以依食安法裁罰。」高雄市國稅局也稱黃姓麵包師傅有銷售行為，「依法得辦理營業登記，若沒登記，國稅局將輔導辦理。」[12]

　　暫就此事可能涉及之法律爭議（如黃姓麵包師傅拍照是否侵犯陳前總統之隱私與肖像權等）以及政治考量（陳前總統病況是否業已好轉理當回監服刑）不論，純從「敘事」角度觀之則有以下相關議題值得探究：

　　當黃姓師傅拍下陳前總統健步如飛之照／影片上傳臉書粉絲團公諸大眾時，其如何自知得有「資格」講述並分享這段有關「他人」（指陳前總統）散步之故事，而此故事講述資格之認定又屬何方？

　　反過來說，若黃姓師傅未曾具有「資格」述說並拍攝「他人」（指陳前總統），則誰有之？而陳致中以及與黃姓師傅拉扯之陳前總統友人或一般大眾，又如何自知有否資格得以否定或肯定「他人」（指黃姓師傅）的故事述說？而指陳其所拍「實」與「不實」的認定關鍵又是何在？[13]

---

[11] http://www.ettoday.net/news/20161019/795662.htm#ixzz4OvfUT761（ETtoday，東森新聞雲）。

[12] 引號內文字均出自國內報章報導，如《蘋果日報》，2016年11月01日、《中國時報》，2016年11月02日。

[13] 此段受惠於Shuman, 2005（尤其第一、二章）甚多。

此類案例甚多，尤常見於日常對話與交談，有些發言者性喜分享親身經歷或聽聞，卻常不經意地在交談互動中提及眾多不在現場之「他人」（others; Shuma, 2005），從而如上述事件之因言賈禍或惹事上身甚至引發齟齬。敘事研究者Shuman（2015: 39-41）稍早即曾長篇累牘地分析了以下個案：

其研究之受訪者M女士曾經自陳女兒T7歲時，因學伴父母即將離婚而同感悲傷，因而問及M是否將與父親離婚以及是否有過朋友離婚的經驗；為了安撫，M只得分享其三十年前高中閨密S的父母離婚情事。

M與T之談話情境原是家庭成員（母女）間的生活分享而非有意地揭露友人私密，未料事隔多年T在外地結識了S的女兒，雙方交談後意外地揭開了此樁理當不為人知的故事，導致S深覺其遭友人M「背叛」（betray of confidence; Shuman, 2015: 40），乃因其婚後未曾告知家人這件自覺不甚名譽的家庭往事。

Shuman（2015）指出，雖然M與T的母女對話情境發生在數十年前而當時實難逆料人生際遇，但關鍵問題乃是M是否具備講／再述其所聽聞的「他人」（即友人S）父母離婚私密之資格（權利），而此事之「擁有者」究屬當事人S與其父母，抑或「聽聞者」（如閨密M女士）與「轉述聽聞者」（如M的女兒T）亦得因曾經聽聞而可轉／再述？

尤以當M向T分享其聽聞而來的故事時，當事人S及其父母並未現身（Shuman, 2015稱此the voiceless）詳述離婚之因，其等除感友情背叛外，是否亦有「權益」受損之忿（如：「你們既未身歷其境，如何得知『真相』為何」、「你這『外人』怎可窺視我們的私事」、「這是我（們）的事，怎能由你來說三道四」等）？[14]而若S及其父母在場，則其等自述之離婚經歷是否與M之轉述版本相互競爭而難定論（姑且不論雙方恐對離婚之因亦各有說法）？

何況，當T多年後轉述其記憶所及時，囿於時空變遷（T當時僅係7歲幼童，後則已年逾40歲）與情境轉移（當初屬母女對話，而後則是友人閒話家常），則其所言亦可能與母親M當年講述不同，如此一來則何人版本方

---

14 引號諸句出自本書作者而非Shuman所言。

屬「正確」與／或「可靠」，而故事之「正確」與／或「可靠」又當如何不證自明（見下說明）？

　　因而Shuman（2015: 41；添加語句出自本書）強調，「曾經親歷或感受事件者有權講述故事此一未經述明的【社會】規範，已因再述（retelling）而趨複雜且遭破壞。每次的再述都創建了新的情境，而經此變換，【故事】擁有權即當重新宣示、再次宣稱與／或競爭」。

三、檢討一：「誰」有資格述說故事

　　-- 資格【議題】……指爭議發言者有否權力代表他者溝通，……
　　　　涉及了原始意義的移動以及其【如何】受到新講述者的挪用。
　　　　資格議題是，誰、為了誰的利益、以誰的名義、挪用了誰【的
　　　　故事】（Shuman, 2005: 51；添加語句出自本書）。
　　-- 敘述之權利並非僅涉及了講述某人故事之權，實是【如何】控
　　　　制再現之權利（Slaughter, 1997: 430；引自Gready, 2013: 242）。

　　由以上二例觀之，案例一「陳前總統遭拍」一事似與社會議題之公共論述（亦稱「公共故事」public stories/narratives）有關，而M轉述之友人雙親離婚經歷則屬個人故事（private or personal stories）分享，[15]兩者所涉之敘事內涵不同，卻皆指向了前引之「敘事資格」與「所有權」學理爭議，恰屬敘事研究常見之「社會」vs.「個人」取向（Squire, Andrews, & Tamboukou, 2013）。

　　有趣的是，案例一之特殊處，在於將「陳前總統是否回監服刑」之公共議題透過誰有資格講述而導向了黃姓師傅是否侵入陳前總統私密之爭議，而案例二論及之離婚話題卻因遭友人公開而造成人際齟齬。因而上述二例顯皆涉及了故事講述者可否擅引「他人」（之言），並據其以增加己言之公信力，以及如此引用他人（之言）是否違反了社會誠信規範等倫理

---

15 「公共故事」與「個人故事」詞彙出自Shuman, 2005: 16-17；亦可參見Gready,
　　2013。

（ethical）考量，因而使得其講述缺少了前述之「正當性」，指故事與個人經驗間的關係以及此經驗如何與他人（或其他文本）產生恰當之互動（Shuman, 2007: 181）。

　　但無論何種敘事形式，若講述時不得隨意引用他人之言則故事又何以成「事」，乃因任何述說絕非「獨白」而難以迴避地總會提及講述者與熟識「他人」，（以及「他人」之「他人」）之互動，甚而可謂凡故事必有其所述之「他人」而非僅是「自述」（Shuman, 2015: 6；臧國仁、蔡琰，2013），此一兩難誠可謂敘事以及敘事研究之最大挑戰與限制（Nelson, 1997；引自Shuman, 2007: 176）。

　　因而故事講述不僅與一般所知之內容可信程度有關，實也涉及了如何在情節中恰如其分地引入不在場之他人（以及他人之他人），但又要避免妄以「他說她這麼說【你】」（he-said-she-said；出自Goodwin, 1990；添加語句出自本文）方式，在日常對話加油添醋地提及他人，否則就易讓故事淪為背後議人是非、道人長短之「八卦」或「流言蜚語」。尤應注意故事內容論及他人時，是否以認真負責、正確、恰當之語言或文字「再現」真實或有否「以偏概全」、「斷章取義」之虞。

　　總之，任何故事內容固應出自親身經驗或目擊所及，其所述卻也常與講述內容有關之人際網絡密切相連。如Shuman（2005: 23-4）所稱，「任何述說的正當性都建立在誰說了它、說者與經驗有何關聯、誰可算是參與者以及誰是『目擊者』（誰可能擁有正確訊息），以及事件述說的形式如何讓經驗【述說得以】理解」（雙引號與括號內容均出自原文，添加語句出自本書）。

四、檢討二：故事述說之「資格」與「同理心」（empathy）

　　追溯此類研究源頭實出自1970年代初期由「對話」研究奠基者Sacks展開之一系列演講，關心一般人如何在與他人對話裡組織著人際關係，並述說其所知曉與所曾經歷之人生經驗（參見本書第五章）。

　　Sacks（1992；轉引自Shuman, 2007: 178）曾經如此提問：「一旦講述，則故事會如何發展？其究屬聽者（recipient）或仍屬講者所有？換言

之，講者因曾目擊或曾受苦而有【講述】權利，但問題是，故事之聽者是否如同講者同樣擁有權利可向他人講【轉】述？」（添加語句出自本書）。Sacks稱此「經驗之庫存」（stock of experiences），指任何對話並非純然基於個人親身經歷，而常僅係聽聞就自認擁有講述資格（權利）進而論人是非。

以前述案例一為例，陳致中與扁迷獲知黃姓師傅在網站刊出陳前總統散步照片後，立即宣稱其「造假」、「合成」。若依Sacks與Shuman等敘事研究者，其敘事策略恐係在第一時間爭取（或取回）論述主導權（見Shuman, 2015: 41）以免「以訛傳訛」，而謂照片造假正可擾其所言之可信度。

但此舉卻也迫使黃姓師傅第二天再次拍攝影片，以示其故事確有所「本」而非合成，正與Shuman（2015: 42；增添語句出自本文）之言有關：「故事所有權的宣稱經常代表了權力的宣稱，無論其就方法論而言指對其所知何事的宣稱，或是從詮釋／法律／政治／社會【等層面】宣稱擁有解釋發生何事之權力皆然」，因而故事講述的「所有權」恐非僅限當事人，而有待爭議雙方不斷協商始能定論。

反之，惟故事講述之當事人（如陳前總統而非陳致中或扁迷因非在現場）則可責難黃姓師傅，並言明其所拍照片業已「傷害」己之自尊，乃因黃姓師傅未能將心比心地「同理」故事所涉當事人（指陳前總統）本無意出現於任何公共敘事。換言之，拍照者如黃姓師傅固在講述自己親眼所及，但其所述並未設身處地顧及故事所涉「他人」，引起爭議並非意外。

Shuman（2007, 2005）曾迭次說明「同理心」之相關意涵，指其與故事講述「資格」處於對立關係：一方面，講述者（如黃姓師傅）有其特定立場可謂具有資格或權利自述故事，另則其無法尊重並體會「他人」（如陳前總統）之心情與意願，擅將其植入自我故事述說內容，恐就易於傷及「無辜他人」。

同理心因而可謂「以新的價值重新省視【故事】的過程」，或是「跨越時空或任何經驗差距的理解」（Shuman, 2007: 180；添加語句出自本文），係讓個人原有經驗趨向不穩定狀態以便重述故事並承認原有故事不盡周全，甚至願意為了講述對象而改變原有故事所強調之寓意。

　　整體而言，同理心實乃對不同時地之故事接收者的想像與理解，但對「受害者」（如案例一之陳前總統或案例二之友人S）而言則不盡然能有助於其改變心境，因而對故事所有權的要求常演變爲「敘事」vs.「反敘事」之爭戰。

　　由此可知，說故事並非隨意而爲之溝通行動或敘事傳播行爲，實也牽涉了極爲複雜的說者與聽者互動關係，講述時理應思及其內容是否旁及與故事無甚關聯之他人，以致違及一般認定之生活倫理與社會規範。

五、紀實敘事之「資格」

　　此一倫理考量除警惕一般敘事者外，對紀實敘事者如新聞記者尤具參考價值，乃因其所報導除常直接或間接地「引述」（quoting）受訪者自述經驗外，更常納入其（受訪者）所聽聞或轉述之第二手（他人）甚至第三手（他人之他人）述說，卻因情境變換以致見諸媒體後原有意涵更迭而頻遭「失眞」指控（參閱Shuman, 2005: 36-39針對新聞報導與目擊事件關聯性之討論）。[16]其因或非出自他人（以及他人之他人）不瞭解眞相，而是其所述俱屬轉述者之語言 / 文字「再建構」（reconfiguration），添加了轉述者之情感與情緒後不復契合「原始事件」樣貌（Shuman, 2015: 45）。

　　因而紀實工作者採訪時似宜確認消息來源所述事件之不同內容究屬「誰」（最）有資格（權利）發言，且其所言是否「對題」或「如實呈現」而非隨意移用，如此方能提升報導內容之可信度。如劉毅、郭永玉（2014：773）所示：「任何談話……都必須表明他有權談論正在討論的主題」（其說引自Phoenix, 2013）。

　　一般來說，政府機關或大型企業組織多置「發言人」以期取信於衆，但其發言卻又常被新聞媒體視爲過於「官方」，而得另闢蹊徑地尋覓其他

---

[16] Bakhtin（1984: 233-4）曾經詳述「轉述言語」（reported speech）概念，稱其爲「有關他人之言語，……是言語中的言語，也是話語中的話語，同時也是關於語言的言語，話語的話語」，藉此說明對話之動態性，亦即說話時不可能不觸及人際互動，講者之言語和他人間總是不斷地相互滲透、融合、對話。可參見高小麗（2012）對「轉述言語」的評論。

說法藉此避免受到「控制」。如此一來，不同消息來源之言是否「權威論述」（authoritative discourse）[17]常是新聞敘事可信度重要考量，此即傳統新聞學理講求「兩面俱陳」或「平衡報導」之因，意指相近故事經不同說者講述後實難定論，只能依其原意照引而由接收者自行判斷虛實（Shuman, 2005）。

　　至於事件之「弱勢者」（如性侵案之受害者或兒童受虐案之幼童）是否得以透過新聞媒體講述自己的遭遇，而不被「強勢者」剝奪其發聲權利，則是Gready（2013）屢次闡述的論點，似也超越了傳統「平衡」概念之寓意，在社群媒體興起之時代尤應受到研究者重視。

　　而案例二所示之日常對話（仍屬紀實敘事？）顯示，朋友或親人間之故事講述亦多賴講者確認其所述「可敘性」（tellability；指「誰能針對誰們講述」）與「可靠性」（storyability，指「講了什麼」），[18]兩者顯皆涉及了「能否」與「應否」講述之倫理議題，乃因任何個人故事均需透過情節鋪陳，而與他人產生構連並取得人際互動信任，使得此「他人」如前述究係主動或被動地帶入故事情節以及如何帶入，均有隱藏未見之社會規則與文化正當性（cultural legitimacy）。

　　如案例二S之父母離婚即屬不經易地帶入，其「能否」與「應否」成為他人話題即是論辯「敘事資格」重點（Shuman, 2007），若能如前所述將心比心地為被講述者同理設想而謹慎發言，或可減少人際衝突。

六、講述故事之其他限制

　　除上述Shuman（2015, 2007, 2005）外，Ochs & Capps（1996）稍早曾另先以「敘事不均衡」（narrative asymmetries）概念強調，講述故事之溝通歷程亦常涉及了「誰能講」以及「講者扮演何種角色」等關鍵議題。

---

[17] 語出Bakhtin, 1984: 342-343；引自Shuman, 2015: 44。

[18] 「可敘性」之中文譯名出自林東泰，2015：204；原文出自Bruner, 1991。Shuman（2007: 177）定義「可靠性」為「在某特定情境，針對某特定主題可敘之故事，……其涉及了哪些可說，而哪些未說的協商過程。」

Nelson（1997）則視其爲「敘事【研究】之限制」（引自Shuman, 2007: 176；添加語句出自本書），乃因故事講述內容涉及了諸多人際往來而受社會規範節制。

如Ochs（見Ochs & Capps, 1996; Ochs, Taylor, Rudolph, & Smith, 1992）舉例所稱，在美國家庭的晚餐對話中，孩童少有主動講述故事之機會，總要由母親開啟話題問及不同生活片段（如學校今天有何重要活動等）後才得表述個人經驗。因而無論話題爲何，其講述時間或由誰主述實都涉及了上述「敘事不均衡」現象，非如本書所述之平順或自由。

Ochs因而強調，事件參與者或目擊者固如一般不成文規則所示有其講述故事之優先地位，但例外並非少見。如上述孩提時期講述自我經驗之機會就多受父母親「剝奪」，學校教室的發言亦有其「分配原則」（distribution rules；見本書第五章第二節）旨在維持課堂秩序，總要有人（如教師）指定方得暢所欲言；而另如一般罪犯也常無法自由陳述個人經驗，而受制於如法官等代表國家體制之人。

當然，有關故事講述是否屬「實」或「眞」的議題也常引發論辯，無論研究者或一般大衆近來篤信故事內容俱爲虛構難以反映眞實。另對社會科學研究者而言，如何將其研究寫的有「學術價值」而非虛構小說或散文，則是敘事學能否被學術中人接受的關鍵所在。

但如Czarniaswska（2004: 132）之建議，最佳應對之道乃在瞭解即便「事實」（facts）也是人爲之符號編織（fabricated），重點應在探知其「如何編織」進而檢查其「生產證明」（production certificate），甚可參與其中以能深入編織環節，尤應從傳統之「【故事】文本說了什麼」轉而關心「【故事】文本要做什麼」或「【故事】文本如何說其【有意】說什麼」，從而跳脫眞假議題之拘絆。

而對學術研究者而言，敘事學者一般而言並不在乎其論文所述是否具有社會科學一貫強調之「信度」與「效度」，乃因其知識論無意討論研究對象（故事）是否「對應」於外在世界，亦不介意能否重複研究步驟，而如前述僅在強調故事能否吸引讀者並產生美感，即便紀實敘事亦然。

如前引Fisher（1987；見本書第二章）曾經提出「敘事理性」概念，並以故事之「可能性」與「忠實性」取代「信度」與「效度」概念，其努

力當能凸顯敘事傳播與傳統大眾傳播學實證取向之差異所在。誠如敘事學者Czarniaswska（2004: 136）所言，社會科學敘事取向最大貢獻不在提供一套嚴謹的研究步驟或是可資確認研究結果是否屬實的途徑，而在「導向有啟發性的閱讀以及……寫作」，如「寫得好玩嗎？」、「寫得相關嗎？」、「寫得美嗎？」；誠哉斯言。

第四節　本章結語：重述「敘事傳播」之定義與源起

　　由此當可再次提出有關「敘事傳播」之定義：「在某些特定時空情境，透過口述及多／跨媒介載具述說故事的歷程，涉及『講述者』與『講述對象』之自述／他述生命故事，藉此促進彼此傾聽以建立溝通行動，進而體驗人生、瞭解生命意義、創造美好生活」（改寫自臧國仁、蔡琰，2014a：110）。[19]

　　上述定義顯與傳統以「資訊觀」為主的古典傳播典範不同，而此正是「敘事傳播」意義所在：時代不同了、生活方式不同了、社會情境也改變了，若再以六、七十年前（1950年代）發展之傳播理論（見本書第二章），套用於21世紀初期的數位時代溝通互動行為顯已不足。改以「說故事」角度來詮釋「何謂傳播」故有其必要與緊迫性，乃因「資訊」在此時代已難受任何單一來源「控制」，改以敘事理論探究「傳播行為」如何得以「故事」形式影響情緒、情感互動甚至政策行動，當更貼近日常生活之真相。

　　我們認為，源自1950年代前後興起之「古典傳播理論」（資訊論）如今有其時空缺憾，面對網際網路盛行的時代亦有不切實際之限制，亟需引進不同理論典範以能面對匯流時代之傳播內涵與走向。回顧「古典傳播理論」的源起約在第二次世界大戰結束前後，由於戰爭期間對「資訊」的流動有迫切需求，總是希望「知道」更多訊息以能「趨吉避凶」。因而其

---

[19] 敘事之作用或也不僅用來「創造美好生活」而可能用在爭戰與對立（如Maan, 2014），但此非本書所能含括範疇，有待未來探索。

時「資訊論」成爲傳播理論的基石，不同研究者分從社會學、心理學、社會心理學、人類學等領域思考，如何透過「訊息的流通與否」來解釋「傳播」之意義，「傳播效果」也就成爲其時對資訊流通的重要評估判準（見本書第二章），影響所及也在其他次領域（如新聞訪問）產生影響，以致傳統上如新聞記者多以「套出眞相」爲其職志，而視「訪問過程」爲索取資訊之溝通行爲（見本書第五章）。

由此觀之，顯然其時眾多研究者對「資訊」如何貢獻於人類生活，也曾經有著過於樂觀與正向的討論，迄今尤然。如「控制論」或「模控學」（cybernetics; Wiener, 1948）的興起即屬一例，其對古典傳播理論的影響眾所皆知，也是今日生態學與AI（人工智慧）研究的起源。

如此將「傳播」視爲「資訊／訊息流通」並產生有效性（效果論）的觀點，長久下來早已促使傳播理論過於關注「系統（如訊息製造者與接收者）」間的控制議題，從而忽略了「傳播」之本質當在互通有無並協助相互交流，且其原亦有「生命共享」、「意義共構」、「相互參與」、「彼此連結」、「共同擁有」或「再現共用信念」之意涵，而非僅在強調如何達成「資訊設計者」所設計（想）之訊息產製目標。

誠如《康健雜誌》記者曾慧雯（2016）近期所寫，「人生就該像部好電影，有一些劇情、有一些浪漫，還有很多的歡笑！……人生就像是一部電影，精不精采就取決於你怎麼看、怎麼感受……」（頁170）。其實人生不僅像部電影，也可像是「繪本」、「小說」、「漫畫」、「新聞報導」，其內容總能涵蓋一些有趣情節而兼有浪漫、歡笑與苦痛、哀愁。但無論如何，如能將傳播行爲視爲綜觀上述這些媒介的內容，則其所指簡單來說就是「說故事」罷了（見本書第一章）。

本書提出了一個聚焦於人文與故事的替代性傳播理論，藉此呼籲誠懇面對以符號互動爲主的社會傳播與感性現實，乃因眞實與虛構、想像與現實俱都存在於符號構築的故事與世界。人們身爲自己的主人，總是從那些眞眞假假的故事看見人情世故，進而懂得文化習俗與精神信仰，也在交換對故事的認知與情感過程中沉澱出屬於自己的人生意義，兼而建構一己及社會的思想與情感。實則大眾傳播多以不同敘事模式溝通著資訊之外的情感，生活經常是呆板的，但敘事不是；敘事有靜態形式，但傳播沒有。

　　傳播與生命故事的結合應如遊戲一般屬於古老的生活實踐（見本書第八章），從靜到動、從無到有，既有著敘事的理性邏輯，更有著傳播所常傳遞之澎湃情感。敘事傳播的人文視角不應止於觀察如何紀錄事件與情感，亦應奠基於理性敘事並樂於創造美好的傳播與生活情境。

　　自啟蒙運動以來，人們習以理性主義作為求知途徑從而壓抑了天生所具的感性傳統（蔡琰、臧國仁，2003），凡不能透過量化或客觀評估的知識就不算是真正的知識或科學求知的基礎。我們卻從真實生活發現，一些科學知識固在書本裡成為智性的框架，卻也常僅存放在書櫃供人背誦、閱覽，而少直接與生活連結。另有一種知識則更廣泛並也更普遍地存在於故事，不必然是理性的、科學的、知識的，卻能不斷變身而被反覆閱讀、欣賞、感動，並傳頌在生活周遭。

　　法國哲學家笛卡兒（R. Descartes）的前述「我思故我在」理性傳統，影響了學術知識發展至少兩個世紀之久，讓我們遺忘「人」雖是理性的，卻也是感性的更是天生講述故事的動物（此稱「故事理性」narrative rationality，參見本書第三章）。對我們生命有意義的隱喻往往並不來自理性與科學而係出於感性與故事，唯有每天接觸的動人故事才能透露日常生活的經驗本質，建構起知識生活的堡壘。

　　如本書所示，敘事最簡單的說法就是「講述故事」。許多重要文學理論、文化理論者在過去半個世紀裡，常將「敘事（述）學」、「新敘事學」、「後敘事學」等新起概念（見前節討論）透過重要經典巨著詳細解釋，將故事的素材、故事內涵元素、故事結構方法、言說的視角、時態等從巨觀到微觀完整論述。但也直到1980年代後期，古典敘事學方才突破了原先對文本的關注，轉而重視「讀者」或「觀眾」這些傳播理論原有基本概念，並也重新思考這些概念如何與文本互動，並如何透過這些互動而重建社會（人際）關係，進而促成了敘事與傳播理念的匯流。

　　實則除了社會學、心理學、資訊科學等學門討論的傳播現象外，敘事學誠也提供了傳播學新的關注重點：社會互動固然得要憑藉敘事，心理成長與改變亦得借重敘事，何況傳播的訊息內容本屬故事的基本內涵與形式。因而傳播活動就可謂動員各種符號、結構方法、素材來講述生命故事的歷程，也透過故事包含的理性和感性從而塑造一己的主客觀世界，使內

心與外在世界的秩序與混亂得以交流。不僅如此，敘事傳播經常使用、再現各種「原型」（見本書第八章），藉以提醒人們經驗的美感、生活的價值，或是特殊之中具有的普遍意義。

本書使用兩個紀實傳播相關的篇章（見第四、五章）來介紹敘事傳播案例，實則仍有許多未及鑽研與納入，如記憶與歷史、如人們如何在虛構敘事中把幻想當作眞實、如人們的現實如何交織虛幻故事而得以感覺人生充實；在虛構的故事裡常可發現和諧完整，而眞實故事卻多面臨複雜斷裂與不穩定性。無論從敘事、傳播、言說、權力、審美等理論出發，又該如何思考故事所轉述的眞實人生以及故事對人生的影響或撞擊？

我們在知識的學院歷練成長，對現況提出了挑戰與異議，並也攪擾著現有理論。身爲對知識有興趣的人不必然要反傳統、反知識、反理論或批評挑釁現狀，卻需自省並無懼於突破現有思維框架，替換掉箝制自己思想和溝通模式的刻板印象。

固守單一標準或答案的傳播時代已然過去，面對著瞬息萬變的社會，傳播知識的脈絡仍然需要保持開放，既要時時與其他學門知識互動，又不以過時、偏見或單一主觀的理論概述傳播現象；這個理念仍然是未來傳播人的挑戰。

我們呼籲，對傳播現象具有敏銳觀察力和想像力的新秀學子，理應不時藉著反思各式理論與教條而探詢日常生活的情境，繼續充實人文及故事情境的其他替代或調適途徑，勇於在流動的現實中建樹更久遠、更廣泛、更值得辯證的傳播議題。

參考文獻

一、中文部分

丁興祥、張慈宜、曾寶瑩、王勇智、李文玫譯（2006）。〈敘說心理學〉。《質性心理學：研究方法的實務指南》（頁141-163）。臺北市：遠流。（原書：M. Murray. *Narrative psychology*. In J. A. Smith [Ed.][2001]. *Qualitative psychology: A practical guide to research methods* (pp. 111-132). London, UK: Sage）

于鳳娟譯（2002）。《報刊編輯手冊》。臺北市：五南。（T. Harrower [2002]. *The newspaper designer's handbook* (4th Ed.). New York, NY: McGraw-Hill）

于衡（1970）。《新聞採訪》。臺北：臺北市新聞記者公會。

寸辛辛（1999）。《如何成為採訪寫作高手》。臺北市：方智。（原書：W. Zinsser (1994). *Speaking of journalism*. New York: HarperCollins）

田耐青等譯（2003）。《視覺傳播》。臺北市：雙葉（原書：P. M. Lester (1995). *Visual communication: Images with messages*. New York, NY: Wadsworth）

古添洪（1999）。〈論「藝詩」的詩學基礎及其中英傳統：以中國題畫詩及英詩中以空間藝術為原型的詩篇為典範〉。劉紀蕙編。《框架內外：藝術、文類與符號疆界》（頁87-122）。臺北市：立緒。

王小章（2009）。〈從『生存』到『承認』：公民權視野下的農民工問題〉。《社會學研究》，第一期，頁121-135。

王士儀譯注（2003）。《亞理斯多德「創作學」譯疏》。臺北市：聯經。

王文進（2011）。〈「敘述學」與「敘事學」的擺盪與抉擇：《清華中文學報》編輯委員會議側記〉。《清華中文學報》，第五期，頁167-170。

王石番（1989）。《傳播內容分析法：理論與實證》。臺北市：正中。

王松木（2014）。〈試論日本漫畫的圖像修辭——以井上雄彥《灌籃高手》為例〉。《高雄師大國文學報》，第十九期，頁73-126。

王昭正、朱瑞淵譯（1999）。《調查研究方法》。臺北市：洪智文化。（原書：F. Flowler, Jr. [1993]. *Survey research methods* (2nd. Ed.). Beverly Hills, CA: Sage）

王昭月（2007. 11. 23）。〈老婦金鍊被搶警民合力捉盜〉。2007-11-23/聯合報/C2版/高雄縣新聞。

王洪鈞（2000）。《新聞報導學》。臺北市：正中。

王洪鈞（1955）。《新聞採訪學》。臺北市：正中（1986年初版十五刷）。

王勇智、鄧明宇譯（2003）。《敘說分析》。臺北市：五南。（原書：C.K. Riessman [1993]. *Narrative analysis (Qualitative Research Methods*, vol. 3). Newbury Park, CA: Sage）

王夢鷗等譯（1992）。《文學論》。臺北：志文（再版）。（原書R. Wellek [1948]. *Theory of literature*. New York, NY: Harcourt, Brace & World.）

王鶴、臧國仁（2014）。「從投訴新聞看民眾之『傳播權』──以《蘋果日報》、《自由時報》、《聯合報》、《中國時報》為例」。《臺大新聞論壇》第十三期，頁35-62。

申丹（2014）。《敘事學理論探頤》。臺北市：秀威資訊科技。

申丹、王麗亞（2010）。《西方敘事學：經典與後經典》。北京市：北京大學出版社。

方怡文、周慶祥（1999）。《新聞採訪理論與實務》。臺北市：正中（二版）。

石安伶、李政忠（2014）。〈雙重消費、多重愉悅：小說改編電影之互文／互媒愉悅經驗〉。《新聞學研究》，第118期，頁1-53。

江靜之（2014）。〈電視全球暖化新聞之多媒材分析初探：以TVBS【搶救地球】特別報導為例〉。《新聞學研究》，第120期，頁47-78。

江靜之（2012）。〈報紙新聞如何自電視政治訪談選材？以臺灣2010年五都市長候選人專訪新聞為例〉，《新聞學研究》，第111期，頁1-42。

江靜之（2010）。〈我聞故我問：從對話分析取徑看廣電新聞訪問者傾聽〉。《中華傳播學刊》，第17期，頁207-234。

江靜之（2009a）。《從論述角度探析廣電新聞訪問者的現實與理想》。臺北市：秀威。

江靜之（2009b）。〈廣電新聞訪問之機構情境與訪問設計〉。《新聞學研究》，第99期，頁119-168。

江靜之（2009c）。〈書評：在新聞「故事」之後：新聞敘事技巧與倫理〉。《新聞學研究》，第101期，頁347-353。

成窮譯（2004）。《遊戲人：對文化中遊戲因素的研究》。臺北市：康德。（原書：J. Huizinga (1955). *Homo ludens: A study of the play-element in culture*. Boston, MA: Beacon Press）

安宗昇、韋喬治譯（1987）。《情緒心理學》。臺北市：商鼎文化。（原書：

K. T. Strongman [1978]. *The psychology of emotion* (2nd. Ed.). Chichester, NY: Wiley）

朱幼隸（1997）。〈滿城瓜相飄不散——淺談想像力在新聞中的運用〉。《新聞愛好者》，第九期，頁26-28。

朱光潛等（2001）。《名家談寫作》。臺北市：牧村圖書。

朱侃如譯（1999）。《榮格心靈地圖》。臺北市：立緒。（原書：M. Stein (1998). *Jung's map of the soul: An introduction.* Chicago, IL: Open Court）

朱侃如譯（1997）。《千面英雄》。臺北市：立緒。（原書：J. Campbell [1968]. *The hero with a thousand faces* (2nd. Ed.). Princeton, NJ: Princeton University Press）

朱則剛（2002）。〈建構主義知識論對教學與教學研究的意義〉。詹志禹編《建構論：理論基礎與教育應用》（頁208-214）。臺北市：正中。

何純（2006）。《新聞敘事學》。湖南省長沙市：嶽麓書社。

何智文（1996）。〈新聞照片之構意探析〉。《復興崗學報》，第58期，頁145-161。

余欣（2013）。〈索象於圖，索理於書：寫本時代圖像與文本關係再思錄〉。http://big5.xjass.com/ls/content/2013-01/06/content_259848.htm （上網時間：2016. 03. 20）。

汪濟生（1987）。《系統進化論美學觀》。北京市：北京大學。

宋育泰（2009）。〈初探漫畫中的圖像敘事：社會符號學的觀點〉。世新大學口語傳播研究所碩士論文。

呂傑華（1990）。〈我國報紙讀者投書版投書行為之研究〉。中國文化大學新聞研究所碩士論文。

李一鳴譯（1990）。《想像心理學》。臺北市：結構群文化。（原書：J. P. Sartre [1948]. *The psychology of imagination.* Westport, CN: Greenwood Press）

李百齡等譯（1998）。《戲劇治療——概念、理論與實務》。臺北市：心理。（原書：R. J. Landy [1986]. *Drama therapy: Concepts, theories, and practices.* Springfield, IL.: C. C. Thomas）

李成嶽譯（1991）。《如何善用想像力》。臺北市：中國生產力中心。（原書：M. LeBoeuf [1980]. *Imagineering: How to profit from your creative powers.* New York, NY: McGraw-Hill）

李志雄（2009）。《亞里斯多德古典敘事理論》。湖南省湘潭市：湘潭大學出版

社。

李芷儀（2011）。〈多人角色扮演線上遊戲之敘事型態初探：以魔獸世界為例〉。世新大學傳播管理研究所碩士論文。

李金銓（1988）。《大眾傳播理論》（四版）。臺北市：三民。

李利國、黃淑敏譯（1995）。《當代新聞採訪與寫作》，臺北市：周知文化。（原書：B. S. Brooks, G. Kennedy, D. R. Moen, & D. Ranly (1988). *News reporting & writing* (3rd. Ed.). New York, NY: St. Martin's Press）

李長俊譯（1982）。《藝術與視覺心理學》。臺北市：雄獅。（原書：R. Arnheim [1967]. *Art and visual perception: A psychology of the creative eye*. Berkeley, CA: University of California Press）

李順興（2004）。〈超文本文學中的制動點──類型與應用〉。東華大學中文系編，《文學研究的新進路──傳播與接受》（頁545-579）。臺北市：洪葉文化。

李維譯（1998）。《流行體系（I）與（II）：符號學與服飾符號》。臺北市：桂冠。（原書：R. Barthes [1967]. *Système de la mode*. Paris, FR: Éditions du Seuil）

李璞珉（1996）。《心理學與藝術》。北京市：首都師範大學出版社。

李顯立譯（1999）。《電影敘事──劇情片中的敘述活動》。臺北市：遠流。（原書：D. Bordwell [1985]. *Narration in the fiction film*. London, UK: Methuen）

沈怡譯（1990）。《編輯探索：第一本完整的雜誌編輯規劃》。臺北市：美璟文化。（原書：J. V. White [1982]. *Designing covers, contents, flash forms, departments, editorials, openers, products for magazines* (2nd. Ed.). New York, NY: Bowker）

沈怡譯（1989）。《創意編輯》。臺北市：美璟出版。（原書：Jan V. White [1982]. *Editing by design: A guide to effective word-and-picture communication for editors and designers* (2nd Ed.). New York, NY: Bowker）

沈堅（1988）。《兒童教育心理學》。北京市：教育科學出版社。

杜綺文（2008）。〈芭蕾舞與成年女性的身體實踐〉。政治大學新聞研究所碩士論文。

吳芝儀（2003）。〈敘事研究的方法論探討〉。齊力、林本炫主編，《質性研究方法與資料分析》（頁143-170）。嘉義縣大林鎮：南華大學教育研究所。

吳信如譯（2005）。《故事讓願景鮮活：最有魅力的領導方式》。臺北市：商

周。（原書：M. Loebbert [2003]. *Storymanagement: Der narrative Ansatz für Management und Beratung. Stuttgart.* Stuttgart, GE: J. G. Cotta'sche Buchhandlung Nachfolger GmbH）

吳茲嫻（2008）。〈迷的前世、今生、未來：論新媒介科技迷〉。中華傳播學會2008年會論文（新北市淡水區：淡江大學）。

吳康、丁傳林、趙善華譯（1999）。《心理類型》（上、下）。臺北市：桂冠。（原書：C. G. Jung [1971]. *Psychological types* (Trans. H. G. Baynes). Princeton, NJ: Princeton University Press）

吳新發譯（1993）。《文學理論導讀》。臺北市：書林。（原書：T. Eagleton (1983). *Literary theory: An introduction.* Minneapolis, MN: University of Minnesota Press）

邱于芸（2014）。《用故事改變世界：文化脈絡與故事原型》。臺北市：遠流。

邱英明（2007. 12. 05）。〈預算刪九億！今翻案？〉。聯合報/C2版/高雄縣新聞鳳山報導。

金溥聰（1996）。〈從選舉聲刺（soundbite）看臺灣電視新聞的公正性〉。《民意研究季刊》，第196期，頁77-92。

季水河（2001）。《新聞美學》。北京市：新華。

尚必武（2009）。〈敘事學研究的新發展——大衛‧赫爾曼訪談錄〉。《外國文學》，第5期。取自《中國社會科學網》（http://www.cssn.cn/wx/wx_wyx/201505/t20150504_1718601.shtml）。上網時間：2016. 07. 11。

林夕、李本正、范景中譯（1987）。《藝術與錯覺：圖畫再現的心理學研究》。浙江：攝影。（原書：E. H. Gombrich [1969]. *Art and illusion: A study in the psychology of pictorial representation.* Princeton, NJ: Princeton University Press）。

林正弘（1995）。〈從哲學觀點看知識的可靠性〉。羅鳳珠編，《人文學導論》（頁220-227）。臺北市：正中。

林志忠譯（2005）。《當代文學理論導讀》。臺北市：巨流。（原書：R. Selden, P. Widdowson, & P. Brooker [1997]. *A reader's guide to contemporary literary theory* (4th Ed.). New York, NY: Prentice Hall）

林美珠（2000）。〈敘事研究：從生命故事出發〉。《輔導季刊》，第36期，頁27-34。

林秀雲譯（2014）。《社會科學研究方法》（第二版）。臺北市：雙業。（原

書：E. Babbie [2013]. *The practice of social research* (13th Ed.). Belmont, CA: Wadsworth）

林和譯（2002）。《混沌——不測風雲的背後》。臺北市：天下遠見。（原書：J. Gleick [1987]. *Chaos-Making a new science*. New York, NY: Viking）

林金池（2009）。〈「合作/非合作」語用原則——論記者與消息來源之語言互動策略〉。政治大學傳播學院碩士在職專班碩士論文。

林金池、臧國仁（2010）。〈續論記者與消息來源之互動策略——以「合作/非合作」語用原則爲例〉。《臺大新聞論壇》第九期，頁3-36。

林劭貞（2005）。〈臺灣留學新生對於美國學術圖書館的觀感印象——以照片引談爲資料蒐集法〉。《圖書資訊學刊》，第3卷第1/2期，頁61-82。

林東泰（2015）。《敘事新聞與數位敘事》。臺北市：五南。

林東泰（2011）。〈電視新聞結構初探〉。《新聞學研究》，第108期，頁225-264。

林東泰（2008）。〈新聞敘事：情節的再現與閱讀想像〉。中華傳播學會年會發表論文（新北市淡水區：淡江大學）。

林國源（2008）。《詩的表演——從波特萊爾出發》。臺北市：黑眼睛文化。

林韶怡、蔡敦浩（2013）。〈自我述說的再回觀：經驗、書寫與批判〉。《應用心理研究》，第57期，頁1-3。

林錚譯（2004）。《史家與時間》。臺北市：麥田。（原著J. LeDuc [1999]. *Les historiens et le temps: Conceptions, problematiques, ecritures*. Paris, FR: Editions du Seuil.）

林靜伶（2000）。《語藝批評：理論與實踐》。臺北市：五南。

林肇賢、劉子菱譯（2014）。《其實大腦不懂你的心：揭開隱藏在神經科學下的情緒眞貌》。臺北市：商周（原書：G. Frazzetto [2013]. *How we feel: When neuroscience can and can't tell us about our emotions*. London, UK: Transworld Publishers Limited）

林麗雲（2002）。〈依附下的成長？臺灣傳播研究典範的更迭興替〉。《中華傳播學刊》，第一期，頁103-137。

易之新譯（2004）。《心理學家的面相術：解讀情緒的密碼》。臺北市：心靈工坊文化出版。（原書：P. Ekman [2003]. *Emotions revealed: Understanding faces and feelings*. London, UK: Orion Books）

周雪舫（2009）。〈事實與虛構：歷史與文學中的戈都諾夫〉。《輔仁歷史學

報》，第22期，頁149-195。

周樹華（1999）。〈戴維斯的讚頌詩與伊莉莎白女王一世的肖像〉。劉紀蕙編。
　　《框架內外：藝術、文類與符號疆界》（頁123-160）。臺北市：立緒。

柯志明（2005）。〈歷史的轉向：社會科學與歷史敘事的結合〉。《臺灣社會
　　學》，第十期，頁149-170。

施植明譯（1993）。《複合思想導論》。臺北市：時報文化。（原書：E. Morin
　　[1990]. *Introduction à la pensée complexe*. Paris, FR: EME Editions Sociales
　　Françaises (ESF)）

紀慧君（1999）。〈新聞事實的路標——新聞教科書如何界定事實報導〉。《國科
　　會人文與社會研究彙刊》，第九期，頁608-621。

政治大學傳播學院研究暨發展中心（2015）。《後學運時代：新聞與傳播環境之反
　　思與展望研討會論文集》。臺北市：政治大學傳播學院。

胡志毅（2001）。《神話與儀式：戲劇的原型闡釋》。上海市：學林。

胡佩芸（2012）。〈數位媒材對電影空間真實性的影響〉。交通大學土木工程系博
　　士論文。

胡紹嘉（2008）。《敘事、自我與認同：從文本考察到課程探究》。臺北市：秀
　　威。

胡經之、王岳川編（1994）。《文藝學美學方法論》。北京市：北京大學。（原
　　書：N. Frye (1957). *Anatomy of criticism: Four essays*. Princeton, NJ: Princeton
　　University Press）

胡寶林（1986）。《繪畫與視覺想像力》。臺北市：遠流。

夏春祥（2002）。〈眾聲喧嘩的迷思——關於傳播研究的迷思〉。《中華傳播學
　　刊》，第1期，頁3-26。

夏春祥（1999）。〈媒介記憶與新聞儀式：二二八事件新聞的文本分析（1947-
　　2000）〉。政治大學新聞研究所博士論文。

盛治仁（2005）。〈電視談話性節目研究——來賓、議題結構及閱聽人特質分
　　析〉。《新聞學研究》，第84期，頁163-203。

曹定人譯（1993）。《帝國與傳播》。臺北市：遠流。（原書：H. Innis [1972].
　　Empire and communications. Toronto, CA: University of Toronto Press）

曹欣欣（2009）。〈老相片在陳列展覽中的作用〉。《徐州師範大學學報》，第六
　　期。http://www.chnmuseum.cn/Default.aspx?TabId=468&InfoID=33050&frtid=
　　468&AspxAutoDetectCookieSupport=1（上網時間：2016. 03. 06）。

許綺玲（1999）。〈令我著迷的是，後頭，那女僕〉。劉紀蕙編。《框架內外：藝術、文類與符號疆界》（頁1-34）。臺北市：立緒。

許薔薔、許綺玲（1997）。《神話學》。臺北市：桂冠（再版）。（原書：R. Barthes [1972]. *Mythologies*. New York, NY: Noonday Press）

許麗珍（2010）。〈從媒介生態更迭中再出發：八位記者的流浪紀實〉。政治大學傳播學院碩士在職專班論文。

姜穎、陳子軒（2014）。〈「林來瘋」的媒體再現和國族焦慮〉。《新聞學研究》，第118期，頁117-207。

姚一葦（1973）。《藝術的奧秘》。臺北市：臺灣開明。

姚媛譯（2002）。《通俗文化、媒介和日常生活中的敘事》。南京市：南京大學。（原書：A. A. Berger [1996]. *Narratives in popular culture, media, and everyday life*. Thousand Oaks, CA: Sage）

洪素珍等譯（2002）。《戲劇治療》。臺北市：五南。（原書：P. Jones [1996]. *Drama as therapy vol. 1: Theory, practice and research*. London, UK: Routledge）

洪漢鼎譯（1993）。《真理與方法：哲學詮釋學的基本特徵》。臺北市：時報文化。（原書：H. -G. Gadamer [1965]. *Wahrheit und methode: Grundzüge einer pilosophischen hermeneutic*. Tübingen, DE: Mohr）

洪漢鼎、夏鎮平譯（1995）。《詮釋學II：真理與方法——補充和索引》。臺北市：時報文化。（原書：H. -G. Gadamer, [1993]. *Hermeneutik II: Wahrheit und Methode - Ergänzungen Register*. GR: Mohr Siebeck）

洪蘭譯（2002）。《大腦的秘密檔案》。臺北市：遠流。（原書：R. Carter [1998]. *Mapping the mind*. London, UK: Weidenfeld & Nicolson）

洪蘭譯（2001）。《腦中有情：奧妙的理性與感性》。臺北市：遠流。（原書：J. LeDoux [1996]. *The emotional brain: The mysterious underpinnings of emotional life*. New York, NY: Simon & Schuster）

倪炎元（2013）。〈從語言中搜尋意識形態：van Dijk的分析策略及其在傳播研究上的定位〉。《新聞學研究》，第114期，頁41-78。

唐士哲（2014）。〈重構媒介？「中介」與「媒介化」概念爬梳〉。《新聞學研究》，第121期，頁1-39。

唐偉勝（2013）。《文本、語境、讀者：當代美國敘事理論研究》。上海市：上海世界圖書。

馬西屏（2007）。《新聞採訪寫作》。臺北市：五南。

馬春（2009）。〈試論想像在新聞與文學寫作中的運用〉。《昭烏達盟族師專學報》，第2期，頁45-47。

馬海良譯（2002）。《新敘事學》。北京：北京大學出版社。（原書：D. Herman [1999] (Ed.). *Narratologies: New perspectives on narrative analysis*. Columbus, OH: The Ohio State University Press）

峻才編譯（1980）。《發揮你的創造力》。臺北市：國家出版社。（原書：A. Osborn [1949]. *Your creative power: Learn how to unleash your imagination*. New York, NY: Hamilton Books）

師範譯（2004）。《實用想像學》。臺北市：文藝生活書房。（原著：A. F. Osborn [1963]. *Applied imagination: Principles and procedures of creative problem-solving*. New York, NY: Charles Scribner's Sons）

翁維薇（2000）。〈新聞訪問之追問研究——以模糊及迴避回答為例〉。政治大學新聞研究所碩士論文。

徐士瑚譯（1985）。《西歐戲劇理論》。北京市：中國戲劇出版社。（原書：A. Nicoll [1976]. *World drama* (2nd. Ed). London, UK: Chambers.

徐敬宜（2004）。〈書寫你的生命故事：自我敘事與身分認同〉。中華傳播學會發表論文（澳門：澳門旅遊學院，上網時間：2014. 2. 10；http://ccs.nccu.edu.tw/ UPLOAD_FILES/HISTORY_PAPER_FILES/230_1.pdf）

徐國峰（2004）。〈龍魂不滅——傳播儀式中的社群記憶〉。政治大學廣播電視系碩士論文。

高小麗（2012）。〈轉述言語與巴赫金的對話理論〉。《外語學刊》，第168期，頁37-40。

高宣揚（1994）。《結構主義》。臺北市：遠流。

高惠宇（1995）。《訪談高手》。臺北市：希代。

高珮瑄（2012）。〈圖文敘事結構運用於成人繪本創作〉。臺灣師範大學美術研究所碩士論文。

高樂田（2004）。《神話之光與神話之鏡——卡西爾神話哲學的一個價值論視角》。北京市：中國社會科學院。

閔宇經（2010）。〈自我盜獵與選擇的文本真實：從三部228紀錄片談起〉。宋惠中、劉萬青主編，《國族‧想像‧離散‧認同：從電影文本再現移民社會》（頁85-106）。臺北市：五南。

郭岱軒（2011）。〈電視新聞敘事研究：以戲劇性元素運用為例〉。政治大學廣播電視系碩士論文。

郭重吉（2002）。〈建構論：科學哲學的省思〉。詹志禹編著。《建構論：理論基礎與教育應用》（頁2-12）。臺北：正中。

孫式文（2012）。〈圖像設計與隱喻閱讀〉。《新聞學研究》，第110期，頁171-214。

孫隆基（1990）。《中國文化的「深層結構」》。臺北市：唐山。

尉任之（2015. 10. 13）。〈補白大歷史疏漏〉。《中國時報》人間副刊，D4。

展江、霍黎敏等譯（2008）。《美國當代媒體編輯操作教程》。廣州市：南方日報。（原書：C. Friend, D. Challenger, & K. C. McAdams [2004]. *Contemporary editing*. New York, NY: McGraw-Hill）。

梁玉芳（1990）。〈新聞基模之研究：專家與生手知識結構差異之探討〉。政治大學新聞研究所碩士論文。

野島剛（2016. 9. 14）。〈任天堂岩田聰，用生命孵寶可夢〉。《天下雜誌》，第606期，頁172-3。

莊安祺譯（2004）。《氣味、記憶與愛欲——艾克曼的大腦詩篇》。臺北市：時報文化。（原書：D. Ackerman [2004]. *An alchemy of mind: The marvel and mystery of the brain*. New York, NY: Scribner）

莊麗薇（2006）。《自助旅行、觀光與文化想像：以臺灣的自助旅行論述為例》。東海大學社會學系碩士論文。

越克非譯（2003）。《明室》。北京市：文化藝術出版社。（原書：R. Barthes [1980]. *La chambre Claire: Note sur la photographie*. Paris, FR: Cahiers du cinéma）

程之行（1981）。《新聞寫作》（二版）。臺北市：商務。

程樹德、傅大為、王道還、錢永祥譯（1994）。《科學革命的結構》（二版）。臺北市：遠流。（原書：T. Kuhn [1962]. *The structure of scientific revolution*. Chicago, IL: University of Chicago Press）

彭家發（1989）。《非虛構寫作疏釋》。臺北市：商務。

彭聃齡（1998）。《普通心理學》。北京市：北京師範大學。

葉冠伶（2006）。〈觀光旅遊圖像的結構與解構——以淡水為例〉。淡江大學大眾傳播系碩士論文。

葉勝裕（2006）。〈歷史、轉義、敘事：海登·懷特歷史著述理論之研究〉。臺灣

大學歷史研究所碩士論文。

曾西霸譯（2008）。《實用電影編劇技巧》。臺北市：遠流。（原書：S. Field [1982]. *Screenplay: The foundations of screenwriting*. New York, NY: Delacorte Press）

曾慧雯（2016. 04）。〈水尢水某：無論歡樂、悲傷，電影都是最好的解藥〉。《康健雜誌》，第210期。

曾慶香（2005）。《新聞敘事學》。北京市：中國廣播電視出版社。

馮克力（2012）。〈老相片的「價值」〉。《悅讀》，第25卷專題「老相片」札記 http://www.21ccom.net/articles/lsjd/tsls/article_2012021753839.html（上網時間：2016. 03. 06）。

馮品佳編（2016）。《圖像敘事研究文集》。臺北市：書林。

馮建國（2001）。〈曹文軒《根鳥》之原型研究〉。臺東師範學院兒童文學研究所碩士論文。

桑尼譯（1999）。《解讀影像》。臺北市：亞太。（原書：G. Kress & T. van Leeuwen [1996]. *Reading Images: The grammar of visual design*. London, UK: Routlege）

陳之婷（2011）。〈兒童自我認同議題之繪本創作研究──以《歐瑪》作品為例〉。臺灣師範大學美術研究所碩士論文。

陳文志譯（2004）。《說故事的力量：激勵、影響與說服的最佳工具》。臺北市：臉譜。（原書：A. Simmons [2001]. *The story factor: Inspiration, influence and persuasion through the art of storytelling*. Cambridge, MA: Perseus）

陳吉寶、陳狐狸（2015）。《視覺講義：24個全球青年藝術家的圖像敘事》。臺北市：大家出版社（網路資料：http://solomo.xinmedia.com/archi/24907-books；上網時間：2016. 03. 14）。

陳安駿、臧國仁（2011）。〈新聞報導的時間共感與想像──敘事理論之觀點〉。中華傳播學會年會。新竹市：交通大學（7月4至6日）。

陳永國、張萬娟譯（2003）。《後現代史敘事學》。北京市：中國社會科學出版社。（原書：H. White [1973]. *Metahistory: The historical imagination in 19th-century Europe*. Baltimore, MA: John Hopkins University Press）

陳志成（2005）。〈從社會學的『角色理論』論戲劇演員的角色觀點〉。《網路社會學通訊期刊》（http://mail.nhu.edu.tw/~society/e-j/46/46-09.htm），上網時間：2016. 02. 14。

陳宛茜（2016. 07. 20）。〈李昂「殺夫」眞人版　女主角來自上海奇案〉。聯合新聞網，http://theme.udn.com/theme/story/6774/1840400；上網時間：2016. 07. 20。

陳玟錚（2006）。〈部落格新聞敘事功能之初探〉。中華傳播學會年會發表論文（臺北市：臺灣大學集思會議中心）。

陳阿月譯（2008）。《從故事到療癒——敘事治療入門》。臺北市：心靈工坊。（原書：A. Morgan. [2000]. *What is narrative therapy? An easy-to-read introduction*. Adelaide, AU: Dulwich Centre Publications）

陳金桂（1996）。《創造思維運用能力》。上海市：上海文化出版社。

陳秉璋、陳信木（1993）。《藝術社會學》。臺北市：巨流。

陳梅英譯（1981）。《幻想力和想像力》（顏元叔主編）。臺北市：黎明。（原書：R. L. Brett [1969]. *Fancy and imagination*. London, UK: Metheun）

陳淑鈺（2004）。〈寫實性圖畫書與想像性圖畫書對大班幼兒想像力的影響〉。南華大學美學與藝術管理研究所。

陳順孝（2013）。〈網路新聞敘事的實踐與反思〉。《傳播管理學刊》，第14卷第1期，頁1-23。

陳強、張永強譯（2001）。《社會學的想像力》。北京市：生活讀書新知三聯書店。（原書：C. W. Mills [2000]. *The sociological imagination*. New York, NY: Oxford University Press）

陳新譯（2009）《元史學：19世紀歐洲的歷史想像》。南京市：譯林出版社（原書：H. White [1973]. *Metahistory: The historical imagination in nineteenth-century Europe*. Baltimore, MD: Johns Hopkins University Press）

陳墇津譯（1995）。《言說的理論》。臺北：遠流。（原書：D. MacDonell [1986]. *Theories of discourse: An introduction*. London, UK: Basil Blackwell Ltd）

陳雅惠（2014）。〈探索網路新聞敘事新方向〉。《新聞學研究》，第121期，頁127-165。

陳雅惠（2013）。〈由電子報「新瓶裝舊酒」模式探索網路新聞敘事結構〉。交通大學「傳播與科技研討會」發表論文（新竹市：交通大學，10月24日）。

陳雅惠（2011）。〈探索網路新聞敘事結構〉。政治大學新聞研究所博士論文。

陳雅惠（2008）。〈探詢數位時代中敘事與媒介之關係〉。中華傳播學會年會發表論文（新北市淡水區：淡江大學）。

陳燕谷譯（1994）。《讀者理論反應批評》。臺北市：駱駝。（原書：E. Freund

[1987]. *The return of the reader: Reader-response criticism*. London, UK: Methuen）

陳蕾（2015）。〈傳播學本體研究的問題與路徑〉。《新聞學研究》，第215期，頁217-258。

陳懷恩（2008）。《圖像學：視覺藝術的意義與解釋》。臺北市：如果。

陳幗眉（1995）。《幼兒心理學》。臺北市：五南。

黃光國譯（2014）。《研究方法：入門與實務》。臺北市：雙葉書廊。（原書：R. Kumar [2011]. *Research methodology: A step-by-step guide for beginners* (3rd Ed.). London, UK: Sage）

黃秀雯、徐秀菊（2004）。〈繪本創作之創意思考教學研究——從觀察、想像到創意重組〉。《藝術教育研究》，第8期，頁29-71。

黃柏堯、吳怡萱、林奐名、劉倚帆（2005）。〈報紙讀者投書版之多元性分析以《中國時報》、《聯合報》、《自由時報》為例〉。中華傳播學會年會發表論文（臺北市：國立臺灣大學）。

黃新生譯（1996）。《媒介分析方法》。臺北市：遠流。（原書：A. Berger [1982]. *Media analysis techniques*. Beverly Hills, CA: Sage）

黃新生（1990）。《媒介批評》。臺北市：五南。

華婉伶、臧國仁（2011）。〈液態新聞：新一代記者與當前媒介境況——以Zygmunt Bauman「液態現代性」概念為理論基礎〉。《傳播研究與實踐》，第1卷第1期，頁205-237。

傅士珍譯（2000）。《西方文學理論四講》。臺北市：洪範。（原書：H. Adams [n.d.]. *Four lectures on the history of criticism and theory in the West*. n.p.）

傅修延（2014）。〈從西方敘事學到中國敘事學〉。《中國比較文學》第4期（取自《中國社會科學網》http://www.cssn.cn/wx/wx_wyx/201506/t20150629_2052161.shtml。上網時間：2016. 07. 07）

傅修延（2009）。〈試論青銅器上的『前敘事』〉。傅修延主編，《敘事叢刊》，第二輯，頁3-57。

張方譯（1997）。《講故事：對敘事虛構作品的理論分析》。新北市板橋區：駱駝。（原書：S. Cohan & L. M. Shires. [1988]. *Telling stories: A theoretical analysis of narrative fiction*. New York, NY: Routledge.）

張世倫譯（2009）。《另一種影像敘事》（二版）。臺北市：臉譜。（原書：J. Berger & J. Mohr [1995]. *Another way of telling*. New York, NY: Vintage

Books）

張君玫、劉金佑譯（1995）。《社會學的想像》。國立編譯館主譯，臺北市：巨流。（原書：C. W. Mills [1959]. *The sociological imagination*. New York, NY: Oxford University Press）

張東君譯（2006）。《小河馬歐文和牠的麻吉》。臺北市：遠流。（原書：I. C. Hatkoff, Hatkoff, P. Kahumbu, & P. Greste [2006]. *Owen & Mzee: The true story of a remarkable friendship*. New York, NY: Scholastic Press）

張明譯（2006）。《製造漫畫》。北京市：人民郵電。（原書：S. McCloud [2006]. *Making comics: Storytelling secrets of comics, manga and graphic novels*. New York, NY: Harper）

張春興（1989）。《張氏心理學辭典》。臺北市：東華。

張淑麗（2009）。〈日常生活研究〉。《人文與社會科學簡訊》，第十卷三期，頁22-28。

張逸良（2015）。《另一種表達：西方圖像中的中國記憶》。臺北市：臺北生活讀書新知三聯書店。

張漢良（1999）。〈符號學的興起與人文教育：重讀拉丁文學《神凡配》〉。劉紀蕙編（1999）。《框架內外：藝術、文類與符號疆界》（頁219-238）。臺北市：立緒。

張錦華（1991）。〈批判傳播理論對傳播理論及社會發展之貢獻〉。《新聞學研究》，第45期，頁57-79。

張錦華（1990）。〈傳播效果理論批判〉。《新聞學研究》，第42期，頁103-121。

張璨文（1999）。〈仲夏夜夢的變奏：從催眠曲看蒲瑟爾、孟德爾頌、布列頓對莎士比亞《仲夏夜之夢》的音樂詮釋與改寫〉。劉紀蕙編（1999）。《框架內外：藝術、文類與符號疆界》（頁285-324）。臺北市：立緒。

臧國仁（1999）。《新聞媒體與消息來源──媒介框架與真實建構之論述》。臺北市：三民。

臧國仁、蔡琰（2014a）。〈敍事傳播──元理論思路與研究架構〉。史安斌主編，《全球傳播與新聞教育的未來》（頁105-119）。北京市：北京清華大學出版社。

臧國仁、蔡琰（2014b）。〈初探「老人觀點」：以個案照片所述生命故事為例〉。中華傳播學會年會發表論文（臺北市：銘傳大學基河校區：6月25-27

日）。

臧國仁、蔡琰（2013）。〈大眾傳播研究之敘事取向——另一後設理論思路之提議〉。《中華傳播學刊》，第23期，頁159-194。

臧國仁、蔡琰（2012）。〈新聞訪問之敘事觀——理論芻議〉。《中華傳播學刊》，第21期，頁3-31。

臧國仁、蔡琰（2011）。〈旅行敘事與生命故事：傳播研究取徑之芻議〉。《新聞學研究》，第109期，頁43-76。

臧國仁、蔡琰（2010a）。〈新聞敘事之時空「窗口」論述——以老人新聞為例〉。《新聞學研究》，第105期（研究誌要），頁205-246。

臧國仁、蔡琰（2010b）。〈旅行敘事與生命故事：傳播研究取徑之芻議〉。《新聞學研究》，第109期，頁43-76。

臧國仁、蔡琰（2009a）。〈傳播與敘事——以「生命故事」為核心的理論重構〉。中華傳播學會年會發表論文（新竹市：玄奘大學，6月6至8日）。

臧國仁、蔡琰（2009b）。〈傳媒寫作與敘事理論——以相關授課內容為例〉。「政大傳播學院媒介寫作教學小組」編，《傳媒類型寫作》（頁3-28）。臺北市：五南。

臧國仁、蔡琰編（2007a）。《新聞訪問：理論與個案》。臺北市：五南。

臧國仁、蔡琰（2007b）。〈新聞訪問之理論回顧與未來建議〉。臧國仁、蔡琰編。《新聞訪問：理論與個案》（頁227-274）。臺北市：五南。

臧國仁、蔡琰（2005a）。〈與老人對談——有關『人生故事』的一些方法學觀察〉。《傳播研究簡訊》，第42期（5月15日），頁17-22。

臧國仁、蔡琰（2005b）。〈新聞報導與時間敘事——以老人新聞為例〉。《新聞學研究》，第83期（四月號），頁1-38。

臧國仁、蔡琰（2001）。〈新聞美學——試論美學對新聞研究與實務的啟示〉。《新聞學研究》，第66期（1月號），頁29-60。

臧國仁、鍾蔚文（2007）。〈新聞記者如何問問題？如何問好問題？如何問對問題？〉。臧國仁、蔡琰主編，《新聞訪問：理論與個案》（頁1-32）。臺北市：五南（原刊於臧國仁主編（1994）。《新聞學與術的對話》（頁45-72）。臺北市：政大新聞研究所。

詹志禹（2002a）。〈認識與知識：建構論vs.接受觀〉。詹志禹編著。《建構論：理論基礎與教育應用》（頁12-27）。臺北市：正中。

詹志禹編（2002b）。《建構論：理論基礎與教育應用》。臺北市：正中。

董小英（2001）。《敘述學》。北京市：社會科學文獻出版社。

董學文、王葵譯（1992）。《符號學美學》。臺北市：商鼎文化。（原書：R. Barthes [1968]. *Elements of semiology*. New York, NY: Hill and Wang）

董健、馬俊山（2008）。《戲劇藝術的十五堂課》。臺北市：五南。

趙登美（1990）。〈我國報紙讀者投書版守門過程及內容之分析報紙符號真實與客觀真實的比較〉。輔仁大學傳播研究所碩士論文。

趙毅衡（2010）。〈廣義敘述學：一個建議〉。《敘事》（中國版），第二輯，頁149-160。

趙毅衡（2009a）。〈「敘事」還是「敘述」──一個不能再「權宜」下去的術語混亂〉。《外國文學評論》，第二期，頁228-232。

趙毅衡（2009b）。〈「敘述轉向」之後──廣義敘述學的可能性與必要性〉。《敘事叢刊》，第二輯，頁73-93。

趙靜蓉（2006）。〈「老相片」：現代人的文化「鄉愁」〉。《中華讀書報》http://www.gmw.cn/01ds/2006-12/06/content_518710.htm（上網時間：2012. 12. 20）。

楊乃甄（2010）。〈解讀電視劇《光陰的故事》的懷舊政治〉。中華傳播學會年會發表論文（嘉義縣民雄鄉：中正大學）。

楊素芬（1996）。《文本類型對閱讀的影響：以新聞體與小說體為例》。政治大學新聞研究所碩士論文。

楊照（2001）。〈可怖之美就此誕生〉。《中國時報》，9月19日，人間副刊。

廖冠智、薛永浩（2013）。〈多向文本與故事基模：國小學童述說科學發明故事之歷程探究〉。《設計學報》，第3期，頁41-61。

廖祥雄譯（1991）。《映像藝術》。臺北市：志文（中譯二版）。（原書：H. Zettl [1990]. *Sight, sound, motion: Applied media aesthetics* (2nd. Ed.). Belmont, CA: Wadsworth.）

蔡依玲譯（2000）。《擅變：看傑出領袖如何掌握變局》。臺北市：方智。（原書：W. M. Boast & B. Martin [1997]. *Masters of change: How great leaders in every age thrived in turbulent times*. Provo, UT: Executive Excellence）

蔡昌雄譯（1995）。《榮格》。臺北市：立緒。（原書：M. Hyde & M. McGuinness [1995]. *Jung para principiantes/Jung for beginners (Spanish Ed.)*. Buenos Aires, AR: Errepar）

蔡娟如譯（2013）。《作家之路：從英雄的旅程學習說一個好故事》。臺北市：

商周。（原書：C. Vogler. [1998]. *The writer's journey: Mythic structure for writers* (2ⁿᵈ Ed.). Studio City, CA: M. Wiese Productions）

蔡敏玲、余曉雯譯（2003）。《敘說探究：質性研究中的經驗與故事》。臺北市：心理（原書：D. J. Clandinin & F. M. Connelly [2000]. *Narrative inquiry: Experience and story in qualitative research*. San Francisco, CA: Jossey-Bass）

蔡琰（2000）。《電視劇：戲劇傳播的敘事理論》。臺北市：三民。

蔡琰、臧國仁（2017）。〈數位時代的敘事傳播：兼論新科技對傳播學術思潮的可能影響〉。《新聞學研究》，第131期，頁1-48。

蔡琰、臧國仁（2014a）。〈新聞記者的想像思維——再論想像與新聞報導的關聯〉。《中華傳播學刊》，第26期，頁267-300。

蔡琰、臧國仁（2014b）。〈數位相片、家庭生命故事與代間學習電腦對傳播與「後喻文化」的影響：理論提議〉。中華傳播學會年會論文（臺北市：銘傳大學基河校區：6月25-27日）。

蔡琰、臧國仁（2012）。〈新聞圖文敘事之競合論述關係：以「水淹高雄岡山晉德老人安養院」個案報導為例〉。《新聞學研究》，第111期，頁89-128。

蔡琰、臧國仁（2011）。〈老人傳播研究：十年回首話前塵〉。《中華傳播學刊》專題論文，第十九期，頁25-40。

蔡琰、臧國仁（2010a）。〈論新聞讀者之「想像」：初探「記實報導可能引發的線索〉。《中華傳播學刊》，第17期，頁235-268。

蔡琰、臧國仁（2010b）。〈想像與創造性想像：新聞敘事思維再現的藍圖〉。《國際新聞界》，第32卷6期（188期），頁6-13。

蔡琰、臧國仁（2010c）。〈爺爺奶奶部落格——對老人參與新科技傳播從事組織敘事之觀察〉。《中華傳播學刊》，第十期，頁235-263。

蔡琰、臧國仁（2008a）。〈老人接收新聞訊息之情感與記憶〉。《中華傳播學刊》，第十三期，頁3-36。

蔡琰、臧國仁（2008b）。〈熟年世代網際網路之使用與老人自我形象與社會角色建構〉。《新聞學研究》，第97期，頁1-43。

蔡琰、臧國仁（2007）。〈「創意／創新」與時間概念：敘事理論之觀點〉。《新聞學研究》，第93期（十月號），頁1-40。

蔡琰、臧國仁（2003）。〈由災難報導檢討新聞美學的「感性認識」：兼談新聞研究向美學轉向的幾個想法〉。《新聞學研究》，第74期，頁95-119。

蔡琰、臧國仁（1999）。〈新聞敘事結構：再現故事的理論分析〉。《新聞學研

究》，第五十八集（1月號），頁1-28。

蔡詩萍（2009. 08. 25）。〈再累，也請讓我們活著——《不能沒有你》觀後〉。《中國時報》人間副刊，E4。

齊若蘭譯（1994）。《複雜——走在秩序與混沌邊緣》。臺北市：天下遠見（原書：M. M. Waldrop [1993]. *Complexity—The emerging science at the edge of order and chaos*. New York, NY: Simon & Schuster）

魯顯貴（2015）。〈在時間與想像空間之擺盪的敘事：系統理論取徑的重構嘗試〉。《傳播文化》，第十四期。

鄭宇伶（2013）。〈臺灣電視新聞數位敘事個案分析〉。世新大學資訊傳播系碩士論文。

潘慧玲（2003）。〈社會科學研究典範的流變〉。《教育研究資訊》，第十一期，頁115-143。

潘慧玲（1994）。〈角色取替的探討〉。《教育研究所集刊》，第35期，頁193-207。

褚朔維譯（1988）。《想像心理學》。北京市：光明日報。（原書：J. P. Sartre [1972]. *The psychology of imagination*. London, UK: Methuen）

鍾敏華（2003）。〈兒童繪本與兒童語文創造力之教學行動研究〉。臺東師範學院兒童文學研究所碩士論文。

鍾蔚文（2004）。〈想像語言：從Saussure到臺灣經驗〉，翁秀琪（主編），《臺灣傳播學的想像》（頁199-264）。臺北市：巨流。

鍾蔚文（2002）。〈誰怕眾聲喧嘩？兼論訓練無能症〉。《中華傳播學刊》，第1期，頁27-40。

鍾蔚文（1992）。《從媒介真實到主觀真實：看新聞，怎麼看？看到什麼?》。臺北市：正中。

鍾蔚文、陳百齡、陳順孝（2007）。〈尋找數位時代的莎士比亞：使用數位工具其技藝之探討〉。國科會專題計畫提案（http://www.google.com.tw/url?sa=t&rct=j&q=&esrc=s&source=web&cd=2&ved=0ahUKEwiRmfHcnMDLAhUFppQKHcF7C5YQFggfMAE&url=http%3A%2F%2Fdeepplay.km.nccu.edu.tw%2Fxms%2Fread_attach.php%3Fid%3D2953&usg=AFQjCNF-Ah2DbkXgyVkFmtYP3uHEaRgEyg；上網時間：2016. 03. 15）

鍾蔚文、陳百齡、陳順孝（2006）。〈數位時代的技藝：提出一個分析架構〉。《中華傳播學刊》，第10期，頁233-264。

鍾蔚文、臧國仁、陳百齡、陳順孝（1997）。〈探討記者工作的知識基礎——分析架構的建立〉。中華傳播學會年會發表論文（嘉義縣民雄鄉：中正大學）。

鍾蔚文、臧國仁、陳憶寧、柏松齡、王昭敏（1996）。〈臺大A片事件的多重真實：框架理論的再思〉。翁秀琪、馮建三主編，《國立政治大學新聞教育六十週年慶學術研討會論文集》（頁181-224）。臺北市：政治大學新聞系。

滕守堯（1987）。《審美心理描述》。新北市樹林區：漢京文化。

蔣韜譯（1997）。《導讀榮格》。臺北市：立緒。（原書：R. Hopcke [1989]. *A guided tour of the collected woks of C. J. Jung.* Boston, MA: Shambhala）

踏雪無痕。「弗萊的原型批評美學」，http://blog.sina.com.cn/s/blog_48a41e1d010005nc.html（上網時間：2015. 08. 25）（原文出自朱立元（1999）。《人文雜誌》，第2期，N. D.）。

劉大基、傅志強、周發祥譯（1991）。《情感與形式》。臺北市：商鼎文化。（原書：S. K. Langer [1953]. *Feeling and form.* New York, NY: Scribner）

劉伶伶（2012）。〈官方消息來源之模糊傳播研究：以馬英九總統受CNN訪談內容為例〉。政治大學新聞系碩士論文。

劉宏文（2002）。〈建構主義的認識論觀點及其在科學教育上的意義〉。詹志禹編著。《建構論：理論基礎與教育應用》（頁264-284）。臺北市：正中。

劉紀蕙編（1999）。《框架內外：藝術、文類與符號疆界》。臺北市：立緒。

劉渼（2008）。〈創意說故事後敘事模式的教學應用研究〉。《臺北大學中文學報》，第四期，頁1-34。

劉毅、郭永玉（2014）。〈敘事研究中的語境取向〉。《心理科學》，第37期，頁770-775。

劉蕙苓（2014）。〈匯流下的變貌：網路素材使用對電視新聞常規的影響〉。《新聞學研究》，第121期，頁41-87。

錢怡儒（2014）。〈隱空間——以敘事設計探討繪本圖像符碼轉換之空間意涵〉。臺中科技大學室內設計系碩士論文。

賴玉釵（2016）。〈跨媒介敘事與擴展「敘事網絡」歷程初探：以國際大獎繪本之跨媒介轉述為例〉。《新聞學研究》，第126期，頁133-198。

賴玉釵（2015a）。〈繪本敘事轉述為影像歷程初探：以繪本《雨果的祕密》之跨媒介轉述為例〉。《傳播研究與實踐》，第5卷第2期，頁79-120。

賴玉釵（2015b）。〈圖像敘事之跨媒介轉述與閱聽人美感反應初探：以繪本改編動畫之「互媒」歷程為例〉。中華傳播學會年會發表論文（高雄市大樹區：義

守大學）。

賴玉釵（2014）。〈無字繪本創作者召喚兒童參與之敘事策略初探：以美感傳播歷程爲思辨起點〉。《新聞學研究》，第119期，頁161-209。

賴玉釵（2013a）。《圖像敘事與美感傳播：從虛構繪本到紀實照片》。臺北市：五南。

賴玉釵（2013b）。〈讀者詮釋無字繪本之美感傳播歷程初探：以安野光雅《旅之繪本》書系爲例〉。《教育資料與圖書館學》，第51卷1期，頁37-89。

賴玉釵（2013c）。〈非虛構繪本敘事之召喚式結構初探：以紀實照片圖像故事《小河馬歐文和牠的麻吉》爲例〉。《藝術學報》，第92期，頁209-235。

賴玉釵（2010）。〈書評：日常生活中的美感傳播：評析《日常生活美學》〉。《新聞學研究》，第105期，頁277-283。

賴玉釵（2009）。〈讀者理解與文本結構之交流過程：以閱讀金庸武俠小說之「美感體驗」爲例〉。政治大學新聞研究所博士論文。

簡妙如等譯（1999）。《大眾傳播媒體新論》。臺北市：韋伯。（原書：L. Taylor & A. Willis, [1999]. *Media studies: Text, institutions and audiences*. New York, NY: Wiley-Blackwell）

簡珮如（2006）。〈記憶·直覺·想像——「時間系列」水墨創作研究〉。臺南大學視覺藝術研究所論文。

戴洛棻、黃政淵、蕭少嵫譯（2014）。《故事的解剖：跟好萊塢編劇教父學習說故事的技藝，打造獨一無二的內容，結構與風格》。臺北市：漫遊者文化。（原書：R. McKee [1997]. *Story: Substance, structure, style and the principles of screenwriting*. New York, NY: ReganBooks.）

龍迪勇（2009）。〈圖像敘事與文字敘事——故事畫中的畫像與文本〉。傅修延主編，《敘事叢刊》，第二輯，頁147-189。

盧嵐蘭（2007）。《閱聽人與日常生活》。臺北市：五南。

謝欣倩（1998）。〈城市中的流浪者：關於宣傳車的批判民族誌研究〉。中華傳播學會年會發表論文（新北市深坑區：世新會館，6月28-30日）。

韓叢耀（2005）。《圖像傳播學》。臺北市：威仕曼文化。

薛心鎔譯（1987）。《現代新聞編輯學》。臺北市：中央日報。（原書：F. K. Baskette, J. Z. Sissors, & B. S. Brooks. [1982]. *The art of editing* (3rd Ed.). New York, NY: Macmillan）

薛絢譯（1996）。《歷史的眞相》。臺北市：正中。（原書：J. Appleby, L. Hunt,

& M. C. Jacob. [1995]. *Telling the truth about history*. New York, NY: Norton.）

蕭靖慧（2010）。〈國小高年級繪本創作教學之想像與敘事表現研究〉。東華大學
　　視覺藝術教育研究所論文。

蕭靖慧、徐秀菊（2010）。運用敘事課程之繪本創作教學研究。《視覺藝術論
　　壇》，第五冊，頁142-162。

顧薇薇（2010）。〈畫中有「話」──論「無字童書」的設計〉。南京藝術學院碩
　　士論文。

二、英文部分

Aarseth, E. J. (1997). *Cybertext: Perspectives on ergodic literature*. Baltimore, MR:
　　The Johns Hopkins University Press.

Abrams, M. H. (2005). *A glossary of literary terms* (8th Ed.). Boston, MA: Thomson.

Adichie, A. (2009). The danger of a single story. *TED Ideas worth spreading* (http://
　　b.3cdn.net/ascend/2029fab7aa68da3f31_jqm6bn6lz.pdf; 上網時間：2016. 11.
　　17)

Adler, G., Fordham, M., & Read, H. (Eds.)(1949). *The collected works of C. G. Jung*
　　(Trans. R. F. C. Hull). Princeton, NJ: Princeton University Press.

Altheide, D. L. (2002). Journalistic interviewing. In J. F. Gubrium & J. A. Holstein
　　(Eds.). *Handbook of interview research: Context & method* (pp. 411-430).
　　Thousands Oaks, CA: Sage.

Arnheim, R. (1954). *Art and visual perception. A psychology of the creative eye*.
　　Berkeley, CA: University of California Press.

Atkinson, M., & Drew, P. (1979). *Order in court: The organisation of verbal
　　interaction in judicial settings*. Atlantic Highlands, NJ: Humanities Press.

Auer, P., & de Luzio, A. (Eds.)(1992). *The contextualization of language*. Amsterdam,
　　NL: John Benjamins.

Aumont, J. (1997). *The image* (Trans. C. Pajackowska). London, UK: British Film
　　Institute.

Bakhtin, M. (1984). *The dialogic imagination: Four essays*. Ed. by K. Clark & M.
　　Holquist (Trans. C. Emerson & M. Holquist). Austin, TX: The University of
　　Texas Press.

Bal, M. (Ed.)(2004). *Narrative theory: Critical concepts in literary and cultural studies*. London, UK: Routledge.

Bal, M. (1997). *Narratology: Introduction to the theory of narrative*. Toronto, CA: University of Toronto Press.

Bamberg, M. (Ed.)(2007). *Narrative - State of the art*. Amsterdam, NL: John Benjamins.

Bamberg, M., & Andrews, M. (Eds.)(2004). *Considering counter-narratives: Narrating, resisting, making sense* (Vol. 4). Amsterdam, NL: John Benjamins.

Banach, D. (n.d.). Tolstoy on arts. 上網日期：2015. 08. 03. http://www.anselm.edu/ homepage/dbanach/h-tolstoy-banach.htm.

Barnlund, D. C. (2008). A transactional model of communication. In. C. D. Mortensen (Eds.), *Communication theory* (2ⁿᵈ Ed.)(pp. 47-57). New Brunswick, NJ: Transaction.

Barthes, R. (1993). *The semiotic challenge*. Oxford, UK: Basil Blackwell.

Bauer, M. W., & Gaskell, G. (2000). *Qualitative researching with text, image and sound: A practical handbook*. London, UK: Sage.

Bauman, Z. (2005). *Liquid life*. Cambridge, UK: Polity Press.

Bauman, Z. (2000). *Liquid modernity*. Cambridge, UK: Polity Press.

Bavelas, J. B., Black, A., Chovil, N., & Mullett, J. (1990). *Equivocal communication*. Newbury Park, CA: Sage.

Beasley, B. (1998). Journalists' attitudes toward narrative writing. *Newspaper Research Journal, 10* (1): 78-89.

Beattie, G. W. (1982). Turn-taking and interruption in political interviews: Margaret Thatcher and Jim Callaghan compared and contrasted. *Semiotica, 39*, 93-114.

Bell, A. (1994). Telling stories. In D. Graddol & O. Boyd-Barrett (Eds.). *Media texts: Authors and readers* (pp. 100-118). Clevedon, UK: Open University.

Bell, P., & van Leeuwen, T. (1994). *The media interview: Confession, contest, conversation*. Kensington, AU: University of New South Wales Press.

Belton, T. (2001). Television and imagination: An investigation of the medium's influence on children's story-making. *Media, Culture & Society, 23*(6), 799-820.

Berelson, B. B. (1959). The state of communication research. *Public Opinion Quarterly, 23*, 1-2.

Berelson, B. B., Lazarsfeld, P. F., & McPhee, W. N. (1954). *Voting: A study of opinion formation in a presidential campaign.* Chicago, IL: University of Chicago Press.

Berger, J. (2009). *The look of things: Essays.* New York, NY: Viking Press.

Bird, S. E. (2003). *The audience in everyday life: Living in a media world.* New York, NY: Routledge.

Bird, S. E., & Dardenne, R. W. (2009). Rethinking news and myth as storytelling. In K. Wahl-Jorgensen & T. Hanitzsch (Eds.). *The handbook of journalism studies* (pp. 205-217). New York: Routledge.

Bird, S. E., & Dardenne, R. W. (1990). News and storytelling in American culture: Reevaluating the sensational dimension. *Journal of American Culture, 13*, 33-37.

Bird, S. E. & Dardenne, R. W. (1988). Myth, chronicle, and story: Exploring the narrative qualities of news. In J. W. Carey (Ed.). *Media, myths and narratives: Television and the press* (pp. 67-86). Newbury Park, CA: Sage.

Blauner, B. (2001). *Still the big news: Racial oppression in America.* Philadelphia, PN: Temple University Press (originally published in 1972 by Prentice-Hall).

Boden, D., & Zimmerman, D. H. (Eds.)(1991). *Talk & social structure: Studies in ethnomethodology and conversation analysis.* Cambridge, UK: Polity Press.

Bodkin, M. (1934). *Archetypal patterns in poetry: Psychological studies of imagination.* London, UK: Oxford University Press.

Bogost, I., Ferrari, S., & Schweizer, B. (2010). *Newsgames: Journalism at play.* Cambridge, MA: The MIT Press.

Booth, W. (1961). *The rhetoric of fiction.* Chicago, IL: University of Chicago Press.

Bousfield, D. (2008). *Impoliteness in interaction.* Amsterdam, NL: John Benjamins.

Bousfield, D., & Locher, M. A. (Eds.)(2008). *Impoliteness in language: Studies on its Interplay with Power in Theory and Practice.* Berlin, DE: Mouton de Gruyter.

Brockett, O. G. (1977). *History of the theatre* (3rd Ed.). Boston, MA: Allen & Bacon.

Brockmeier, J. & Carbaugh, D. (Eds.)(2001). *Narrative and identity: Studies in autobiography, self and culture.* Amsterdam, NL: John Benjamins.

Brown, R. H. (1977). *A poetic for sociology: Towards a logic of discovery for the human sciences.* London, UK: Cambridge University Press.

Brown, P., & Levinson, S. (1978). Universals in language usage: Politeness phenomena. In E. N. Goody (Ed.). *Questions and politeness: Strategies in social interaction* (pp. 56-311). Cambridge, UK: Cambridge University Press.

Brown, P., & Levinson, S. (1987). *Politeness: Some universals in language use.* Cambridge, MA: Cambridge University Press.

Bruner, J. (1991). The narrative construction of reality. *Critical Inquiry, 18*, 1-21.

Bruner, J. (1990). *Acts of meaning.* Cambridge, MA: Harvard University Press.

Bruner, J. (1986). *Actual minds, possible worlds.* Cambridge, MA: Harvard University Press.

Bruns, A. (2007). Produsage: Towards a broader framework for user-led content creation. Creativity and Cognition: Proceedings of the 6th ACM SIGCHI Conference on Creativity & Cognition, ACM, Washington, D.C., USA.

Bull, P. (2008). "Slipperiness, evasion, and ambiguity": Equivocation and facework in noncommittal political discourse. *Journal of Language and Social Psychology, 27*: 333-344.

Bull, P. (2000). Equivocation and the rhetoric of modernization: An analysis of televised interviews with Tony Blair in the 1997 British General Election. *Journal of Language and Social Psychology, 19*(2), 222-247.

Bull, P. (1998). Equivocation theory and news interviews. *Journal of Language and Social Psychology, 17*(1), 36-51.

Bull, P. (1997). Queen of hearts or queen of the arts of implication. Implicit criticisms and their implications for equivocation theory in the interview between Martin Bashir and Diana, Princess of Wales. *Social Psychological Review, 1*, 27-36.

Bull, P. E. & Mayer, K. (1993). How not to answer questions in political interviews. *Political Psychology, 14*, 651-666.

Campbell, R. (1991). *60 Minutes and the news: A mythology for Middle America.* Urbana, IL: The University of Illinois Press.

Carey, J. (1992). *Communication as culture: Essays on media and culture.* Boston, MA: Unwin Hyman.

Chaffee, S. H., & Rogers, E. M. (Eds.) (1997). *The beginnings of communication study in America: A personal memoir by Wilbur Schramm.* Thousand Oaks, CA: Sage.

Chambers, D. (2001). *Representing the family.* London, UK: Sage.

Chatman, S. (1978). *Story and discourse: Narrative structure in fiction and film.* Ithaca, NY: Cornell University Press.

Clayman, S. E. (2001). News interview. In N. J. Smelser & P. B. Baltes (Eds.). *International encyclopedia of the social & behavioral sciences* (pp. 10642-5). Oxford, UK: Elsevier.

Clayman, S. E. (1992). Footing in the achievement of neutrality. The case of news interview discourse. In P. Drew & J. Heritage (Eds.). *Talk at work* (pp. 163-198). Cambridge, MA: Cambridge University Press.

Clayman, S. E. (1991). News interviews openings: Aspects of sequential organization. In P. Scannell (Ed.). *Broadcasting talk* (pp. 48-75). London, UK: Sage.

Clayman, S. E. (1988). Displaying neutrality in television news interviews. *Social Problems, 35*, 474-492.

Clayman, S. E., & Heritage, J. (2002). *The news interview: Journalists and public figures on the air*. Cambridge, UK: Cambridge University Press.

Cohen, A. A. (1987). *The television news interview*. Newbury Park, CA: Sage.

Cohen, L., & Mannion, L. (1980). *Research methods in education*. London, UK: Routledge.

Cohler, B. J. & Cole, T. R. (1996). Studying older lives: Reciprocal acts of telling and listening. In J. E. Birren, G. M. Kenyon, J-E. Ruth, J. J. F. Schroots, & R. Svensson (Eds.). *Aging and biography: Explorations in adult development* (pp. 61-76). NY: Springer.

Colomer, T., Kümmerling-Meíbauer, B., & Silva-Diaz, C. (2010). *New directions in picturebook research*. New York, NY: Routledge.

Cragan, J. F., & Shields, D. C. (1995). *Symbolic theories in applied communication research: Bormann, Burke, and Fishe*r. Cresskill, NJ: Hampton Press.

Craig, D. (2006). *The ethics of the story: Using narrative techniques responsibly in journalism*. Lanham, MD: Rowman & Littlefield.

Culler, J. (1975). *Structuralist poetics: Structuralism, linguistics, and the study of literature*. Ithaca, NY: Cornell University Press.

Culpeper, J. (2011). *Impoliteness: Using language to cause offence*. Cambridge, MA: Cambridge University Press.

Culpeper, J. (1996). Toward an anatomy of impoliteness. *Journal of Pragmatics, 25*, 348-367.

Culpeper, J., Bousfield, D. & Wichmann, A. (2003). Impoliteness revisited: With special reference to dynamic and prosodic aspects. *Journal of Pragmatics*, *35*(10/11), 1545-1579.

Czarniaswska, B. (2004). *Narratives in social science research*. London, UK: Sage.

Czarniaswska, B. (2002). Narrative, interviews, and ogranizations. In J. F. Gubrium & J. A. Holstein (Eds.)(2002). *Handbook of interview research: Context & method* (pp. 733-750). Thousand Oaks, CA: Sage.

Darwin, C. A. (1872). *The expression of the emotions in man and animals*. London, UK: John Murray.

Dayan, D., & Katz, E. (1992). *Media events: The live broadcasting of history*. Cambridge, MA: Harvard University Press.

de Certeau, M. (1984). *The practice of everyday life* (Trans. S. Rendall). Berkeley, CA: University of California Press.

de Fina, A., & Georgakopoulou, A. (Eds.). *The handbook of narrative analysis*. Malden, MA : John Wiley & Sons.

Dewey, J. (1935). *Intelligence in the modern world* (collected works). New York, NY: Modern Library.

Dillon, J. T. (1990). *The practice of questioning*. London, UK: Routledge.

Dixon, R. A., & Gould, O. N. (1996). Adults telling and retelling stories collaboratively. P. B. Baltes & U. M. Staudinger (Eds.). *Interactive minds: Life-span perspectives on the social foundation of cognition* (pp. 221-241). Cambridge, UK: Cambridge University Press.

Donnelly, C. (1994). *Linguistics for writers*. Albany, NY: State University of New York Press.

Drew, P., & Heritage, J. (Eds.)(1992). *Talk at work: Interaction in institutional settings*. Cambridge, UK: Cambridge University Press

Duranti, A., & Goodwin, C. (Eds.)(1992). *Rethinking context: Language as interactive phenomenon*. Cambridge, UK: Cambridge University Press.

Eakin, P. J. (2008). *Living autobiographically: How we create identity in narrative*. Ithaca, NY: Cornell University Press.

Eakin, P. J. (2006). Narrative identity and narrative imperialism: A response to Galen Strawson and James Phelan. *Narrative, 14*(2), 180-187.

Eakin, P. J. (2004). What are we reading when we read autobiography. *Narrative, 12*,

121-32.

Eastman, S. T. (1993). *Broadcast/cable programing—Strategies and practices* (4th Ed.). Belmont, CA: Wadsworth.

Ekström, M. (2007). Theory review: Conversation analysis in journalism studies. *Journalism Studies, 8*, 964-973.

Ekström, M. (2001). Politicians interviewed on television news. *Discourse & Society, 12*(5), 563-584.

Ekström, M., Kroon, A., & Nylund, M. (Eds.) (2006). *News from the interview society*. Göteborg, SE: Nordicom.

Elleström, L. (2010). *Media borders, multimodality and intermediality*. Basingstoke, Hampshire, UK: Palgrave Macmillan.

Ellis, C. & Berger, L. (2002). Their story/my story/our story: Indulging the researcher's experience in interview research. In J. F. Gubrium & J. A. Holstein (Eds.). *Handbook of interview research: Context & method* (pp. 849-876). Thousand Oaks, CA: Sage.

Engell, J. (1981). *The creative imagination: Enlightenment to romanticism*. Cambridge, MA: Harvard University Press.

Ettema, J. S. & Glasser, T. L. (1990). News values and narrative themes: Irony, Hypocrisy and other enduring values. Paper presented to the ICA Conference, Dublin, Ireland.

Fisher, W. R. (1987). *Human communication as narration: Toward a philosophy of reason, value and action*. Columbia, SC: University of South Carolina Press.

Fishman, M. (1980). *Manufacturing the news*. Austin, TX: The University of Texas.

Fivush, R., & Haden, C. A. (Eds.)(2003). *Autobiographical memory and the construction of a narrative self: Developmental and cultural perspectives*. Mahwah, NJ: L. Erlbaum.

Frasca, G. (1999). Ludology meets narratology. Similitude and differences between (video) games and narrative. Originally published in Finnish in *Parnasso* 1999: 3, 365-71. http://www.ludology.org/articles/ludology.htm（上網時間：2015. 08. 11）

Frye, N. (1957). *Anatomy of criticism: Four essays*. Princeton, NJ: Princeton University Press.

Garcia, M. (1993). *Contemporary newspaper design: A structural approach.* Englewood Cliffs, NJ: Prentice Hall.

Garfinkel, H. (1967). *Studies in ethnomethodology.* Cambridge, UK: Polity Press.

Genette, G. (1980). *Narrative discourse: An essay in method* (Trans. J. E. Lewin). Ithaca, NY: Cornell University Press.

Georgakopoulou, A. (2007). *Small stories, interaction, identities.* Amsterdam, NL: John Benjamins.

Georgakopoulou, A. (2006). The other side of the story: Toward a narrative analysis of narrative-in-interaction. *Discourse Studies, 8,* 235-257.

Gerbner, G. (1985). Homo-Narrans: Story-telling in mass culture and everyday life. *Journal of Communication, 35*(4), 73.

Gergen, K. J. (1999). *An invitation to social construction.* London, UK: Sage.

Gergen, M. A., & Gergen, K. J. (2007). Narrative in action. In M. Bamberg (Ed.). *Narrative - State of the art* (pp.133-144). Amsterdam, NL: John Benjamins.

Gladwell, M. (2000). *The tipping point: How little things can make a big difference.* Boston, MA: Back Bay Books.

Godzich, W. (1989). The time machine. In W. Godzich & J. Schulte-Sase (Eds.). *Theory and history of literature* (vol. 64). *Narrative on communication* (pp. ix-xvii). Minneapolis, MI: University of Minnesota Press.

Goffman, E. (1972). *Relations in public: Microstudies of the public order.* New York, NY: Basic Books.

Goffman, E. (1955). On face-work: Analysis of ritual elements in social interaction. *Psychiatry, 18,* 213-231（重刊於E. Goffman (1967). *Interaction ritual: Essays on face to face behaveiour* (pp. 5-45). Garden City, NY: Anchor）

Goodson, I., & Gill, S. (2014). *Critical narrative as pedagogy.* New York, NY: Bloomsbury.

Goodwin, M. H. (1990). *He-said-she-said: Talk as social organization among black children.* Bloomington, IN: Indiana University Press.

Graham, J. (1998). Turning the visual into the verbal: Children reading wordless books. In J. Evans (Ed.). *What's in the picture?* London, UK: Paul Chapman.

Gready, P. (2013). The public life of narratives: Ethics, politics, methods. In M. Andrews, C. Squire, & M. Tamboukou (Eds.). *Doing narrative research* (2nd Ed.)

(pp. 240-254). London, UK: Sage.

Grice, H. P. (1975). Logic and conversation. In P. Cole & J. Morgan (Eds). *Syntax & Semantics* (vol. 3). New York, NY: Academic Press.

Grishakova, M., & Ryan, M. -L. (Ed.) (2010). *Intermediality and storytelling*. Berlin, DE: Walter de Gruyter GmbH & Co.

Gubrium, J. F., & Holstein, J. A. (Eds.)(2002). *Handbook of interview research: Context & method*. Thousands Oaks, CA: Sage.

Gurevitch, M., & Kavoori, A. P. (1994). Global texts, narrativity, and the construction of local and global meaning in television news. *Journal of Narrative and Life History*, 4, 9-24.

Hall, S. (1997). *Representation: Cultural representations and signifying practices*. London, UK: Sage.

Hall, S. (1993). Decoding and encoding. In S. During (Ed.). *The cultural studies readers* (pp. 90-103). London, UK: Routledge.

Harris, C. R. & Lester, P. M. (2001). *Visual journalism: A guide for new media professionals*. New York, NY: Allyn & Bacon.

Harris, S. (1991). Evasive action: How politicians respond to questions in political interviews. In P. Scannell (Ed.). *Broadcast talk* (pp. 76-99). London, UK: Sage.

Haydén, L. -C. (2013). Bodies, embodiment and stories. In M. Andrews, C. Squire, & M. Tamboukou. (Eds.). *Doing narrative research* (2nd Ed.)(pp. 126-141). London, UK: Sage.

Heider, F. (1958). *The psychology of interpersonal relations*. New York, NY: Wiley.

Heikkilä, H., & Kunelius, R. (2006). Journalists imagining the European public sphere: Professional discourses about the EU news practices in ten countries. *Javnost - The Public*, *13*(4), 63-80.

Heritage, J. (2003). Presenting Emanuel Schegloff. In C. Prevignano & P. J. Thibault (Eds.). *Discussing conversation analysis: The work of Emanuel A. Schegloff* (pp. 1-10). Amsterdam, NL: John Benjamins.

Heritage, J. (1997). Conversation analysis and institutional talk. In D. Silverman (Ed.), *Qualitative Research: Theory, Method and Practice* (pp. 161-182). Thousand Oaks, CA: Sage.

Heritage, J. (1985). Analyzing news interviews: Aspects of the production of talk for an overhearing audience. In T. van Dijk (Ed.). *Handbook of discourse analysis* (vol. 3. pp. 95-117). New York, NY: Academic Press.

Heritage, J., & Greatbatch, D. (1993). On the institutional character of institutional talk: The case of news interview. In D. Boden & D. H. Zimmerman (Eds.), *Talk and social structure: Studies in ethnomethodology and conversation analysis* (pp. 93-137). Cambridge, UK: Polity Press.

Herman, D. (2013a). *Storytelling and the sciences of mind*. Cambridge, MA: The MIT Press.

Herman, D. (2013b). Approaches to narrative worldmaking. In M. Andrews, C. Squire, & M. Tamboukou (Eds.). *Doing narrative research* (2nd Ed.)(pp. 176-197). London, UK: Sage.

Herman, D. (2009). *Basic elements of narrative*. Chichester, UK: Wiley-Blackwell.
Herman, D. (2004). Toward a transmedia narratology. In M. -L. Ryan (Ed.). *Narrative across media: The languages of storytelling* (pp. 47-75). Lincoln, NE: University of Nebraska Press.

Herman, D. (2004). Toward a transmedia narratology. In M. -L. Ryan (Ed.). *Narrative across media: The languages of storytelling* (pp. 47-75). Lincoln, NE: University of Nebraska Press.

Herman, D. (1997). Scripts, sequences, and stories: Elements of a postclassical narratology. *PMLA, 112*, 1046-1059.

Hirsch, M. (1997). *Family frames: Photography, narrative, and postmemory*. Cambridge, MA: Harvard University Press.

Hovland, C. I., & Janis, I. L. (Eds.)(1962). *Personality & Persuasibility*. New Haven, CT: Yale University Press.

Hovland, C. I., Janis, I. L, & Kelley, H. H. (1953). *Communication and Persuasion: Psychological studies of opinion change*. New Haven, CT: Yale University Press.

Hutchins, E., & Nomura, S. (2011). Collaborative construction of multimodal utterances. In J. Streeck, C. Goodwin, & C. Lebaron (Eds.). *Embodied interaction: Language and body in the material world* (pp. 29-43). Cambridge, UK: Cambridge University Press.

Jacobs, R. N. (1996). Producing the news, producing the crisis: Narrativity, television and news work. *Media, Culture and Society, 18*, 373-397.

Jenkins, H. (2006). *Convergence culture: Where old and new media collide*. New York, NY: New York University Press.

Jenkins, H., Ford, S., Green, J. (2013). *Spreadable media: Creating value and meaning in a networked culture*. New York, NY: The NYU Press.

Johnstone, B. (1996). *Stories, community, and place*. Bloomington, IN: Indiana University Press.

Jovchelovitch, S., & Bauer, M. W. (2000). Narrative interviewing. In M. W. Bauer & G. Gaskell (Eds.). *Qualitative researching with text, image and sound: A practical handbook* (pp. 57-74). London, UK: Sage.

Jucker, A. H. (1986). *News interviews: A pragmalinguistic analysis*. Amsterdam, NL: John Benjamins.

Kaid, L. L. (2008). Bush-Rather confrontation. In L. L. Kaid & C. Holtz-Bacha (Eds.). *Encyclopedia of political communication* (vol. 1)(p. 75). Thousand Oaks, CA: Sage.

Koch, T. (1990). *The news as myth: Fact and context in journalism*. New York, NY: Greenwood.

Kress, G. (2003a). Interpretation or design: From the world told to the world shown. In M. Styles & E. Bearne (Eds.). *Art, narrative and childhood* (pp. 137-153). Staffordire, UK: Trentham Books.

Kress, G. (2003b). *Literacy in the new media age*. London, UK: Routledge.

Krijnen, T., & Meijer, I. C. (2005). The moral imagination in primetime television. *International Journal of Cultural Studies, 8*(3), 353-374.

Kristeva, J. (1966/1986). Word, dialogue and novel. In T. Moi (Ed.). *The Kristeva reader* (pp. 34-61). New York, NY: Columbia University Press.

Labov, W. (1997). Some further steps in narrative analysis. *Journal of Narrative and Life History, 7* (1-4), 395-415.

Labov, W. (1972). The transformation of experience in narrative syntax. In W. Labov (Ed.). *Language in the inner city: Studies in the Black English vernacular* (pp. 354-396). Philadelphia, PN: University of Pennsylvania Press.

Labov, W., & Waletzky, J. (1997). Narrative analysis: Oral versions of personal experience. *Journal of Narrative and Life History, 7*, 3-38. (Originally published in J. Helm (Ed.)(1966), *Essays on the verbal and visual arts* (pp. 12-44). Seattle,

WA: University of Washington Press).

Lacey, N. (2002). *Narrative and genre: Key concepts in media studies*. New York, NY: St. Martin's Press.

Lasswell, H. D. (1948). The structure and function of communication in society. In L. Bryson (Ed.). *The communication of ideas* (pp. 215-228). New York, NY: Harper and Brothers.

László, J. (2008). *The science of stories: An introduction to narrative psychology*. London, UK: Routledge.

Lazarsfeld, P. F., Berelson, B., & Gaudet, H. (1944). *The People's choice: How the voter makes up his mind in a presidential campaign*. New York, NY: Duell, Sloan, and Pearce.

Leech, G. T. (1983). *Principles of pragmatics*. London, UK: Longman.

Leinaweaver, J. (2008). *The coordinated management of a culturally diffused identity: Internationally adopted people and the narrative emplotment of self*. Unpublished Ph. D. Dissertation at the Fielding Graduate University.

Levi-Strauss, C. (1955). The structural study of myth. In *Structural Anthropology* (pp. 206-231). Trans. C. Jacobson and B. G. Schoepf. New York, NY: Basic Books.

Lewis, J. (1994). The absence of narrative: Boredom and the residual power of television news. *Journal of Narrative and Life History*, 4(1 & 2), 25-40.

Liebes, T. (1994). Narrativization of the news: An introduction. *Journal of Narrative and Live History*, 4, 1-8.

Littlejohn, S. W. (1999). *Theories of human communication* (6th Ed.). Belmont, CA: Wadsworth.

Lull, J. (1995). *Media, communication, culture: A global approach*. Cambridge, UK: Polity.

Lyotard, J. -F. (2011). *Discourse, figure* (Trans. A. Hudek & M. Lydon). Minneapolis, MN: University of Minnesota Press.

Lyotard, J. -F. (2011). *Discourse, figure* (Trans. A. Hudek & M. Lydon). Minneapolis, MN: University of Minnesota Press.

Machill, M., Kohler, S., & Waldhauser, M. (2007). The use of narrative structures in television news — An experiment in innovative forms of journalistic presentation. *European Journal of Communication, 22*, 185-205.

McAdams, D. P. & Janis, L. (2004). Narrative identity and narrative therapy. In L. E. Angus & J. McLeod (Eds.). *The handbook of narrative and psychotherapy* (pp. 159-173). Thousand Oaks, CA: Sage.

McComas, K., Shanahan, J. (1999). Telling stories about global climate change measuring the impact of narratives on issue cycles. *Communication Research, 26*, 30-57.

McCormack, C. (2004). Storying stories: A narrative approach to in-depth interview conversations. *International Journal of Social Research Methodology, 7*(3), 219-236.

McGonigal, J. (2011). *Reality is broken: Why games make us better and how they can change the world*. New York, NY: The Penguin Press.

McHoul, A. W. (1978). The organization of turns at formal talk in the classroom. *Language in Society, 7*, 183-213.

McKee, R. (1997). *Story — Substance, structure, style, and the principles of screenwriting*. New York, NY: Harper Collins.

McLuhan, M. (1996). *Essential McLuhan* (Ed. E. McLuhan & F. Zingrone). New York, NY: Basic Books.

McLuhan, M. (1962). *The Gutenberg galaxy: The making of typographic man*. Toronto, CA: University of Toronto Press.

McQuail, D., & Windahl, S. (1981). *Communication models: For the study of mass communications*. London, UK: Longman.

Maan, A. (2014). *Counter-terrorism: Narrative strategies*. Lanham, MR: University Press of America.

Martin, W. (1986). *Recent theories of narrative*. Ithaca, NY: Cornell University Press.

Martinengo, I. (2013). From the linguistic turn to the pictorial turn — Hermeneutics facing the "third Copernican revolution." *Proceedings of the European Society for Aesthetics, 5*, 302-312.

Mehan, H. (1979). *Learning lessons: Social organization in the classroom*. Cambridge, MA: Harvard University Press.

Mihelj, S., Bajt, V., & M. Pankov (2009). Television news, narrative conventions and national imagination. *Discourse and Communication, 3*, 57-78.

Mishler, E. G. (1986). *Research interviewing: Context and narrative*. Cambridge,

MA: Harvard University Press.

Mitchell, W. J. T. (1994). *Picture theory: Essays on verbal and visual representation*. Chicago, IL: University of Chicago Press.

Mitchell, W. J. T. (1986). *Iconology: Image, text, ideology*. Chicago, IL: The University of Chicago Press.

Morson, G. S., & Emerson, C. (1990). *Mikhail Bakhtin: Creation of a prosaics*. Stanford, CA: Stanford University Press.

Mortensen, T. E. (2009). *Perceiving play: The art and study of computer games*. New York, NY: Peter Lang.

Mugabo, A. I. (2015). Television news: Story structure and scripts. https://mco3206. wikispaces.com/file/view/TV+News+story+structure.pdf （上網時間：2015. 08. 21）

Murray, M. (2006). Narrative psychology. In J. A. Smith (Ed.)[2001]. *Qualitative psychology: A practical guide to research methods* (pp. 111-132). London, UK: Sage.

Nelson, H. L. (Ed.)(1997). *Stories and their limits: Narrative approaches to bioethics*. New York, NY: Routledge.

Nevile, M. (2004). *Beyond the black box: Talk-In-Interaction in the airline cockpit*. Hants, UK: Ashgate.

Nofsinger, R. E. (1991). *Everyday conversation*. Newbury Park, CA: Sage.

Ochs, E., & Capps, L. (2001). *Living narrative: Creating lives in everyday storytelling*. Cambridge, MA: Harvard University Press.

Ochs, E., & Capps, L. (1996). Narrating the self. *American Review of Anthropology, 25*, 19-43.

Ochs, E., Taylor, C., Rudolph, D., & Smith, R. (1992). Storytelling as a theory-building activity. *Discourse Processes, 15*, 37-72.

Ollerenshaw, J. A., & J. W. Creswell (2002). Narrative research: A comparison of two restorying data analysis approaches. *Qualitative Inquiry, 8*(3), 329-347.

Onega, S., & Landa, J. A. G. (1996). *Narratology: An introduction*. London, UK: Longman.

Orr, M. (2003). *Intertextuality: Debates and contexts*. Cambridge, UK: Polity Press.

Ouranus (n.d.). Michel De Certeau的日常生活理論（http://tw.streetvoice.com/

Ouranus/articles/110757/）。上網日期：2013. 11. 28。

Page, R. (Ed.)(2010). *New perspectives on narrative and multimodality*. New York, NY: Routledge.

Page, R., & B. Thomas (Ed.)(2011). *New narratives: Stories and storytelling*. Lincoln, NE: University of Nebraska Press.

Pantaleo, S. (2008). *Exploring student responses to contemporary picturebooks*. Toronto, CA: University of Toronto Press.

Pearce, W. B. (2007). *Making social worlds: A communication perspective*. Oxford, UK: Blackwell.

Peters, J. D. (1986). Institutional sources of intellectual poverty in communication research. *Communication Research, 13*, 527-559.

Peters, J. D. (1999). *Speaking into the Air: A history of the idea of communication*. Chicago, IL: University of Chicago Press.

Phelan, J. (2005). Editor's column: Who's here? Thoughts on narrative identity and narrative imperialism. *Narrative, 13*(3), 205-210.

Phoenix, A. (2013). Analysing narrative contexts. In M. Andrews, C. Squire, & M. Tamboukou (2nd Ed.)(Eds.). *Doing narrative research* (pp. 72-87). London, UK: Sage.

Platt, J. (2000). The history of the interview. In J. F. Gubrium & J. A. Holstein (Eds.) (2002). *Handbook of interview research: Context & method* (pp. 33-54). Thousand Oaks, CA: Sage.

Prevignano, C., & Thibault, P. J. (Eds.)(2004). *Discussing conversation analysis: The work of Emanuel A. Schegloff*. Amsterdam, NL: John Benjamins.

Prince, G. (1996). Remarks on narrativity. In C. Wahlin (Ed.). *Perspective on narratology—Papers from the Stockholm symposium on narratology* (pp. 95-106). Berlin, DE: Peter Lang.

Propp, V. (1968). *Morphology of the folktale* (2nd Ed.). (Trans. L. Scott [and] with an introd. by S. Pirkova-Jakobson). Austin, TX: University of Texas Press (original work published in 1922).

Quasthoff, U. M., & Becker, T. (Eds.)(2005). *Narrative interaction*. Amsterdam, NL: John Benjamins.

Rabinow, P., & Sullivan, W. (1979). The interpretive turn: Emergence of an approach.

In P. Rabinow & W. Sullivan (Eds.), *Interpretive social science* (pp. 1-21). Los Angeles, CA: University of California Press.

Randall, W. L. (2001). Storied worlds: Acquiring a narrative perspective on aging, identity, and everyday life. In G. M. Kenyon, P. G. Clark, & B. De Vries (Eds.). *Narrative gerontology, theory, research, and practice* (pp. 31-62). New York, NY: Springer.

Randall, W. L. & Kenyon, G. M. (2001). *Ordinary wisdom: biographical aging and the journey of life*. Wesport, CN: Praeger.

Randall, W. L. & McKim, A. E. (2004). Toward a poetics of aging: The links between literature and life. *Narrative Inquiry, 14*(2), 234-260.

Riessman, C. K. (2015). Entering the hall of mirrors: Reflectivity and narrative research. In A. de Fina & A. Georgakopoulou (Eds.). *The handbook of narrative analysis* (pp. 219-238). Malden, MA : John Wiley & Sons.

Riessman, C. K. (2013). Concluding comments. In M. Andrews, C. Squire, & M. Tamboukou (Eds.). *Doing narrative research* (2nd Ed.) (pp. 255-260). London, UK: Sage.

Riessman, C. K. (2002). Analysis of personal narratives. In J. F. Gubrium and J. A. Holstein (Eds.). *Handbook of interview research: Context and method* (pp. 695-710). Thousand Oaks, CA: Sage.

Riessman, C. K. (1993). *Narrative analysis*. Newbury Park, CA: Sage.

Rimmon-Kenan, S. (1983). *Narrative fiction: Contemporary poetics*. London, UK: Methuen.

Roeh, I. (1989). Journalism as storytelling, coverage as narrative. *American Behavioral Scientist, 33*(2), 162-168.

Rogers, E. M. (1994). *A history of communication study: A biographical approach*. New York, NY: The Free Press.

Rogers, E. M., & Balle, F. (1985). *The media revolution in America and in Western Europe*. Norwood, NJ: Ablex.

Rogers, E. M., & Shoemaker, F. F. (1971). *Communication of innovations: A cross-cultural approach* (2nd Ed.). New York, NY: Free Press.

Rosengren, K. E. (1985). Communication research: One paradigm or four? In E. M. Rogers & Balle, F. (Eds.). *The media revolution in America and in Western*

Europe (pp. 185-207). Norwood, NJ: Ablex.

Ryan, M. -L. (2006). *Avatars of story — Traces the transformation of storytelling in the Digital Age*. Twin Cities, MN: University of Minnesota.

Ryan, M. -L. (Ed.)(2004). Introduction. In M. -L. Ryan (Ed.). *Narrative across media: The language of storytelling* (pp. 1-40). Lincoln, NE: University of Nebraska Press.

Sacks, H. (1992). *Lectures on conversation, vols. 1 & 2*. Edited by G. Jefferson with introductions by E. A. Schegloff. Oxford, UK: Blackwell.

Sacks, H. (1984). Notes on methodology. In J. M. Atkinson & J. Heritage (Eds.). *Structures of social interaction: Studies in conversation analysis* (pp. 21-27). Cambridge, UK: University of Cambridge Press.

Sacks, H., Schegloff, E. A., & Jefferson, G. (1974). A simplest systematics for the organization of turn-taking for conversation. *Language, 50*, 696-735.

Saito, Y. (2007). *Everyday aesthetics*. Oxford, UK: Oxford University Press.

Salen, K., & Zimmerman, E. (2004). *Rules of play: Game design fundamentals*. Cambridge, MA: MIT Press.

Sarbin, T. R. (2004). The role of imagination in narrative construction. In C. Daiute & C. Lightfoot (Eds.). *Narrative analysis: Studying the development of individuals in society* (pp. 5-20). Thousand Oaks, CA: Sage.

Sarbin, T. R. (1986). Introduction and overview. In T. R. Sarbin (Ed.). *Narrative psychology: The storied nature of human conduct*. New York, NY: Praeger.

Sartwell, C. (2000). *End of story: Toward an annihilation of language and history*. Albany, NY: State University of New York Press.

Schegloff, E. A. (1992). On talk and its institutional occasions. In P. Drew & J. Heritage (Eds.), *Talk at work: Interaction in institutional settings* (pp. 101-134). Cambridge: Cambridge University Press.

Schegloff, E. A. (1987). Between micro and macro: Contexts and other connections. In J. Alexander (Ed.). *The micro-macro link* (pp. 203-234). Berkeley, CA: University of California Press.

Schegloff, E. A. (1968). Sequencing in conversational openings. *American anthropologist, 70*(6), 1075-1095.

Schegloff, E. A., & Sacks, H. (1973). Opening up closings. *Semiotica, 8*, 289-327.

Scholes, R., & R. Kellogg (1966). *The nature of narrative*. London, UK: Oxford University Press.

Schorr, A., Campbell, W., & Schenk, M. (2003). *Communication research and media science in Europe*. The Hague, NL: De Gruyter Mouton.

Schramm, W. (1963). Communication research in the United States. In W. Schramm (Ed.). *The science of human communication*. New York, NY: Basic.

Schramm, W. (1954). How communication works. In W. Schramm (Ed.). *The process and effects of mass communication* (pp. 3-26). Urbana, IL: University of Illinois Press.

Schroots, J. J. F. (1996). The fractal structure of lives: Continuity and discontinuity in autobiography. In J. E. Birren, G. M. Kenyon, J. -E. Ruth, J. J. F. Schroots, & T. Svensson. (Eds.). *Aging and biography: Explorations in adult development* (pp. 117-130). New York: Springer.

Schroots, J. J. F., & Birren, J. E. (2002). The study of lives in progress: Approaches to research on life stories. In G. D. Rowles & N. E. Schoenberg (Eds.). *Qualitative gerontology: A contemporary perspective* (2nd Ed.)(pp. 51-67). New York, NY: Springer.

Schutz, A., & Luckmann, T. (1973). *The structures of the life-world* (Trans. R. M. Zaner & H. T. Engelhardt, Jr.). Evanston, IL: Northwestern University Press.

Schwandt, T. A. (1994). Constructivist, interpretivist approaches to human inquiry. In N. K. Denzin & Y. S. Lincoln (Eds.). *Handbook of qualitative research* (pp. 118-137). Thousand Oaks, CA: Sage.

Shannon, C. & Weaver, W. (1949). *The mathematical theory of communication*. Urbana, IL: The University of Illinois Press.

Shuman, A. (2015). Story ownership and entitlement. In A. de Fina & A. Georgakopoulou (Eds.). *The handbook of narrative analysis* (pp. 38-56). Malden, MA : John Wiley & Sons.

Shuman, A. (2007). Entitlement and empathy in persona narrative. In M. Bamberg (Ed.). *Narrative - State of the art* (pp. 175-184). Amsterdam, NL: John Benjamins.

Shuman, A. (2005). *Other people's stories: Entitlement claims and the critique of empathy*. Urbana, IL: University of Illinois Press.

Sigal, L.V. (1986). Sources make the news. In R. K. Manoff & M. Schudson (Eds.). *Reading the news: A pantheon guide to popular culture* (pp. 9-37). New York, NY: Pantheon Books.

Silverman, D. (1987). *Communication and medical practice*. London, UK: Sage.

Simons, J. (2007). Narrative, games, and theory. *International Journal of Computer Game Research*, *7* (http://gamestudies.org/0701/articles/simons). 上網時間：2016. 04. 14.

Slaughter, J. (1997). A question of narration: The voice in international human rights law. *Human Rights Quarterly*, *19*, 406-430.

Sommer, R. (2012). The merger of classical and postclassical narratologies and the consolidated future of narrative theory. *Interdisciplinary E-Journal for Narrative Research*. http://www.diegesis.uni-wuppertal.de/index.php/diegesis/article/view/96/93（上網時間：2015. 08. 11）

Spence, D. P. (1982). *Narrative truth and historical truth: Meaning and interpretation in psychoanalysis*. New York, NY: W. W. Norton.

Spence, J., & Holland, P. (Eds.)(1991). *Family snaps: The meanings of domestic photography*. London, UK: Virago Press.

Spencer, M. M. (2003). What more needs saying about imagination? *The Reading Teacher*, *57*(1), 105-111.

Squire, C., Andrews, M., & Tamboukou, M. (2013). Introduction: What is narrative research? In M. Andrews, C. Squire, & M. Tamboukou (Eds.). *Doing narrative research* (2nd Ed.) (pp. 1-26). London, UK: Sage.

Stephenson, W. (1967). *The play theory of mass communication*. Chicago, IL: University of Chicago Press.

Tanner, M. (1996). *The literary mind*. Oxford, UK: The Oxford University Press.

Taylor, S. J., & Bogdan, R. (1984). *Introduction to the qualitative research methods* (2nd Ed.). New York, NY: John Wiley.

ten Have, P. (2001). Applied conversation analysis. In A. McHoul & M. Rapley (Eds.). *How to analyse talk in institutional settings: A casebook of methods*. London, UK: Continuum.

Tu, D. L. (2015). *Feature and narrative storytelling for multimedia journalists*. New York, NY: Focal Press.

van Dijk, T. A. (Ed.). (1997). *Discourse structure & process*. London, UK: Sage.

van Dijk, T. A. (1993). Stories and racism. In D. K. Mumby (Ed.). *Narrative & social control: Critical perspectives* (pp. 121-142). Newbury Park, CA: Sage.

van Dijk, T. A. (1989). *News analysis: Case studies of international and national news in the press*. Hillsdale, NJ: Lawrence Erlbaum Associates.

van Dijk, T. A. (1988). *News as discourse*. Hillsdale, NJ: Lawrence Erlbaum Associates.

Vasquez, G. M. (1993). A homo narrans paradigm for public relations: Combining Bormann's symbolic convergence theory and Grunig's situational theory of publics. *Journal of Public Relations Research*, 5, 201-216.

Velody, I., & Williams, R. (1998). *The politics of constructionism*. London, UK: Sage.

Vincent, R. C., Crow, B. K., & Davis, D. K. (1989). When technology fails: The drama of airline crashes in network television news. *Journalism Monographs*, No. 117.

Waldman, M. R. (1981). 'The otherwise unnoteworthy Year 711': A replay to Haden White. In W. J. T. Mitchell (Ed.). *On narrative* (pp. 240-248). Chicago: University of Chicago Press.

Weick, K. (2005). Organizing and failures of imagination. *Public Management: An International Journal of Research and Theory*, 8(3), 425-438.

Weick, K. E. (1979). *The social psychology of organizing*. Reading, MA: Addison-Wesley.

West, C. (1984). *Routine complications. Troubles with talk between doctors and patients*. Bloomington, IN: Indiana University Press.

White, H. (1996). The values of narrativity in the representation of reality. In J. J. Appleby, E. Covington, D. Hoyt, M. Latham, A. Snieder (Eds.). *Knowledge and postmodernism in historical perspective* (pp. 5-27). New York, NY: Routledge.

Wiener, N. (1948). *Cybernetics, or control and communication in animal and the machine*. New York, NY: John Wiley.

Williams, C. (1997). The meaning of family photographs. http://dostalproject.weebly. com/meaning-of-family-photos.html （上網時間：2016. 03. 06）

Wong, A. (2015). The whole story, and then some: 'Digital storytelling' in evolving museum practice. Paper presented to the annual conference of Museums and the Web (April 8-11). Chicago, IL, USA.

您，了没？

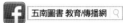 五南圖書 教育/傳播網

趕緊加入我們的粉絲專頁喲！

教育人文 & 影視新聞傳播～五南書香

五南圖書 教育／傳播網

https://www.facebook.com/wunan.t8

等你來挖寶

粉絲專頁提供──

· 書籍出版資訊（包括五南教科書、
　知識用書、書泉生活用書等）

· 不定時小驚喜（如贈書活動或書籍折
　扣等）

· 粉絲可詢問書籍事項（訂購書籍或
　出版寫作均可）、留言分享心情或
　資訊交流

請此處加入
按讚

封面圖
不定期
會更換

國家圖書館出版品預行編目資料

敘事傳播：故事／人文觀點／臧國仁，蔡琰
著. －－初版. －－臺北市：五南, 2017.06
　面；　公分
ISBN 978-957-11-9183-6 (平裝)

1.新聞寫作　2.敘事文學

895.4　　　　　　　　　106007343

1ZFG

敘事傳播
故事／人文觀點

作　　者 － 臧國仁（466）　蔡琰

發 行 人 － 楊榮川

總 經 理 － 楊士清

副 總 編 － 陳念祖

責任編輯 － 陳俐君　李敏華

封面設計 － 潘旻鴻

出 版 者 － 五南圖書出版股份有限公司

地　　址：106台北市大安區和平東路二段339號4樓

電　　話：(02)2705-5066　　傳　　真：(02)2706-6100

網　　址：http://www.wunan.com.tw

電子郵件：wunan@wunan.com.tw

劃撥帳號：01068953

戶　　名：五南圖書出版股份有限公司

法律顧問　林勝安律師事務所　林勝安律師

出版日期　2017年6月初版一刷

定　　價　新臺幣500元